KB108226

우리는 행복할 수 있을까

우리는
행복할 수 있을까

세월호 참사
희생자 추모
15인 공동 소설집

예옥

세월호 참사로 희생된 영령들에게 바침

심상대 노경실 전성태 이평재 이명랑
한차현 김 신 손현주 권영임 한숙현
방민호 신주희 박사랑 김산아 김 은

차례

슬비야, 비가 온다 | 심상대 · 11

누가 내 나무를 어디로 옮겨 심었는가? | 노경실 · 49

가족 버스 | 전성태 · 73

위험한 아이의 인사법 | 이평재 · 101

이제 막 내 옆으로 온 아이에게 | 이명랑 · 129

국가와 국민과 그 밖의 존재들 | 한차현 · 147

윈드 벨, 기억의 문을 열면 | 김 신 · 175

청거북을 타는 아이 | 손현주 · 203

이 꽃 같은 나라 | 권영임 · 227

소년, 마침표를 찍지 않는 | 한숙현 · 255

서쪽으로 더 서쪽으로 | 방민호 · 291

극 | 신주희 · 319

사자의 침대 | 박사랑 · 347

아무 일도 일어나지 않았다 | 김산아 · 373

회색 무덤 | 김 은 · 401

작가 공동 후기 · 417

슬비야, 비가 온다

심상대

작품명 우리 다시 만나면 | 김진숙

memo

지난겨울 여섯 번 안산에 다녀왔다. 합동분양소엔 두 번 갔고 하늘공원엔 한 번 갔다. 정신을 가다듬고 아이들 사진 앞에 놓인 편지를 하나하나 읽었다. 봉투에 든 편지까지 꺼내 읽었으니 훔쳐본 셈이다. 이 소설은 써서는 안 되는 소설이다. 하지만 편지를 쓰듯이 쓰기로 했다. 이 소설에 나오는 길을 세 번 네 번 걸으며 깨달았다. 기억은 믿을 수 없다. 그러므로 기록할 필요가 있다. 소설을 마무리하기 전 다시 한 번 다녀올 생각이었다. 그러나 비오는 밤 원고잔공원에 올라가보겠다는 마지막 방문계획은 실행하지 않았다. 내가 이 소설을 쓴 이유는 내가 어른이기 때문이며 부끄러웠기 때문이다.

슬비야, 비가 온다

재중은 오늘밤 은규와 함께 원고잔공원에 올라가기로 했다. 슬비를 만나고 싶기 때문이다. 비오는 밤이면 단원고등학교 앞 원고잔공원에 영아(靈兒)가 나타난다는 소문은 지난가을부터 안산시내에 떠돌았다. 일제히 교복을 차려입은 그들이 출현하는 장소는 공원의 정상에 있는 바닥분수대였다. 그곳에서 밤새 비를 맞으며 노래 부르고 춤추는 영아들에 대해 어떤 사람이 이야기를 시작했다. 그렇지만 어떤 사람은 자신이 직접 목격한 일은 아니라는 말을 덧붙였다. 이야기의 끝은 새벽의 작별이었다. 밤새 내리던 비가 멎고 미명이 돋을 때쯤, 춤과 노래를 그친 영아들은 저마다 붉게 상기된 뺨을 쳐들고, 정수리에서 이마로 흘러내리는 땀과 비를 훔치며 바닥분수대 위에 원을 그리며 모여든다는 것이다. 어떤 사람은 그들의 머리 위로 뭉실뭉실 솟아오르는 더운 김을 봤다는 사람의 존재에 대해서도 언급했다. 그러면서 어떤 사람은 손에 손을 맞잡고 깔깔거리며 웃어대던 영아들이 한순간 어둠과 함께 홀연히 사라져버린다고 이야기를 마쳤다. 오늘밤이야말로 그들이 나타난다는 비오는 밤이다. 재중은 슬비를 만나고 싶었다. ……단 한 번만이라도. 은규도 마찬가지였다. 만날 수만 있다면 어디에 살고 있는 슬비라도 상관없었다. 그 어떤 슬비라도 괜찮았다.

오늘은 슬비와 헤어진 지 삼백 일째 되는 날이다. 아침부터 비가 내렸다. 슬비 생각에 잠겨 있던 재중은 은규의 라인 메시지를 받았다. 뭐해? 나 은규. 점심 무렵이었다. 문자 메시지를 보낸 은규는 단원고등학교 한 학년 선배였고 올해 대학교에 입학하는 예비대학생이었다. 그는 오늘밤 자신의 눈으로 원고잔공원에 영아들이 출현한다는 소문을 확인할 작정이라 밝혔다. 그러면서 함께 가지 않겠느냐는 제안을 문자로 날렸다. 비가 그치지 않을 거 같다. 은규는 혼자 공원으로 올라가긴 싫은 모양이었다. 밤까지 그치지 않으면 공원 농구코트 아래서 만나자. 어때? 재중은 승낙했다. 좋아요. 밤 열한 시 오십 분. 재중은 망설이지 않았다. 좋아요. 은규와 함께 슬비를 만나러 간다는 사실이 멋쩍기는 했지만 지금은 그런 기분을 따질 때가 아니었다. 은규가 아니라면 함께 가자고 이끌 사람도 없을 테고 같이 갈 사람도 없었다. 그래서 재중은 오늘밤 자정 직전 은규와 함께 원고잔공원 바닥분수대에 올라가기로 했다.

슬비야, 비가 온다. ……이슬비가 내린다. 아침부터 비가 오길래 난 네가 오는 줄 알았어. ……삼백 일 기념으로. 종일 네 생각을 하면서도 울지 않았다. 난 이제 울지 않아. 그런데도 눈물은 여전히 흐른다. 슬비야, 눈물은 왜 이렇게 흐르는지 모르겠다. ……그냥 흘러.

자정이 멀지 않은 한밤이었다. 검은 패딩점퍼를 입고 점퍼에 달린 모자를 뒤집어 쓴 재중이 빌딩과 차도 사이 보도를 걸어간다. 불빛에 비친 패딩점퍼 어깨 녘이 번들댄다. 주머니에서 오른손을 꺼낸 재중은 주먹 쥐어 이쪽저쪽 눈두덩을 훔쳤다. 그러느라 세븐일레븐 편의점 앞에서 걸음을 멈췄다.

슬비야, 울지 마.

재중은 주먹을 허공으로 쳐들었다. 비가 주먹을 적셨다.

슬비야, 네가 마지막으로 보낸 메시지는 아직 지우지 않았어. 재중아, 난 네 방에서 대각선 방향 복도에 있어. 내가 잘못한 것 있으면 다 용서해줘. 사랑한다. 슬비야, 너는 그렇게 내 대각선 방향에 있다고 했지. 그럼 지금은 어디 있니?

부르쥔 주먹을 휘저어 재중은 어둠 속으로 떨어지는 비를 헤집었다.

연극부 단체 카톡 메시지는 백 일 되는 날 지웠거든. 얘들아, 움직이지 말고 가만히 있어. 조끼 입을 수 있음 입고 살아서 보자. 전부 사랑합니다. 이따 만나자. 그 메시지는 지웠지만 네가 라인으로 보낸 메시지는 이제껏 지울 수 없었다. 슬비야, 난 방금 집에서 나와 학교로 가는 중이야. 공부하러 가는 길이 아니라 널 만나러 가는 길이지. 그래, 난 언제나 이 길로 학교에 갔고 그 가운데 네 집이 있어 좋았다. 지금도 난 널 만나러 네 집 쪽으로 걸어가고 있어. 하지만 넌 집에 있지 않고 학교에 있지도 않아. 그러니 난 학교에 가는 길이 아니야. 이 한밤중에 학교에 갈 리도 없지만 아직은 봄방학이거든. 봄방학이 끝나면 삼학년이 되겠지. 슬비야, 난 이제 막 횡단보도를 건넜어. 오른쪽은 안산천이고 왼쪽은 중앙주공 이 단지 아파트야. 알지? 중앙중학교 사거리가 앞에 있고 여기저기 다 비가 내린다.

재중은 두 손으로 얼굴을 감싸며 머리를 숙였다. 비는 모자 위로 소리 없이 떨어져 내리고 있다. 이쪽 손 저쪽 손으로 눈두덩을 문지른 뒤 고개를 들고 다시 발을 내디뎠다. 중앙중학교 사거리에서 횡단보도를 건넌 뒤 왼쪽으로 방향을 틀었다.

비는 그칠 생각이 없나보다. 계속 내려. 슬비야……나 어제 라인 캐릭터 이름을 다 알아냈거든. 네가 댄디라 부르던 그 노랑머리 남자 이름은 제임스야. 그리고 네가 알려주지 않던 알록달록한 머랭쿠키 만드는 법도 알아냈다. 간단하던데? 네가 그 머랭쿠키 담긴 투명한 플라스틱 통을 줄 때, 이런 알록달록한 것보단 핑크나 화이트가 더 좋다고 내가 말했지? 미안해. 사실 난 알록달록한 머랭쿠키가 더 좋아. 내가 한 말은 그냥 한 말이야. 네가 좋아서 그렇게 한 번 해 본 말이야. 좋아하는 사람에겐 뭔가 트집을 잡고 싶어지거든. 슬비야, 네가 댄디라던 노랑머리 이름이 제임스야. 내가 하트 뿅뿅 날릴 때 찍어 보내던 그 노랑머리 남자아이 말이야. 그중에서도 파란색 눈물을 뿜으며 꽃잎 흩어지는 빨간 장미 한 송이를 들고 있는 캐릭터가 난 좋았어. 아마 네게 몇백 번은 날렸을 거야. 걔 이름이 제임스야. 그리고 작고 앙증맞은 새끼오리 이름은 샐리, 초록색 애벌레는 에드워드야. 몰랐지? 섹시한 바둑이 고양이는 제시카, 윙크하는 청개구리는 레너드, 토끼는 코니고 곰 돌이는 브라운이야. 알았어? ……몰랐지? 슬비야, 비가 온다. 그 래…… 난 네가 보낸 라인 메시지를 지울 수 없어. 넌 언제나 내 대각선 방향에 있었는데……그런데 난 여기 있고 넌 지금 어디 있니? 대각선 방향이 어딘데?

중앙중학교와 중앙초등학교 곁을 지난 재중은 중앙초등학교 사거리 횡단보도를 건넜다. 보도와 주공아파트 단지를 구획 짓는 철제 펜스가 검은색으로 번들거린다. 아파트 건물 곁에 늘어선 상록수의 대열이 펜스 뒤편 어둠 속에 있다. 가로등 불빛으로 차도는 환하다. 차도로 내려서기 전 보도 끄트머리에 조성된 화단에 줄지어 박힌 가로수는 지지대와 포승에 묶여 있다. 빨간 불빛을 꽁무니에 단 택시가 연달아 지나간다.

슬비야, 우리 아빠가 그러더라. 우리는 결코 악의 세력을 이길 수 없을 거래. 단 한 번 그렇게 말하고선 더 이상 말이 없어. 우리 엄마도 마찬가지야. 내가 살아 돌아왔는데도 다행이라 말한 적 없고 그날 이후론 텔레비전을 켜지 않아. 난 텔레비전을 보고 게임을 하는 대신 잠을 많이 잔다. 잠이 들어 꿈을 꾸면 바다가 보이지만, 꿈에서 깨어나면 별다른 생각을 하지 않아. 그런데도 눈물이 흘러. 울지 않기로 했고, 울고 싶은 생각이 없는데도 눈물이 흐른다. 이상하지? 눈물은 언제 어떻게 흘러내릴지 알 수가 없다. 가끔은 그 여객선 내 침상 벽에 걸려 있는 백팩을 생각하긴 해. 그 백팩 이외에 다른 생각은 하지 않아. 내가 널 찾아 복도로 나올 때 선실은 육십 도쯤 기울어 있었어. 내 자리는 이 층이었는데, 그래서 백팩은 침상 옆 벽면의 옷걸이에 매달린 채 내가 자기를 바라보고 있는 출입문 쪽에서 기울어져 있었어. 지금도 생각나. 그 검은색 백팩. 지금 그 백팩은 깊은 바닷속으로 가라앉아 물에 잠겨 있겠지? 아니면 선실 한가운데 둥둥 떠 맴돌고 있을까? 그렇게 날 기다리고 있을까? 네가 그날 새벽 날 불러내 몰래 건네준 머랭쿠키 통이 그 백팩에 들어 있는데……. 난 가끔 꿈에서 그날 우리가 남몰래 만났던 층계에서 서성대. 여객선 로비에서 삼 층 객실로 올라가는 하얀 층계 말이야. 난 그곳에 혼자 서 있어. 머랭쿠키 통은 없고 너도 없어. 불안한 나만 그곳에 있지. 슬비야, 우리는 결코 악의 세력을 이길 수 없을까? 나는 왜 네가 준 머랭쿠키 통이 담긴 백팩을 버려두고 나만 홀로 복도로 나왔을까? 그런 나를 용서할 수 있을까?

단원어린이도서관은 어둠 속에 웅크리고 앉아 있다. 입구에 선 가로등도 불을 밝히지 않았다. 큰길 맞은편 가로등 불빛으로 국기게양대와 현관 유리창만 어슴푸레 빛난다. 은규는 그 앞 보도를 걸어가고 있다. 운동화에 청바지 차림이지만 위아래 내복을 입었고 어두운 색채의 패딩점퍼까지 단단히 차려입었다. 재중과 달리 은규는 우산을 쓰고 네모난 비닐가방을 어깨에 멨다.

보온물병하고 핫팩을 챙겨왔다. 재중인 정신이 없을 테니까. 그래도 늦진 않았어. 슬비야, 어린이도서관이다. 난 이 앞을 지날 때마다 널 생각하지 않을 수 없어. 나도 몰래 그렇게 돼. 이전에도 그랬지만 그날부터 오늘까지 삼백 일 내내 이 앞을 지날 때마다 널 생각했다. 한 번도 빠뜨린 적이 없어. 알지? 네가 고등학교 일학년 때, 내가 재중일 두들겨 팬 일 때문에 네가 날 이리로 불러냈잖아. 재작년 여름방학하기 전이다. 그때 네가 내게 선물한 『어린 왕자』. 재중이한테 사과하라면서 이 도서관 열람실에서 나한테 건네줬잖아. 그러면서 말했지. 오빠, 읽고 어떤지 말해줘요. 그래 슬비야, 난 바보였어. 제멋대로였어. 웃기는 놈이었지 뭐. 공부도 하지 않으면서 널 귀찮게 했으니. 그런데도 넌 날 미워하지 않고 공부하라고 부탁했잖아. 난 너 아니었음 대학에 가지 못했을 거야. 대학이고 뭐고 고등학교도 진작 짤렸겠지 뭐. 슬비야, 오늘 아침에도 난 『어린 왕자』를 읽었다. 그동안 얼마나 여러 번 읽었는지 셀 수도 없어. 수십 번도 더 읽었지. 그 전엔 세 번 정도 읽었는데, 지난 삼백 일 동안 그 몇 배를 읽었다. 그래서 『어린 왕자』는 공갈빵처럼 뚱뚱하게 부풀었어. 책장마다 눈물을 흘렸거든. 마른 뒤에 또 읽으면서 또 눈물을 흘렸다. 그래도 난 또 읽을 거야. 슬비야, 난 네가 내 앞에 번쩍 나타나리라 믿어. 오빠……양을 한 마리 그려 줘! 그러면서 내 앞에 나타날 것만 같아. 슬비야, 그렇게 나타나 줘. 내가 양을 그려줄게.

도서관 앞을 지나 펌프장을 끼고 오른쪽으로 돌때 화정천 건너편 사차선 도로로 승용차가 지나갔다. 승용차가 사라지자 다시 적막하다. 화정천을 사이에 두고 나란히 뻗은 양쪽 사차선 도로가 빗속에 놓여 있다. 은규가 걸어가고 있는 화정천서로는 화정천과 화랑저수지 사이로 난 산책로다. 아직은 저수지가 시작되지 않았고 차도와 사철나무 울 사이로 이어진 길은 좁다. 은규는 오른손에 들었던 우산을 왼손으로 옮기고 비닐가방 멜빵을 추켜올렸다. 등 쪽에서 밝은 불빛이 비쳤다. 화정천 건너 화랑초등학교 곁에서 직진하는 트럭의 헤드라이트에 천변 양쪽에 선 가로수의 행렬이 드러났다. 가로수는 하나같이 노란 천을 정강이에 매달고 있다. 자신의 엄마가 구호를 적어 매단 천도 그중에 있다는 사실을 은규는 알고 있었다.

우리 엄마는 절대 포기할 사람이 아니야. 엄마가 직접 그래. 자기는 절대 포기하지도 않고 굴복하지도 않고 잊지도 않을 거래. 그래서 여기 벚나무에 구호를 적은 노란 천을 매달아뒀어. 특별법은 밥이고 생명이며 사랑입니다. 그 아래 내 이름과 우리 엄마 이름이 적혀 있지. 그것 말고도 화랑저수지 팔각정 앞에 또 하나 있어. 진실을 인양하라. 우리는 진실을 원한다. 우리 엄마 주장은 간단하고 쉬워. 바닷속에 가라앉은 여객선을 고스란히 건져내야 한다는 거야. 그래야 진상을 밝힐 수 있다는 거지. 우리 엄마는 별 생각 없는 아줌마였는데 이번엔 제대로 화가 났어. 너 때문이긴 하지만 꼭 너 하나 때문만은 아니야. 알고 보니 우리 엄마도 그렇게 멍청한 아줌마가 아니더라. 슬비야, 나도 우리 엄마도 엄청 울었다. 그래서 우리는 두 번 다시 합동분향소에 가질 않아. 거기서 돌아오던 길에 유원지 벤치에 앉아 또 엄청 울었어. …… 소리는 내지 않고 눈물만 직싸게 흘렸지. 우리가 흘린 눈물 때문에 화랑저수지 물은 엄청 짤 거야. 그날 이후로 우리 엄마는 그쪽으론 고개도 돌리지 않아. 하지만 난 학교에서 돌아오는 길에, 가끔 이 길에 서서, 네가 있는 저수지 건너편을 바라봤다. ······슬비야, 비가 온다.

화랑저수지 북단 근린체육시설 언저리에서 은규는 발걸음을 멈췄다. 오른쪽 샛길은 화랑유원지로 가는 길이다. 그 샛길을 따라가면 화랑유원지 주차장이 나오고 그곳에 합동분양소가 있다. 은규는 등 쪽으로 우산을 기울이고 서서 어둠에 덮인 저수지 위로 내리는 비를 바라보았다. 저수지 둘레에 점점이 선 가로등 불빛을 흔들며 비는 여전히 내리고 있었다.

우리 엄마 주장은 간단해. 사고가 났으니 조사를 하자는 거지 뭐.

지난봄 삼학년 전원이 단체 조문하던 날에도 은규는 따라가지 않았다. 그로부터 계절은 한 바퀴 굴렀다. 푸른 갈대 이파리가 하늘을 찌르고, 연잎 사이로 연꽃이 피어나고, 석양에 물든 수면에서 물고기가 튀고, 갈대꽃 수술 위로 잠자리가 내려앉고, 검둥오리 무리와 해오라기가 돌아오고, 그리고 마른 갈대 줄기를 고정하며 물이 얼음으로 변하는 겨울이 되도록 은규는 저수지를 건너지 않았다.

슬비야, 아아 씨······엄청 참았는데. 슬비야, 난 네게 약속한대로 자동차학과에 합격했다. 그러느라 저수지를 건너지 않았대도 핑계는 되겠지? 슬비야, 자동차나 선박이나 엔진은 비슷비슷하대. 자동차 엔진 배울 때 선박 엔진도 알아볼 게. ······우리 엄마도 자동차 부품공장에서 일한 지 십 년이 넘었어. 그러니 다른 아줌마들하곤 다르지. 그래서 그러더라. 배는 그렇게 쉽게 뒤집어지는 기계가 아니래. 왜 그렇게 뒤집어졌는지 이해할 수 없대. 네 아빠는 더 억울하겠지. 자동차 부품공장 공장장님이니까. 우리 엄마가 화를 내는 이유는 나름대로 생각이 있어. 배는 그렇게 쉽게 고꾸라져 물속으로 가라앉는 기계가 아니다. 배는 배고 잠수함은 잠수함이다. 그게 우리 엄마 주장이야. 우리는 영원히 진실을 알 수 없을지도 몰라. 자동차학과에서 그런 내막까지 가르쳐줄 리 없지. 그러니 난 앞으로도 계속 『어린 왕자』를 읽으며 눈물을 흘리겠지? 읽고 또 읽어 『어린 왕자』가 닳아 없어질 때까지. 그러면 진실을 알 수 있을까? 공갈빵처럼 부풀어 요 아래 깔고 자는 『어린 왕자』가 진실을 알려줄까? 네가 탄 여객선이 왜 그렇게 바닷속으로 침몰했는지 그 내막을 알아낼 수 있을까? 슬비야, 난 오늘 새벽에도 따끈따끈하고 납작해진 『어린 왕자』를 요 밑에서 꺼내 또 읽었다. 사막 한가운데서 비행사가 어린 왕자에게 이렇게 말하더라. 그만해! 그만, 그만! 그렇게 생각하지 않아! 난 아무렇게나 대답했을 뿐이야. 나는 지금 중요한 일로 바쁘니까! 비행사는 비행기를 고치고 있었거든. 그런데 어린 왕자가 가시 있는 꽃에 대해 물었단 말이야. 너도 알지? 어린 왕자는 한 번 질문하면 절대 그 질문을 잊어버리는 법이 없잖아. 어린 왕자는 비행사한테 연거푸 질문을 퍼부어대. 가시 있는 꽃에 대해. 꽃이 가지고 있는 가시에 대해. 하지만 슬비야, 난 네가 무슨 일을 시키든 복종할 게. 비행기는 고치지 않아도 그만이다. 사막을 벗어나지 못해도 어쩔 수 없다. 난 너하고 한 약속을 지키기 위해 자동차학과에 갔단 말이야. 우리 엄마가 원했기 때문이 아니야. 내가 일 년 반 동안 죽

20

어라 공부한 이유는 당근 너 때문이야.

은규가 걸어가는 산책로는 저수지 갓길이다. 저수지의 수면은 넓고 검고 단단해 보였으며 건너편 물가에 늘어선 가로등 불빛은 작고 흐렸다. 왼쪽에 있는 차도는 텅 비어 있다. 비에 젖은 가로등 불빛만이 제 가로등 기둥의 발치를 축축하게 비추고 있다.

난 우리 엄마 몰래 두 번이나 하늘공원에 갔다 왔어. 내가 네 사진 아래 스카치테이프로 붙여둔 빼빼로 봤지? 작년 빼빼로데이에 내가 선물한 거야. 슬비야, 어쩌면 좋냐? 우리 엄마는 절대 용서하지 않겠대. 이를 물면서 그렇게 말한다. 널 딸처럼 좋아했거든. 하지만 슬비야, 우리 엄마의 분노는 너에 대한 사랑 때문만은 아니야. 어처구니없이 뒤집어진 여객선 때문만도 아니야. 비겁한 어른들 때문만도 아니야. 알 수 없는 진실 때문만도 아니야. 오늘도 내일도 숟가락을 들고 밥을 먹어야 하는 우리 때문이 아니야. 우리 엄마가 그러더라. 슬픔 때문이래. 그래서 분노하고 그래서 복수를 맹세하는 거래. 우리 엄마 말은 아주 간단하고 쉬워. 우리 엄마가 지난여름 그러더라. 아침밥을 먹으면서. 자신의 슬픔은 바다에서 인양된 널 확인한 네 엄마아빠가 터뜨린 한마디 말 때문이래. 바닷물에 젖은 네 옷자락을 잡고 네 엄마 아빠가 이렇게 말했대. 슬비야, 집에 가자. ……그 한 마디 때문에 자기 가슴이 찢어져버렸대. 슬비야, 슬픔은 그렇게 분노가 된다.

가방을 멘 어깨를 기울이고 그쪽 손등을 들어 은규는 눈두덩을 문질렀다.

슬비야, 비가 온다. 비가 오니 괜찮아. 아이……씨. 또 지금은 밤이니까 뭐. ……아무도 없으니 뭐 어때. 하늘공원에서도 난 울지 않았다. 아는 애들도 있었지만 네 사진 사방에 다닥다닥 붙은 노란 색종이 꽃 때문에 어디에 빼빼로를 붙여야 할지 자리 찾기가 힘들었거든. 내 정신이 아니었다. 납골함안치실 문에 붙은 네 사진 때문에 이를 악물고 있었거든. 넌 웃고 있더라. 난 웃지도 울지도 않았다. ……그런데 비가 오니 눈물이 흐르는구나. 저수지 곁이라 더 그래. 어차피 이 저수지엔 내 눈물이 섞여 있으니까 좀 더 보탠대도 표 나지 않겠지. ……슬비야, 난 정말 깨끗이 널 포기했거든. 오늘밤 재중이한테 얘기할게. 난 네가 행복하기만 바래. 내가 재중이 두들겨 팬 건 정말 잘못했다. 그때 내가 사과한 그대로야. 널 좋아했기 때문이지 널 차지하려는 욕심 때문이 아니었어. 진짜야, 슬비야. 그래서 저번 달 네 생일엔 가지 않고 그 다음 날 갔다. 알지, 슬비야?

팔각정이 검은 덩어리로 저 앞에 있다. 오른쪽엔 저수지로 뻗어 들어간 전망대가 있고 그 반대편 차도와 이어진 화랑교는 고잔일동주민센터 사거리와 연결된다. 사거리 횡단보도를 건너 안산중앙새마을금고 앞길로 죽 따라가면 은규가 재중과 슬비와 함께 다닌 단원중학교와 단원고등학교가 어깨를 맞대고 있다.

슬비야, 재중이하고 마주칠까봐 난 다음날 새벽에 갔어. 그날은 대학교 면접시험 보는 날이었는데, 찬바람 부는 새벽이라 하늘공원엔 아무도 없더라. 네 사진 앞에 무릎 꿇고 기도했다. 대학에 붙게 해 달라

고. 너한테 기도한 게 아니야. 그 어떤 신도 뭐도 아니야. 그냥 기도했
어. 누군가 그 기도를 알아듣고 내 뜻을 받아줄 존재가 있다면 그가 바
로 내 신이겠지. 그런 신이 있을까? 그래서 내가 합격했을까? 슬비야,
내가 대학에 합격하기 위해 그렇게 기도한 게 아니야. 날 위한 기도가
아니었단 말이야. 혼자 날 키운 우리 엄마를 위한 기도도 아니었어. 난
너하고 한 약속을 지키고, 그래서 널 기쁘게 하려고 기도했거든. 내가
준비한 생일선물이 그것밖에 없었으니까.

은규는 다리를 건너기 전 차도와 전망대 사이에 다시 멈춰 섰다. 저
수지 위 허공으로 시선을 던졌으나 시야는 저수지 건너까지 확장되지
못했다. 전망대 한가운데 선 소나무는 검은색으로 흔들렸고 난간 모서
리에 설치된 전등의 불빛은 희미하게 흔들렸다.

슬비야, 네가 사는 별에도 비가 오겠지? 그 별에 내리는 비는 따뜻
하겠지? 난 그곳은 아침마다 장미꽃이 피어나는 따뜻하고 작은 별이
라고 생각한다. 응, 슬비야? 그리고 그 별에는 가로등도 있고 점등부
도 있겠지? 철도 전철수는? 휴화산과 사화산은? 소박한 꽃과 그 꽃을
먹는 양은? 슬비야, 『어린 왕자』에 네가 빨간 플러스펜으로 그어놓은
밑줄 기억하냐? 자기를 길들이도록 누군가에게 자신을 맡긴 사람은
눈물 흘릴 각오를 해야 해. 난 오늘 아침에도 그 구절이 있는 책장에
눈물을 흘려버리고 말았다. 그 구절의 뜻 때문이 아니야. 어린 왕자나
여우 때문이 아니야. 네가 그은 가느다란 플러스펜 자국 때문이었다.
그 플러스펜 자국은 이젠 붉은 흔적으로 번져버렸어. ……난 어떡하면

좋을까, 슬비야? 네가 사는 별에도 지금 비가 오겠지? 슬비야, 지금 내 얼굴을 적시는 비가 그 별에서 떨어진 비라면 좋겠다.

재중은 온몸 고스란히 비를 맞으며 걸어가고 있다. 패딩점퍼 주머니에 두 손을 찔러 넣은 채 고개를 숙인 자세로 소방서 사거리 횡단보도를 건넜다. 시청 삼거리가 바로 앞이다. 삼백 일 전까지 재중은 이쯤에서 고민을 거듭하곤 했다. 지금부터 학교 정문에 이르는 경로 때문이었다. 시청 삼거리 횡단보도를 지나면 단원경찰서 정문이 나타난다. 그다음엔 죽 직진해 우회전하는 경로와 그러기 전에 경찰서 종합민원실을 끼고 우회전한 뒤 막다른 골목에서 다시 좌회전 우회전을 거듭하는 경로가 있다. 하지만 이 두 가지 경로는 중요하지 않다. 어느 쪽이든 고잔초등학교 앞으로 이어진다. 그다음 고잔초등학교 정문에서 큰길을 건너냐 마냐 하는 문제가 고민의 내용이었다. 이 문제를 이쯤에서 결정해야 하는 이유는 마음의 준비가 필요하기 때문이다. 고잔초등학교 앞에서 그 곁에 있는 올림픽기념국민생활관 정문까지 죽 걸어간 뒤 왼쪽의 횡단보도를 건너는 날은 슬비네 집 앞을 지나지 않기로 한 날이다. 그러나 큰길을 건너는 날은 안산유치원 뒷문과 마주보는 연립주택 이 층 슬비네 집 앞을 지나게 된다. 그곳은 함께 유치원을 다니던 옛날부터 둘이 수시로 만나던 장소였다. 재중은 때때로 그곳에서 슬비를 만났다. 어떤 날은 말끔한 교복차림에 가방을 멘 슬비가 탁탁 걸어나오는 장면과 마주치기도 했다. 또 어떤 날은 슬비를 향해 손을 흔들며 승용차에 오르는 슬비 아빠와 맞닥뜨리는 경우도 있었다. 최근 삼백 일 동안 재중은 한 번도 그 골목길로 들어가지 않았다. 그러나 오늘 밤은 달랐다. 슬비네 집을 쳐다보고 싶었다. 유치원 뒷문과 연립주택 앞 그 자리에 서 보고 싶었다. 연립주택 마당에 주차된 슬비 아빠 승용차를 확인하고 싶었고 유치원 뒷마당 놀이터의 미끄럼틀도 보고 싶었다. 그래서 재중은 고잔초등학교 정문에서 큰길을 건너기로 했다. 단원보건소 앞을 지나며 고잔파출소 맞은편 씨앤씨미술학원 간판을 쳐다보며 내린 결정이었다.

슬비야, 저번 달 네 생일에 난 첨 하늘공원에 가봤어. 돌아오다가 네 아빨 만났는데……네 아빠가 내 등을 어루만지며 웃으셨는데……눈에는 눈물이 가득했어. 그러면서 웃으시더라. 내가 네 사진 옆에 붙여둔 사진봤지? 수학여행 떠나기 전날 음악실 앞에서 너랑 은지가 '블락비' 댄스 연습하고 나올 때 찍은 사진이야. 너는 손가락으로 브이 하고 은지는 흰색 스마트폰 들여다보고 있잖아. 내가 찍은 사진 중에 네가 가장 흐릿하게 나온 거야. 그래서 붙여뒀다. 은지는 고개를 숙여 눈이 보이지도 않고. ……이젠 너도 은지도 사진을 찍어줄 수 없구나. 그래? 정말 이제 난 네 사진을 찍어줄 수 없어? 응? 오늘밤에도? 한 번만이라도 네 사진을 찍어줄 수 있다면……. 그 아래 빼빼로 봉지 붙어 있더라. 보자마자 은규 형이 붙여뒀다는 걸 알았고……유치했지만 좀 바라보다 그냥 뒀다. 오래 보지도 않았어. 그냥 잠깐 봤지.

재중은 학교에 오갈 때면 언제나 시청 앞 '특별법 제정 촉구 안산시민 농성장' 텐트 앞을 지나갔다. 하지만 한 번도 눈여겨보지 않았다.

농성장 텐트가 희고 사각형이며 뾰족지붕을 가지고 있다는 사실도 알지 못했다. 언뜻 텐트 앞에 있는 커다랗고 노란 리본을 본 적은 있었다. 지금에야 재중은 그 아크릴 조형물을 제대로 바라보았다. 리본은 샛노란 색이었다. 테두리에 막대 조명기구를 두른 채 땅으로 떨어지는 빗줄기를 비추고 있었다.

　슬비야, 구명조끼를 입고 있어 갑갑하고 더웠어. 침상 커튼은 사선으로 기울어 있었고. 커튼이 기운 게 아니라 사실은 여객선이 기울었지만. 육십 도쯤? 칠십 도쯤? 복도엔 아이들이 누워 있었는데, 누웠지만 기대어 있는 셈이지. 그런 자세가 아니라면 어쩔 수 없을 정도로 복도가 기울어 있었으니까. 그러니 복도를 지나갈 수 없었어. 네게 가려면 복도를 지나 또 한 번 왼쪽이나 오른쪽으로 돌아야 하는데 그럴 수 없었어. 그래서 뒤로 돌아 오 층으로 올라간 거야. 내가 있던 베드 룸에서 네가 있는 플로어 룸 쪽으로 가려면 오 층이나 삼 층 갑판을 통해 사 층 반대 방향 출입문으로 들어가야 했으니까. 난 네가 플로어 룸 앞이나 옆 복도바닥에 그런 자세로 기대어 라인 메시지를 날렸다고 짐작했어. 내가 있는 대각선 방향에 네가 있다고 말이야. 그래서 오 층으로 올라갔고 다시 사 층 플로어 룸 쪽으로 내려가려고 갑판으로 나갔던 거야. 슬비야, 난 갑판이 그렇게 넓은 줄 몰랐다. 밟고 다닐 땐 몰랐는데 기울어 담처럼 선 바닥은 정말 엄청 높더라. 슬비야, 너하고 은지는 블락비 뮤직비디오에 나오는 힙합댄스를 장기자랑으로 준비하면서, 여학생 팀이 남성 힙합그룹 댄스를 뽀개야 한다고 큰소리쳤지? 그래서 선생님께 우거 플로어 룸을 배정받았다고 머랭쿠키 통 전해주면서 자랑했지? 그래……장기자랑을 하지 않든가 힙합댄스를 선택하지 않았더라면 넌 베드 룸에 있었을 텐데……. 핑계가 아니야. 오 층 갑판에 선 어쩔 수 없었어. 내가 소방호스를 잡아주지 않으면 뒤에 선 애들이 미끄러져 떨어질 판이었어. 야, 잡아! 잡아! 어서 잡아! 하고 머리 위에서 그리고 등 뒤에서 그들이 소리쳤어. 난 잡을 수 없었어. 너하고 헤어질지도 모른다는 생각이 들었기 때문이야. 그런데 뒤에서 담임선생님 목소리가 들려왔어. 재중아, 어서 잡아! 어서 잡아라, 재중아! ……슬비야, 비가 온다.

점퍼에 달린 모자를 쓰고 흰 마스크를 한 사람 하나가 텐트 앞에서 서성이고 있다. 어둠에 잠긴 텐트는 칙칙한 회색으로 보였으며 뾰족지붕 꼭대기에 꽂힌 작고 노란 깃발도 선명한 색깔을 드러내지 못한다. 텐트 앞 보도에 설치된 아크릴 리본만이 밝고 샛노란 빛으로 주변을 밝히고 있다. '특별법 제정 촉구 안산시민 농성장'이란 글자가 적힌 현수막이 텐트 출입구 처마에 붙어 있다. 리본의 불빛은 비의 색깔과 모양까지 드러내 보여준다. 비는 희고 그리고 수직의 선이다.

슬비야, 울지 마. ……난 울지 않아. 눈물만 빗물처럼 흘러내리는 거야. 눈물은 때를 가리지 않아. 언제 흘러내릴지 알 수 없거든. 그냥 볼을 타고 흘러내려 입으로 스며들어.

재중은 시청 삼거리 횡단보도를 건너고 단원경찰서 정문을 지났다. 그런 뒤 경찰서 종합민원실을 끼고 우회전했다. 양쪽으로 자동차가 줄

지어 있는 골목은 어두웠다. 그러나 골목 끝에 선 가로등은 몹시 밝아 막다른 벽면에 그린 가을 계곡의 풍경을 적시며 내리는 빗줄기까지 고스란히 보여주었다. 벽화 앞에서 재중은 좌회전했다. 색채를 잃은 골뱅이 미끄럼틀이 어둠에 잠긴 고잔초등학교 운동장 가에 서 있다. 재중은 슬비와 함께 이 고잔초등학교를 졸업했고 단원중학교도 같이 다녔다. 중학교 삼학년 때 우진빌딩 주상복합상가 아파트로 이사한 뒤에도 재중은 기어이 단원고등학교 입학을 고집했다. 초등학교 철제 펜스가 끝나자 재중은 오른쪽으로 돌았다.

슬비야, 우리는 늘 대각선 방향 가까운 곳에 있었지? 그러니 넌 지금도 내 가까이 어딘가 있을 거야. 그치, 슬비야?

씨앤씨미술학원을 쳐다보며 결심한 대로 재중은 고잔초등학교 정문 앞에서 큰길을 건넜다. 길게 들이마신 숨을 천천히 내뱉고 콧속에 고인 눈물을 쭉 들이켰다. 연립주택 담벼락을 따라 걷다가 안산유치원 골목으로 들어섰다. 포장도로 바닥에 적힌 '어린이보호구역'이란 글자 위로 빗물이 흐르고 있다. 슬비네 집이 있는 연립주택 건물의 모서리가 보였다. 재중은 자신과 슬비가 하루에도 몇 번씩 만나고 헤어지던 갈림길을 바라보았다. 말끔한 교복차림으로 자신을 향해 손가락을 쳐들던 슬비는 그곳에 없었다. 삼백 일만에 지나는 어둡고 비에 젖은 골목길은 낯설기만 했다. 유치원 뒷문과 연립주택 앞 갈림길 한가운데서서 슬비네 집을 쳐다보겠다는 다짐을 실천할 수 없었다. 보폭 큰 걸음걸이로 지나치며 흘낏 살핀 연립주택 마당에 주차한 승용차 중에 슬비 아빠 승용차가 있는지 없는지도 확인할 수 없었다. 뛰는 듯이 걷느라 유치원 뒷마당에 있는 놀이기구도 제대로 보지 못했다. 사방이 다 흐릿하게 흔들리고 있었다. 달음박질로 골목을 벗어난 재중은 명성교회 맞은편 보도에서 걸음을 멈췄다. 이제 한 걸음만 더 가면 원고잔공원과 농구코트로 오르는 층계가 나타난다. 은규가 먼저와 기다리고 있을지도 모른다고 재중은 생각했다. 고개를 들고 이를 물었다. 하지만 일그러진 얼굴은 금방 퍼지지 않았다.

슬비야, 우리는 결코 악의 세력을 이길 수 없을까? 영원히? ……정말 그럴까? 슬비야, 난 오늘 아침 재작년 여름 너와 함께 구경 갔던 광덕공원 록페스티벌을 생각했어. 줄곧 그 생각을 하고 있는데 은규 형이 라인을 보낸 거야. 그래서 은규 형이 고맙더라. 너도 기억하지? 광덕체육공원 무대에서 서울예술대학교 형들이 공연한 록페스티벌. 그래……우린 정말 행복했다. 넌 내 노트를 깔고 앉았고 난 네 손수건을 깔고 바싹 붙어 앉아 있었지. 난 거기서 은규 형을 만나지 않은 것보다는 만난 쪽이 더 잘됐다고 생각해. 몇 대 맞긴 했지만 그때 네가 내 편이란 사실을 알게 돼 엄청 기뻤거든. 그래서 쫌 저질이라 생각하지만 은규 형을 많이 미워하진 않아. 결국 넌 내 편이니까. 그날 은규 형이 나타나지 않았더라면 난 네가 날 얼마나 좋아하는지 영원히 알 수 없었을지도 모르잖아.

오른쪽으로 길 건너편에 명성교회가 있고 대각선 방향에 단원고등학교 정문이 있다. 그리고 앞에 있는 횡단보도를 건너면 원고잔공원으로 올라가는 오르막 도로가 시작된다. 오르막 입새 한쪽에 선 모형 풍차는 전구가 매달린 날개 네 개로 네 개의 사각형 불빛을 내뿜고 있다.

그리고 슬비야, 우리 집 이사하기 전 우리가 같은 동에 살 때, 중학교 이학년 겨울방학 눈 내린 날 아침 말이야. 네가 연립 마당에 주차한 네 아빠 승용차와 네 엄마 승용차 그리고 우리 아빠 승용차와 우리 가게 승합차 앞 유리창과 보닛에 그림을 그렸잖아. 그때 생각도 했어. 네 아빠 승용차엔 화난 표정으로 이를 꽉 문 얼굴, 네 엄마 승용차는 갈매기 눈썹에 방긋 웃는 얼굴, 그리고 우리 아빠 승용차엔 깜짝 놀라 눈동자가 가운데로 모이고 속눈썹이 곤추선 표정, 우리 가게 승합차엔 땡그렇게 눈 뜨고 빨간 혀를 내민 귀염둥이 얼굴을 손가락으로 그려놓았지. 우리 엄마가 말했어. 슬비 미대 가야겠다. 엄청 그림 잘 그린다. 그러면서 우리 가게 승합차 색깔이 빨간색이라 네가 그린 귀염둥이 혀가 빨간색이라며 깔깔대고 웃었어. 그런데 우리 아빤 참 재미없는 사람이야. 그 그림을 보고 우리 아빠가 뭐랬는지 그때 내가 말해줬지? 잊었어? 우리 아빠 그 그림을 보면서 웃지도 않고 말했어. 슬비 손 시렸겠다. 슬비야, 고등학교 일학년 때 연극부 환영회 하느라 놀러갔던 봄날 바다도 생각했어. 태안반도 끝이었는데 거기가 어딘지 정확한 이름은 그때도 몰랐고 지금도 몰라. 어쨌든 따뜻한 바람이 불고 흰 뭉게구름 흘러가는 하늘 아래 파란 바다……. 그리고 화랑저수지 팔각정 근처 물가에서 바라보던 여름날의 저수지도 생각났어. 개구리밥이 잔뜩 떠 있는 연못 귀퉁이 작고 동그란 연잎에 올라앉아 있던 청개구리를 손가락질하며 네가 내 목을 잡았지? 그날이 생각났거든. 그리고 화랑유원지 오토캠핑장 둘레에 펼쳐져 있던 코스모스 밭도. ……슬비야, 생각나니? 빨간 꽃 하얀 꽃 분홍색 꽃 무지무지 피어 있던 그 코스모스 밭. 응? ……슬비야, 비가 온다. 금방 그칠 비가 아니야. 그러니 난 울면 안돼. 곧 은규 형을 만나야 하고 그리고 널 만나야 하니까.

하지만 이번에도 마음대로 되지 않았다. 화랑유원지라는 장소 때문이었다. 지금 그곳엔 코스모스 꽃밭 대신 합동분양소가 있다. 재중은 크게 입을 벌리고 숨을 들이쉬고 내쉬었다. 차가운 비가 뜨거운 뺨으로 떨어져 내렸다.

그럼 내가 알록달록한 머랭쿠키 만드는 법 이야기해 줄까? 그래 슬비야, 머랭쿠키는 달걀흰자와 설탕만 있으면 만들 수 있어. 하지만 알록달록한 머랭쿠키를 만들자면 한 가지 더 식용색소가 필요하지. 이 세 가지만 있으면 달고나 같이 빠삭하고 달달하면서 네가 노는 날 집에서 입는 블라우스 같이 파스텔 톤으로 알록달록한 머랭쿠키를 만들 수 있어. 슬비야, 우선 머랭을 만들어야 돼. 머랭쿠키를 만드니 머랭이 젤 중요하지. 가능한 신선한 달걀의 흰자를 사용해야 하는데, 그 흰자를 넓은 그릇에 담고 설탕을 세 번이나 네 번 나눠 넣으며 중간 속도로 휘저어. 뿔이 휠 정도로. 너도 알지? 머랭의 뿔 말이야. 머랭이 너무 뻑뻑하면 머랭쿠키가 윤기 없고 푸석푸석해져. 너무 묽으면 모양이 잡히질 않고. 그러니 되지도 묽지도 않게 만들어야지. 뿔이 돋아 휠 정도로. 그런 다음 머랭을 그릇에 나눠 담고 저마다 다른 식용색소를 넣어 잘 저어줘. 그럼 색소 넣지 않은 흰 머랭까지 네 가지 색으로 파스텔 느낌을 낼 수 있어. 그렇게 채색한 머랭을 차곡차곡 짤주머니에 넣어 뽁뽁뽁 같은 모양으로 짜 구십 도 정도 중불에 한 시간 반 정도 구우면 끝이야. 입안에서 사르르 녹고 보기도 좋은 알록달록한 머랭쿠키 완성! 슬비야, 내게로 돌아와. 그럼 내가 이 방법대로 알록달록한 머랭쿠키를 만들어 줄게. 하얀 머랭쿠키, 핑크색 머랭쿠키, 뭐든 다 만들어 줄 게. 그래서 크리스털 그릇에 담아 네 앞에 놓아줄게. 하나씩 네 입에 넣어 줄게. 네가 내게 그랬듯이 나도 내가 만든 머랭쿠키를 네 혀위에 올려놓아줄게. 응, 슬비야?

안산중앙새마을금고 앞에서 단원중학교 입구에 이르는 길 왼쪽은 캄캄한 산비탈이다. 그래서 이 길가에 선 가로등은 발굽에도 불을 밝히고 있다. 중학교 입구를 지나면 산비탈은 축대로 변하고, 반대쪽에 있는 차도를 건너면 보도를 따라 현대아트삼차빌라와 원고잔공원이 시작되는 언덕배기가 이어진다. 빌라와 언덕배기 사이 길 가에 정차한 보람유치원 버스를 바라보면서 은규는 축대 아래로 걸어가고 있다.

슬비야, 난 오늘밤 널 만날 수 있다고 믿어. 아무도 믿지 않지만 나는 믿는다. 슬비야, 난 언젠가 텔레비전에서 어떤 탐험가가 하는 말을 들었어. 그 탐험가가 말하더라. 상상도 현실이 될 수 있다고. 그 탐험가는 평생 그런 세상을 찾아다녔대. 그래서 기어이 발견했다고 하더라. 히말라야 깊은 산속 험준한 계곡에 숨어있는 엄청나게 큰 폭포 뒤에 그 상상의 세계가 있었대. 그곳에 가자면 장난 아니지. 찾아내기도 어렵지만 가기도 힘들어. 늪과 사막을 지나고, 눈 덮인 산을 넘고, 절벽을 타고 계곡 아래로 내려가고, 그런 뒤에도 그런 어마어마한 폭포를 뚫고 그 뒤편으로 가야한대. 그런데 그곳에 갈 수 있는 사람은 믿는 사람이래. 슬비야, 오래 걸리고 힘들어도 좋아. 두렵기도 하고 지치기도 하겠지. 그래도 난 찾아갈 거야. 난 믿으니까.

단원고등학교 정문이 보이는 곳까지 왔다. 걸음을 멈추고 우산을 내린 은규는 철봉으로 된 펜스를 타넘어 차도로 내려섰다. 재중과 만나기로 한 농구코트로 오르는 층계 아래편은 운동기구가 줄지어 박혀 있는 근린체육시설 간이공원이다. 그 언저리 층계참의 가로등은 갓 쓴 전구를 두 개나 매단 채 가장 멀리 있는 허리돌리기 기구까지 환하게 비추고 있다. 은규는 스마트폰을 꺼내 시각을 확인했다. 약속한 열한 시 오십 분이다.

슬비야, 난 네가 사하라 사막이나 히말라야 산속에 있다면 어떤 수를 쓰더라도 찾아갈 거야. 하지만 넌 어린 왕자의 별처럼 아주 먼 별에 있나 보다. 그래서 비오는 밤이라야 학교 앞으로 올 수 있나 봐.

은규는 우산을 들지 않은 오른손으로 손잡이철봉을 잡고 허리돌리기 기구에 올라섰다. 슬슬 몸을 비틀면서 앞을 바라보았다. 단원고등학교 정문 위 칠흑하늘에 '명성교회'라는 글자가 보이고 그 글자 위에 십자가가 떠 있다. 은규가 있는 곳에서 보이는 십자가는 가로막대를 감춘 짧은 세로의 직선이다. 이리저리 어깨와 허리를 뒤틀어보았으나 십자가는 여전히 짤막한 세로막대로 그곳에서 빛나고 있다.

『어린 왕자』를 주고 며칠 뒤에 넌 날 또 한 번 어린이도서관으로 불러냈어. 기억하고 있지? 그리곤 내게 묻더라. 오빠, 책 읽었어? 난 읽었다고 대답했다. 두 번이나 읽었는데. 얘기해봐, 뭘 느꼈는지? 그래서 내가 말했다. 재밌기는 주정뱅이 이야기가 재밌었지만 난 작은 별에 혼자 사는 왕이 어린 왕자한테 하는 말에 감동 먹었다. 왕이 어린 왕자한테 말하잖아. 네 자신을 심판하거라. 그것이 가장 어려운 일이니라. 그러자 넌 웃었어. 그리고 이렇게 말했지. 오빠, 완존 바보는 아니다. 그래, 난 너 땜에 완존 바보에서 조금 바보가 됐어. 재중이 쬐박을 때 내가 그랬거든. 얌마, 일학년 놈이 공부도 하지 않고. 참내, 내가 생각해도 웃긴다. 슬비야, 난 『어린 왕자』를 쓴 소설가 이름 외우는데도 한 달이나 걸렸다. 물론 이젠 훤하지. 그 소설가 선생님은 비행사를 했고 비행 중에 실종됐고 프랑스 사람이야. 그 소설가 선생님은 『어린 왕자』에 자기가 어린 왕자 이야기를 적는 까닭을 밝혀놓았어. 어린 왕자를 잊지 않기 위해서라고. 그러면서 그 선생님은 친구를 잊는다는 것은 슬픈 일이라고 해. 나도 당근 그렇게 생각한다. ……나는 이제 울지 않아. 눈물은 내 기분 때문에 흘러나오는 것이니까. 하지만 난 여전히 슬퍼. 그러니 내 슬픔은 내가 너를 잊지 않고 있다는 증거야. 슬비야, 난 너를 잊지 않아. 그래서 난 영원히 슬플 수밖에 없을 거다.

그때 재중이 다가왔다. 비에 젖은 흐릿한 불빛 속에서 고개를 숙인 채 천천히 걸어오는 그가 재중이라는 사실은 확인하지 않아도 알 수 있었다. 허리돌리기 기구에서 내려서서 한 걸음 발을 내디딘 은규가

손을 내밀었다. 재중이 그 손을 맞잡았다. 둘 다 차가운 손이었다. 은
규는 얼른 우산을 들었다. 비가 내리고 있었고 가로등 불빛을 등지고
있었으며 다행히 재중은 은규의 눈을 바라보지 않았다. 은규가 얼른
말했다

"가자, 재중아."

재중은 은규의 손아귀 힘이 너무 세다고 생각했다. 재중의 앞에 있
던 자신을 그의 등 뒤로 빙 돌려 왼쪽으로 옮긴 뒤 맞잡았던 오른손으
로 그의 어깨를 감싸 안으며 은규가 다시 말했다.

"너 춥겠다."

재중은 대답 대신 성큼 발을 옮겼다. 그러느라 어긋난 발걸음을 바
로잡으려 둘은 함께 휘청거렸다. 근린체육시설을 지나 층계를 오른 뒤
농구코트 곁에서 비탈진 벽돌포도로 접어들 때였다. 은규는 재중의 어
깨를 감싸고 있던 오른손으로 옮겨든 우산을 그의 머리 위로 치켜들었
다. 재중이 입을 열었다.

"고마워, 형"

원고잔공원 정상은 캄캄한 어둠에 잠겨 있었다. 저 아래 층계참의
가로등 불빛은 이곳까지 올라오지 못했다. 손을 내밀어 더듬고 휘저으
며 둘은 한 발 한 발 어둠속으로 걸어 들어갔다. 둔덕길로 올라가면 왼
쪽에 어린이 놀이터가 있고 그 앞에 벤치가 있다는 사실을 둘은 알고
있었다. 살금살금 어둠을 더듬어 첫 번째 벤치를 지나고 두 번째 벤치
를 지나고 세 번째 벤치에 도착한 뒤 재중이 먼저 앉고 은규가 그 곁에

앉았다. 함께 우산을 받쳐 든 채 어깨와 허벅지를 바싹 붙였다. 그들이 자리 잡은 벤치 앞에 좁고 비탈진 잔디밭이 있고 그 아래편이 바닥분수대였다. 하지만 아무것도 보이지 않았다. 저 멀리 시가지 쪽 하늘로 희미한 빛이 지나는 듯했으나 여겨보면 여전히 칠흑어둠이었다. 바닥분수대도 잔디밭도, 잔디밭에 선 벚나무 조경수도 분간할 수 없었다. 오직 소리만이 또렷했다. 숨죽이고 앉은 두 사람의 숨결 사이로 소리는 끊이지 않고 들려왔다. 나뭇가지에서 작은 방울로 덩이져 잔디밭으로 떨어지는 빗소리였다. 둘은 숨죽이고 앉아 기다리고 있었다.

슬비야, 비가 온다.

재중이 으으음 신음소리를 냈다.

어서 와, 슬비야⋯⋯. 넌 수학여행 날짜 정해지자마자 연습을 시작했잖아. 어서 그 춤을 보여줘. 다른 팀이 연습실 차지했을 땐 본관 현관에 있는 커다란 거울 앞에서 춤을 췄고, 그 거울도 딴 애들이 차지했을 땐 현관 유리문에 비치는 널 보면서 넌 춤을 췄어. 난 그 춤을 보고 싶거든⋯⋯. 슬비야, 어서 와. 어둠 속에서 이렇게 비가 내린다.

재중은 이를 물고 있었다.

다른 반 애들 꺾으려면 역발상이 필요하다고 네가 말했지. 나도 그렇게 생각했어. 그래서 넌 걸그룹 대신 블락비를 선택했고 거기에 어울리는 애들로 힙합 팀을 만들었어. 블락비의 「베리 굿」. 내게 그 노래를 들려줘. 아임 베리 베리 굿, 베리 베리 굿, 아임 베리 베리 굿. 네가 메인보컬 태일 역인데, 난 그건 어울리지 않는다고 생각했어. 넌 다른 애들보다 키가 커. 그러니 태일 역으론 어울리지 않지. 재효 역을 맡은 혜영이도 사실 쫌 그랬어. 재효는 그룹에서 젤 얼짱인데 혜영이는 쫌 그렇잖아. 슬비야, 우리 반 애들은 개콘 프로그램 레퍼터리 가운데 두 개를 준비했는데, 내가 말해줬지? 엄청 웃긴다고. 「전설의 레전드」하고 「꽃보다 아름다워」라고. 그래, 우리 반 반장 승효는 공부도 잘하고 개그도 짱 나. 걔 같은 모범생이 개그를 해야 심사위원들이 뒤집어지시거든. 반장인데다 전교 일등이 개로 망가져야 점수를 많이 받을 수 있어. 그게 우리 반 전략이야. 그래서 수학여행 출발 전까지 일급비밀로 했다. 사전에 알게 되면 심사하실 때 덜 뒤집어지실까 봐 담임선생님한테도 비밀로 했어. 육 반 애들처럼 맨 날라리들이 기차게 댄스그룹 흉내 내봐야 점수가 없어. 걔들은 '엑소'를 한대. 아마 펄펄 날겠지. 다 안산에서 한춤 하는 애들이니까. 하지만 수학여행 장기자랑에선 그런 실력이 통하질 않아. 승효라든가 너처럼 공부도 잘하고 그림도 노래도 잘하고 영어도 불어도 잘하는 애가 난리굿을 쳐야 점수가 나와. 슬비야, 네가 저번 연극부에서 부르던 그 노래 생각난다. 에렌, 쥬 마 삘에렌……하는 그 노래 말이야.

재중이 부르르 몸을 떨자 은규의 몸도 함께 떨렸다.

슬비야, 이젠 내게 그 노래 불러줄 사람이 없구나. 엘렌, 내 이름은 엘렌. 난 그저 평범한 소녀랍니다. 그래, 슬비야. 그 가사처럼 넌 평범한 소녀였어. 엘렌, 나의 기쁨과 고통은 그대들 삶과 같이 나의 삶을 이룬답니다. 난 사랑을 찾길 바래요. 단지 사랑을. 그 노래를 불렀어도 짱 났을 텐데. 선생님들 모두 뻑 갔을 거야. 하지만 넌 기쁨뿐이고 고통은 없는 소녀였어. 그리고 사랑을 찾으려고 했지. 그래서 사랑을 찾았니? 지금 네가 사는 그곳에서? 정말? 그렇다면 내게 말해줘. 얼마나 멋진 사랑인지 자랑해봐. 네가 어디에 있건 난 네가 사랑을 찾기만 바래. 기쁘고 행복하기를 바래. 고통은 없기를 바래. 정말이다, 슬비야.

어둠 속에서 은규가 말했다.

"재중아, 이 우산을 받아."

재중이 더듬거리며 우산을 받아들자 은규는 주섬주섬 비닐가방을 열었다.

"재중아, 자아……."

보온물병 뚜껑에 따른 물을 재중의 빰에 대며 은규가 말했다.

"마셔. 너 엄청 추운 모양이다. 얌마, 이를 너무 앙 다물지 마. 그리고……."

우산을 든 재중은 다른 손으로 물을 마셨다. 따끈하고 고소한 물이었다. 은규는 재중의 목과 어깨를 더듬어 패딩점퍼를 벗긴 다음 안에 입은 스웨터에 핫팩을 붙여주었다. 한 개는 목 뒷덜미 아래쪽 어깨 사이에 붙이고, 다른 두 개는 바짓단을 걷어 올린 뒤 양쪽 종아리에 붙였다. 더듬거리는 손길로 보온물병 뚜껑을 돌려주면서 재중이 말했다.

"형, 형도 붙여줄까?"

"응, 내가 할게."

패딩점퍼를 벗으며 은규가 말했다.

"난 하나면 돼."

"왜?"

"네 개 가져왔거든. 난 하나면 돼."

제 손으로 등에 핫팩을 붙인 은규가 패딩점퍼를 도로 입었다. 재중이 말했다.

"형, 형도 물을 마셔."

"그래, 고마워."

이번에도 은규는 제 손으로 물을 따라 마셨다. 재중이 또 말했다.

"형, 합격을 축하해."

그리고 덧붙였다.

"벌써 알았지만……전화를 못했어. 미안해."

"얌마, 알았어. 고맙다. 고맙고…….."

재중의 어깨와 목과 머리를 더듬으며 은규가 말했다.

"얌마, 모자를 써. 그리고 끈을 양쪽 다 바싹 조여. 우산은 날 주고."

이전의 자세로 돌아간 둘은 다시 침묵으로 빠져들었다. 가끔 재중의 콧물 들이키는 소리만 나목의 가지에서 잔디밭으로 떨어지는 빗방울 소리 틈틈이 끼어들었다. 왼쪽에 앉은 은규는 오른손에 든 우산을 재중이 쪽으로 기울이고 있었다. 그 우산을 왼손으로 옮기고 오른팔을 재중의 왼쪽 겨드랑이에 끼웠다. 그런 뒤 다시 그쪽 손으로 우산을 옮겨 들었다.

슬비야, 어서와. 이곳은 캄캄하고 여전히 비가 내려. 은규 형이랑 내가 이렇게 기다리고 있는데. 어서 와, 슬비야.

재중은 소리 없이 한숨을 내쉬었다. 이제 턱은 떨리지 않았다.

슬비야, 네가 내게 자랑했지? 여자애들은 별 거 아니라고. 기껏해야 '이엑스아이디' 뮤직비디오 따라 하기 아니면 케이팝스타 서바이벌 오디션 흉내나 낼 거라고. 아니면 『써니』나 패러디하겠지, 하고 콧방귀 팡팡 끼더라. 그러면서 내게 말했어. 야, 재중아. 차라리 트로트가 무섭다. 선생님들이 그런 역발상에 까무러치시거든. 오 반에 걔 있잖아. 작년 개교기념일 방송축제 때 교감선생님하고 트로트 부른 남자애. 교감선생님이 〈홍콩의 왼손잡이〉 부르시고 걔가 〈홍콩의 아가씨〉 불렀잖아. 둘 다 여자 노랠 남자 키로 부르니까 그렇게 단체로 자지러지는 거야. 실력도 개쩔어. 난 그런 애가 두려워. 으으으 떨린다. 이엑스아이디 흉내 내는 애들 쯤은 우리 팀 상대가 아니야. 난 검정 쫄바지에 배꼽티 입고 머리 흔들며 난리치는 여자애들은 눈곱만치도 두렵지 않아. 그래, 슬비야. 넌 이제껏 그 무엇도 두려울 게 없는 소녀였어. 그러니 어서 와, 슬비야. 넌 아무것도 두려워할 필요가 없어.

치걱치걱거리며 서행하는 자동차 소리가 두 사람 뒤편에서 가느다랗게 들려왔다. 학교 앞을 지나 저수지 쪽으로 이동하는 그 소리가 잦아들자 다시 침묵이 이어졌다. 언뜻 공원의 솔숲 위 하늘이 희미하게 드러나 보이는 듯 했지만 눈을 부릅떠보면 종적 없는 어둠뿐이었다. 두 사람 앞에 산적한 어둠은 짙고 깊고 막연했다. 지금 영아들이 그들 앞에서 휠휠 춤추고 있대도 알아볼 수 없을 지경이었다. 은규가 눈을 깜빡였다.

슬비야, 넌 날 길들여놓았어. 그래서 넌 내게 유일한 존재고 가장 소중한 존재야. 물론 재중이한테도 그렇겠지만. 그러니 어서 이리로 와. 네 발소리를 내면서 우리에게로 와.

등이 따뜻해졌다. 은규는 재중의 등과 다리도 따뜻하리라 짐작했다. 하지만 한 시간이 지나고 두 시간이 지나도 영아들은 나타나지 않았다. 손을 더듬어 우산을 바꿔드는 자신의 동작조차 분간치 못할 만큼 캄캄한 어둠뿐이었다.

슬비야, 난 그 소문을 들을 때부터 행복했다. 다른 사람은 믿지 않았지만 난 믿었으니까. 그래서 맑은 날에도 행복했어. 언젠간 비가 온다는 사실을 아니까. 환한 대낮에도 행복했지. 해가 지면 밤이 된다는 사실을 아니까. 그렇지만 혼자 올 순 없었어. 그래서 오늘 재중이하고 함께 온 거야. 어서 와, 슬비야. 우리는 행복한 마음으로 널 기다리고 있어. 네가 우리를 이렇게 길들여놓았잖아.

"재중아……."

은규가 불렀다. 하지만 너무 작은 소리였기에 재중은 꿈결인 듯 들었다. 재중이 은규 쪽으로 고개를 틀었고 은규의 손이 재중의 얼굴을 만졌다.

"재중아, 너도 행복하냐?"

재중은 우산을 들고 있었다. 그래서 자신의 얼굴을 어루만지는 손의 온기를 뺨과 입술로 느끼며 가만히 있었다. 재중의 얼굴을 만지며 은규가 말했다.

"생텍쥐페리 선생님은 이렇게 말해. 너의 장미가 그토록 소중한 까닭은 그 꽃을 위해 네가 소비한 시간 때문이라고. 『어린 왕자』에 그렇게 써 놓았어."

은규가 또 말했다.

"그러니 넌 네가 시간을 소비한 장미에 대해 영원히 책임이 있지."

투두둑, 굵은 빗방울 떨어지는 소리가 그들의 대화에 끼어들었고 둘은 동시에 바닥분수대 쪽으로 고개를 돌렸다. 그러나 그곳에는 여전히 어둠뿐이었다. 한참이 지난 뒤에 재중이 작은 목소리로 물었다.

"형, 우리는 결코 악의 세력을 이길 수 없을까?"

"넌 그렇게 생각 하나? ……난 그렇게 생각하지 않는데? 재중아, 우리는 누군가 우리의 손을 들어주리라 기대해선 안 돼. 독한 놈들과 맞붙었을 땐 판정승도 없고 중립도 없어. 그럴 땐 기력을 다해야 돼. 그러면 우리는 악의 세력을 이길 수 있어."

"형, 난 가끔 내 백팩을 생각해. 선실 침상 벽에 매달려 있는 내 백팩을 버려두고 왔거든."

"재중아, 곧 찾을 수 있어."

"형. 슬비가 준 머랭쿠키 통이 그 안에 들어 있단 말이야."

"재중아, ……울지 마. 그건 지금도 거기에 그대로 있을 거야. 조금도 녹지 않고 슬비가 만든 모양 그대로 널 기다리고 있을 거야."

"형, 슬비는? 우리는 슬비를 다시 만날 수 있을까?"

"재중아, 어린 왕자는 자기 별로 돌아갔어. 비행사하고도 헤어지고 여우하고도 헤어졌지만 언젠간 돌아올 거야. 그들은 서로 길들인 사이니까. 우리도 마찬가지야. 지금 슬비가 있는 별은 너무 멀고 아주 작은가 봐. 그래서 슬비가 이리로 금방 올 수도 없고 우리가 그 별을 바라볼 수도 없는 모양이다. 그러니 우리는 이렇게 생각하자. 슬비는 지금 어린 왕자의 별보다 더 멀고 더 작은 별에 있다고. 그래서 우리에겐 시간이 필요하다고."

재중의 겨드랑이에서 팔을 뺀 은규는 비닐가방을 더듬어 보온물병을 꺼냈다. 물을 따라 재중에게 주고 자신도 마셨다. 그러면서 말했다.

"우린 정직할 때 정직하고 용감할 때 용감해야 돼. 비겁하지 않아야 돼."

"형, 난 날 용서할 수 있을까?"

"재중아, 내가 도와줄게. ……울지 마. 넌 혼자가 아니야. 많은 사람이 네 편이야. 우리는 어떤 악의 세력도 이길 수 있어. 그럴 거야. ……이리 줘."

은규는 재중의 손에서 우산을 빼앗아들었고 재중은 손을 들어 우산을 잡은 은규의 손등을 매만졌다. 잠긴 목소리로 재중이 물었다.

"형, 우린 행복할 수 있을까?"

은규가 대답했다.

"그럼, 우린 지금 행복하잖아. 이렇게 슬비를 기다리고 있으니까."

"아니, 그런 뜻이 아니야."

재중이 말을 더듬었다.

"우리는 앞으로 행복할 수 있을까?"

"그래, 우린 우리가 살아갈 날을 행복하게 만들 힘을 가지고 있어. 그런 본능이 있단 말이야."

은규가 다시 말했다.

"믿으면 된대. 잊지 않으면 된대. 지금 이 시간을 기억한다면 가능할 거야. 재중아, 나는 너와 함께 손잡고 슬비를 기다리던 오늘밤을 절대 잊지 않겠다. 그럼 우린 행복할 수 있을 거야. 그렇지 않을까?"

재중이 또 콧물을 들이켰다.

"재중아……지금 비가 오지만 우리는 비를 보지 못하잖아. 그래도 비는 우리를 적신다. 어쩌면 슬비는 지금 우리 앞에서 춤을 추고 있는지도 몰라. 너무 어두워 우리가 아무것도 보지 못하는지도 모르지."

그때였다. 향긋하고 따뜻한 한 줄기 바람이 바닥분수대 위 허공에서 그들을 향해 불어왔다. 은규와 재중이 동시에 그쪽으로 고개를 돌렸다.

심상대 1960년 강원도 강릉 출생으로 1990년 《세계의문학》 봄호에 단편소설 세 편을 발표하며 등단했다. 소설집 여섯 권과 산문집 두 권, 장편소설 『나쁜봄』 출간했다. 현대문학상과 김유정문학상 수상했다.

누가
내 나무를
어디로
옮겨 심었는가?

——

노경실

memo

슬픔과 고통, 예상치 못한 수많은 어려움들…… 이런 것이 빠진 기록은 역사가 아니라 판타지이다. 판타지는 말 그대로 유령의 모습이며, 소리이다. 하지만 우리의 '역사'는 결코 판타지의 붓칠이나 헛소리, 비틀거리는 몸짓으로 세워지는 게 아니다. 그런데도 사람들은 고통과 수치, 빈곤, 더러움과 악취, 추악함과 역겨움 따위의 기록은 '역사의 서'에 기록하고 싶어 하지 않는다.

자연을 보라! 화산이 폭발하면 뜨거운 용암과 재는 당연히 세상에 증거를 남긴다. 허리케인이나 토네이도가 지나가면 처참한 낙인을 찍는다. 지진이나 해일이 일어나면 잔인한 흔적을 보여준다. 사람도 자연처럼 저지르거나 당하는 지진과 폭풍, 해일의 상처가 오죽하랴! 하지만 세상은 역사의 서에 아름답고 풍요로우며 스마트한 추억만을 기록하려 한다. 유령이 들려주는 옛날이야기에 침을 흘리는 꼴이다.

그래서 기록한다.

기록하기 위해 썼다. 쓰기 위해,

귀 막고,

눈 감고,

입 닫은 세상을

조용히……오래도록 바라보았다.

누가 내 나무를 어디로 옮겨 심었는가?

1.

벌써 한 달째다.

귓속에서 자꾸 소리가 들린다.

위이잉……윙…….

'이명중인가?'

피로감에 오는 현상으로 여기며 며칠을 보냈다.

'괜찮겠지.'

연말이면 늘 정신없는 작업으로 녹초가 되지 않는가. 말 그대로 녹초! 녹은 초, 녹아들어가는 초. 그래서 심지마저 꺼져버리듯 허물어지는 몸!

택배기사인 내게 성탄절과 연말연시가 연달아 있는 이 기간은 그야말로 죽음이다. 아직 전쟁이란 걸 겪어보진 못 했지만, 밥 먹을 틈 없고, 잠 못 자고, 이리저리 도망 다니듯 숨 쉴 틈 없이 메뚜기처럼 좌우상하, 골목골목으로 뛰어다니고, 무전기로 통신하듯 계속 휴대폰 통화하고, 비밀교신 하듯 연신 문자 날리고……이런 게 영화에서 본 전쟁터와 다를 바가 뭐랴! 총? 폭탄? 비유하자면 고객들의 갖가지 불평불만의 소리가 총이요, 꽉꽉 숨 막히도록 뚫리지 않는 도로가 폭탄이나 마찬가지다.

위이이잉……위잉…….

그런데 이 와중에 이명증이 더 심해지다니! 종일 블루투스 이어폰을 꽂고 다녀서 그런가 하고 빼버리기도 했지만 소용없었다.

'으으으으……내 귀들아! 얌전히 좀 있어라!'

나는 양쪽 귀에게 하소연을 할 정도였지만 병원이나 약국에 갈 시간을 낼 수 없었다.

"태석아!"

나는 운전하는 차 안에서 친구에게 전화를 했다. 그리고 내 증세를 얘기하며 혹시나 하고 치료법을 물었다.

"얌마! 내 전문이 자동차지 사람이냐? 너도 참 안 됐다. 그런 거 물어 볼 사람이 없어서 카센터로 전화하냐? 인터넷 들어가면 다 나오잖아."

"그럴 시간이 어딨어? 그냥 말로 해 줘, 말로. 네가!"

"네가 모르는 걸 내가 어찌 안다고? 가만있어 봐라. 민간요법의 대가이신 울 엄마한테 물어보고 알려줄게. 우리 어릴 때, 울 엄마랑 너의 엄마가 우리들 사고 쳐서 깨지고 피멍들고 하면 온갖 민간요법으로 낫게 해줬잖아. 그나저나 대한민국 택배가 이 나라 운명을 짊어졌냐? 어째 대통령보다 더 바쁘냐? 병원 갈 시간도 없게?"

"여왕벌이 바쁠 게 뭐 있어? 나 같은 일벌이나 죽어가는 줄도 모르고 사는 거지."

"또, 또, 또! 그런 식으로 말한다! 진규야, 너도 이젠 힘 빠질 나이 아니냐? 이제 그만 세상 좀 너그럽게, 너어어어어……너그럽게 좀 바라봐라!"

친구의 말에 목구멍까지 혹, 하니 불기운이 치솟았다. 하지만 나는 용감한 용가리는 아니었다. 친구 말처럼 힘이 빠져서일까?

"예썰! 충성!"

나는 허허 웃으며 손톱만큼도 진실성 없는 충성을 외쳤다.

"짜아식……충성은 무슨……."

"부탁한 거나 알아 봐줘."

그렇게 통화는 끝났다.

대신 내 마음속 저 아래에서 소리 줄기 하나가 스멀스멀 피어오르기 시작했다.

"그래! 사고 때문이야!"

나도 모르게 액셀러레이터를 밟을 뻔했다.

태석이의 말 '사고 쳐서 깨지고 피멍들고……'가 그 소리 줄기를 만든 것이었다. 운전을 하기 힘들었다. 마침 갓길이 보여 차를 세웠다.

2.

'2014년 4월 16일.'

그때부터 내 두 귀는 먹먹하게 어두워진 게 틀림없었다.

그날 밤, 동료들과 소주를 마시던 식당에서 나는 침몰하는 배를 보았다.

어느 정도 정황을 알게 된 순간, 나도 모르게 술잔을 떨어뜨리며 울부짖었다. 아들 이름을 단 한 번 부르고는 다시 부르지 못했다. 부를 수 없었다. 입이 꽉 닫혀 버리고 말았다. 대신 나의 모든 울부짖음, 외침은 눈물덩어리가 되어 두 눈에서 쉼 없이 흘러나왔다.

게다가 나는 아들에게 달려가지 못했다.

나는 이제 법적으로 내 아들의 아버지가 아니다. 지금 간다면 오해를 받을 게 뻔했다. 더구나 아내 옆에는 이제 나보다 아니, 나하고는 비교도 안될 만큼 다정한 사내가 있잖은가. 대신 택배를 하며 눈에 보이는 분향소란 분향소는 다 달려가 무릎을 꿇었다.

어느 쉬는 날에, 안산으로 달려갔다.

아들의 사진 앞에서 나는 젖은 빨래가 줄에서 떨어지듯 주저앉았다. 그때, 너무도 귀에 익은 목소리가 내 목덜미를 후려쳤다. 아주 낮고, 작은 목소리이지만 시멘트 덩어리가 쿵, 하니 땅바닥에 내던져지는 듯한 중압감으로 나는 얼른 고개를 돌리지 못했다.

"얼른 가요!"

아내였다.

"여기가 어디라고 왔어! 가!"

나는 아들 앞에서 아직 울지도 않았는데…….

"가, 가라고!"

나는 겨우 일어섰다.

"가라고!"

그제야 나는 아내의 얼굴을 봤다. 하지만 우리는 목례조차 나누지 못한 채 조문행렬에 밀리다시피 하여 분향소 맨 뒤 쪽 구석으로 갔다.

"가요, 가! 내 아들이야!"

아내는 하얗다 못해 푸르스름한 빛이 감돌 정도로 마르고 지친 데다가 분노까지 겹친 얼굴로 나를 밀어냈다. 나보다 열 살 어린 아내는 아들 때문인지 할머니처럼 보였다. 헝클어진 머리카락, 패인 얼굴, 화장기 전혀 없는 낯이라서 그럴까…….

"그래도…….."

나는 말을 해놓고는 스스로 물었다.

'그래도 뭘? 내 살, 내 피 절반은 섞인 아들이라고?'

아내도 나와 같은 생각을 했는가 보다.

"내 아들 이젠 죽어서 당신이랑 아무 상관없어! 난 봤어! 우리 아들……조각, 조각으로 봤다구! 그러니까 네 건 없어! 네 살점 하나 없어, 우리 아들은! 가라고, 가!"

나는 아내의 말의 의미를 알았다. 그래서 아내를 힘껏 안아줄 용기가 났다.

"미안해, 미안해……."

"내 아들이야, 가!"

아내는 결국 내 아들, 그리고 가, 라는 말만 주문처럼 했다. 그러면
아들이 살아올 것처럼. 그러면서도 아내는 나의 두 팔을 밀쳐내지는
않았다. 아내는 그럴 힘도 없었던 모양이었다.

나는 안산을 떠나면서 아내에게 맹세를 해주어야 했다.

'다시는, 이곳에 오지 마라. 만약 또 온다면 난 아들 따라 가버릴 거
다. 장난하는 게 아니다.'

나는 그 뒤, 지인들로부터 아들에 대한 이야기를 전해들은 뒤부터
샤워를 하지 못했다. 뜨거운 여름날이 되어도 나는 물줄기 아래에 발
가벗고 서 있지 못했다. 거리에서 오래도록 밤을 보낸 사람들처럼 냄
새가 나는데도 잘 씻지를 못했다. 그 냄새도 나는 전혀 맡지 못했다.

그런데다가 아들의 마지막 모습을 전해, 전해, 전해들은 뒤부터는
두 귀에 가득 물이 찬 것처럼 먹먹했다. 그런 답답함은 마치 겨울 날씨
처럼 사나흘 간격으로 나아지다, 도지다, 다시 나아지다를 반복했다.

나는 귀에 온갖 것을 넣고 헤집었다. 이쑤시개, 귀이개, 볼펜, 면봉,
미니 송곳, 심지어는 바늘을 거꾸로 해서 바늘귀를 집어넣고 두 뒤를
마구 학대했다. 그래도 나의 귀는 열리지도, 뚫리지도, 터지지도 않았
다. 약간의 피만 보였다.

피는 물보다 진하다는데, 내 두 귀는 피보다 물이 더 진하게 짓누르

고 있었다.

　서늘한 가을바람이 불 즈음 어느 새벽, 나는 몽유병환자처럼 갑자기 일어나 그야말로 목욕재계를 했다.

　꿈 때문이었다.

　그렇게도 보고 싶어 하던 아들이 나를 찾아왔다.

　아들은 나에게 투명한 유리컵에 깨끗한 물을 담아 주었다.

　"너부터 마시지? 목마르지 않아?"

　개자식! 나는 스스로 생각해도 완전 개자식처럼 그런 말을 했다. 그러나 아들은 무표정한 얼굴로 자꾸 나에게 물을 권했다.

　"난 괜찮아. 너, 많이 목마르잖아?"

　정말 나는 개자식이다. 이따위 말을 하다니!

　아들은 화가 오른 모양이었다. 내 머리에 천천히 물을 부었다.

　"왜 이래? 아빠한테? 넌 늘 아빠한테 이런 식이지?"

　나는 정말 개자식이다! 나는 아들에게 화를 냈다. 그렇지만 이상하게 아들의 물세례를 피하지는 않았다.

　유리컵의 물을 다 부은 아들은 빙긋 웃었다.

　"이제 속 시원하냐? 아빠가 네 친구야?"

　나는 정말 나쁜 놈이다. 아들한테 마구 화를 내다니! 아들을 때리려고까지 했다. 그런데 내가 화를 내면 낼수록 아들의 미소는 더 커졌다. 아들이 등을 돌렸다.

"이리 와! 또 어딜 가려고 해? 밥은 먹었어?"

그러나 아들은 유리컵을 든 채 걸어갔다.

"이리 오라니까! 아빠는 너 기다리느라고 아직 밥도 안 먹었어! 같이 밥 먹자구!"

나는 아이처럼 발버둥 치며 고함을 지르며 울었다. 아들이 머리에 부은 물일까, 나의 눈물일까……

꿈에서 깼을 때,

요즘 애들 말로 하자면 눈물 반, 수돗물 반의 목욕의식은 샤워기 아래에서 아침이 되도록 이어졌다. 나중에는 물세례를 받으며 탈진하여 쓰러지고 말았으니……그러나 두 귀의 먹먹한 답답함과 기분 나쁜 위잉, 소리는 여전했다.

3.

나는 다시 시동을 걸었다.

죽고 싶어도 죽을 수 없고, 아파도 아프면 안 된다. 택배를 다 전하지 않는 이상 나는 죽지도 아프지도 못한다. 가자!

고향 친구인 죽마고우는 정확히 내가 한 집을 방문하고 난 뒤에 전화를 주었다.

"울 엄마가 그러시는데 그거 허 해서 생긴 병, 아니 증세래. 잘 먹고 잘 자면 아무 소리도 안 난대. 이건 내 말이지만 슈퍼 모델이 와서 속삭여도 안 들릴 정도가 된 대. 힛힛…….”

친구는 뭐가 그리 우스운지 다음 말을 전혀 잇지 못하고 웃음소리만 퍼부었다. 내 두 귀에 선풍기가 고속 단계에서 윙윙 세차게 돌아가는 느낌이었다.

“그만 해라. 병 주고 약 주냐? 알았다. 어머님께 고맙다고 전해줘. 그런데 우린 언제 만나냐? 올해 가기 전에 짠! 해야지?”

나는 오른 손바닥으로 오른쪽 귀를 힘주어 누르며 물었다.

“신년에 만나자. 우리 식구랑 처가댁이랑 모두 제주도 여행가기로 했거든.”

“캬아, 좋다! 사는 것 같이 사는구나!”

정말 부러웠다. 가족, 식구, 처가댁, 개나 소나 할 줄 아는 말이겠지만 이런 단어를 내 것으로 획득하고, 누리고 산다는 건 천운의 사나아가 아닌가! 물론 그런 걸 가진 놈들은 어쩜 하나같이 ‘좋긴 뭐가 좋아! 그냥 사는 거지! 내가 젊었으면 절대 결혼 안 해!’ 라고 말하지만 그놈들은 이상하게도 필름이 끊겨도 정확히 아파트 동, 호수 착오 없이 무사귀가하지 않는가.

“좋긴! 머슴 짓 하러 끌려가는 거지.”

친구의 목소리에 늘어진 한가로움이 질펀했다.

나는 오른쪽 귀에서 오른손을 내렸다. 부러우면 지는 거다, 누가 한 말인지 모르겠지만 대단한 생존비법 명언이다. 나는 헛기침을 했다.

목소리를 높였다.

"그럼 그렇지! 처가 식구까지 모시고 가는 게 무슨 여행이야? 그래서 너보담 내가 훨 행복한 연말을 보낼 것 같은데?"

나는 일부러 명랑 백배의 목소리로 말했다.

"행복한 연말? 왜? 너 여자 생겼어?"

"여자? 아마 세상에서 가장 아름다운 단어 다섯 개 정도 고르라면 그중 하나는 여자일 거야."

"이거 틀림없이 여자 생겼네! 그래서 연말에 푸껫이나 사이판이라도 가는 거야?"

"빙고!"

"야! 장진구! 뭐야? 뭐야? 대박! 대박! 어떤 여자야? 이뻐? 이뻐? 이쁘냐구?"

일산 카센터에 있는 친구는 단번에 전화기를 뚫고 나와서 서울 합정동을 달리고 있는 내 자동차 안으로 올라타고는 고함을 질러대는 것 같았다.

"나중에 말해줄게. 끊자. 나 지금 배달가야 해. 친구야, 안······녕!"

나는 한껏 여유 넘치는 목소리를 냈다.

'여자? 푸껫? 사이판? 언제 우리나라 여자랑 태국이랑 하나가 됐지?'

나는 좌회전 신호를 놓치지 않으려고 재빨리 핸들을 돌렸다.

내 나이, 내년이면 쉰이다.

쉰이란 말은 말하기도, 듣기만 해도 양 어깨를 짓누를 만큼 무거운데, 왜 나한테 남은 건 하나도 없을까.

오십 년 인생 동안 특별하게 한 거라곤 학교 다니고, 군대 제대로 마치고, 회사 같은 회사에 세 번 다닌 것 외에는 아무것도 없다. 말 그대로 '나라와 민족을 위해' 한 것이라곤 군대생활 한 게 전부이며, '가정과 가족을 위해' 한 것은 부모 속 별로 안 끓이고 학교 생활한 거랑 그동안 월급 바친 것, 결혼해서 이 세상에 내 자식 하나 낳은 것이었다. 이런저런 이유로 이혼했지만 내 자식 하나, 지구상에 있다는 사실, 완전 사실 그 사실 하나만으로도 나는 내 인생 반 토막은 성공이라고 여겼었다. 그리고 '나를 위해' 한 것은 친구들과 동업하여 컴퓨터 게임회사를 차린 것이다. 하지만 일 년도 안 되어서 '나' 뿐만 아니라 우리 온 가족을 힘들게 하고 만 꼴이 되었다. 결론적으로 나는 나라와 민족이나 가족과 가정은커녕 내 한 몸도 제대로 건사하지 못한 채 오십 인생이 된 것이다.

아니, 아니다. 다 없어도 좋다. 아들만 있으면 됐다. 그런데 내 아들이 없다. 나는 그동안 부모님은 물론 친척이나 주변 사람들의 마지막 모습을 여러 번 보았다. 결혼식장 열 번 간다면 장례식장에서 밤샘한 건 셀 수도 없다. 그래서 나는 꽤나 죽음 따위, 하며 인생에 대해 거드름을 피워왔다.

그런데 아들, 내 아들이 없다.

이해하기 힘들었다. 아들이 없다는 게, 하나 빼기 하나는 영이라는 것처럼 이해되지 않았다. 마치 작은 나무 한 그루가 뽑혀져 다시는 그 자리에 가도 볼 수 없는 그런 기분만 들 뿐이었다. 그 자리에 예쁘다는 장미나무를 심어도, 순결하다는 백합을 심어도, 돈 된다는 소나무를 심어도 그 나무는 내 나무가 아니다.

그런데 내 나무가 없다. 누군가 뽑아갔다.

누가, 어디에, 내 나무를 옮겨 심은 것일까?

제발, 아무것도 묻지 않겠으니 옮겨 심은 곳만이라도 알려달라고 울부짖고 싶다. 아니, 울었다. 제발, 내 아들을 옮겨 심은 분이시여, 그것도 알려주기 곤란하다면 아들의 목소리 단 한 번만이라도 들려주옵소서. '아빠! 어디야?' 단 한 번만! 단 한 번만!

그러나 내 두 귀에 늘 쟁쟁하던 아들의 목소리 대신 수상한 기계음만 들린다. 위이이잉…….

4.

사무실로 돌아오니 한바탕 싸움이 벌어지고 있었다.

모두들 바쁘고, 지쳐서인지 대부분 대화는 짧고 간단하다. 어쩌다 싸움이 날 때에는 문장은 더 간결해지고 더 직설적이다. 해석할 필요도 없고, 숨은 뜻 따위는 더더구나 필요하지 않다.

"황 씨!"

"알았다구요!"

우리 회사의 최고령자 황 씨와 마흔의 반장 모두 두 눈에서 벌건 기운이 흘러나왔다. 양쪽 모두 서너 사람들에 의해 잠바를 잡힌 채 식식거렸다.

"에이, 씨발!"

조금 전까지 존댓말로 하던 예순의 황 씨는 마침내 욕설을 토해냈다.

"뭐?"

"됐다구!"

"뭐가?"

"짤러, 짤러!"

"헐!"

"콱!"

황 씨는 밖으로 끌려 나가면서도 반장에게 주먹질을 했다.

"왜 그래?"

내 질문에 누군가 친절하게 문장으로 설명해주었다. "어제 황 씨 아저씨가 송장에 적힌 주소를 잘못 본 바람에 대형사고가 날 뻔했대."

"그렇담 결과적으로 사고는 안 난 거잖아? 그런데 왜 그래? 반장이 너무 심한 거 아니야?

"그게 아니라, 한두 번이 아니거든. 반장이 식겁해서 한 소리했더니 도둑이 제 발 저린다고 먼저 흥분해서 들이받는 거야. 원래 나이 들면 노기만 늘잖아."

이런! 그럼 나는 그래도 두 눈은 멀쩡한 걸 다행으로 여겨야 하나! 윙윙대는 두 귀가 내 밥줄을 끊어버리지는 않을 테니 말이다.

담배를 피우려고 흡연실로 가니 황 씨 아저씨는 혼자 앉아 연기를 내뿜고 있었다. 반대편에 동료 셋이 모여 있었다.

"괜찮으세요?"

내 물음에 황 씨는 얼른 일어서서 내게로 다가왔다.

"참, 이상하네······어제까지만 해도 개미 목젖까지 다 보였는데······ 하루아침에 시력이 바닥이라니! 이게 다 술 때문이야. 술 좀 줄이든지 해야지. 자네도 술 줄여! 내일 봄세!"

황 씨 아저씨는 정말 티 나게 목소리를 크게 내며 아무렇지 않은 얼굴로 흡연실 문을 열었다.

그때 모여 있는 셋 중 하나가 황 씨의 등에 대고 소리쳤다.

"술 핑계 대지 마! 아닌 건 아니잖아! 이젠 황 씨도 다 됐어. 할배들 하는 택배회사로 가!'

무슨 일인지, 언제부터인지 알 수 없지만 사사건건 황 씨와 어긋나는 조 씨였다. 조 씨는 황 씨보다 서너 살 아래다.

다른 때 같으면 '이 자식이!' 하며 달려들 황 씨인데 오늘은 싸움 외면하는 착한 학생처럼 앞만 보며 총총히 걸었다. 노래까지 부르며.

"네온불이 쓸쓸하게 꺼져가는 삼거리······이별 앞에 너와 나는 한없이 울었다······추억만 남겨놓은 젊은 날의 불장난······."

황 씨의 노래 소리가 점점 멀어질수록 마음 가득 겁이 올랐다.

'황 씨는 두 눈이? 나는 두 귀가? 이러다가 나도……안 돼! 난 안 돼!'

고개를 세차게 저었다.

'그래. 태석이 어머니 말처럼 속이 허 해서 그런 걸 거야. 아침은 바나나 우유 하나로 때우고, 점심은 거의 라면, 그리고 저녁은 대충 술국밥으로 때우는 몸이 건디셨어? 몸무게도 줄었잖아!'

나는 오늘 저녁에는 기필코 삼겹살을 잔뜩 사서 곧장 집에 가리라 마음먹었다. '지글지글 구워서 배가 터지게 먹어보자! 그럼 이명증도 싸악 사라지겠지. 그래, 눈에는 눈, 이에는 이야! 허한데는 삼겹살 기름이 최고일 거야!'

세수를 하고 겉옷을 갈아입고 사무실을 나서려는데 동료들이 가로막았다.

"이제 가면 새해에 볼 건데 기념으로 한 잔 해야지!"

나는 차라리 혼자서 느긋이 삼겹살을 쉬지 않고 먹고 싶었다.

"회사에서 팀별로 망년회비 나왔다니까 한 잔 하자구! 독거남이 뭐가 좋다고 오늘 같은 날, 맨 정신으로 집에 가는 거야?

나는 온갖 유혹과 협박을 물리치고 집으로 향했다. 나는 집에서 삼겹살로 내 두 귀의 치유작업을 해야 한다. 해를 넘길 수 없다.

나는 집 건너편에 새로 생긴 대형마트로 갔다. 아홉 시가 다 되어가지만 마트 안은 사람들로 북적였다.

"돼지 삼겹살 한 근, 아니 두 근 주세요!"

나는 호기롭게 외쳤다. 도대체 얼마 만에 주문해보는 말인가! 날마다 고객들의 '빨리 갖다 줘요!' '열두 시까지 오세요!' '집에 아무도 없으니까 세탁소에 맡겨줘요!' 'A쇼핑몰 택배랑 같이 안 오나요?' '배송비는 경비실에 맡겨 놨으니까 찾아가세요!' '왜 이제야 배달하는 거죠? 어제 왔어야죠!' '누가 보낸 거라고요? 안 받아요. 도로 보내줘요!' 이 정도는 양반이다. 소위 '진상' 사례를 말하자면 끝도 없다. 하지만 오늘은 삼겹살 파티이자 내 두 귀의 힐링을 위한 날이니 참아야지. 그만 둬야지.

나는 묵직하지도 가볍지도 않은 고기를 들고 마트를 빠져나왔다.

"으으, 추워라! 으으으으……이놈의 소리……."

겨울이니 추운 게 순리요, 진리인데. 문제는 두 귀다. 추위 속에서 귀가 울리니까 더 춥네. 스산하다, 스산해!

나는 목을 자라처럼 집어넣고 종종 뛰었다. 가로등이나 상가들의 불빛이 없다면 칠흑 같은 어둠일 거다. '그래서 옛날에는 귀신이나 도깨비 이야기가 그렇게 많았나보구나. 옛날 사람들은 얼마나 살기 힘들었을까?' 삼겹살 때문에 넉넉해진 나는 별 걱정을 다하며 집으로 향했다. 삼겹살 두 근의 힘은 정말 대단했다. 나는 집에 오는 짧은 거리를 지나면서 온갖 움직임들에 대해 한 마디씩 훈수를 두었으니 말이다.

요즘 자동차들은 에스유브이가 대세네. 경제는 어렵다는데 돈 버는 놈들은 따로 있나 보군.

저런! 밤길 갈 때는 이어폰을 빼야지……저러다간 뭔 일을 당하려고…….

팔자 좋네. 이 시간에 인간보다 더 잘 빠진 개를 데리고 산책을 하다니! 그런데 저 놈의 개는 왜 저렇게 멋있는 거야? 사람 자존심 완전 다 죽이네…….

그때였다.

"장진구 형제님!"

귀에 익은 목소리에 두 발이 저절로 멈춰졌다. '몇 년 동안 만나지 않은 전도사를 왜 연말에 만나는 거야?' 그러면서도 나는 웃는 얼굴로 돌아섰다. 하지만 두 귀에서 지이이이잉……. 울리는 소리 때문에 저절로 얼굴이 찡그려졌다.

내가 잠시 거리에서 생활하다가 노숙인 쉼터로 옮겼을 때에 만났던 전도사다. 이름은 생각나지 않지만 윤 전도사라는 것은 기억한다. 클래식 기타를 잘 쳐서 우리들을 위해 연주도 해주고, 노숙인 합창단을 결성할 때에 많은 도움을 주었었지.

"얘기는 들었습니다. 이제 자립하셨다고요?"

"자립? 하하하!"

나도 모르게 입을 쩍 벌리고 웃었다.

윤 전도사도 웃었다. 그의 초라한 옷차림이 그때나 변함없이 정다웠다.

"그런데 전도사님이 이 동네는 왜?"

"저는 이제 목사가 되었어요."

"아하……승진하신 거나 마찬가지네요. 축하합니다. 목사님!"

"축하는요……이 동네에서 개척교회를 시작했습니다. 정식 첫 예배는 내년 새해에 드릴 겁니다. 그런데 퇴근하세요? 정말 오랜만입니다. 택배 일은 할만하세요?"

나는 윤 전도사, 아니 윤 목사가 고마웠다. 다 알면서도 애 아들 이야기를 안 꺼내서. 그런데 이제 승진한 목사님 앞에서 나도 모르게 한 손으로 두 귀를 번갈아 때렸다. '이놈의 귀가 왜 더 울리기 시작하는 거야?' 그러나 더 울린 게 아니라 빨리 집에 가고 싶은 마음에 초조해져서 그런 듯했다.

"네, 할 만합니다. 이제 은행 거래도 하지요. 윤 목사님이 믿는 하나님께서 저 같은 사람도 승진시켜주셨네요."

"그런데 어디 안 좋으세요?"

"아, 아닙니다."

그러면서도 나는 얼굴을 활짝 펴지 못했다.

"참, 이젠 휴대폰도 사용하시죠? 제 번호를 알려 드릴 테니 무슨 일 있으면 언제든 연락주세요."

우리는 바람과 어둠 속에서 미숙한 솜씨로 전화번호를 나눠 가진 다음, 서로의 길을 가기 위해 뒤돌아섰다.

이제 마악 집 문의 손잡이를 잡는 순간, 나는 얼른 뒤돌아섰다. 뛰었다. 다행히 윤 목사는 횡단보도에서 파란 불을 기다리고 있었다.

"전도사, 아니 목사님! 이거요!"

나는 삼겹살 봉지를 내밀었다.

"이게 뭐죠?"

"교회도 새로 문 연다는데, 축하 선물할 것도 없고 해서 이거라도……이거 안 받아주시면 저 다시는 목사님 얼굴 안 볼 겁니다. 그때 기타도 공짜로 가르쳐주시고……그럼 갑니다. 하나님한테 복 많이 받으세요!"

나는 다시 뛰었다.

5.

방에 들어와 불을 켜는 순간, 지독한 배고픔이 밀려왔다. 하나의 고통은 또 하나의 고통을 잊게 한다고 했던가. 배고픔은 두 귀의 이명증을 잠시 가라앉혔다.

방 안이 냉골이라 양말조차 벗기 싫었다.

라면을 끓였다.

막 한 젓가락 뜨려고 하는데 문자 메시지가 떴다.

라면을 입이 터지도록 넣은 다음 열어보았다. 순간, 나는 라면을 그대로 토해냈다.

〈아빠, 생신 추카추카!

우리는 같이 살지 않아도 아빠와 아들!

초등학교 때 성교육 시간에 배운 게 생각 나.

내 몸의 살은 엄마아빠의 살로,

내 몸의 피는 엄마아빠의 피래.

그러니까 나랑 아빠는 영원히 하나야!

아빠, 올해로 쉰 살, 오십? 오십이면 철 좀 든다니까, 아빠도 새해에
는 꼭 장가가요. 우리 엄마보다 조금 덜 이쁜 여자랑요. 아빠가 장가가
도 나 안 삐질 거야! 생일축하 선물은 내일 배달될 거야. 별 거 아니니
까 기대는 하지 말길! 그런데 내일이 아빠 생일인 것도 모르지? 그래
서 나는 아빠처럼 안 살 거야. 난 내 생일날에 왕처럼 파티할 거야. 참,
아빠. 엄마한테는 절대비밀!!!

사랑해요, 아빠!〉

예약메시지로 온 아들의 축하 인사.

나는 방 안을 기어 다니며 울었다.

이내 나는 물속으로 깊이, 깊이 들어갔다. 두 귀에 물이 그득 괴었다.
아무 소리도 들리지 않았다.

그럼 됐어.

아무 소리도 들리지 않으니까 아무 말도 하지 않으면 돼.

그럼 아무 일에도 놀라거나 슬퍼하거나 두려워하지 않을 수 있을 거
야.

그럼 됐잖아…….

그럼 된 거야…….

노경실 1958년생으로 1992년 《한국일보》에 단편소설 「오목렌즈」 신춘문예로 등단했다. 저서로는 『열네 살이 어때서』 『열일곱 울지 마』 『어린이 인문학여행』 전 3권, 『상계동 아이들』 등이 있다.

나는 이야기를 나누는 대상이 한정되어 있지 않다. 세 살 전후의 영아부터 어른까지 다양한 사람을 만난다. 그러다보니 그림책부터 창작동화, 인문과 지식정보책, 청소년 대상의 소설과 지식책, 성인을 위한 에세이와 소설까지 두루 글을 쓴다.

주체할 수 없는 아이들에 대한 호기심과 애정, 사명감마저 느끼는 청소년문제, 쉰 살이 넘은 자로서 인생 이야기를 나눌 어른들……. 결국 나의 성품과 나의 기호, 나의 작가로서의 소명감은 쉬지 않고 세상과 사람에 대해 말을 걸고, 듣는 것이다.

가족 버스

___

전성태

작품명 우리 다시 만나면 | 김진숙

memo

겨울에서 겨울로 이어지는 한 해 동안 나는 육친을 차례로 잃고, 부모님을 고향에 모시려고 두 번이나 남도 먼 길을 다녀왔지만 왠지 한 발짝도 내 방을 나서본 것 같지 않다. 집 밖이 온통 진도인데 내 일을 치르느라 진도에 다녀오지 못했다. 그러자니 나는 세상으로 한 번도 나가보지 못한 채 한 해를 물린 것만 같다. 어쩌면 내가 유일하게 할 수 있는 일은 기록하는 일이고, 육친의 길을 애도하고 진도의 아이들을 기억하는 일이겠지만 여전히 나는 쓸 수 없는 소설을 겨울 동안 붙들고 있었다는 자괴감이 든다. 내게 유일한 재능이 왜 이토록 버거운가. 그래서 여전히 나는 죄스럽고 참회하는 마음이 깊다.

가족 버스

기도 소리는 여전히 환청만 같고, 당장은 두꺼운 이불에 눌린 가슴이 갑갑하다. 지겨운 이불을 견뎌내며 나는 가만히 눈을 뜬다. 그러나 정작 내가 덮은 건 장례식장에서 구매한 홑청 같은 담요다. 잠든 새 누군가 덮어준 담요를 나는 낯설게 매만진다. 가족실은 후텁지근하다. 분향소를 끼고 양쪽에 날개처럼 가족실이 달려 있고, 이곳은 여자 상제들이 쓰는 북쪽 방이다. 침대에는 막내올케가 어린 남매를 끼고 잠들었고, 바닥에는 올케언니들과 처녀 조카들이 칼잠을 자고 있다. 습기 찬 유리창으로 새벽 미명이 번하다.

주 예수께 받은 사명, 곧 하나님의 은혜의 복음을 증언하는 일을 마치려 함에는 나의 생명조차 조금도 귀한 것으로 여기지 아니하노라…….

분향소 쪽에서 여자 목소리가 웅얼웅얼 들려온다.

나는 일어나 앉아 안경을 더듬어 쓴다. 머리가 지끈 팬다. 옆에서 작은올케가 설핏 눈을 뜬다.

"고모, 더 안 자고선……."

"나 땜에 깼나봐? 더 자요."

다 크게 울며 바울의 목을 안고 입을 맞추고 다시는 그 얼굴을 보지 못하리라……

"정성이네, 지극정성이야……."

작은올케는 지겹다는 듯 담요를 목까지 당기며 돌아눕는다. 그러나 나는 소리에 귀를 기울인다.

세 가닥 향불이 끝나간다. 몸피 작은 큰올케가 엄마의 영정 앞에 오그리고 앉아 성경을 읽고 있다. 올케는 머리를 들지 않고 나는 뒤에서 발소리를 죽인다. 소파에는 큰오빠가 덮은 것 없이 길게 누워 있다. 삼베 완장을 찬 오른팔을 이마에 올렸는데 반쯤 가려진 얼굴이 애처롭다. 늙어갈수록 생전의 아버지를 닮아간다. 사흘 동안 공장 작업복 차림으로 문상 오는 회사 동료들을 쉴 새 없이 맞았다. 오빠는 지금 쓰러져 있는 것이다.

나는 방으로 돌아가 외투를 걸치고 담요를 챙겨 나온다. 큰오빠는 미간을 찌푸린 채 가만히 눈을 감고 있는데 깨어 있는지도 모르겠다는 생각이 든다. 나는 멈칫했다가 담요를 덮어주고 접객실로 나온다.

운구를 해주려고 남은 막냇동생 친구들이 탁자 사이사이에 잠들어 있다. 창 밑에는 그들이 지난밤 끼고 앉은 카드게임 테이블이 밀쳐져 있다. 막 출근하는 상조회사 직원을 맞닥뜨려 목례를 나눈다. 철도원 같은 예복을 갖춘 여자가 인사한다.

"눈 좀 붙이셨어요?"

"벌써 나오셨어요?"

서너 시간 만에 일터로 돌아온 여자는 화장이 떠 있다.

"화장터는 예약을 해둬도 오는 순서대로 받거든요."

어제도 들었던 소리다. 일곱 시에는 발인하여 시립화장장으로 갔다가 세 시간을 달려 영암까지 가야 한다. 나는 구두를 찾아 신고 상조회사 여자에게 생수 한 병을 얻는다.

"상제님."

여자가 불러 세운다.

"추모예배를 드리기로 결정하셨어요?"

나는 엉거주춤 서서 불편한 마음으로 여자를 바라본다. 여자는 장례 지도에 서툴고 융통성도 없다. 큰올케는 첫날부터 엄마의 장례를 교회장으로 치렀으면 하는 바람을 내비쳤다. 엄마가 요양원에서 지내는 동안 세례를 받았다는 거였다. 지난 초겨울, 아버지 제사에 다녀온 언니를 통해 들었던 얘기였다. 그때는 그러려니 했는데 비석에 십자가를 새겨 성도(聖徒)로 모시자는 주장에는 모두들 처음 듣는 소리처럼 뜨악해했다.

"치매 노인이 어떻게 세례를 받았다고 올케는 자꾸 고집을 부리는지 모르겠네."

언니가 퉁명스레 말했다. 나는 언니가 큰올케를 흉보고 못마땅해 하는 소리도 지겨워하는 입장이었다. 지나친 신앙생활을 빼고는 무난한 맏며느리였다.

"고모, 그런 말 마세요. 세례를 받으실 때 어머님 표정이 얼마나 평안하셨다고요. 주일엔 또 어떻고요? 손을 꼭 잡고 기도하자면 애기처럼 해맑으셨어요. 자손들 잘되려면 이번엔 제 의견을 따라주세요. 오래 어머니를 모신 입장에서 드리는 부탁이에요."

식구들은 입을 다물었다. 면회에 대해서라면 어쩔 수 없이 엄마에게 미안한 마음을 조금씩 갖고 있지만 자손까지 들먹이는 게 협박처럼도 들렸다. 주일마다 요양원으로 면회를 다녔다고 생색내나 싶기도 했다. 그때 상조회사 여자가 "잘 결정하셨어요, 권사님." 하고 반색을 하며 거들어서 오히려 화가 났다.

친정 식구들은 큰올케에게 섭섭한 게 많아도 오빠를 봐서 언성을 높이지 않아왔다. 이번에도 부부간에 잘 정리해주길 바랐다. 이제 와서 나는 엄마를 어떤 식으로 모시든 상관없다는 마음이었다. 남은 사람들이 마음 편하면 족했다. 장례 동안 올케언니가 다니는 교회의 목사와 신도들이 방문해 조문예배를 드렸고, 가족들은 교회의 호의에 감사드렸다. 큰오빠 부부가 남 안 보는 곳에서 옥신각신했겠지만 어젯밤 큰오빠는 아퀴 짓듯 말했다. 아버지 때처럼 잘 모시자고.

"가족끼리 치르기로 한 것 같은데요. 상주가 분향소에 계시니 의논해보세요."

나는 여자를 건너다보며 대답한다. 그러면서 저절로 외투 안주머니로 손이 간다. 안주머니에는 세 장의 편지지가 들어 있다. 입관을 앞두고 상조회사 여자는 십자가가 인쇄된 편지지를 내밀었다. 여자는 상제들이 어머니에게 편지를 써서 입관 때 낭독하고 관에 넣어드리겠다고 했다. 여자는 마치 권하는 게 아니라 자식들로서 당연한 의무를 맡기듯 말했다. 우선 오빠들이 성가신 숙제를 받은 양 당황했다. 마음이야 편지보다 더한 것을 관에 넣고 싶지만 편지를 쓰고 낭독하는 일은 익숙한 일이 아니었다. 큰오빠가 슬그머니 작은오빠에게 편지지를 밀었고, 보고 앉았던 여자가 무슨 불경한 짓을 본 듯이 나를 힐끔 건너다보았다.

"따님이 시인이시라면서요?"

또 그 소리를 어디서 들었는지 모른다. 왠지 나는 그 말이 모욕처럼 들렸다. 병풍 뒤에서 나온 소리처럼 여겨졌던 것이다. 이내 나는 내 병증이 도지고 있는 건 아닐까 하고 위축되었다. 가족들은 떨떠름한 가운데도 너밖에 없다는 표정이었다.

"그래. 지민이 엄마가 편하게 써봐라."

작은오빠가 편지지를 밀어주었다. 나는 편지지를 챙겼지만 입관 때까지 편지를 쓰지 못했다. 여자의 처사가 얄미웠다. 애도를 지나치게 규격화하려 드는 것 같았다. 물론 낭독하지 않고 그냥 관에 넣을 편지라면 나는 열 통 스무 통도 쓸 수 있었다. 그렇지만 나 역시도 친정 식구들 앞에서 내 마음을 내보이고 싶지 않았다. 난 슬픔을 내보이는 데 서투르고 누군가 옆에서 징징거리면 내치는 편이었다.

바깥공기는 바람 없이 싸늘하다. 현관 앞에 화원 트럭이 시동을 건 채 서 있고, 청년 하나가 화환을 옆집 빈소에 넣고 있다. 나는 파우치에서 담배를 꺼내 문다. 파우치와 주머니를 더듬어보았는데 어디에 흘렸는지 라이터가 잡히지 않는다. 나는 트럭에 오르는 화원 청년에게 불을 빌린다. 앞산 헐벗은 아카시아 숲으로 잔설이 희끗희끗하다.

이내 화원 트럭이 떠난다. 내리막길로 빠져가는 트럭을 좇다가 나는 상복 차림을 한 여학생을 발견한다. 뒤태가 딸아이로 보인다. 지민은 내리막길을 걸어 병원 본관 쪽으로 난 길을 내려가고 있다. 나는 딸아이를 불러 세울까 하다가 그만두었다. 어제부터 생리 기운이 있다더니 병원 매점에라도 가는가 싶다. 그러나 뒤미처 매점이 벌써 문을 열었을까 의문스러웠다.

나는 주차장을 가로질러 앞산으로 난 산책로로 들어선다.

오래전 아버지도 이 병원에서 투병 끝에 돌아가셨다. 그때 나는 이 숲에 들어 시 한 편을 지었다. 겨울 산이 십 년 전 모습 그대로다. 정상에는 정자가 있겠지. 그곳에서는 산맥 자락에 들어앉은 소도시를 한눈에 조망할 수 있다.

큰오빠는 젊어서부터 이 도시의 산업단지 자동차 부품공장에서 일했다. 친정아버지가 돌아가신 뒤에는 고향에서 지내는 엄마를 모셔왔다. 슬하에 3남2녀를 둔 노인들은 대체로 여한 없이 살다가 가셨다. 다만 만년에 일 점 회한이 있었다면 둘째딸이 일찍이 이혼녀가 되었고, 우울증에 시달리며 남의 자식처럼 멀어졌다는 점일 것이다.

산책로는 빙판이다. 올겨울은 삼한사온이 그런대로 지켜져 시내 도로도 눈이 녹았다 얼면서 미끄러웠다. 이 길은 그때도 첫눈이 내려 눈길이었다. 나는 길가로 빗겨나 발길 닿지 않은 눈을 밟는다. 반쯤 언 눈이 밟히며 꺼지는 소리가 커서 깜짝깜짝 놀란다.

아버지를 여의었을 때는 이혼 수속 중이었다. 초등학교에 막 입학한 지민을 장례식장에서 데리고 나왔다. 장례를 치르고 돌아가면 딸과 떨어져 지내야 할 테고 자라는 모습을 지켜보지 못할지도 몰랐다. 내 신경은 온통 지민에게 쏠려 있었다.

딸아이는 제 엄마가 슬픔에 잠겨서 곡하는 모습에 충격을 받은 모양이었다. 아이는 외할아버지가 돌아가셔서 슬프다기보다 엄마가 슬퍼서 슬프다고 말했다. 그리고 사람은 왜 죽는지, 죽으면 어떻게 되는지 자꾸 물어왔다. 나는 아이가 이별을 별스럽지 않게 받아들였으면 싶어 그럴 듯한 대답을 찾아 들려주었다. 천국을 말해주고, 다시 태어나는 윤회에 대해서도 말해주었다. 급기야는 인연에 대해, 부모와 자식이 얼마나 신비롭게 얽혀 있는지 그 운명에 대해 얘기하기에 이르렀다. 나는 딸애가 외할아버지와 강하게 연결되어 있다는 사실을 알았으면 싶었다.

"그러니까 외할아버지가 엄마를 낳고, 엄마가 나를 낳았으니까 외할아버지는 사라지는 게 아니네."

"그렇지. 사람은 그렇게 영원히 남는 거야."

"그래도 엄마가 너무 슬프잖아?"

나는 하, 하고 숨을 내쉬었다. 왠지 아이에게 위로를 받은 것처럼 코끝이 찡해졌다. 길이 미끄러워 아이와 나는 손을 꼭 잡고 종종걸음을 쳤다.

"우리 지팡이 만들까?"

딸에게 지팡이라도 안겨주려고 찾아보았지만 쓸 만한 나뭇가지가 눈에 띄지 않았다. 그러다가 나는 언덕바지에서 눈에 묻힌 마른 삭정이 하나를 발견했다. 그건 낫으로 쪄내서 마른 칡덩굴이었다. 나는 덩굴 끝을 잡아당겼다. 그러나 덩굴은 뽑히지 않고 적설을 길게 가르며 팽팽하게 일어섰다. 산이 통째로 딸려오는 착각이 들었다. 언덕을 덮은 눈 한 귀가 들썩인 것이겠지만 인연에 대해 아이와 이야기하던 끝이라 그랬는지 산이 통째로 움직인 것처럼 느껴졌다. 한순간의 통각처럼 나는 몸이 굳었다. 거대한 흰소의 고삐를 쥔 동자처럼 덩굴을 쥐고 어쩔 줄 몰랐다.

'덩굴에 딸려오는 겨울 山.'

나는 무릎을 굽혀 아이를 끌어안았다. 아이는 영문을 모르고 품에 가만히 안겼다.

"그래도 엄마는 괜찮아. 네가 있으니까."

그 겨울에 쓴 시의 풍경으로 되돌아온 느낌이 든다. 그러나 이제 돌이켜 보아도 그런 시적 각성이 내 몸에 남았을 리 없다. 이미 시를 썼으므로 낡아버린 감각에 나 자신 반응할 수 없다는 사실을 잘 안다. 시인에게 시집은 무덤과 같은 것, 그래서 세상 어떤 시인도 자신의 시집에 감동하지 않으리라.

그럼에도 나는 발을 세우고 오래전 딸아이와 함께 있던 자리를 찾듯 주위를 둘러본다. 잎 진 덩굴들이 여전히 언덕을 덮고 있다. 나는 수로로 내려서서 칡덩굴 하나를 찾아낸다. 잡아당겨본다. 산은, 얼어붙은 산은 미동도 않는다.

나는 맥없이 물러나 손을 턴다. 왠지 거부당한 느낌이 든다. 이제 훤해진 하늘을, 그 거짓 없이 명백한 세계를 나는 우러른다. 찔끔 눈물이 난다. 비로소 엄마의 죽음을 실감한다. 이 눈길 위 숲에 아무도 없는 것을 확인하고 나는 안심한다. 이곳이 오랫동안 내게 호곡장(好哭場)처럼 기억되고 있었다는 사실을 깨닫는다. 입술을 비틀어 운다. 더 울어버려! 더 크게! 그렇지. 더……. 목젖까지 내놓고 서럽게 운다.

지겨운 이불을 걷어 내버린 것처럼 후련해진다.

산 중턱을 기진맥진 오르고 있을 때 전화벨이 울린다. '소현 엄마'라고 이름이 뜬다. 나는 바로 전화를 받지 않는다. 전화가 끊긴 후 나는 목소리를 가다듬어 여자에게 전화한다.

"지민이 엄마, 어떡해요?"

"고마워요."

"애들이 조문 갔다고 해서 알았지 뭐예요. 상심이 크겠지만 힘내요."

"……."

나는 딸아이가 사라진 길과 병원 본관 쪽을 내려다본다. 고2인 딸은 친구들과 용인의 기숙학원에 들어가 보름째 방학을 보내고 있다. 이틀 전 부음을 듣고, 학원에서 아이를 데려왔다. 수업 중에도 주차장까지 배웅을 나온 소현과 자영이 모습이 선하다.

"얼마 전에 학원 사감선생이 전화를 했더라고요. 지민이 외할머니 장례식에 가야 한다고 애들이 길을 나섰다고요."

"집에 전화도 않고요?"

"그저께 전화해서 지민이 소식은 전하더라고요. 근데 조문 간다는 소리는 없었거든요. 학원에다가는 부모한테 허락을 받았다고 속여서 나간 모양이에요. 다녀오겠다고 전했으면 자영 엄마랑 제가 막을 사람들인가요, 어디? 그나저나 연세가 어떻게 되셨어요?"

"여든둘이셨어요."

아직은 아쉬운 나이라느니, 편안히 가셨는지 지겨운 조문이 이어졌다.

"지들 맘 다 아는데 여기까지 올게 뭐래요, 참⋯⋯."

나는 미안해한다. 입시를 코앞에 둔 얘가 친구네 집 장례식에 간다고 학원까지 빼먹으니 어떤 엄마인들 좋아할까. 그렇지만 걔들의 의리는 아무도 못 건드린다. 아이들이 절친으로 꽁꽁 묶여 있어서 세 엄마도 친분이 없으면서 서로 연락을 주고받는다. 우리는 제 딸들이 무사히 대학에 갈 때까지 무슨 약정처럼 엮여서 아이들을 관리하고 있다. 하나가 삐끗하면 다른 둘도 삐끗할까 봐 조바심이 난다. 때로 입시생을 셋이나 둔 것처럼 버거울 때가 있다. 지난 한 해 세월호로 아이들이

동요하여 우리들은 걱정이 적잖았다. 차마 세월호의 '세'자도 애들 앞에서 꺼내지 않았지만 우리는 살얼음판을 걷는 기분이었다. 방학을 하자마자 방학특별반을 운영하는 기숙학원을 수소문해 아이들을 보냈다. 나는 세 여자와의 관계에서 중학교 교사 신분이 아닌 철저히 입시생을 둔 학부모 역할을 하고 있다.

"아까 지민이가 마중을 나갔으니 지금쯤 왔겠네. 내가 잠시 나와 있거든요."

"무사히 갔나 보네요. 소현이한테 전화 좀 달라고 해줘요."

학원에서 휴대폰을 압수해서 아이들은 전화기 없이 지내고 있다.

"그래요. 전화 드리라고 할게요. 일곱 시에 발인을 하니까 끝나는 대로 바로 애들 돌려보낼게요."

"날도 추운데 어떡하죠? 찾아뵙지 못해 죄송해요. 애들이 말해줬으면 함께 갔을 텐데. 돌아오면 우리 한 번 봬요."

"그래요. 고맙고 미안하고 그렇네……."

"원, 별말씀을요. 그래도 애들이 기특하네요."

전화를 끊고 통화 목록을 확인한다. 새벽 5시, 6시 10분에 낯선 번호와 통화한 이력이 떠 있다.

발인제가 가까워져 있다. 나는 걸음을 돌려 산을 내려간다. 멀리 아이들이 장례식장으로 올라오고 있다.

엄마는 화장로로 들어갔다.

고별실에 모인 가족들이 훌쩍거린다. 이내 울음이 그치고 조용해진다.

"할머니, 잊지 않을게요."

지민이만 소리 내어 운다. 아이가 울어서 나도 운다. 눈물도 없이 운다. 녀석은 줄줄 눈물을 흘리면서 메마른 어미의 눈을 손으로 훔쳐 준다.

나는 지민이 친구들을 구내식당으로 데려간다. 아이들에게 곰탕을 먹인다. 지민이 훌쩍이느라 숟가락을 들지 못하고 있다. 제 친구들이 옆에 붙어서 위로하느라 나는 끼어들 틈이 없다. 하나는 손수건으로 눈물을 훔쳐 주고 하나는 숟가락을 들려준다. 그래도 울음을 그치지 않자 소현과 자영이 데리고 화장실로 간다.

이혼 후 지민은 제 아버지와 살다가 2년 만에 제 아빠가 재혼하면서 돌아왔다. 나는 우울증을 치료해야 해서 엄마를 불러 한 해 남짓 살림을 맡겼다. 그때 정이 들어서 엄마는 다른 손주들보다 지민을 각별해 했고 아이도 외할머니를 곧잘 따랐다. 엄마를 요양원으로 모시고 나서는 지민을 데리고 드문드문 면회를 왔다. 자식들을 알아보지 못하고 눈도 마주치지 않는 노인을 보고 있노라면 이제 이 사람을 엄마라 부를 수 있을까 하는 생각이 들고는 했다. 보고 가면 고통스러웠다. 지민이가 고등학생이 되고 나서는 계절에 한 번씩 혼자 면회를 다녀왔다. 그게 석 달 전이었고, 그날 나는 엄마 머리를 쓰다듬어주며 "이제 편히 가요, 엄마." 하고 속삭였더랬다.

나는 빈 식탁을 지키고 앉았다가 곰국 그릇을 쟁반에 담는다. 주방으로 가져가 데워달라고 부탁한다. 아이들이 돌아왔을 때 곰국이 다시 나왔다.

"자, 어서들 먹자."

나는 여자애들을 둘러본다. 학원에 들어간 뒤로 살이 조금씩 더 오른 것 같다. 아이들이 숟가락을 든다. 나는 옆에 앉은 지민이 곰국에 밥을 말아준다. 애들은 말없이 밥을 넘긴다. 나는 지민의 이마로 흘러내린 머리카락을 쓸어 귀 뒤로 넘겨준다.

"너희들도 먼 길 돌아가야 하니까 든든하게 먹어. 다행히 막내외삼촌 친구 중에 돌아가는 차가 있다더구나."

지민이 고개를 든다.

"엄마, 친구들이랑 같이 가면 안 돼? 어차피 하루 쉬겠다고 허락 받고 나왔는데."

두 아이도 허락해달라는 표정으로 건너다본다. 나는 못 본 체한다.

"이제 학원으로 돌아가야지. 부모님들이 걱정하잖니."

"아까 전화 드렸는걸요."

소현이 대꾸한다.

"그래서 뭐라고 하셔? 영암까지 다녀오라고 하시든?"

아이는 대답을 못한다. 나는 자영이도 바라본다. 녀석도 입술을 말아 넣는다.

"너희들 맘 충분히 알아. 참 고맙지. 영암은 먼 길이야. 장례 치르고 돌아오려면 밤이 되어야 해. 그리고 지민은 오늘 학원으로 못 돌아가. 외삼촌 집에서 재우고 내일 보낼게."

나는 아이들 얼굴을 살피며 동의를 구한다.

"엄마."

지민이 숟가락을 그릇에다가 놓는다. 그러고도 아이는 우물거린다.

"장례식도 그렇지만, 우리 꼭 다녀와야 할 데가 있어."

나는 영문을 몰라 아이를 쳐다본다.

"영암에서 진도 가깝지? 친구들이랑 다녀오고 싶어."

나는 숟가락을 놓고 허리를 세운다. 전혀 예상치 못한 소리라 할 말이 없다. 소현이 목청을 틔우고 입을 연다.

"제발 안 된다는 말씀 말아주세요. 우리끼리 오래전부터 고민 많이 하고 약속한 일이에요."

"거기 가서 뭘 하게?"

소현이 움찔한다.

"……몰라요. 가보고 싶어요. 가봐야 할 거 같아요."

내내 입을 꾹 다물고 있던 자영이 작정한 듯 입을 뗀다.

"그냥 이대로 있는 게 넘 힘들어요. 우리가 할 수 있는 게 아무것도 없다는 것도 알아요."

나도 모르게 발끈한다. 가슴이 답답해온다.

"그래. 너희들이 가서 할 수 있는 거 없어. 진실을 찾고 싶어? 그런 소리 하고 싶은 거야? 그럼 대답도 알겠구나? 대학 가고 나서 다음에 힘 있을 때 찾아. 기억해두고 싶어? 너희들 그렇게 안 해도 절대 못 잊어."

"지금 가만히 있으라고 할 참이야?"

지민이 소리친다. 나는 아이를 쏘아본다. 대번에 눈물이 맺힌다. 지민이 한풀 꺾인 목소리로 말한다.

"눈 가려서 우리를 보호하려고 하지 마. 지금 참으라고 하면 다음이 돼도 참고 살 거야. 참고, 참고, 참는 그런 어른이 되고 말 거야."

나는 어이가 없어서 헛웃음을 친다. 아이들 얼굴에 당황한 기색이 역력하다. 그 표정을 보자니 왠지 나도 모르게 전의가 인다. 나는 참을 수 있지만, 무너뜨리고 만다.

"그래서 어쩌라고? 니들 엄마한테 뭐라고 하라고? 가뜩이나 여기까지 온 것도 면목 없어 죽겠는데 진도까지 보냈다고 할까? 아줌마 지금 엄마를 잃은 사람이야. 나도 어떻게 해야 될지 모르겠다고. 그런데 너희들은 자기 죄책감 덜자고 나를 이리 괴롭혀도 되는 거니? 어?"

나는 내 분에 겨워 소리친다. 지민이 손을 뻗어 어깨를 감싼다.

"미안해, 엄마. 이러려고 그런 건 아니었어. 그냥 거기 한 번 가보고 싶었을 뿐이야. 일 년 동안 내내 그랬어. 바다 보면서 우리만 공부해서 미안하다고 말하고 싶었어. 잊지 않았다고 말해주고 싶었다고. 우리가 무슨 대단한 걸 하겠다는 거 아니었어. 나는 외할머니를 2년 동안이나 못 봤어. 그래서 가슴이 더 아파."

나는 아이를 친구들에게 맡겨놓고 일어선다. 휴대폰을 테이블에 올려놓는다.

"전화들 하고 와."

한 시간 사십 분 만에 엄마는 유골함에 담겨 나온다. 큰조카가 영정을 들고, 큰오빠가 유골함을 가슴에 안고 앞서 걷는다. 장의버스에 오르기 전에 나는 지민이를 불러 세운다. 나는 아이의 목도리를 여며주며 묻는다.

"꼭 갈 거야?"

아이는 머리를 끄덕인다.

"잘하는 짓인지 모르겠다만 니들 맘이 그렇다니 가보자. 장례 끝내고 다녀와. 근데 생리는 괜찮아? 진통제 있는데 하나 먹을래?"

"두통이 좀 있는데 참을 만해. 필요하면 말할게. 그리고 엄마, 이거."

아이가 외투에서 주섬주섬 휴대폰을 꺼내준다. 전화기뿐이 아니다. 라이터도 함께 내민다.

"새벽에 촛불도 꺼지고 향불도 꺼져서 붙여드리느라고."

나는 휴대폰과 라이터를 파우치에 넣고 돌아선다.

"저기, 엄마."

나는 돌아본다. 아이가 머뭇거리며 말한다.

"아빠한테서 전화 왔어. 외할머니 잘 모셔드리고 오래. 그리고 엄마 많이 위로해드리래. 아빠도 많이 놀라셨나봐. 전화 연결해줘?"

"아냐. 이따 할게. 어서 타자."

사십오 인승 버스가 유가족에 사촌들까지 타서 꽉 찼다.

　소현이와 자영이 뒤쪽에 자리를 맡아 놓았다고 손을 까부른다. 나와 지민은 아이들 건너편에 나란히 앉는다.

　어쩌면 밤샘을 했는지도 모르는 지민이 이내 어깨에 머리를 기대고 잠든다. 소현이가 무릎담요를 건네준다. 저희들도 담요 한 장을 나란히 나누어 덮고 앉았다. 자영이는 참고서를 꺼내서 펼쳐 들고 있다.

　나는 지민이의 배부터 무릎까지 담요로 꼭 싸매준다. 통로로 고개를 빼서 앞좌석들을 바라본다. 사흘간 지친 가족들이 조용하다. 운전석 뒤에 유골함을 안은 큰오빠가 홀로 꼿꼿이 앉아 있다. 그 건너편으로 큰올케가 도시락 상자들을 끼고 앉았고, 그 뒤로 작은오빠네 부부가, 큰언니네 부부가, 그리고 막냇동생 부부는 아이를 하나씩 안고 한 자리를 차지했다. 큰조카네 부부도 세 살 난 조카를 무릎에 눕혀놓고 앉았다. 다 큰 조카들이 여덟 명이다. 직장에 다니는 애도 있고, 군대에서 휴가 나온 애도 있으며, 대학생도 있다.

　자손이 번창했으니 엄마는 행복한 생을 살다가 가신 게 틀림없다. 입관 때 벗은 몸을 보니 엄마는 참으로 작은 소녀 같았다. 이태 넘게 디뎌보지 못한 발은 부드러워져서 마치 어린아이 발을 만지는 것 같았다. 그 작은 몸이 새끼 여섯을 낳았다. 작은오빠와 나 사이에 딸이 하나 있었는데 젖을 백일도 못 먹이고 잃었다고 엄마는 생각나면 안타까워했다. 이름도 잊어버렸다고 한탄했다. 나를 낳고는 그 아이 데려가서 하늘이 미안해 되돌려준 거라고 말했다. 한 생이 참으로 고적하게 사라져버렸다.

그래도 나는 덤덤하다. 나는 잘 견뎌내고 있다. 어미 잃은 어미로서 나는 자식을 향한 몸으로 진화하여 이렇게 강한가? 그런 생각을 하기도 한다. 그러자니 자식 잃은 엄마들의 심정이 어떨까, 마음이 사무친다. 그것들을 돌보고 자라는 거 보며 살라고 만들어진 어미들인데 이제 어디에 맘을 둬야 할까? 살아가면서 지민이와 경쟁자도 되고 친구도 되었을 아이들. 지민이는 아직 수학여행을 다녀와 본 적이 없다. 오년 전 중학생 때는 신종플루가 성행해서 수학여행이 취소되었고, 지난 가을에 잡힌 수학여행은 무기한 연기되었다. 세월호의 아이들이 첫 수학여행이라고 들떠 했다는 유가족들의 증언을 접할 때면 가슴이 가장 아팠다.

나는 담요 밑으로 지민의 손을 꼭 잡는다. 아이가 고맙다. 내 곁에 이렇게 생생하게 있어줘서 고맙다. 아이가 무슨 짓을 해도 품어 주리라. 대학도 출세도 결혼도 욕심내지 않겠노라 마음먹는다. 그러나 나는 안다. 지난 일 년 내 수없이 겪어온 마음이다. 그래서 때로 나 자신이 견디기 힘들었다고 잠든 딸아이에게 말해주고 싶다.

나는 아이의 손을 놓고 외투에서 편지지를 꺼낸다. 이제 엄마와의 시간이 많이 남지 않았고 나는 뭐든 써야 할 것 같다.

엄마,
십 년 만에 돌아가네.

90

온 식구가 한 차 타고 엄마 따라 고향으로 돌아가네.
가족사진 한 장 남기지 못한 형제자매들이
오늘은 한 버스에 다 모여 고향으로 돌아가네.
한 가지에서 난 자식들 흩어지지 않고 여기 모였네.
언젠가는 우리 모여 엄마와 작별할 줄 알았지만
막상 그날 오니 엄마를 어떻게 보내야 할지 모르겠네.
세상이 온통 얼어붙은 시절에 지친 엄마를 보내드리네.

어제 보니,
우리 여섯 낳고 불불 기며 거둬먹이던 그 큰 사랑이
저렇게 작은 몸, 소녀 같은 몸인 줄 몰랐어.
우리 누구 하나 배곯지 않고
정에 굶주리지 않고 자랐네.
우리 엄마보다 큰 헌신과 사랑을 나는 아직 알지 못하네.
그래서 우리 엄마는 얼마나 큰가?

　나는 편지를 쓰다 말고 입술을 물었다. 언제 깼는지 지민이 손수건을 내민다. 나는 그 손수건으로 눈구석을 훔치고 코를 푼다.
　버스가 휴게소에 선다. 지민이 생리대를 챙긴다. 맞은편에서 소현이 입을 동그랗게 말아 지민에게 신호를 보낸다. 자영이도 제 가슴을 두드린다. 지민이 이죽거리며 생리대를 두 개 더 챙겨서 외투 주머니에 넣는다.

"너희 셋 다?"

나는 입이 벌어진다. 지민이 장난스럽게 고개를 끄덕인다.

"참 대단하다, 그 우정."

나는 지민이가 나가도록 발을 오므려 길을 터준다. 나는 맨 뒤에 선 자영을 붙들어 만 원을 안긴다.

"음료수라도 사먹고 와."

"감사합니다."

나는 다시 편지지를 펼친다. 뜨거웠던 손끝이 금세 식어 있다.

버스가 출발하기 전에 나는 큰오빠 자리로 간다.

"오빠, 교대 좀 할까? 내가 유골함 좀 안고 가고 싶은데."

나는 앞좌석에 앉은 상조회사 여자를 바라본다. 여자가 고개를 끄덕인다. 오빠가 자리에서 일어난다. 그는 목에 두른 흰 천을 벗어 내 목에 걸어주고 유골함을 가슴에 안겨준다. 단지가 식지 않았다.

나는 지민이를 불러 옆자리에 앉힌다. 호기심 어린 얼굴로 조심스럽게 단지에 손을 댄 지민이 깜짝 놀란다.

"어머, 아직도 따뜻하네."

나는 단지를 어루만진다.

"너도 좀 안아볼래?"

지민이가 고개를 끄덕인다. 나는 오빠가 내게 했듯이 목에서 천을 벗어 아이에게 걸어준다. 우리는 조심히 단지를 주고받는다. 아이가 의자 깊숙이 등을 밀고 앉아 마치 임부처럼 단지를 어루만진다.

"엄마, 따뜻해져. 아랫배가 따뜻해."

지민이 신비롭다는 듯 말한다. 지민이 자라 뒷날 아이를 갖게 되었을 때 아마 저런 표정을 지을 것이다. 나는 아이 손을 잡고 눈을 감는다. 잠은 오지 않는다.

이십여 분쯤 그러고 앉았는데 작은오빠가 어깨를 두드린다.

"나도 우리 엄마 좀 안아보자."

아이와 나는 유골함을 오빠에게 넘기고 뒷자리로 돌아온다.

머잖아 막냇동생이 그리고 언니가 교대하며 유골함을 안는다. 휴가 나온 조카아이까지 안고 나니 고향이다.

마을회관 마당에서 차일을 치고 노제를 지낸다. 고향 어른들이 조문한다. 어른들은 자식들 손을 하나하나 잡아준다. 불쌍하다고, 애썼다고, 어쩌겠냐고 위로한다.

영정을 앞세우고 옛집으로 간다.

사람 없어 허물어진 집을 돈다. 부엌도 들여다보고 뒤란도 돌아본다. 멋대로 자란 사철나무 울타리 틈에 열매를 매단 치자나무가 박혀 있고, 텃밭에는 늙고 못생긴 유자나무가 푸르다. 영정은 헛간에도 들어간다. 멍석이 걸려 있고, 소쿠리가 놓여 있고, 곡괭이와 호미가 남아 있다. 작은오빠가 헛간에서 중학생 학생모를 쓰고 나온다. 그게 아직까지 남았느냐고 다들 놀라워한다. 큰오빠와 작은오빠가 서로 자기가 썼던 모자였나 보다고 우긴다. 장례도 잊고 실랑이를 벌인다. 작은오빠가 모자 속을 뒤집어본다. 매직으로 쓴 두 사람 이름이 모두 남아 있다. 형제간에 물려받은 모자였던 모양이다.

"이제 가자."

호상 역을 해주던 동네 아저씨가 사립에 플라스틱 바가지를 엎어놓는다.

"이제 다 잊고 가는 거여."

큰오빠가 바가지를 힘껏 밟아서 깨뜨린다. 가슴이 철렁하고 다시 눈시울이 뜨거워진다.

장례 행렬은 마을 앞산을 오른다. 무릎이 안 좋은 노인들이 산자락에 멈추고, 자손들이 한 줄로 산을 오른다. 유자가 익어가고 있다.

예전 밭이었던 자리에 선산이 꾸며져 있다. 오빠들을 돌아본다. 언제 이런 것을 해두었을까? 이 집안 사내들을 바라보자니 소원했던 지난 몇 년이 새삼스럽다. 오빠들이 애틋해진다.

십 년 묵은 아버지의 봉분을 연다. 합장할 것이다.

나는 상조회사 여자에게 다가간다.

"편지를 썼어요."

나는 편지를 꺼내서 보여준다.

"읽으시겠어요?"

나는 잠시 생각하다가 고개를 끄덕인다.

봉분으로 형제들이 둘러선다. 산역꾼들이 물러선다.

엄마, 둘레둘레 보소.

책보 두르고 소학교 가던 곱고 야무진 소녀가 자란 마을이 지척이
네.

새끼 낳고 거둬먹이넌 옛집이 보이는가?

사철 들로 넘어가던 고갯마루에 엄마를 모시네.

땔감을 모으던 숲이 보이는가?

가는 목에 푸성귀 이고 가 젖은 돈 모아오던 길도 보이는가?

코를 훔치고 낯을 씻기던 그 손길을 어떻게 잊을까?

아랫목에서 온기를 지킨 따순 밥은 어디서 먹을까?

오매오매, 맨발로 맞아주던 정겨운 목소리는 어디서 들을까?

엄마,

좋은 기억도 많고 몹쓸 기억도 많겠지만

이제 자식 걱정, 세상 근심 벗어놓고 훨훨 날아가소.

젖 한 번 못 물려 가슴에 맺힌다는 그 언니도 만나 실컷 젖 물리고

외할아버지 외할머니도 만나고, 아버지도 만나고,

엄마 형제들, 언니 오빠 막냇동생도 만나소.

우리는 어린것들한테 엄마 얘기 들려주고 늘 그리운 마음 간직할게.
가끔은 꿈으로도 와주고, 바람으로도 눈으로도 와주소.
오랫동안 병상에서 입속에 맴돌던 자식들 이름,
이제 맘껏 소리쳐 불러보소.

다음에 우리 다시 만나세.
잘 가소.
사랑하는 우리 엄마 잘 가소.

형제들과 올케들과 조카들이 울음을 터뜨린다. 큰올케가 두 손을 모으고 꿇어앉아 기도한다. 나는 편지를 유골함에 올려놓고 흙 한 줌을 뿌리고 물러선다. 나는 언니네 조카를 당겨 세우고 부탁한다.

"운전 좀 해주렴. 지민이가 친구들하고 진도에 좀 다녀오겠대."

봉분을 치는 동안 나는 아이들을 데리고 마을로 내려온다.

고향에 남은 육촌에게 자동차를 빌린다.

마음을 이미 정했는데도 가슴 한편이 개운치 않다. 지민에게 좋은 것만 보이고 살지는 못했어도 아이가 가슴 아픈 일을 겪는 게 늘 두렵다. 다시 한 번 말려볼까?

그러나 이미 아이들은 차에 올라 있다. 나는 창에다가 대고 당부한다.

"다섯 시까지는 돌아와야 해."

지민이 손을 내밀어 잡는다.

"엄마, 걱정 마. 금방 돌아올게."

"엄마 걱정 안 해."

아이는 쉬 손을 거둬들이지 않는다. 미안한 기색이 역력하다. 아이는 불끈 손을 쥐어준다. 우리는 손을 놓는다. 나는 어서 다녀오라고 손짓한다.

차가 동구 밖으로 멀어지는 걸 지켜본다.

"잘한 거야. 잘했어……엄마, 잘했지?"

나는 절박하게 중얼거린다. 등 뒤에서 봉분 치는 소리가 울린다. 나는 몸을 돌린다.

전성태 1969년생으로 1994년 《실천문학》에 단편소설 「닭몰이」 신인상으로 등단했다. 창작집으로 『매향(埋香)』 『국경을 넘는 일』 『늑대』 『두번의 자화상』, 장편소설 「여자 이발사」가 있다.

초기작 『매향(埋香)』에서 소외된 삶의 대안공간으로 농촌공동체의 삶과 풍정을 주로 다루다가 『국경을 넘는 일』과 『늑대』를 거치며 자본주의와 그에 의해 변질되어가는 현대의 삶으로 관심 영역을 넓혔다. 근대 자본주의 사회의 다양한 타자와 그 타자를 규정하는 국가 권력의 관계에 대해 성찰하는 글쓰기를 더듬더듬 해오고 있다.

위험한 아이의
인사법

—

이평재

작품명 우리 다시 만나면 | 김진숙

memo

세월호는 우리 모두에게 가슴 아픈 일이다. 아직도 할 말이 많이 남아 있다. 그렇다고 모두가 똑같은 방식으로 떠들어댈 수는 없다. 나는 소설가이기에 '위험한 아이의 인사법'이라는 소설로 조근조근 이야기를 하고자 한다. 나에겐 그것이 가장 어질고 사리에 밝은 방법이다. 창작메모 또한 소설 속 주인공을 통한 서술의 한 부분으로 대신하고자 한다. 달리 무슨 말이 필요하겠는가.

"내가 할일은 보다 많은 사람들에게 내가 누구인지를 알리는 거였다. 그리고 이제 남은 일은 그저 현재의 나의 괴물 같은 모습을 그대로 드러내는 거였다. 나만의 방식으로 세상 사람들에게 안부 인사를 건네면 되는 거였다. 그렇게 세월호의 증인이, 봉인된 세월호의 증거가 되면 그만이었다. 운이 좋아 살인사건의 기사제목이 '세월호의 사회가 만들어낸 괴물'이라고 뜬다면 더없이 바랄게 없었다. 나는 음성녹음 파일의 이름을 '위험한 아이'라고 기록하고 저장 버튼을 눌렀다."

위험한 아이의 인사법

내 이름은 세월이에요. 가짜엄마가 부르는 이름이죠. 진짜엄마라면 '준호'라는 어엿한 이름을 놔두고 그렇게 부르진 않았을 거예요. 진짜엄마는 십 년 전 내가 아홉 살 때 죽었어요. 2014년 4월 16일에 침몰되기 시작한 여객선의 삼층 식당 칸에서, 이십일이나 지난 6월 7일에 발견되었죠. 선반에 옷자락이 끼어 고깃덩이처럼 매달려 있었다고 해요. 그러고도 실제 인양된 것은 다음다음 날인 9일 저녁이었죠. 구조대가 교체되면서 절차상 시간이 지연되었기 때문이라는데, 그건 아무리 생각해도 납득할 수 없는 얘기였어요. 어쨌든 나는 바로 그날 우리가족이 모두 물에 잠기고 나 혼자만 구조되었다는 사실을 알게 되었죠. 받아들이기 힘들었어요. 당시엔 외숙모였던, 지금은 엄마가 된 가짜엄마인, 외숙모의 품에 안겨 온종일 울다가 잠들기를 반복했지요. 그러면서 때가 되면 컵라면이나 김밥이나 샌드위치를 먹었고, 한 번씩 외숙모를 힐끔거렸어요. 외숙모의 친절한 모습이 낯설고 이상했거든요.

사실 외숙모는 우리가족을 거리로 내쫓은 사람이었어요. 왜 그렇게 눈치가 없느냐고, 벌써 석 달째라고, 이제 그만 가족을 다 데리고 자신의 집에서 나가달라고 아빠에게 화를 냈죠. 그때 엄마는 울음을 먼저 터뜨렸어요. 그러나 아빠는 더 이상 사정을 하지 않았죠. 의외였어요. 외숙모가 물을 엎지른 동생의 손을 잡아 비틀자 오히려 큰소리를 쳤어요. 지금 당장 나가주겠다고. 엄마는 깜짝 놀라 우리가 어디 갈 데가 있느냐고 아빠를 말렸죠. 그러나 아빠는 나와 동생에게 지시했어요. 얘들아, 옷 입어라, 이제 이 집에서 나가자. 눈물을 흘리는 엄마에겐 아무 걱정 말고 어서 짐 싸! 하고 외쳤어요. 그러곤 허름한 여관방으로 우리를 몰아넣은 뒤 자조적인 혼잣말처럼, 그러나 조금 우쭐한 표정으로 말했어요. 이렇게 된 거, 우리 속 편하게 제주도에 가서 살자, 민수아저씨가 목장을 맡아서 관리해 달래.

거기까지 녹음을 한 뒤 일시정지 버튼을 눌렀다. 그러면서 아, 민수아저씨가 있었지! 하고 큰 발견을 한 듯 중얼거렸다. 왜 녹음파일을 민수아저씨에게 보낼 생각을 못했는지, 이런 바보! 하고 손으로 정수리를 거듭 치며 가짜엄마를 내려다보았다. 가짜엄마의 신음이 어느새 멈춰 있었다. 한결 편안하게 잠이 든 것 같았다. 그렇다면 곤란했다. 나는 자리에서 일어나 가짜엄마, 그 '년'의 배를 두어 번 더 걷어찼다. 부풀어 올라 터진 그 '년'의 입술이 쿨럭, 하고 벌어졌다. 이어 내가 원하는 신음이 터져 나왔다. 나는 '년'의 입에 귀를 가까이 대고 그 신음을 들으며 속삭였다. 엄마, 잠들지 마세요. 제 얘기가 아직 안 끝났잖아요. 그러자 년이 대답을 하듯 뭐라고 중얼거렸다. 흐느끼는 숨소리가섞여 있어 잘 들리지 않았다. 뭐라고요? 춥다고요? 아하, 뭘 준다고요? 잘 안 들리잖아요, 다시 한 번 말해 보세요, 주으 뭐요? 그러나 다음 순간 나는 눈이 확 뒤집혔다. 준호야? 준호라고요? 엄마, 지금 나를준호라고 부른 거예요? 갑자기 왜 이러세요? 그냥 하던 대로 하세요.세월이라고 부르시라고요. 나는 그렇게 이기죽거리며 년의 얼굴을 주먹으로 계속 내리쳤다.

년은 손으로 얼굴을 가리고 몸을 뒤틀었다. 필사적으로 옆으로 돌아누우며 벽에다 몸을 바짝 붙은 뒤 살려주세요! 하고 아악, 아악 비명을질러댔다. 아직 기운이 남아도는 것 같았다. 나는 년의 머리채를 잡아당겼다. 년의 상반신이 따라 올라오자 그대로 벽에다 던지듯 밀쳐버렸다. 벽에 부딪친 년의 머리통이 퍽, 하는 소리와 함께 방바닥으로 나뒹굴었다. 나는 다가가 년의 등짝을 발로 내리 찍고 다시 머리채를 잡았다. 년이 어린 나에게 했던 그대로 방 안을 이리저리 끌고 다니며 중얼거렸다. 엄마, 소리 질러도 소용없다는 거 아시잖아요, 제 울음소리가새어나가지 않게 이 지하방을 내 방으로 한 거잖아요. 엄마, 반대로 당하는 기분이 어때요? 하하하, 죽고 싶죠? 하지만 쉽게 죽으면 안 되죠.제가 이런 날을 얼마나 오랫동안 기다렸는데요. 처음부터였어요. 엄마가 턱으로 나를 가리키며 사람들에게 쟤가 세월호, 그 아이잖아, 하고속닥거린 바로 그날부터에요. 엄마는 그 뒤로 나를 세월이라고 불렀죠. 내 이름이 준호라는 걸 알면서도 일부러 그랬죠. 왜 그랬어요? 자꾸 악몽을 일깨워 나를 미치게 만들려고 한 거죠? 내가 금치산자 판정을 받으면 아무런 문제없이 보상금을 가로챌 수 있으니까요. 엄마, 그게 어디 가족이 할 짓이에요? 핏줄만 내세워 가족이라고 하면 곤란하죠. 다 엄마 탓이에요. 그러게 나를 민수아저씨에게 보냈으면 좋았잖아요. 가족이 뭐 별 건가요? 서로 이해하고 믿으면 되는 거지.

나는 청색테이프를 집어 들었다. 널브러진 년의 두 손을 등 뒤로 모아 둘둘 감았다. 한 다리를 부러뜨려 놓은 터라 두발은 묶지 않았다. 피가 흐르고 있는 입에도 청색테이프를 붙였다. 그러곤 책상 위의 알람시계를 들여다보았다. 이제 곧 외삼촌, 아니 가짜아빠가 퇴근하여 돌아올 시간이었다. 나는 방바닥에 엎어져 있는 년의 다리를 발로 툭툭 건드려 보았다. 깜짝깜짝 놀라며 움찔거렸다. 엄마, 잠들지 마세요. 아빠가 벌 받는 것도 보셔야지요. 나는 그렇게 말하며 붙박이장 문을 열었다. 년을 끌어 올려 그곳으로 처넣었다.

곧이어 민수아저씨에게 전화를 걸었다. 역시 늘 듣던 컬러링이 흘러나왔다. 팝페라가수 임형주의 노래 '천개의 바람이 되어'라는 노래였다. 나의 사진 앞에서 울지 마요. 나는 그곳에 없어요. 나는 잠들어 있지 않아요. 제발 날 위해 울지 말아요. 나는 천개의 바람 천 개의 바람이 되었죠. 그렇게 컬러링이 몇 번이나 반복해서 울려도 민수아저씨는 전화를 받지 않았다. 무슨 일이지? 나는 노래의 가사를 따라 부르며 더 기다려 보았다. 소용없었다. 노래가사 때문인지 울적했다. 그래도 애써 마음을 추스르며 다시걸기를 시도했다. 끝내 연결이 되지 않았다. 그러고 보니 요즘 들어 통화를 하지 못했다는 사실이 떠올랐다. 별 수 없이 문자를 남겼다. 준호에요, 꼭 드릴 말씀이 있으니 휴대폰으로 전화 주세요.

뜻밖에 금방 휴대폰 전화벨이 울렸다. 그러나 민수아저씨가 아니었다. 가짜아빠였다. 나는 재빨리 방밖으로 뛰어나가 전화를 받았다. 가짜아빠는 다짜고짜 물었다.

이 사람 어디 있니?

몰라요.

집에 있어, 없어?

몰라요.

휴대폰도 안 받고, 두고 나간 거야?

몰라요.

야, 대체 네가 아는 게 뭐야?

없어요.

이런 병신 같은 자식, 끊어!

네, 끊어요. 그런데 왜 전화 하셨어요?

밥 먹고 갈 거다. 조금 늦는다고 해라.

네, 그런데 얼마나 늦는데요?

뭐?

가짜아빠의 '뭐?'에는 '이 새끼가 갑자기 미쳤나, 약을 먹었나, 어디다 대고…….' 하는 무수한 욕이 담겨 있었다. '대체 아는 게 뭐야?' 하는 물음도 웃기는 소리였다. 내 방은 지하에 있고, 그들의 방은 일 층에 있었다. 이 층엔 일본으로 유학을 간 가짜동생의 방이 있었다. 그들은 내가 일 층이나 이 층에서 그들과 함께 있는 걸 싫어했다. 나는 그들이 모두 나가 집을 비운 사이에만 위층으로 올라갔다. 나중엔 그것도 싫어해, 그들이 부르기 전에는 아예 올라가지 않았다. 때문에 그들이 무엇을 하는지 자세히 알지 못했다. 그저 소리와 냄새로 짐작하고 생각할 뿐이었다. 고기를 구워먹는구나, 생일케이크의 촛불을 끄는구나, 손님이 왔구나. 그런데, 내 진짜가족의 목숨 값으로 고기를 사고, 케이크를 사고, 손님을 치르는 거면 어쩌지? 하고.

어쨌든, 나는 더 이상 말을 잇지 않고 얼른 전화를 끊어버렸다. 평상시와 다르게 굴면 안 될 것 같았다. 가짜아빠는 오늘밤 언젠가는 집에 들어올 것이고, 기다리면 될 일이었다. 그동안 녹음파일을 완성하고, 그를 맞을 준비를 하면 그만이었다.

나는 년이 처박혀 있는 붙박이장을 손으로 쾅쾅 두드리고 잠시 귀를 기울였다. 년이 버르적거리는 소리가 들렸다. 한 번 더 세게 두드리며 말을 걸었다. 엄마, 벽장 속에 있는 기분이 어때요? 편안한가요? 테이프로 입을 막아 놨는데도 으흐흐 하는 떨리는 소리가 났다. 공포로 인해 뱃속에서부터 절로 밀려나오는 소리 같았다. 나는 만족스러웠다. 엄마, 아시죠? 잠들면 안 되는 거, 하고 말하며 의자에 앉았다. 책상에 팔꿈치를 올리고 두 손으로 얼굴을 감싼 채 잠시 그대로 있었다. 어디까지 녹음했더라. 아빠가 여관에서 민수아저씨네 목장으로 이사 갈 거라고 말한 부분까지 한 것이 생각났다. 지체 없이 녹음버튼을 누르고 또박또박 말을 이어갔다.

내 생애 가장 행복했던 날을 꼽으라면 그 여관방에서의 일주일이었을 거예요. 그만큼 내 기억 속의 우리가족은 편한 날이 없었죠. 아빠는 원래 대기업의 직원이었는데, 어느 날 갑자기 회사가 어렵다는 이유로 정리해고 통지를 받았어요. 그리고 부당해고 파업에 참가했다는 이유로 빚더미에 올라앉았어요. 소송에서 이긴 회사 측이 손해배상을 청구한 거죠. 평생 만져보지도 못할, 너무나 커 무감각해지는 액수였어요. 그래도 아빠는 새로운 일을 찾아 열심히 살았죠. 하지만 봉급이 압류되어 한 푼도 손에 쥐어지지 않자 차라리 빌어먹고 사는 게 낫다는 걸 깨달았죠. 함께했던 동료들이 자살하거나 병에 걸려 죽는 것을 보면서 세상이 지옥이라는 것도 깨달았죠. 아빠와 엄마는 죽고 싶은 고비마다 끌어 안고 통곡을 했어요. 자식들만 없으면 죽는 게 낫다고. 나는 매번, 칭얼거리는 동생의 입을 손으로 틀어막아야 했어요. 우리 때문에 엄마 아빠가 더 힘들어질까 봐, 두 사람이 죽어 버릴까 봐 늘 불안했던 거죠.

그러니 제주도로 이사가, 민수아저씨의 목장을 맡아서 관리하며 산다는 것은 엄청난 일이었어요. 그렇다고 빚이 없어지거나, 돈이 생기거나, 사회적인 지위가 생기는 건 아니지만 우리가족은 뭔가 '사람처럼'이라는 느낌이 들었죠. 적어도 죽음을 떠올리지 않는 생활이 될 거라는 것만으로도 기분이 좋아진 거죠. 민수아저씨가 가끔씩 내려와 묵는 별장 말고도, 잘 지어진 관리인의 집이 따로 있다는 말에 엄마는 행복한 상상까지 했어요. 방이 몇 개인지, 부엌이 얼마나 큰지, 식탁도 있는지, 테라스가 있다는데 햇빛은 잘 드는지. 아빠는 그런 엄마에게 냉장고도, 텔레비전도, 세탁기도, 전기밥솥도 있다며 밝게 웃었어요. 엄마는 그 모든 것을 아빠가 사준 것처럼, 선물을 받은 것처럼 좋아했어요. 그때, 나는 엄마 아빠가 마주보며 활짝 웃는 모습을 처음 봤어요. 늘 서로를 위로하며 버텼지만 표정에는 근심이 담겨 있었거든요. 그렇게 활짝 웃는 모습은 내가 태어나기 전 사진 속에서만 있었거든요.

제주도로 이사 가기로 한 전날 밤엔 잠이 안 왔어요. 그건 아빠와 엄마, 동생도 마찬가지였죠. 우리는 좁은 여관방에서 함께 뒹굴며 밤늦게까지 끝말 이어가기를 했어요. 나중엔 가위 바위 보를 해서 진 사람을 엎드리게 하고 등을 두드리는 '인디언 밥'이라는 놀이도 했는데, 나와 동생은 술래의 등을 주먹으로 힘껏 때렸지만 아빠와 엄마는 간지럼을 태웠어요. 덕분에 나와 동생은 태어나서 가장 큰 소리로 웃어봤어요. 살아도 살아 있는 것이 아닌 그동안의 생활에서는 결코 맛볼 수 없는 기분이었죠. 그렇게 행복에 휩싸여, 새벽이 되어서야 동생이 먼저 잠이 들었어요. 엄마 아빠는 밤새도록 민수아저씨에 대한 이야기를 두런두런 나누었어요. 나는 잠을 자는 척 눈을 감고 있었어요. 엄마는 가끔씩 조심스러운 내용이 나올 때면 준호야 자니? 하고 확인을 한 뒤 이야기를 했어요. 나는 코고는 소리까지 내어가며 두 사람의 이야기를 다 들었어요. 그리고 아빠의 몸이 엄마의 몸 위로 겹쳐지면서 내는 야릇한 숨결이 느껴져 얼른 민수아저씨가 어떻게 생겼을지 떠올려보았어요.

그러니까 아빠와 민수아저씨는 그 삼 년 전 처음 만난 거였어요. 어느 이른 새벽, 아빠가 살길이 막막하여 팩 소주 두 개와 분양소를 철거하며 챙겨둔 밧줄 하나를 들고 북한산을 오르고 있는데, 저 앞에서 걸어가던 민수아저씨가 갑자기 주저앉더니 일어서지를 못했다는 거예요. 다른 사람들은 괜찮아요? 하고 지나갔지만 아빠는 즉시 119구조대에 신고를 했죠. 그리고 경험상 조금이라도 빨리 병원으로 가야 한다는 판단이 서 민수아저씨를 들쳐 업었고, 산길을 달려 내려와 막 도착한 구조대에게 상황을 정확히 설명하여 빠른 조치를 취하게 했죠. 그러자 병원에서 민수아저씨에게 말했어요. 아빠가 서두르지 않았다면 다시 일어설 수 없었을 거라고. 그 뒤부터 민수아저씨는 아빠를 생명의 은인이라고 하며 무조건 신뢰했죠. 아빠의 사정을 알아내곤 알게 모르게 많은 도움도 주었죠. 그리고 결국 목장을 관리하라는 식으로 자신의 별장 옆에 살 집까지 지어준 거였어요.

어쨌든 그날 밤, 나는 아빠가 민수아저씨를 살린 게 아니라, 민수아저씨가 아빠를 살린 거라는 생각을 더 많이 했어요. 민수아저씨가 고마웠어요. 그의 모습을 상상하며 잠이 들었죠. 그런 좋은 사람은 동글

동글한 얼굴에 항상 부드러운 미소를 짓고 있을 것 같았어요. 그러나 실제의 그의 모습은 정 반대였죠. 깡마르고 미소는커녕 입을 한일자로 꾹 다물고 있었어요. 눈빛도 날카로웠죠. 처음 만난 나에게 네가 준호니? 하고 묻곤 내가 겨우 고개를 끄덕이자 고함을 쳤어요. 남자 녀석이 씩씩하게 큰 소리로 대답해야지! 겨우 아홉 살이란 나이에, 말 한마디라도 따뜻한 위로가 필요했던 나는 그가 무서웠죠. 무엇 때문인지는 몰라도, 그가 자신의 부하직원을 매섭게 몰아세우는 것을 본 뒤로는 가까이 가는 것도 싫었고, 그가 찾아오는 것도 싫었어요. 그러나 당시의 외삼촌과 외숙모였던, 가짜아빠와 가짜엄마는 그와 달랐어요. 그가 오면 얼른 나를 숨겨 주었죠. 불쌍한 내 새끼, 내 강아지, 하며 자신의 친아들과 싸울 때도 내 편을 들어 줬어요.

그게 다 거짓인 걸 왜 몰랐는지, 그 지점에서 나는 슬그머니 화가 치밀었다. 어린 나이였잖아! 중얼거려 보았지만 누그러지지 않고 점점 더 화가 났다. 숨이 가빠지고 입술이 파르르 떨렸다. 어쩔 수 없이 일시정지 버튼을 눌러 녹음을 멈췄다. 악! 하고 소리를 지르며 의자에서 벌떡 일어났다. 그러곤 벽장문을 열어젖혔다. 깜짝 놀라 감았던 눈을 막 뜨는 년의 뺨을 다짜고짜 후려쳤다. 발을 높이 치켜들어 가슴팍을 거듭 찼다. 잔뜩 몸을 웅크린 년의 머리채를 잡아 벽장에서 끌어내려 바닥으로 패대기를 쳤다.

그때였다. 또다시 휴대폰 벨이 울렸다. 나는 년의 옆구리를 마구 건 어차고, 뒷목을 발로 찍어 누른 채 씩씩거리며 발신자를 확인했다. 이번에도 민수아저씨가 아니고 가짜아빠 그'놈'이었다. 씨발! 절로 나오는 욕을 내뱉으며 년의 옆구리를 한 번 더 걷어찬 뒤 문 밖으로 뛰쳐나갔다. 쾅 소리가 나게 문을 닫고, 심호흡을 하며 통화버튼을 터치했다.

뭘 하는데 그렇게 헐떡거려?

아무것도 아니에요.

엄마는?

들어오셨어요.

그런데 왜 계속 집전화도 휴대폰도 안 받아?

몰라요.

또 몰라? 이런 병신자식.

…….

뭐하는지 올라가 봐.

네.

내 말은 전했니?

네. 아, 맞다, 아까 주무신다고 하셨어요.

그래? 그럼 깨우지 말고.

네.

일어나서 나 찾으면 두 시쯤 들어간다고 해.

놈은 자기의 용건만 전하고 전화를 뚝 끊어버렸다. 나는 허공에다 네, 하고 못 다한 대답을 했다. 다른 날이라면 안 받아도 될 전화였다.

또한 다른 날이라면 년이 놈의 전화를 안 받을 리 없었다. 놈이 나에게 전화를 할 리도 없었다. 그러니 속이 뒤집혀도 놈의 전화를 공손하게 받은 건 잘한 일이었다. 이제 두시가 되면 놈이 아무런 의심 없이 집으로 돌아올 것이고, 나는 년에게 한 것처럼 놈에게도 똑같이 하면 될 것이었다.

그런데 왜 민수아저씨는 아직도 전화를 하지 않는 건지. 그래도 혹시나, 하는 마음에 휴대폰을 다시 켰다. 최근기록 목록과 문자메시지 목록을 확인했다. 1588, 1544, 080으로 시작하는 번호 몇 개와 놈의 번호가 보일 뿐이었다. 민수아저씨의 발신 기록은 없었다. 다시 한 번 통화 버튼을 터치해 보았다. 이번에는 전원이 꺼져 있다는 안내 멘트가 흘러나왔다. 난감했다. 한 번 더 문자메시지를 보내 놓았다. 아저씨, 저 준호인데요, 급하게 드릴 말씀이 있어서 그래요. 오늘밤 안으로 꼭 연락 좀 주세요. 꼭요.

휴대폰을 그대로 왼손에 들고 오른손으로 방문 손잡이를 돌렸다. 방문이 열리면서 방바닥에 묻은 핏자국이 눈에 들어왔다. 그러나 년이 있어야 할 자리에 없었다. 방 안으로 고개를 먼저 디밀고 오른쪽 문 뒤를 살폈다. 그때, 왼쪽에서 무언가가 덮치듯 달려들었다. 나는 그 무게감에 휘청하며 중심을 잃었다. 휴대폰을 떨어뜨리며 바닥으로 넘어졌다. 지체 없이 돌아보자 한쪽 다리를 질질 끌고 문밖으로 나가는 년의 뒷모습이 보였다. 손을 어떻게 풀었는지, 그래도 어림없는 짓이었다. 나는 벌떡 일어나 순식간에 달려가 년의 뒷덜미를 움켜쥐었다. 다른 한 손으로는 년의 뒷머리를 낚아채듯 잡아당겼다. 년은 필사적이었다. 끌려오지 않으려고 버둥거리며 온몸에 힘을 줬다.

별 수 없었다. 그 자리에서 년의 등짝을 발로 가격했다. 주먹으로 머리통을 몇 차례 때린 뒤, 년이 팔을 들어 머리통을 감싸자 이번엔 양 옆구리를 후려쳤다. 그러곤 쓰러진 년의 머리채를 질질 잡아끌고 다시 방으로 들어갔다. 나는 그래도 성이 풀리지 않았다. 놈에게 쓰려고 준비해둔 삼단봉을 집어 들었다. 그것을 년의 얼굴에 가까이 들이대고 말했다. 엄마, 이게 뭔지 알지요? 그 정신없는 와중에도 년의 눈빛이 마구 흔들렸다.

삼단봉은 손잡이를 잡고 아래로 휘두르면 삼단으로 튀어나오는 강철봉이었다. 가지고 있으면 마음이 든든했다. 나는 그것을 초등학교 6학년 때부터 호신용이 아닌 공격용으로 사용했다. 년과 놈이 찾아내어 갖다 버리면 다시 구입하기를 몇 번이나 반복했다. 첫 번째 것은 친구의 팔을 내리쳐 빼앗겼고, 두 번째 것은 추위를 피해 지하실 방문 앞까지 들어온 고양이의 머리를 박살내 빼앗겼다. 세 번째 것은 대나무나 강철보다 강력하다는 파이버글라스(Fiber Glass)로 만든 것인데, 술을 먹고 그것으로 년과 놈의 아들인 가짜동생을 밤새 위협하다가 빼앗겼다. 그 사건으로 인해 나는 세 번째 정신병동에 갇혔다. 가짜동생은 일본으로 유학을 떠났다. 이른 새벽, 구급차가 사이렌을 울리며 집으로 왔고, 나는 또다시 건장한 남자들에게 짐짝처럼 묶여 끌려 나갔다. 년은 유학길을 나서는 가짜동생에게 이렇게 귓속말을 했을 것이다. 삼

년이면 다 해결되니까, 그때까지만 가 있어라. 그 삼 년 뒤면 나는 성인이었다. 나를 금치산자로 만들려는 가짜엄마 가짜아빠의 십 개년 계획이 훌륭하게 완성되는 해였다.

나는 촤악! 소리가 나게 삼단봉을 펼쳤다. 그것으로 년의 이미 부러진 다리 부위를 세게 내리쳤다. 퍽, 소리와 함께 강철봉이 년의 뼛속으로 들러붙어 박히는 느낌이었다. 손맛이 좋았다. 년은 한 번도 들어본 적이 없는 괴상한 소리를 내며 헐떡거리다가 허옇게 눈을 치떴다. 나는 삼단봉으로 년의 이마를 툭툭 건드리며 말했다. 엄마, 나도 어쩔 수 없었어요. 한 달만 지나면 내 나이가 스물인 건 엄마가 더 잘 아시잖아요. 한 번만 더 병원에 끌려가면 그걸로 끝인데 어떻게 가만히 앉아서 당하겠어요. 그러고 보면 엄마는 참 나쁜 년이에요. 아빠는 더 나쁜 놈이고요. 엄마야 나하고 피 한 방울 안 섞였다지만, 아빠는 내 진짜엄마의 친동생이잖아요. 하긴 자기 자식도 죽이고 팔아먹는 세상이니, 곳곳에 세월호가 떠다니고 있는 세상이니 무슨 말을 하겠어요. 다 엄마 같은 인간들 때문이에요.

세월호라는 말을 입에 올린 탓인지 갑자기 피곤했다. 끝내 인양되지 못한 동생이 떠올라 기운이 빠졌다. 집중력이 떨어져 뭘 해야 할지도 명징하지 않았다. 그저 멍했다. 더 이상 년에게 신경을 쓰는 것도 싫었다. 일단 청색테이프로 년의 두 팔을 다시 묶고, 두 다리를 마저 묶어버렸다. 그리고 삼단봉을 높이 치켜들어 죽지 않을 정도로 년의 정수리를 후려쳤다. 찍소리도 내지 못하고 널브러진 년을 다시 벽장 속으로 처박아 넣었다. 그러고도 잠시 그대로 앉아 있었다. 여전히 정신이 맑지 않았다. 이러면 안 될 것 같았다. 나는 방문을 열고 밖으로 달려 나갔다. 마당에 서서 몇 번 펄쩍펄쩍 제자리 뛰기를 한 뒤 심호흡을 했다. 봉인된 세월호에 갇혀 아직도 떠돌고 있을 동생을 떠올렸다. 그러면서 아직 할 일이 남아 있다고 마음을 다잡았다.

일 층 현관문을 통해 집 안으로 들어갔다. 부엌으로가 냉장고에서 차가운 물을 꺼내 마신 뒤, 실내에서 지하로 내려가는 통로의 문을 잠갔다. 그러면 놈이 의심을 덜 할 것이었다. 집에 들어와 년이 없는 걸 알아도 지하실보다는 화장실이나 이 층을 먼저 찾아볼 것이고, 그런 다음에 아무런 의심 없이 지하실 문을 열고 세월아! 하고 부를 것이었다. 그때 내가 잠든 척 아무런 대답도 하지 않으면 투덜거리며 계단을 내려올 것이었다. 나는 머릿속으로 치밀하게 각본을 짜며 안방으로 갔다. 년이 벗어놓은 외출복과 들고 나갔던 가방을 챙겼다. 검은 비닐봉지에 그것을 담아 장롱에 쑤셔 넣고, 시간을 확인했다. 놈이 오려면 아직 한 시간이나 남아 있었다. 한 시간이면 녹음도 끝낼 수 있었다.

어찌된 일인지 민수아저씨는 끝내 연락이 없었다. 전원이 계속 꺼져 있었다. 나는 불길했다. 별 생각이 다 들었다. 혹시 놈이 민수아저씨를 찾아가 어떻게 한 것은 아닐까. 나에게 도움을 주려고 달려오다가 놈에게 당한 건 아닐까. 터무니없는 생각 같아 헛웃음이 나긴했다. 하지만 워낙 나쁜 년, 나쁜 놈이니 알 수 없는 일이었다. 누가 세월호의 선장이 아이들에게는 움직이지 말라고 해 놓고 제일 먼저 도망간 사실을 상상이나 할 수 있었겠는가. 누가 세월호의 실제적 주인이 사람이 죽을 걸 알면서도 화물 적재공간을 늘려 사욕을 채운 사실을 상상이나 할 수 있었겠는가. 원래 그런 나쁜 놈들은 상상을 초월하게 노는 법이었다. 나는 생각나는 대로 민수아저씨에게 여러 통의 문자메시지를 보냈다. 아저씨, 왜 연락이 없어요. 아저씨, 우리 진짜아빠에게 잘 해줘서 고마웠어요. 아저씨, 어디 계세요? 아저씨, 우리 진짜엄마가 제주도집 테라스에 햇빛이 잘 드는지 궁금해 했었어요. 아저씨, 이 문자 보면 빨리 연락주세요. 아저씨, 우리 진짜아빠가 아저씨를 참 좋아 했던 거 아시죠? 아저씨, 그런데 제가 지금 정말 할 말이 있거든요. 제발 연락 좀 해 주세요. 사실은 제가 녹음파일을 하나 보내드리려고요. 세상을 들썩하게 만들 사건의 아주 중요한 알리바이가 될 거예요. 나는 민수아저씨에게 보낸 문자메시지를 일일이 확인하며 다시 읽어보았다. 이 정도면 곧 연락을 해 줄 것 같았다. 안심이 되었다. 한결 편한 마음으로 다시 녹음을 시작했다.

민수아저씨는 나를 입양하겠다고 했어요. 가짜엄마와 가짜아빠가 강하게 반대를 했죠. 어림도 없는 소리는 하지도 말라고. 민수아저씨는 나중에라도 생각이 바뀌면 꼭 연락을 달라고 부탁을 하고 물러났어요. 그래도 가짜엄마와 가짜아빠는 나를 집에다 꽁꽁 숨겼어요. 민수아저씨가 아주 나쁜 사람이라고 하면서요. 사실은 우리가족을 제주도로 데려가서 고깃배에 팔려고 했던 거라고 거짓말을 하면서요. 진짜아빠와 진짜동생을 다시 만날 때까지 민수아저씨를 피해 꼭꼭 숨어 있어야 한다고. 나는 큰 충격을 받았어요. 진짜아빠와 진짜동생에 대한 걱정보다 민수아저씨가 나를 데려 갈까봐 더 걱정을 했죠. 집에 사람이 없을 때는 가짜엄마의 말대로 지하실 방으로 들어갔어요. 그래도 불안하면 벽장 속으로 숨었어요. 가짜엄마는 밖에서 방문을 걸어 잠그면서 귓속말로 속삭였죠. 아무도 없는 것 같이 해야 민수아저씨가 못 찾는다고.

처음에는 가짜엄마가 시키는 대로 했어요. 나오라면 나가고, 들어가라면 들어가고, 벽장 속에서 소리도 내지 말고 있으라면 몇 시간이고 말을 잘 듣고 있었어요. 오줌이 마려워도 나가지 않고 그냥 바지에다 싸면서까지 숨어 있었죠. 그렇게라도 민수아저씨에게 잡혀가지 않아야 진짜아빠와 진짜동생을 다시 만날 수 있다는 가짜엄마의 말을 철석같이 믿었던 거예요. 진짜엄마에 대한 죽음을 슬퍼할 여유도 없이 그저 민수아저씨라는, 가짜엄마가 만든 괴물에 시달리면서 말이에요.

그런데 이상했어요. 아무리 시간이 흘러도 진짜아빠와 진짜동생은 오지 않았어요. 대신 가짜아빠가 이런 말을 했어요. 오늘부터 우리를 엄마, 아빠라고 해라. 그래야 민수아저씨가 너를 데려갈 수 없어. 다시 학교도 다닐 수 있고, 밖에 나가 마음대로 뛰어놀 수도 있어. 나는 당혹스러웠어요. 그럼 진짜아빠는요? 하고 물었죠. 가짜아빠는 대답을 못하고 머뭇거렸어요. 그런데 가짜엄마가 어제와 다르게 갑자기 돌변하여 말했죠. 네 엄마, 아빠, 동생 다 죽었어. 그러니까 이제부터 너는 우리가 시키는 대로만 해. 그러지 않으면 민수아저씨에게 보내버릴 거다. 너 새우잡이 배에 팔려가고 싶진 않지?

나는 어리둥절했어요. 예전에 아빠에게 못되게 굴던 가짜엄마의 모습이 떠올라 심장이 마구 뛰었어요. 그래도 나는 내 가족이 모두 죽었다는 말은 믿어지지 않았어요. 일부러 작정한 게 아니라면, 어린 아이에게 그런 말을 그토록 쉽게 할 수는 없는 거잖아요. 그런데 어느 날 밤이었어요. 그날도 가짜엄마가 시키는 대로 지하방 벽장 속에 들어가 있는데, 갑자기 구조되기 전에 배 안에서 방송으로 들었던 선장의 말이 떠오르는 거예요.

현재 위치에서 절대 이동하지 마시고 대기해 주십시오.

기분이 이상했죠. 그야말로 심장이 쿵! 하고 내려앉았어요. 가짜엄마가 시키는 일이 선장이 시키는 일과 똑같다는 생각이 든 거예요. 이럴 수가! 왠지 가짜엄마가 나쁜 사람일지도 모른다는 생각을 했죠. 그리고 곧 선장과 똑같은 사람이라는 확신을 했죠. 그렇다면 내 가족이 모두 죽었다는 말도 사실일 수 있었어요. 나는 참을 수 없이 눈물이 쏟아졌어요.

2014년 4월 16일, 배가 기울기 시작한 그 시간에 나는 가족들과 함께 있지 않았어요. 가족이 모두 잠이 들어 있어 심심했거든요. 그 전날 밤, 불꽃놀이를 할 때 장기자랑을 펼치며 초콜릿을 준 형들이 떠올랐어요. 진짜엄마와 진짜아빠는 함부로 돌아다니지 말라고 했지만 몰래 객실을 빠져나갔죠. 그리고 4층으로 올라가 복도를 어슬렁거렸어요.

그러자 한 형이 나를 보고 말을 걸었어요. 야, 너 어제 그 꼬마구나. 나에게 귀엽다며 초콜릿을 준 형들 중 하나였어요. 나는 안녕하세요, 하고 반갑게 인사했지요. 그런데 그때, 갑자기 폭발물이 터지는 것 같이 쾅, 하는 소리가 나면서 배가 기울었어요. 형이 얼른 내 손을 잡아끌고 자기네 객실로 들어갔지요.

처음엔 모두들 얼마나 위험한 상황인지 몰랐어요. 왁자지껄 떠들며 깔깔거리기도 했죠. 그러나 어느 정도 시간이 흐르자 안경을 쓴 형이 제일 먼저 불안한 듯 입을 열었죠. 그러자 또 모두들 한마디씩 했어요.

야, 오른쪽으로 배가 쏠려.

기울어졌어, 장난 아냐.

진짜 죽는 거 아냐?

누가 구명조끼 좀 꺼내 봐.

잠깐만, 다시 왼쪽으로 가고 있어.

그래도 나 구명조끼 입는다.

나도 입어야 할 거 같아.

내꺼 입어.

넌?

나? 가져와야지.

아, 이거 왜 이래?

선장은 뭐 하길래?

전화도 안 터진다고.

엄마, 아빠, 아빠, 아빠, 아 내 동생, 어떡하지?

그런데, 갑판에 있던 애들은 어떻게 되는 거야?

바로 그다음 순간, 스피커를 통해 선장의 말이 정확히 객실 가득 울려 퍼졌지요.

학생 여러분 및 선생님 여러분께 다시 한 번 안내 말씀드립니다.

조용히 해봐, 조용히 해봐.

현재 위치에서 절대 이동하지 마시고 대기해 주십시오.

선생님들은 괜찮은 건가?

아, 무슨 일인지 말을 해줘야지.

그런데 구명조끼 입으란 거는 침몰되고 있다는 소리 아니야?

어, 진짜 바다로 뛰어들어야 할 것 같아.

맞아, 우리 밖으로 나가야 하는 거 아니야?

그때, 또다시 걸어 잠근 빗장에 대못을 박듯 선장의 말이 방송으로 흘러나왔죠.

다시 한 번 안내 말씀드립니다. 현재 위치에서 절대 이동하지 마시고 대기해 주시기 바랍니다.

나는 선장의 말을 듣지 않았어요. 형들이 말렸지만 문틀을 붙잡고 복도로 나갔죠. 그런데 복도에 묶어 놓은 쓰레기봉투가 배가 기운 것만큼 공중으로 떠 있었어요. 그리고 선장의 말을 무시한 채 벽을 발로 딛고 밖으로 탈출을 하고 있는 몇몇 형들과, 기울어진 벽 위쪽으로 올라가 천장에 등을 댄 채 휴대폰으로 동영상을 찍는 형들이 보였어요.

나는 겁이 났어요. 용기를 내어 움직여보려 했지만 쉽지 않았어요. 겨우 몇몇 형들이 빠져나간 어떤 통로 앞에 이르렀지만 다리에 힘이 빠져 더 이상 움직일 수가 없었어요. 나를 애타게 찾고 있을 가족들이 떠올라 눈물이 났죠. 나는 그 자리에 주저앉아 엉엉 울음을 터뜨렸어요. 그러자 어디선가 파란바지를 입은 아저씨가 슈퍼맨처럼 나타나 나에게 구명조끼를 입혔어요. 내 몸과 자신의 몸을 밧줄로 연결하여 묶은 뒤 정신 똑바로 차리고 잘 따라 와! 하고 말했어요. 그는 형들이 대기하고 있는 객실을 향해 어서 밖으로 탈출하라고 목이 터져라 외치기도 했어요.

어쨌든 세월호의 현장이 생생하게 떠오르기 시작하면서 나는 뭔가 단단히 잘못되었다는 걸 알기 시작했죠. 당연히 가짜엄마나 가짜아빠의 말을 안 듣기 시작했어요. 다시 학교에 다니면서 뉴스를 접한 뒤부터는 가짜엄마, 가짜아빠가 시키는 건 모두 정반대로 했죠. 민수아저씨가 괴물이 아니라는 것도 단번에 깨달았죠. 그리고 어느 날, 드디어 학교 앞으로 찾아온 민수아저씨를 만나게 되었어요. 고등학교 3학년 때였죠. 폭력으로 세 번째 전학을 한 네 번째 학교였고요. 어쨌든 그때 나는 이미 다섯 번이나 정신병동을 드나든 상태였어요. 친구도 없이 하루하루가 전쟁 같았죠. 가짜엄마와 가짜아빠는 그 모든 일을 정해진 수순으로 진행했어요. 착하게 굴어도, 못되게 굴어도 결과는 똑같았기에 나는 못되게 구는 사람이 되었어요. 바로 봉인된 세월호의 사회가 만들어낸 괴물이었죠. 그런 나의 모습을 보며 민수아저씨는 울음을 터뜨렸어요.

그날, 나는 처음으로 진심을 담아 가짜아빠와 가짜엄마에게 무릎을 꿇고 애원했죠. 다 필요 없으니 민수아저씨에게 보내달라고. 그런데 생각해 보겠다고 해 놓고 육 개월이 지나도록 답을 주지 않는 거예요. 나는 온갖 말썽을 피우며 난동을 부리다가 겨울방학 때 가출을 했죠. 그것이 얼마나 무모하고 쓸데없는 일인지 몇 번의 가출로 잘 알고 있으면서도 어쩔 수 없었어요. 웬일인지 민수아저씨가 직접 전화를 받지 않는 거예요. 전화를 걸면 문자로 하자고 메시지를 보내는 거예요. 그런데 내일쯤 정신병동으로 끌려갈 거라는 감이 온 거죠. 곧 나를 찾아내 끌고 가겠지만 그래도 며칠은 시간을 벌 수 있을 것 같았어요.

무조건 민수아저씨에게 연락을 했죠. 그리고 찾아갔죠. 민수아저씨는 병원 복도에서 한쪽 다리를 절며 느릿느릿 걷기운동을 하고 있었어요. 나는 멀리서 그런 민수아저씨의 모습을 보며 아빠와 민수아저씨가 처음 만났을 때의 장면을 떠올렸어요. 어느 이른 새벽, 아빠가 살길이 막막하여 팩 소주 두 개와 분양소를 철거하며 챙겨둔 밧줄 하나를 들고 북한산을 오르고 있는데, 저 앞에서 걸어가던 민수아저씨가 갑자기 주저앉더니 일어서지를 못했다는.

나는 일시정지가 아닌 정지 버튼을 눌렀다. 이 정도 얘기 했으면 된 것 같았다. 내가 할일은 보다 많은 사람들에게 내가 누구인지를 알리는 거였다. 그리고 이제 남은 일은 그저 현재의 나의 괴물 같은 모습을 그대로 드러내는 거였다. 나만의 방식으로 세상 사람들에게 안부 인사를 건네면 되는 거였다. 그렇게 세월호의 증인이, 봉인된 세월호의 증거가 되면 그만이었다. 운이 좋아 살인사건의 기사제목이 '세월호의 사회가 만들어낸 괴물'이라고 뜬다면 더없이 바랄게 없었다. 나는 음성녹음 파일의 이름을 '위험한 아이'라고 기록하고 저장 버튼을 눌렀다. 시간을 확인한 뒤, 책상 위를 정리했다. 그러면서 다시 민수아저씨를 떠올렸다.

그런데 이상했다. 민수아저씨를 마지막으로 만난 것이 언제, 어디선지 기억나지 않았다. 민수아저씨가 보는 앞에서 내가 정신병동으로 끌려간 것도, 다시 퇴원하여 문자메시지로 안부 인사를 나눈 것도 기억이 나는데, 그 뒷부분이 편집되어 잘려나간 필름처럼 기억 속에서 사라져버렸다. 게다가 민수아저씨가 이제는 전화도 받지 않았다. 나는 휴대폰을 만지작거리며 방 안을 서성거렸다. 다시 한 번 통화 버튼을 눌러보았다. 다행히 휴대폰은 켜져 있었다. 여전히 전화는 받지 않았지만 컬러링이 흘러나왔다.

나의 사진 앞에서 울지 마요. 나는 그곳에 없어요. 나는 잠들어 있지 않아요. 제발 날 위해 울지 말아요. 나는 천 개의 바람 천 개의 바람이 되었죠. 나는 왠지 우두커니 서서 노래의 나머지 가사를 하나하나 떠올렸다. 저 넓은 하늘 위를 자유롭게 날고 있죠. 가을엔 곡식들을 비추는 따사로운 빛이 될게요. 겨울엔 다이아몬드처럼 반짝이는 눈이 될게요. 아침엔 종달새 되어 잠든 당신을 깨워줄게요. 밤에는 어둠 속의 별

되어 당신을 지켜 줄게요. 나의 사진 앞에 서 있는 그대 제발 눈물을 멈춰요. 나는 그곳에 있지 않아요. 죽었다고 생각 말아요. 나는 천 개의 바람, 천 개의 바람이 되었죠. 저 넓은 하늘 위를 자유롭게 날고 있죠. 나는 천 개의 바람, 천 개의 바람이 되었죠. 저 넓은 하늘 위를 자유롭게 날고 있죠. 저 넓은 하늘 위를 자유롭게 날고 있죠.

노래 가사가 너무 슬퍼 잠시 멍했다. 그러나 시간이 없었다. 나는 민수아저씨, 어디 아프세요? 하고 문자메시지를 보냈다. 역시 답은 오지 않았다. 이제는 정말 별 수 없다는 생각이 들었다. 녹음한 파일 '위험한 아이'를 첨부한 뒤 마지막 문자메시지를 보냈다. 아저씨, 그동안 고마웠습니다. 어쨌든 후련했다. 휴대폰을 책상 위에 던져놓고 자리에서 일어났다. 때마침 두 시를 알리는 알람이 울렸다. 이제 곧 놈이 나타날 것이었다.

나는 벽장문을 열었다. 축 늘어져 있는 년을 끌어내렸다. 방바닥에 똑바로 눕히고 청색테이프가 붙은 입 부분을 잠시 들여다보았다. 엄마는 이 입으로 너무 많은 거짓말을 했어요, 어쩌죠? 하고 속삭이며 그곳을 삼단봉으로 내리쳤다. 년의 상체가 위로 퉁겨 올랐다가 다시 바닥으로 떨어졌다. 두 눈도 크게 부릅떠졌다가 다시 감겼다. 그래도 의식이 완전히 나간 것 같지는 않았다. 나는 년의 입에 붙은 테이프를 떼어냈다. 붉게 물들어 뭉그러진 살점이 너덜너덜했다. 나는 다시 중얼거렸다. 엄마, 곧 아빠가 오실 거예요. 죽지 말고 조금만 더 기다리세요. 아빠하고 마지막 인사는 해야지요.

나는 삼단봉을 단단히 손에 쥐고 방문을 열었다. 그때 딩동, 하고 문자메시지 알림음이 울렸다. 아, 민수아저씨! 하고 달려가 책상 위의 휴대폰을 집어 들었다. 서둘러 문자메시지를 확인했다. 준호 씨, 지난번 아버지 장례식장에서 인사 나눴던 민수아저씨 아들입니다. 기억나지 않으세요? 나는 거기까지 읽고 휴대폰을 떨어뜨렸다. 동시에 세월아, 엄마 어딨니? 하는 놈의 목소리가 들렸던 것이다. 왠지 웃음이 터져 나왔다. 나는 삼단봉을 들여다보며 내가 미치긴 미쳤구나, 그래도 이걸 파이버글라스로 산 건 잘한 일이야, 하고 중얼거렸다. 그러곤 픽, 소리와 함께 삼단봉이 년의 뼛속으로 들러붙어 박히던 그 짜릿한 손맛을 떠올리며 진저리를 쳤다. 이제 놈이 계단을 내려올 차례였다.

이평재 1960년생으로 1998년 《동서문학》에 단편소설 「벽 속의 희망」으로 신인문학상에 당선되었다. 창작집으로 「마녀물고기」 「어느 날, 크로마뇽인으로부터」, 장편소설로 「눈물의 왕」 「엉겅퀴 칸타타」가 있다.

나에게 있어 환상은 단순한 장르판타지가 아니다. 앙드레 브르통이 주창한 쉬르리얼리즘이다. 살바도르 달리이며 막스 에른스트다. 마그리트이며 미로이다. 또한 카프카이고, 보르헤스, 마르케스의 작품세계다. 거기에, 나는 요즘 자연스러움을 덧대는 작업에 매달려 있다. 쉬르의 자연스러움? 어렵다. 그것은 허(虛)와 실(實)의 경계가 없어야 한다. 노자의 허허실실(虛虛實實)이 개념이 베이스가 되어야 가능한 일이다.

이제 막 내 옆으로
온 아이에게

———

이명랑

작품명 우리 다시 만나면 | 김진숙

memo

늘 소설은 하나의 세계를 창조하는 작업이라고 생각해 왔습니다. 허구적 인물들이 처한 상황과 운명에 독자들이 공감할 수 있도록 허구적 인물들이 살아가게 될 세계를 잘 만들어야하는 작업이 소설쓰기라고 생각해 왔습니다. 그러나 치유될 수 없는 아픔을 소설로 형상화하는 작업은 소리 없는 울음을 언제까지고 함께 우는 것에 다름 아니었습니다.

이제 막 내 옆으로 온 아이에게

대체 누가 나를 깨웠니? 너? 아니면 너야? 너니?

빠르게 주위를 훑어봤어. 교복 입은 아이들, 줄 맞춰 앉아 있는 아이들의 얼굴에 역력히 드러난 긴장감. 살짝만 건드려도 빵, 터져버릴까, 감히 누구도 드러내지 못하는 불만과 두려움, 그러나 뭐 내 눈에는 다 보이는 걸? 다들 입 꼭 다물고 있어도 곧 터지기 직전의 풍선처럼 부풀어 올라 있잖아? 어차피 터질 거잖아? 대체 뭐야? 이 분위기 어쩜 좋니? 쳇, 너무 뻔한 걸?

웃음이 터져 나오지 뭐야. 이런 몸으로 웃을 수 있다면 말이야. 뭐 아무튼 이런 느낌, 너무 싫다. 진저리쳐진다, 는 말의 뜻을 나보다 더 잘 아는 사람이 있을까? 오래도록 벼르고 별러 작정하고 유명한 갈비집에 갔는데 주문한 갈비가 나오자마자 어딘가로 끌려온 듯한 기분? 지금 내 기분이 꼭 그래.

대체 누가 나를 깨운 거야? 거기 단발머리니? 아니면 이런 데까지 오면서 교복조끼까지 맞춰 입고 온 너니? 너도 아니면 그럼 노랑머리, 바로 너? 나는 부러 더 화난 표정을 지으며 내 옆의 노랑머리를 째려 봤지. 내가 얼마나 기분 나쁜지, 얼마나 화가 났는지 노랑머리가 단번에 알아챌 수 있도록 말이야. 어차피 노랑머리야 내가 화가 났든 말든 상관하지 않겠지만 뭐. 내 표정 따위, 누가 신경이나 쓰겠니?

"앗! 미안."

노랑머리가 화들짝 놀라지 뭐야. 이 남자애는 뭐가 그렇게 미안한지 엉덩이까지 들어 올리며 옆으로 물러나 앉더라. 나는 더 깜짝 놀랐어. 생각해봐. 내가 놀라는 건 너무 당연하잖아? 설마, 설마하면서도 나는 노랑머리 남자애한테 말했어.

괜찮아.

그랬더니 세상에! 나한테 그러는 거야.

"진짜 미안해. 일부러 만지려고 그런 건 아니야. 어떻게 하다 보니……."

그러면서 머리를 긁적거리는데 꽤 귀엽더라니까. 후후. 어느새 내 입가엔 미소가 어렸지. 미소라는 거, 꽤 근사한 느낌이구나, 생각하는데 갑자기 까맣게 잊고 있던 감각들이 되살아나기 시작했어. 미소 지을 때면 입가에 번지던 따뜻함이라든지 누군가 나를 바라봐줄 때의 떨림 같은 것들 말이야. 그 순간 무채색이던 주변이 꽃처럼 확 피어올랐어. 이 배를 뒤덮고 있는 흰색과 갈색 너머 저 창밖의 푸른색까지, 진짜 살아 있는 색들이 나를 향해 달려왔어. 두 눈 가득 쏟아져 들어오는 바다의 푸른빛이 어찌나 생생한지 나는 앗, 비명을 내질렀지 뭐야.

그래서 무슨 일이 벌어졌냐고?

후후. 글쎄 내 옆에 있던 노랑머리가 기다렸다는 듯이 팔을 뻗어 내 어깨를 감쌌어. 나는 지그시 눈을 감은 채로 가만히 숨죽였어. 눈을 뜨면 모든 것이 사라져버릴 테니까. 그 순간, 내 어깨를 감싸 안은 손에서 전해져오는 온기와 나를 바라보는 눈빛에 서려 있던 다정함 같은 것들 모두 사라져버릴 테니까.

하나, 둘, 셋, 넷, 다섯.

가만히 눈을 떴어.

"괜찮아?"

여전히 노랑머리는 나를 보고 있었어. 내 어깨를 꽉 감싸 안은 채 말이야. 어떻게 이런 일이 있을 수 있지? 나도 모르게 노랑머리의 손을 꽉 붙잡아버렸지 뭐야.

선내에 계신 위치에서 움직이지 마시오!

이런 걸 타이밍이라고 하는 거니? 내가 먼저 노랑머리의 손을 잡아 놓고는 실수라고 딱 잡아떼야지, 하는데 폭탄이 터진 거야. 내 말을 못 믿겠다고? 정말이라니까. 쾅, 하는 소리가 나면서 배가 기울었다구. 폭탄이 아니면 어떻게 이런 큰 배가 기울 수 있겠니?

선내에 계신 위치에서 움직이지 마시오!

선내에 계신 위치에서 움직이지 마시오!

선내에 계신 위치에서 움직이지 마시오!

방송은 계속해서 똑같은 말만 되풀이했어. 이렇게 여러 번 떠들어대면 세 살짜리 애들도 알아들을 텐데 내 옆에 노랑머리는 말귀를 못 알아듣는 거 있지? 움직이지 말라니까 갑자기 벌떡 일어나는 거야. 줄맞춰 앉아 있는 아이들 사이를 뛰어다니더니 한다는 소리가 글쎄 "배가 침몰하고 있어!"였다니까.

노랑머리의 말 한마디에 배 안은 아수라장이 되어버렸어.

"배가 침몰한다니까!"

"이러다 죽는 거 아냐!"

"일단 나가자!"

아이들이란 정말이지, 구제불능이지 뭐야. 잘 알지도 못하면서 배가 침몰한다니. 죽을 거라니. 여기 있는 애들 중에 과연 죽음이 뭔지 아는 애가 있기나 한 걸까? 물론 겁을 집어먹을 수도 있어. 그렇다고 마구 날뛰는 건 정말 아니지. 미친 듯이 날뛰다가는 배가 침몰하기도 전에 다 같이 죽어버릴 걸? 그제야 난 정확하게 알 수 있었어. 누가 나를 깨웠는지 말이야. 역시 노랑머리였어. 노랗게 염색한 걸 봤을 때부터 알아봤어야 하는 건데 말이야. 정해진 규정을 따르지 않고 학교 규정에 어긋나는 짓거리만 하는 애들, 그런 애들을 나는 너무나도 잘 알고 있거든. 그런 애들이 다른 사람을 얼마나 위험하게 만드는지 말이야. 물론 모범생인 척 하는 애들 중에도 위험한 애들은 많아. 겉으로는 아닌 척, 협조하는 척, 잘 따르는 척, 참을성 있게 기다리는 척하지만 조금의 위협이라도 느껴지면 자기 살 궁리만 하는 종자들, 규율이나 규칙은 언제든 발로 차버릴 수 있는 종자들. 맞아. 노랑머리가 바로 그런 종자였던 거야.

"일단 우리도 앞으로 가자."

노랑머리가 내 손을 잡아끌었어. 난 앉은 자리에서 꼼짝도 하지 않았지. 난 노랑머리 같은 애들이 날뛰면 어떻게 되는지 누구보다 잘 알고 있으니까. 선생님들 역시 꼼짝도 하지 않았어. 이런 때일수록 질서를 지켜야 하는 것 아니니?

"뭐해? 빨리 나가자니까!"

벌써 몇 몇의 아이들은 탈출을 한답시고 선체 앞으로 몰려나갔어. 노랑머리는 뛰쳐나가는 아이들을 쳐다보며 내 손을 자꾸 잡아끌었어. 난 들은 척도 하지 않았지. 창밖만 내다봤어. 저 멀리에서 헬기가 날아오고 있었어. 미쳐 날뛰는 대신 얌전히 자기 자리에 앉아 지시를 기다리던 아이들 모두 안도의 한숨을 내쉬었지. 누군가는 "살았다!"라며 가슴을 쓸어내렸어. 그제야 노랑머리도 내 옆에 다시 자리를 잡고 앉더라.

"아무래도 이상해."

노랑머리는 초조해하며 여전히 주위를 두리번거렸어.

"헬기가 도착했는데 안으로 들어오는 사람은 아무도 없잖아? 뭔가 이상하지 않아?"

노랑머리가 창밖을 가리켰어. 내 눈엔 선실 밖으로 나온 승객들을 헬기에 태우는 구조대원들의 모습만 보였어. 헬기는 승객들을 태우고 날아올랐어. 안전한 곳에 내려놓고 다시 올 게 뻔하잖아? 대체 뭐가 이상하다는 거야?

나는 노랑머리의 눈을 똑바로 들여다봤어. 불안과 두려움이 묘하게 뒤섞여 어느새 불신으로 가득 차버린 눈. 그제야 나는 내가 왜 이곳에 있는지 깨달았지. 나는 노랑머리의 손을 꽉 쥐었어. 가만히 속삭였어. 내 목소리는 나직했지만 확신에 차 있었어.

움직이지 마. 가만히 있어. 얌전히 내 옆에만 있어.

그러자 멀리에서 가까이에서 소리 없는 수많은 아우성들이 나를 휘감기 시작했단다.

연기 속에서 소리만이 살아 움직인다. 여자인지 남자인지 소녀인지 소년인지 분간할 수 없다. 부끄러움도 사라지고 형체도 사라지고 오직 소리만이 살아 움직이며 우리를 이끈다. 뛰어! 어서 뛰어내려! 남자의 목소리. 다급하다. 못 해! 밀지 마, 제발! 여자의 목소리. 아악! 뒤이어 들려온 비명소리, 허공으로 사라지는 비명소리. 또 한 소녀가 연기 속에서 허공으로 내동댕이쳐진다. 이쪽으로! 저쪽이야! 비상구를 찾아 우르르 몰려가는 사람들. 너무 뜨거워 데일 것만 같은 손 하나가 연기 속에서 불쑥 튀어나와 내 손을 잡아끈다. 생(生)이라는 출구를 찾아 밀치고 부딪치며 뛰어간다. 누가 먼저 그 계단에 첫 발을 내려놓았는지, 아무도 모른다. 누가 앞서 나갔고 누가 뒤쫓아 따라갔는지, 아무도 모른다. 오직 소리만이 우리를 이끈다. 불이야! 연기 속에서 생(生)이라는 출구를 찾아 너를 밀치고 너를 뛰어넘었으나 출구는 봉쇄된다. 일 층으로 통하는 계단은 한 마리 커다란 뱀. 불꽃을 날름거리며 빠른 속도로 기어 올라오는 뱀. 누군가 뱀을 향해 덤벼든다. 아악! 살이 타는 소리. 지지직 소리를 내며 불속에서 한 생(生)이 바싹 오그라드는 소리. 불뱀이 살아 펄떡거리는 생(生)을 휘감고 생명을 빨아들이는 소리가 천지에 가득하다. 이쪽으로! 저쪽이야! 다시 생(生)이라는 출구를 찾아 밀치고 부딪치며 뛰어간다. 도망쳐왔던 곳으로 다시 뛰어가 소리친다. 제발 뛰어! 제발! 연기 속에서 소년들은 연인을 살리기 위해 소리친다. 살라고 연인을 창밖으로 내던진다. 일 층에서부터 뛰어올라온 불길이 실내를 집어삼킨다. 이제 출구는 없다. 너무 뜨거워 데일 것만 같은 손 하나가 연기 속에서 불쑥 튀어나와 내 손을 잡아끈다. 싫어! 싫어! 싫어! 숱한 시간 속을 헤매어도 떨쳐내지 못할 말, 나를 붙들어 메어버릴 그 말, 싫어! 싫어! 싫어! 이제 나는 저 손에 의해 창밖의 허공으로 던져지리라. 불신이 나를 집어삼킨다. 너무 뜨거워 데일 것만 같은 손 하나가 나를 움켜쥔다. 허방이라는 생을 뒤로 하고 연기 속으로 불속으로 나를 끌고 들어가는 손을 나는 물어뜯는다. 너무 뜨거워 데일 것만 같은 손은 그래도 나를 놓아주지 않는다. 거부할 수 없는 힘으로 나를 구석에 밀어 넣고 호프집 의자로 내리누른다. 연기 속에서 정신을 잃어가면서도 나는 소리친다. *살려줘. 살려줘.* 불속에서 타들어가면서도 너무 뜨거워 데일 것만 같은 손은 거부할 수 없는 힘으로 나를 부둥켜안고 속삭인다. *움직이지 마. 가만히 있어. 얌전히 내 옆에만 있어.*

움직이지 마. 가만히 있어. 얌전히 내 옆에만 있어.

노랑머리도 이제는 내 말을 알아들은 것 같았지. 아주 잠깐 "갑판에 있는 애들은 어떻게 됐을까?" 혼잣말 하듯 고개를 갸웃거리기는 했지만 뭐 아주 잠깐이었어. 노랑머리도 우리 주변에 있는 다른 애들처럼 핸드폰을 들여다봤지.

"이것 좀 봐. 진도 부근 해상 오백 명 탄 여객선 조난 신고……배가 침몰한다고 신고했다는 이 애가 나랑 제일 친한 애라니까. 너 혹시 얘 아냐?"

노랑머리도 참. 내가 같은 학교 친구라고 생각하더라니까. 난 시치미 뚝 뗐지. 학교 친구 얘기를 더 하면 어떻게 하나, 걱정하는데 갑자기 노랑머리 핸드폰이 이상해진 거야. 인터넷 연결이 끊어져버린 거지.

"이거 왜 이래? 인터넷이 안 돼."

"전화도 안 터져!"

"어, 어, 어, 이거 진짜 이상한데? 점점 더 기울어지는 거 같지 않냐?"

"지금이라도 갑판으로 나가야 되는 거 아냐?"

아이들이란 정말이지, 구제불능이지 뭐야. 고작해야 핸드폰 좀 안
되는 걸 가지고 다시 웅성거리더라니까. 어떤 애는 이제라도 구명조끼
를 찾아 입겠다고 난리를 쳤어. 난 슬며시 고개를 돌려 밖을 내다봤지.
어느새 해경 경비함들이 몰려와 있었어. 그런데 밖으로 나간 사람은
아무도 없지 뭐야. 갑판으로 나간 아이들은 어떻게 된 걸까, 나도 노랑
머리처럼 고개를 갸웃거렸어.

그때였어.

방송을 타고 선장의 목소리가 들려오기 시작하더라.

선내에 계신 위치에서 움직이지 마시오!

밖을 기웃거리던 선생님들도 다시 제자리로 돌아와 아이들에게 지
시했지. 현재 위치에서 가만히 기다리라고. 밖에선 선원들이 해경경비
함에 올라타고 있었어. 이제 진짜 차례대로 밖으로 나가게 해줄 건가
봐, 생각하니 마음이 놓이더라구.

얼마의 시간이 흘렀을까. 기다리라는 안내방송이 나온 뒤로 다른 방
송은 안 해주는 거야. 묵묵히 지시만 기다리던 선생님들도 우두커니
핸드폰만 들여다보던 아이들도 이제는 드러내놓고 초조해하기 시작
했어.

"대체 언제까지 기다리고만 있으라는 거야?"

누군가 버럭 소리를 질렀어. 노랑머리가 내 손을 움켜쥐었어.

"나가자!"

난 들은 척도 하지 않았지. 몇 백 명의 사람들이 한꺼번에 움직이기 시작하면 대체 무슨 일이 벌어질까? 생각만 해도 아찔했어. 나는 노트에 꾹꾹 힘주어 글자를 눌러쓰듯 노랑머리에게 말했지.

여러 사람이 다 같이 지키기로 약속한 법칙, 그게 바로 규칙이야. 규칙이 지켜지기 때문에 안정을 유지할 수 있고, 공동체의 분위기를 탁하지 않게 유지할 수 있는 거야.

노랑머리는 이제 내 말 따위 듣고 있지 않았어. 작고 여린 아이들이 노랑머리의 두 눈을 가득 채워버렸거든. 작은 사내아이가 더 작은 여자아이에게 구명조끼를 벗어 입혀주고 있었어. 순간, 통증이 전해져왔어. 누군가 끝이 날카로운 쇠꼬챙이로 가슴을 찌르는 것만 같았지. 나는 고개를 돌려버렸어.

그때였어. 커튼이 매달려 있는 창문이 천장인 듯 솟아오른 거야. 아악. 비명소리가 들려왔어. 이제는 누가 먼저랄 것도 없이 뛰기 시작했어. 밀치고 부딪치고 울부짖으며 출구를 향해 뛰는 사람들 사이에서 데일 듯 뜨거운 손 하나가 튀어나와 나를 붙들었어. 노랑머리의 손, 나를 깨운 손, 그 손은 뜨거웠고 힘이 세었어. 배가 구십 도 가까이 기울어 좌현이 물에 침수되고, 공포에 질린 여자애들이 울음을 터뜨리고, 우현까지 물에 잠기기 시작하는데도 노랑머리는 내 손을 놓지 않았어.

이제 배의 우현마저 완전히 물에 잠기려 하고 있었어. 벌써 수십 명의
아이들이 난간에 매달려 있었어. 노랑머리가 내 허리를 와락 끌어안았
어. 있는 힘껏 나를 껴안고 들어 올리려는데 누군가 소리쳤어.

"아기 좀 받아주세요! 아기요, 아기!"

배는 완전히 물에 잠기려 하고 있었어. 살려주세요, 살려주세요, 아
우성과 울부짖음을 뒤로하고 선장과 선원들은 구조정에 올랐어. 어떤
애들은 이미 바다로 뛰어들어 구조를 기다리고 있었고, 난간 안쪽에
있던 수십 명의 아이들이 미끄러지고 있었어.

"아기요, 아기!"

내 허리를 껴안고 있던 노랑머리의 손에서 힘이 빠져나갔어. 곧이어
노랑머리가 아기를 위로 들어 올렸어. 누군가 아기를 받아들었는데,
그 사람이 누군지 나는 기억나지 않아. 벌써 노랑머리가 나를 들어 올
렸으니까. 나는 불쑥 생(生)으로 들어 올려져 물속에 잠겨가는 노랑머
리를 바라봤어. 노랑머리도 나를 올려다봤어. 하염없이 나만 바라보고
있었어. 노랑머리 뒤로 물속에 잠겨 죽어가는 사람들이 보였는데 노랑
머리는 그 속으로 끌려들어가며 내게 말했어.

"넌……꼭……살아야……돼……살아……."

그제야 나는 내가 누군지 깨달아버렸지 뭐야.

넌……꼭……살아야……돼……살아……. *끊임없이 속삭인다. 너무*
뜨거워 데일 것만 같았던 손은 나를 의자 속에 가두고 저 혼자 타들어

간다. 입고 있던 잠바에 물을 묻혀 나를 가둔 의자를 덮어씌우고 저 혼자 타들어간다. 넌……꼭……살아야……돼……살아……타들어가며 나더러 혼자 살라고 한다. 사랑해……사랑……해……사……랑해…… 사……랑……해…… 그의 목소리가 희미해져간다. 숨이 다할 때까지 사랑해……사랑……해……사……랑해……사……랑……해……연기 에 질식해 죽어가며 넌……꼭……살아야……돼……살아……가까이 에서 멀리에서 들려오는 속삭임 속에서 나는 정신을 잃는다. 다시 깨어났을 때 나는 철저히 혼자다. 그 불속에서 나만 살아남는다. 그 연기 속에서 나만 살아남는다. 더러는 기적이라 했고, 더러는 희망이라 했지만 내게는 아무것도 남지 않는다. 아무것도 보이지 않고 아무 소리도 들리지 않는다. 오직 사랑해……사랑……해……사……랑해…… 사……랑……해…… 나를 감싸 안고 죽어가던 목소리만이 들려온다. 나도 사랑해……사랑……해……사……랑해……사……랑……해…… 나는 잘 벼른 칼 하나로 손목을 긋는다. 손목을 그은 자리에서 방울져 피어올라오는 피가 방바닥을 적신다. 저 피가 다 마르기 전에 너무 뜨거워 데일 것만 같은 손이 다시 나를 감싸 안아줄 그곳으로 가기를.

노랑머리의 손에서 서서히 힘이 빠져나갔어. 나는 어떻게든 노랑머리의 손을 잡아보려고 했지만 이미 내 손은 아무것도 붙들 수가 없었어. 내가 누군지 알아버렸으니까. 왜 좀 더 일찍 알아챘지 못했을까. 선내에 계신 위치에서 움직이지 마시오! 선내에 계신 위치에서 움직이지 마시오! 같은 말만 되풀이 되고 있을 때 그때 알았더라면……갑판에 있던 아이들 대신 선원들이 먼저 헬기에 올라탔을 때, 작은 사내아이가 제 동생에게 구명조끼를 입혀주고 있을 때, 아니 노랑머리가 나가자며 내 손을 붙들었을 때, 그때 내가 누구였는지 알아챘더라면 노랑머리는 저 출구 없는 허방 속으로 빨려들어 가지 않았을 거야.

내가 누구냐고?

아이야, 뒤를 돌아보렴. 네 눈에도 저들이 보이지? 언제 저렇게 많이 모여들었냐고? 왜 다들 이상하냐고? 글쎄, 다들 왜 저렇게 이상한 모습을 하고 있는 걸까? 살점이 타들어가고 다리가 부러지고 팔 하나가 없고 입술이 일그러지고 눈이 있어야 할 자리에 검게 흔적만 남은 이들, 저들이 바로 나란다. 이 손목에 상처가 보이니? 1999년 10월 30일 인천 호프집 화재에서 살아남은 유일한 소녀, 살아남아 한 달 뒤 손목을 긋고 자살한 소녀, 그 소녀가 바로 나야. 저들이 바로 나야. 어느새 몰려와 우우우우 소리 없는 울부짖음으로 죽어 저 배를 뚫고 나오는 소년, 소녀들을 맞이하고 있는 저들이 바로 나란다.

아이야. 덜덜 떨며 내 팔을 붙들고 있는 아이야. 세 살배기 같기도 하고 소년 같기도 하고 소녀 같기도 하고 사랑을 아는 남자 같기도 하고 아이를 여러 명 출산한 여인 같기도 한 아이야. 너는 어디에서 왔니? 1993년 3월 경부선 구포역 탈선사고, 7월 아시아나 항공기 추락, 10월 위도 서해 페리호 침몰, 1994년 10월 성수대교 붕괴, 충북 충주호 유람선 화재, 1995년 4월 대구지하철 공사장 가스폭발, 6월 삼풍백화점 붕괴, 2003년 2월 대구지하철 화재, 6월 씨랜드 화재, 2008년 1월 경기도 이천 물류센터 폭발, 2009년 11월 부산 실내사격장 화재, 2013년 7월 태안 해병대 캠프 사고, 2014년 2월 경주마우나리조트 붕괴, 아니면 2014년 4월 16일, 오늘 이 침몰해가는 세월호에서 방금 죽어 저 지옥을 빠져나온 그 누구인 거니?

무섭게 떨고 있구나. 네가 누구인지 도무지 모르겠다고? 네가 어디에서 왔는지 아무리 생각해도 모르겠다고? 그래, 나도 그랬단다. 저기 침몰해가는 배 안에 갇혀 생(生)으로 통하는 출구를 찾고 있는 저 아이들도 이제 곧 우리처럼 묻게 될 거야. 누가 우리를 이렇게 만들었냐고, 묻고 또 묻게 될 거야. 그 화재 현장에서 살아남아 나는 바들바들 떨었어. 불신과 분노가 나를 휘감고 놔주지 않았어. 처음부터 출구는 없었어. 호프집 주인은 돈 몇 푼 더 벌겠다고 학생들에게 술을 팔았고, 학생들이 돈 안 내고 도망갈까 봐 문을 잠가 두었다더라. 도망갈 출구도 없는 곳에 갇혀 우린 아무것도 모른 채 웃고 떠들고 사랑을 속삭였던 셈이지. 불속에서 연기 속에서 타들어가며 질식해가면서도 우린 출구가 있다고 믿었어. 어떻게 그런 일이 가능하냐고? 그래, 어떻게 이런 일들이 가능한 걸까? 어떻게 이런 일들이 계속 되풀이되는 걸까?

아이야! 아이야! 제가 누군지, 어디에서 왔는지, 누가 만들었는지도 알지 못하는 아이야! 봐! 완전히 물에 잠겼어. 대기하라는 지시를 충실하게 지켰던 아이들만 물속에 잠겨 죽어가고 있어. 아이야, 떨지만 말고 어서 내 손을 잡아. 얼른 가보자. 우리도 저들에게로 가서 함께

저 아이들을 맞아주자. 네 눈에도 보이지? 지금 죽어 저 배를 뚫고 나오는 저 아이들이 보이지? 우우우우! 노랑머리야! 우우우우! 내 어깨를 감싸 안아준 노랑머리야! 이제 그만 거기서 나와! 어서 나와! 아이야, 너도 노랑머리를 소리쳐 불러줘. 우우우우! 우우우우! 제발 소리 없는 울음이라도 내보렴. 언제까지 울어야 하느냐고? 나도 몰라. 어쩌면 나는 다시 태어나기를 수백, 수천 번 되풀이해야 할지도 몰라. 내 손을 잡아줬던, 너무 뜨거워 데일 것 같던 그 손, 내 허리를 와락 껴안아 내게 출구를 찾아주려 했던 손들을 내가 덥석 잡아 올려 생(生)으로 되돌려줄 수 있을 때까지 나는 언제까지고 소리 없는 울음을 울어야 할지도 몰라. 수백수천 번 다시 태어날 지도 몰라…….

이명랑 1973년생으로 1998년 장편소설 「꽃을 던지고 싶다」로 등단했다. 저서로는 「꽃을 던지고 싶다」 「삼오식당」 「나의 이복형제들」 「입술」 「어느 휴양지에서」 「천사의 세레나데」 「여기는 은하 스위트」 「구라짱」 등이 있다.

사회적 사건들을 소설로 형상화하는 작업을 하고 있습니다. 우리 사회에서 일어난 일들을 가장 현실적으로 그려내었는데 오히려 초현실적으로 느껴진다고 이야기하는 독자들이 많은 이유는 무엇일까요? 아마도 소설 속에서도 있을 법하지 않은 일들이 우리 사회에서 버젓이 일어나고 있기 때문이 아닐까, 생각해봅니다.

국가와 국민과
그 밖의 존재들

———

한차현

memo

국가는 국민의 미래(가 되어야 한)다.

국가와 국민과 그 밖의 존재들

남산타워가 멀리 바라보이는 명동 뒷길. 밤이 깊고 안개 짙다. 회현 사거리 방향을 등진 채 누군가 다가온다. 오래된 사진 속 밤색 중절모와 두꺼운 뿔테 안경, 탁한 베이지 겨울코트. 1970년대에서 막 건너온 남자다. 기업은행 건물을 지나고 명동역 3번 출구를 지나 길 오른편으로 접어든다. 호텔과 호텔에 딸린 유료주차장을 지나자 검은 유리로 전면이 장식된 3층 건물이 시야에 들어온다. 형광등 간판이 붉게 빛나는 대형 음식점이다. 밤이 깊어지면서 안개 더욱 짙어진다. 1층 홀. 테이블이 25석도 넘지만 손님이 든 곳은 단 한 군데도 없다. 아직 오지 않은 시간 너머로 느릿느릿 떠도는 시간. 푸른 색 치파오의 여인이 사뿐 다가왔다.

"여기서……."

그 사람 이름이 어떻게 되더라. 남자가 머뭇거리고 여인이 우아하게 웃었다.

"환영합니다. 이쪽으로 오세요."

그녀를 뒤따라 대리석 계단을 올랐다. 2층 복도는 1층의 기억이 사라질 만큼 고요하다. 똑똑. 노크 뒤에 살며시 201호 문을 연 여인이 남자에게 속삭였다. 기억을 만드세요. 잊지 못할 기억을.

실내는 뜻밖에 넓다. 넓은 공간을 테이블이 한 가득 차지했다. 길고 좁은 대형 테이블 주변으로 열일곱 명의 손님들이 군데군데 자리하고 있다. 소곤소곤 주고받던 이야기를 멈추고 막 들어선 남자를 바라본다.

"아, 오셨군요."

누군가 아는 체 한다. 목 긴 진회색 스웨터를 입은 목 짧은 파머머리 여인이다. 눈가 입가에 세월이 주름졌지만 동글동글 귀여운 그 얼굴을 남자가 느리게 알아보았다.

"여기 앉으세요, 선생님."

안녕하십니까, 나영환입니다. 남자가 나머지 열여섯 명에게 좌로 우로 고개 숙여 인사했다. 서너 명을 제외하고는 누가 누군지 기억나지 않는다. 기억나지 않는 것인지 기억에 없는 것인지조차 확실치 않다. 어서 오세요. 안녕하세요. 반갑습니다. 남자를 향한 화답 인사가 여기저기 성글게 이어진다.

"잘 지내셨어요? 건강은 어떠시고."

파머머리 여인이 묻는다.

"그럭저럭요……일 년 만이네요."

"그러게 말이에요. 일 년."

"……."

"아이고 일 년이라니. 일 년이 하룻밤 같으니. 원 세상에."

원 세상에, 라고 여인이 한탄할 때 회현사거리 쪽에서 다가오던 누군가가 걸음을 멈추었다. 머리를 짧게 자른 이십 대 청년이다. 밤이 깊어갈수록 안개 짙어진다. 스쳐 지나가는 사람의 얼굴이 보이지 않을 정도인데 그마저도 드문 시간이다. 고개 들어 기업은행 건물을 올려다보던 청년이 나직이 신음했다. 이십 대의 권태와 고독과 불안이 그 뺨에 여드름자국처럼 남아 있다. 청바지 주머니에서 작고 검은 물체를 꺼내어 문자 창을 확인한다. 새로운 메시지가 없다. 삐삐를 주머니에 넣고 다시 걷기 시작한다. 명동역 3번 출구 앞을 지나칠 때 똑똑, 노크 소리가 들리고 201호 문이 열렸다. 푸른색 치파오를 입은 여인이다. 그 곁에 한 아이가 서 있다.

"실례합니다. 꼬마 손님이 오셨네요."

여인이 우아한 미소로 물러서고 아이가 사람들의 시선을 향해 한 걸음 나아섰다. 손에 만화 카드를 쥐고 있다.

안녕, 하세요, 저는, 소망, 유치원, 천사반, 정우영, 입니다.

또박또박 박자 맞춘 자기소개에 이어 허리 숙여 배꼽 인사를 한다. 테이블 주위에 흩어져 앉은 어른들이 하얗게 웃었다. 뭔가 어색하게 틀어졌던 방 안 공기가 덕분에 조금은 천진난만해진다. 테이블 오른편 끝자리의 누군가 일어서서 아이에게 다가간다. 짙은 눈썹과 구레나룻과 고동색 작업복. 우악살스러운 그 얼굴에 소녀 같은 미소가 환하다.

"어이, 우영아!"

무릎을 꿇고 아이의 손을 잡는다.

"잘 있었어? 응?"

"안녕하세요."

"아저씨 기억나? 작년에 학 알도 접어주고 매미도 접어줬잖아."

"기억나요."

작업복의 사랑스러운 눈길이 시종 아이를 쓰다듬고 토닥이고 어루만진다. 젖먹이 때부터 대신 키우다 헤어진 삼촌과 조카가 처음으로 다시 만나는 장면 같다.

"뭐야 그거, 유희왕 카드?"

"사파이어 드래곤이에요."

"와! 멋지다. 아저씨도 그거 엄청 모았었는데."

"정말요?"

음식점으로 막 들어서던 청년이 재차 걸음을 멈추었다. 뒤에서 자신을 부르는 소리 때문이다.

"오빠."

남색 체크무늬 교복치마의 단발머리 여고생이 팔랑팔랑 손을 흔든다. 웃을 듯 말 듯 반가운 듯 아닌 듯, 권태와 고독과 불안에 막 눈뜬 얼굴.

"이제 오는 거니."

"응."

"야자 끝나고?"

"그건 아니고. 오랜만이네."

"그러게."

청년이 문을 당겨 열고 여고생이 먼저 그 안으로 들어선다. 푸른색 치파오의 여인이 샤락샤락 천 소리를 흘리며 다가왔다.

"모임에 오신 건가요?"

"……예."

"환영합니다. 이쪽으로 오세요."

테이블 오른쪽, 입구에서 네 번째 자리. 노타이 쥐색 싱글을 입은 남자가 조심히 일어섰다. 육각형 작은 얼굴에 목울대가 도드라졌으며 하얀 얼굴이 지나치게 성실하거나 소심해 보인다. 오십칠 분 전 201호에 가장 먼저 찾아왔던 그 사람이다.

"오실 분들은 대강 오신 거 같네요. 많이 늦은 시간이지만, 이제 시작하겠습니다."

이마에 달라붙은 머리칼을 왼쪽으로 천천히 빗어 넘긴다. 방문이 활짝 열리고 하얀 앞치마를 두른 이들이 싸우듯 우르르 들어섰다. 사람들이 앉은 자리마다에 접시와 포크, 나이프, 젓가락, 술잔 등을 내려놓는다. 이어 음식들이 준비된다. 계절샐러드와 샥스핀게살스프로 시작하는 중국식 코스요리다. 잇따라 독한 술과 맥주병, 탄산음료 등이 넉

넉하게 놓인다. 두런두런 대화를 나누던 사람들이, 테이블 수선스러워
지면서 도리어 입을 닫고 만다. 그가 말한 시작이란 다름 아니라 식사
시작을 의미했던가. 쥐색 양복이 공손히 두 손을 모았다.

"오늘이 네 번째 모임입니다. 몇몇 분들이 즉석에서 의견을 모아서
사정되는 대로 모임을 만들어보자고 한 지도 벌써 삼 년이란 세월이
흘러간 겁니다. 놀랍지 않습니까? 저는 썩 놀라운데요."

이쯤에서 박수소리가 쏟아지며 홀로 나서서 말하는 사람을 격려하
고 분위기도 한결 나아진다면 좋으련만, 현실은 그와 달랐다.

"엄청난 일들이 있었습니다. 많은 게 변했어요. 우리 처음 만나던 날
을 되돌아보세요. 오늘 같은 날을 누가 상상이나 할 수 있었습니까."

누군가 팔짱을 낀 채 고개를 끄덕인다. 누군가 다른 누군가에게 귓
속말을 건넨다. 누군가 미소 띤 얼굴로 쥐색 양복 남자를 주시한다. 누
군가 아프도록 눈을 감고 있다.

"오늘도 많은 분들이 찾아와주셨네요. 새로 와주신 분들도 적지 않
고, 전에 뵈었던 얼굴도 있고. 모두 감사합니다. 밤이 깊어 아쉽지만
오늘 모임이 어느 때보다 뜻 깊은 자리가 되었으면 좋겠습니다. 아시
겠지만 이 자리에 참석하고 싶어도 그러지 못하는 분들이 적지 않습니
다. 그분들을 위해서라도, 끝날 때까지 마음 편히 즐겨주시기 바랍니
다. 그럼 제가 건배를 제의하겠습니다. 모두 잔을 채우시지요."

말 잘 듣는 이들이 저마다 앞에 놓인 잔을 챙기고 병마개를 따고 술
을 따르느라 분주하다. 진행 상황을 예의 주시하던 쥐색 양복이 소리

를 높였다.

"잊어진 사람들을, 위하여!"

위하여!

술잔과 술잔 부딪치는 소리가 억새밭의 바람 소리처럼 스쳐갔다.

"회장님."

테이블 오른쪽의 맨 앞자리, 하얀 두루마기에 백발이 무성한 쓴 노인이 술 묻은 입가를 손가락으로 닦았다. 회장님, 이라는 호칭에 쥐색 양복이 마른오징어처럼 오그라든다.

"말씀하십쇼. 어르신."

"오늘 특별한 손님이 오신다고 들었습니다만."

"아 예, 그렇지 않아도 말씀드리려 했는데, 차관이라는 분이 갑자기 일이 생겼다고 하더군요. 한 시간쯤 늦는다고 방금 전에 연락이 왔습니다. 먼저 식사들 하고 계시라고. 죄송합니다. 미리 말씀 드렸어야 하는데."

"회장님이 죄송할 게 뭐 있나요."

"아이고 어르신 그렇게 말씀하지 마시라니까요."

소리 없이 문이 열렸다. 문 밖에 누군가 있다. 아마 그럴 것이다. 문에 가려 그 모습이 보이지 않는다. 그러나 누군가 거기 있다는 것은 분명했다.

"거기 누구죠? 들어오세요."

긴 생머리, 보라색 큼직한 꽃무늬가 프린트된 원피스의 여인이 맥주

잔을 내려놓았다. 일어서서 문 밖을 살핀다. 누군가 있다. 동그란 얼굴, 앞머리를 일자로 자른 소녀다.

"어떻게 왔나요."

소녀가 큰 눈을 작게 깜빡였다.

"저어, 이보나라고 하는데요."

"이보나?"

여자가 고개를 갸웃거렸다.

"기억이 안 나네. 여기 온 적 있어요?"

"아니요. 오늘 처음……."

"그렇구나. 일단 들어가자. 저녁식사가 지금 막 시작되었거든."

소녀의 손목을 이끌고 자리로 돌아간다. 안녕. 어서 오렴. 반갑다. 잘 왔어. 테이블 여기저기서 다양한 인사들이 이어진다. 소녀가 귓가의 머리칼을 손톱으로 쓰다듬으며 어디에게랄 것 없이 두 번 세 번 고개를 숙였다.

"아직 밥 안 먹었지?"

"……예."

"배고프겠다. 오느라 힘들었지? 이거 먹어."

보라색 꽃무늬가 자기 앞의 그릇을 소녀에게 밀어주었다. 손바닥만 한 왕새우 한 마리가 들어 있다.

"괜찮은데."

"어서 먹어. 음식 계속 나올 거야."

"감사합니다."

"새우한테 감사해야지."

여자가 웃었다. 소녀의 입가에도 머쓱하고 수줍고 어색하고 우울한 미소가 어리비쳤다.

"저기 회장님."

진회색 스웨터 여인의 옆자리, 물 빠진 예비군복을 입은 1980년대 장발머리가 손을 쳐들었다. 네모 각진 턱과 코밑에 새카맣게 수염을 길렀다. 수염을 기르지 않았더라면, 그 얼굴에 수염이 그다지 어울리지 않는다는 사실을 아는 이가 별로 없었을 것이다.

"예 형님 말씀하세요."

쥐색 양복이 턱수염에게로 상체를 기울였다. 잘 마실 줄 모르는 술을, 독하기 그지없는 고량주를 연속으로 네 잔이나 받아 마신 그는 목덜미까지 벌겋게 술이 올랐다.

"다른 게 아니라요, 우리 인사 좀 나눠야 하는 거 아닌가 해서. 보아하니 서로 모르는 분들도 계시고, 새로 오신 분들도 많은 것 같은데."

"아, 그래야죠."

쥐색 양복이 양복 앞단을 손바닥으로 누르며 일어섰다.

"모두 식사 편히 하시면서 들어주세요. 차관님 오면 그때 말하려고 했는데, 우리끼리 미리 이야기를 해두는 게 나을 것 같기도 하네요. 아까도 말씀드렸지만 우리 모임이 오늘로 4회째를 맞았습니다. 처음에는 모임이 이렇게 커지리라고 생각한 분들도 없었고, 그래서 어떤 식으로 성격이라든지 외형을 만들어나갈 건지 계획 같은 것도 없었던 게 사실입니다."

치받는 술기운을 달래고자 찬물 한 잔을 벌컥벌컥 마신다. 그리고는 벌게진 얼굴을 두 손으로 씻어내었다.

"따라서 장차 회원 간에 의견 교환을 통해 확정해야 할 것도, 회칙이나 규정 등 개선하고 해결해나가는 한편 필요하다면 관공서 등에 요청해서 얻어내야 할 사안들도 적지가 않습니다. 잊어진 이들을 기리고 그들 모두가 사람들의 기억 속에 영원히 살 수 있도록 한다는, 그러한 성격의 단체임을 인정받는 문제가 아마도 대표적인 내용일 겁니다. 그런 면에서 오늘 차관님과의 면담이 성사되어 참 다행스럽게 생각하고요."

거기서 말을 끊은 쥐색 양복이 자신 없이 좌중을 돌아보며 불안하게 눈을 깜빡였다. 아무래도 그는, 모임을 대표하거나 사람들 앞에 나서서 말을 전하는 등에 어울리는 성품이 아니다.

"제가 말씀이 좀 길었습니다. 구체적인 것들은 잠시 후에 다시 이야기하기로 하고요, 저기 희태 형님 말씀하신 대로 간단하게 자기 소개하는 시간 한 번 갖도록 하겠습니다. 괜찮으시죠?"

자기 앞에 놓인 술과 음식들을 조금씩 입에 가져가던 사람들이 서로의 얼굴을 돌아보았다. 쥐색 양복이 안 좋은 버릇처럼 앞머리를 왼쪽으로 천천히 빗어 넘겼다.

"일단 제 소개부터 하겠습니다. 조일곤이라고 하고요, 1993년 1월

청주 우암상가에서 서른일곱 살 때 왔습니다. 얼굴은 이렇지만 아직 총각입니다. 만나 반갑습니다."

테이블 위로 꾸벅 허리를 굽히자 하하하, 김빠진 웃음 속에 박수가 이어졌다. 그 소리가 가라앉고, 쥐색 양복의 오른쪽에 앉은 남학생이 천천히 일어섰다.

"안녕하십니까, 반갑습니다."

귀머거리도 단번에 알아들을 만큼 강렬한 경상도 억양이다.

"대구 지하철 때 온 지승민이라고 합니다. 이번에 처음 인사드립니다. 반갑습니다."

"대구 지하철?"

테이블 건너편, 팥죽색 개량한복의 남자가 눈을 크게 떴다.

"나도 대구 지하철인데……고등학생이야?"

"중학생인데요."

"그렇구나. 반갑다."

개량한복이 테이블 너머로 손을 내밀었다. 남학생이 무람하게 그 손을 잡아 쥐었다.

"몇 번째 칸에 있었니?"

"저는……공사장 근처에 있었는데요."

"공사장?"

"예, 학교 가다가……."

"뭐야, 그럼 도시가스 폭발 때?"

"예."

"그럼 나보다 한참 선배네. 나는 지하철 방화사건 때거든."

뭉뚝한 콧잔등에 주름을 지으며 웃는다. 사람들이 나직하게 따라 웃었다. 중학생의 옆자리, 짧게 자른 머리에 밤색 가죽점퍼를 입은 사내가 일어섰다.

"모두 반갑습니다. 청량리 대왕코너 때 온 한차연이라고 합니다."

"아이고 그럼 꽤 오래 되셨네. 그게 1973년이던가요?"

누군가 묻고 밤색 가죽점퍼가 지나치도록 짧게 대꾸했다.

"1974년 11월이죠."

다음은 오래된 사진 속 밤색 중절모와 두꺼운 뿔테 안경, 탁한 베이지 겨울코트의 1970년대에서 막 건너온 남자.

"일 년 만에 다시 뵙는 분들 반갑고 오늘 새로 만난 분들도 더없이 반갑습니다. 저는 나영환이라는 사람입니다. 1970년 서울 시민회관에서 왔습니다."

회색 폴라티의 파머리 여인이 일어서서 환하게 웃었다. 앉은키와 선 키가 크게 차이나지 않는다.

"충주호 유람선 다들 기억하시죠? 그때 이렇게 된 서금옥이에요. 오늘 이렇게 만나니까 반갑기도 하고 막 옛날 감정이 되살아나려고 하네요. 우리 모임이 어서 더 발전하고 자리 잡혀서 한 분도 빠지는 사람 없이 모두 만나는 날이 어서 왔으면 좋겠어요."

네모 각진 얼굴에 어울리지 않는 턱수염 콧수염을 기른, 물 빠진 예비군복.

"연천 예비군훈련장에서 온 김희탭니다. 반갑습니다."

하얀 두루마기 백발노인이 허리를 펴고 섰다. 좌중을 천천히 둘러본다. 사람들이 손에 들고 있는 것들을 내려놓고 자세를 바로하며 연장자에 대한 예를 표시한다.

"참 요상한 시절이고 요상한 모임입니다. 어쨌거나 이렇게들 동지로 만났으니 나로선 더할 나위 없도록 감격할 따름입니다. 영동역에서 열차가 탈선되어 여기까지 건너 왔습니다. 권원덕이올시다."

자기소개 순서가 테이블 건너로 이어졌다. 짙은 눈썹의 고동색 작업복이 환히 웃었다.

"거제 극동호 때 온 연제훈입니다. 모두 만나 뵈어서 기쁘게 생각합니다."

유희왕 카드를 손에서 놓지 않은 채 아이가 일어섰다.

"안녕, 하세요, 저는, 소망, 유치원, 천사반, 정우영, 입니다. 저는, 저는."

작업복이 다시 일어나 아이의 어깨를 안고 다독였다.

"씨랜드청소년수련원에서 온 친구입니다. 천사반이라네요."

사람들이 흐뭇한 미소로 아이를, 삼촌과 조카 같은 아이와 고동색 작업복을 바라보았다. 이윽고 자리에서 일어서는 남색 체크무늬 치마 교복의 여고생.

"안녕하세요. 성수대교 때 이쪽으로 온 서지영입니다."

그 곁에 앉은 짧은 머리 청년, 권태와 고독과 불안이 맥주 몇 잔에 조금은 옅어져 있다.

"안녕하십니까. 삼풍백화점 지하 식품매장에서 아르바이트하던 박환기입니다. 우리의 모임이 세상을 바꿀 수 있었으면 좋겠습니다."

보라색 꽃무늬 원피스가 가지런히 손을 모았다. 지켜보는 마음을 차분하게 가라앉히는, 그런 미소를 지을 줄 아는 여자다.

"부산 구포역에서 무궁화호 타고 온 임나은입니다. 모두들 반갑습니다."

이윽고, 불과 십여 분 전에 찾아온 이를 향해 사람들의 시선들이 하나, 둘, 셋, 넷, 모여들었다. 무거운 가방을 멘 것처럼 힘겹게 소녀가 일어섰다. 어느 것에도 미처 적응되지 않은 얼굴.

"이보나⋯⋯라고 합니다. 저는⋯⋯세월호⋯⋯."

아.

사람들이 작게 탄성했다.

짧고 깊은 침묵.

목 긴 진회색 스웨터 여인이 짝짝짝 두 손바닥을 맞부딪쳤다.

"너로구나? 어머나 반갑다. 〈거위의 꿈〉 부른 애 맞지?"

"⋯⋯예."

"얼굴도 예쁘게 생겼네, 어쩜."

"⋯⋯."

"어떠니 요즘. 지낼 만 해? 불편한 데 없어?"

그때 놀라운 일이, 누구도 예상 못했던 사건이 벌어지고 말았다. 고개 떨군 소녀가 뺨을 타고 흐르는 눈물을 소리 없이 닦아내었던 것이다. 눈물. 눈물. 그들이 오래전에 잃어버린 것. 잃어버렸다는 사실조차 잃어버리고 만 그것. 누군가 입에 가져가던 물 잔을 얌전히 내려놓았다. 누군가 고개 숙이고 목덜미를 한 차례 쓰다듬었다. 누군가 난처하게 입가를 일그러뜨렸다. 누군가의 미간이 식은 촛농처럼 굳었다. 눈물이라니. 맙소사. 누군가 들리지 않게 한탄했다. 저 아이, 아직 살아 있구나.

"울지 마. 그러지 마."

보라색 꽃무늬가 소녀의 잔등에 손을 가져갔다. 둥글게 원을 그리며 쓰다듬는다. 배앓이 하는 아이를 달래듯.

"이제 울 필요 없어. 그건 우리가 할 일이 아니야."

소녀의 소리 없는 흐느낌이 멈출 줄을 모르고, 진회색 스웨터 여인이 덩달아 어쩔 줄을 모르고, 누군가 옆자리에 다가와 앉는다.

"안녕."

남색 패딩점퍼의 남자아이다. 손톱만 한 은색 귀고리를 했다.

"경주 마우나오션리조트 알지?"

소녀가 천천히 고개 들어 남자아이를 바라보았다. 그렁그렁한 의아한 눈가. 콧물을 훌쩍 들이킨다. 남자아이가 손을 내밀었다.

"너보다 딱 두 달 먼저 왔어. 우리 친하게 지내자."

기다리던 사람이 도착한 것은 기다리던 한 시간이 지나고, 그 비슷한 시간이 더 지나고 나서였다. 왜 이렇게 안 오시지? 괜히 미안해진 쥐색 양복이 손목시계를 굽어보며 네 번쯤 중얼거리고 나서였다. 장황한 식사가 끝나고, 테이블이 정리되고, 뜨겁던 찻잔이 미지근하게 식고도 한참이 지나서였다. 그즈음 밤색 중절모와 두꺼운 뿔테 안경, 탁한 베이지 겨울코트의 남자는 이 층 복도를 걷고 있었다. 복도 끝 모퉁이를 우측으로 돌면 화장실이 나온다. 세면대 앞에 선 그가 자신을 바라보았다. 1970년대에서 막 건너온 오십 대 남성이 거울 밖 누군가를 슬피 지켜보고 있다. 얼마 만인가. 얼마 만에 먹는 음식인가. 얼마 만에 접하는 고맙도록 눈물 나도록 따뜻한 음식인가. 그런데 조금도 배가 부르지 않으니. 음식을 만나기 전이나 다름없이 그저 허하고 또 허할 따름이니. 소변기 앞에 서서 바지 지퍼를 연다. 오래 참았던 요의다. 힘주어 오줌을 누어본다. 그러나 나오는 것이라고는 없다. 역시 허하고 허할 뿐. 누군가 화장실에 들어섰다. 진녹색 항공점퍼와 연한 갈색 색안경. 휴일을 맞아 아내와 딸 손을 잡고 나들이를 떠나던 중 브레이크 파열된 버스가 금정산 고갯길에서 7미터 아래 비탈을 굴렀다는, 1981년 11월의 남자다. 옆의 옆 소변기에 다가가 선다. 후우, 한숨을 뱉으며 길게 소변을 본다. 이를테면 그게 가련한 마음의 작용임을 남자가 모르지 않는다.

"많이 드셨어요?"

소변기에서 물러선 항공점퍼가 앞섶을 여미며 지나가듯 묻는다. 도

대체 이런 것들이 다 무슨 의미가 있단 말인가요. 그렇게 따지는 것 같다. 남자가 고개를 끄덕, 해보였다. 세면대 앞으로 다가가서 더운 물을 튼다.

두 남자가 201호에 돌아왔을 때, 실내는 새로운 인물의 등장으로 위태위태 들뜬 분위기였다. 너무 늦어 죄송하다며 밝게 웃는 낯으로 두 번 세 번 사과하는 그는 뜻밖에 젊고 힘 있고 밝았다. 도톰한 입술에 둥글고 단단한 얼굴, 날렵한 금테 안경 너머로 예리한 명석함이 돋보였다.

"많이 기다리셨죠? 소식 들으셨겠지만 갑자기 일이 터지는 바람에……."

금테안경이 테이블을 돌며 사람들의 손을 잡아주었다. 안녕하세요. ○○○입니다. 반갑습니다. 이제야 인사 드려 죄송합니다. 공들여 한 사람 한 사람 눈을 마주보고 정중한 인사를 반복한다. 사람들 모두 상기되고 긴장한 기색이 역력했다. 국가를 대표하고 정부를 대표하는 누군가를 직접 만나기는, 그들 중 누구도, 이번이 처음이었다. 말하자면 상상만 해온 염원이 실현되는 순간. 오랜 인사를 마친 남자가 테이블 상석의 한가운데 섰다. 깊숙이 허리를 숙인다. 그리고 입을 열었다. 격정적인 첫 마디였다.

"여러분, 국가는 여러분들을 잊지 않고 있습니다. 여태 한시도 잊은 적이 없으며 앞으로도 그러할 것입니다. 국가가 드리는 약속입니다."

후우우.

누군가 간절한 한숨을 내뱉는 대신 천천히 들이마시고 있다. 하얀 두루마기 노인의 눈빛이 스물세 살 신입사원 같다.

"여러분들을 불의의 죽음으로 내몰았던 사고들, 그를 미연에 방지하거나 제대로 대처 못한 최종 책임은 어디까지나 국가에 있습니다. 한마디 인사도 못하고 사랑하는 가족을 떠나가야 했던 여러분의 슬픔과 고통에 대해 다시 한 번 진심으로 위로와 사과의 말씀 전합니다. 아울러 그 같은 비극이 다만 비극으로 끝나지 않도록, 창조안전 대한민국의 큰 이상을 실현해나가는 소중한 계기로 자리매김할 수 있도록 최선을 다할 것을 더불어 약속합니다."

이어지는 식순을 진행하듯, 금테안경이 양복 안주머니에서 두 번 접은 종이 한 장을 꺼내 펼쳐들었다.

"죄송합니다, 준비해온 것을 읽겠습니다."

그리고는 가장 가까운 거리에 있는 사람, 청색 패딩점퍼의 대학 신입생 청년을 향해 싱긋 웃어 보인다. 내가 기억력이 좀 딸려서요.

"대한민국 건국 67년, 그간 국토 안에서 벌어진 숱한 인명재해 사건들을 되돌아보면, 사회 전반의 안전 불감 세태적인 요인도 물론 없지 않았지만, 국민의 안전을 최우선으로 지켜야 할 본연의 임무를 국가가 다하지 못해온 것이 엄밀한 사실입니다. 이에 대통령께서는, 지지난달의 대규모 개각에 이어지는 정부조직법 개편안을 나흘 전 오후 국회에 제출하셨습니다. 먼저 정원 일만 명의 거대조직으로 작년 말 출범한 국가안전처가, 아니 행정안전처가 그간 제 역할을 전혀 못 해주었다는 지적에 따라 이를 전격적으로 해체하기로 결정했습니다. 대신에 초국가적인 재난안전 컨트롤타워로서의 역할을 다하고자 총리실 산하의 행정안전, 아니 참 혁신안전처를 신설하고 국가안전처의 인원을 효율적으로 재배치하기로 했습니다. 기존의 행정안전처 산하 대중교통안전관리원은 교통산업발전 육성 등을 위해 국토관리부 산하로 이관될 계획입니다. 여야 국회의원 모두 사안의 중요성을 잘 이해하는 분위기이며, 이번 국회 본회의를 어려움 없이 통과할 것으로 기대하고 있습니다.”

읽기를 끝마친 그가 종이를 말아 접고 사람들을 향해 다시금 깊이 허리를 말아 접었다.

“다시 말씀드리지만 국가는 여러분들 모두를 잊지 않고 있습니다. 또한 여러분들 모두의 영면을 마음 깊이 기원하고 있습니다. 여러분들의 죽음은 안전강국 대한민국을 향한 첫발을 가능케 한 숭고한 희생이었습니다. 대단히 감사합니다.”

“저기, 잠깐만요 차관님.”

누군가 구부정히 일어섰다. 물 빠진 예비군복을 입고 수염을 기른 네모 각진 얼굴이다.

“말씀 잘 들었습니다. 그런데……조금 의문스러운 부분이 있어서요.”

근심 걱정을 한 사발 들이킨 얼굴로 쥐색 양복 회장이 엉거주춤 팔을 쳐들었다. 여차하면 예비군복을 저지하고 나설 기세다. 시종일관

국가를 들먹이던 금테안경이 차분히 대응했다.

"말씀하시지요. 김희태 님이라고 하셨던가요?"

비상한 기억력이었다.

"감사합니다. 뭔고 하니 우리가 오늘 이렇게 모여서 차관님을 만나 뵙고자 한 것은, 우리 모임의 요구사항을 정부 차원에서 어느 정도 수용해주실 수 있을는지, 그 여지를 알고 싶은 마음에서……."

"알고 있습니다. 잘 알고 있습니다."

오른손을 들어 금테안경을 살짝 고쳐 쓴다.

"건국 이후 재난 피해자를 한데 모시는 위령탑 건립, 국가재난통합추모기념일 제정, 더불어 비영리민간단체 또는 위원회 등록……. 이렇게 세 가지 정도가 여러분들의 요구안이었던 것으로 기억하는데요, 맞습니까?"

마른 모래가 물방울을 빨아들이는 기세로 자신을 향한 수십여 개의 눈동자들을, 그는 조금도 피하지 않고 있다.

"결론부터 말씀드리자면, 안타깝게도 여러분의 요구들은 국가가 수용하기 힘든 내용으로 확인되었습니다. 죄송합니다."

카펫에 젓가락을 떨어뜨리면 와당탕 그 소리에 자는 아기가 깨지 않을까 걱정스러울 만큼 고요한 실내, 숨소리조차 들리지 않는다.

"먼저 위령탑의 경우, 비슷한 성격을 가진 구조물들이 전국적으로 육백 기 이상 세워졌고 또 장차 건립될 예정인 것들도 많기에 불필요하다는 결론입니다. 국가재난통합추모기념일 제정의 경우, 역시 각 재난사건에 따라 추모일이 따로 있으며 추모행사가 따로 진행되는 상황이기에, 또한 비슷한 성격을 가진 방재의 날이 1994년부터 제정되어오고 있는 바, 불필요한 혼란만이 가중된다는 결론입니다. 마지막으로, 음, 일정 단체에 등록하고 국가지원금을 제공받는 문제 역시 이미 배정된 예산 문제도 있는데다 다른 지원 단체들 간의 형평성 문제도 있고 해서 불가하다는 점이 최종적인 결론입니다. 많이 아쉬우시겠지만 국가로서 어쩔 수 없는 선택이었다는 점 널리 이해해주시기를 바랍니다."

그리고는 다시금 깊이 허리를 굽힌다. 누군가 힘없이 고개를 떨어뜨렸다. 누군가 하아, 폐에 물이 찬 사람처럼 힘겹게 숨을 헐떡였다. 누군가 검지손톱 가장자리에 성가시게 돋은 거스러미를 다른 손톱을 아프게 뜯어내었다. 누군가 천장을 향한 채 질끈 눈을 감았다. 누군가 양손바닥으로 무거운 이마를 받쳐 들었다. 누군가 몽유병자처럼 일어섰다.

"차관님. 뭐라 말씀을 드려야 할지……."

유령처럼 슬프고 아픈 얼굴, 쥐색 양복이다.

"다른 내용들은 그렇다 쳐도……저희가 단체 등록을 원했던 것은……국가지원금……그와는 전혀 무관한 목적 때문입니다. 그보다는……다시 말해서 국가지원금이 없어도……."

"압니다. 그 마음 십분 이해합니다."

금테안경이 천천히 눈을 깜빡였다. 그것이 자신의 진심을 표시하는데 가장 적당한 속도라는 듯.

"단체 등록에 불가하다는 의견 가운데에는, 대한민국의 국제적 위상과 더불어 헌법상에 보장된 종교의 자유 등에 비추어 전반적인 무리가 있다는 내용이 상당히 지배적이었습니다. 죄송합니다. 다시 한 번 이해바랍니다."

"……"

"그리고 무엇보다, 저는 협상 대표로 이 자리에 온 것이 아닙니다. 아, 무엇보다 저는 차관이 아닙니다. 기획실장이죠. 아까 인사를 제대로 안 드렸던가요? ……원 맙소사."

사람들이 서로의 얼어붙은 얼굴들을 돌아보았다.

"하지만."

보라색 꽃무늬가 떨리는 아랫입술을 깨물었다.

"하지만, 차관님이 직접 오신다고 연락을 받았는데요."

"착오가 있었겠지요. 그건 아니 될 말씀입니다 임나은 씨. 만에 하나라도 이 자리에 장차관님이 거동하신다면, 그만으로도 적잖은 국가적 논란을 불러일으킬 수 있을 테니까요. 어쨌거나, 거참, 그렇다면 다시 제 소개를 드리지요. 저는 혁신안전처 기획조정실 창조안행담당관 전미필입니다."

다시 깊숙이 허리를 굽힌다. 삼십여 분 전 201호에 들어선 뒤 벌써 네 번째다.

"이제야 고백하지만 저 역시 여러분의 친구이자 동료입니다. 1999

년 10월 인천 인현동 호프집 화재사고 때의 일이었지요. 참고로, 소방관 경찰관 등이 아니라 일반 행정직 고위공무원이 국가적인 참사의 상황에 목숨을 잃은 경우는 아마도 제가 처음일 겁니다. 뭐, 인명구조 활동 중에 순직한 것은 아니지만. ······가만있자.”

말을 멈추고 손목시계를 굽어본다. 누군가 천장을 향해 질끈 감았던 눈을 뜨고 자세를 바로 했다. 누군가 거친 숨을 멈추며 손바닥으로 얼굴을 비볐다. 누군가 옆 사람의 어깨에 다정히 손을 얹고 토닥였다. 누군가 여전히 고개를 숙인 채 검지와 중지로 관자놀이를 꾹꾹 눌렀다. 누군가 절레절레 고개를 저었다.

“벌써 시간이 이렇게 되었군요. 죄송하지만 이제 돌아가야 할 것 같습니다. 사고 현장이 거의 대부분 수습되었겠네요.”

“사고 현장이요?”

“아직 모르시는 분들이 계시겠군요. 네 시간쯤 전, 경기도 L시 공설체육관 내에서 진행되던 공연 행사 중에 갑자기 화재가 발생했어요. 일천 명 넘는 시민이 참석한 자리였고 탈출 과정에서 다수의 사상자가 발생했죠. 적어도 이십여 명 이상이 목숨을 잃은 것으로 추정됩니다. 그것 때문에 이제 한동안 시끄럽겠네.”

꺅!

외마디 비명소리. 공기를 찢고 날아들어 어느 한 지점에 쑤셔 박히는 날카로움에 사람들이 움찔 놀라고 만다. 발등 위로 쥐라도 지나갔는가, 소녀가 새파랗게 질린 낯꽃으로 일어선다. 지금이라는 순간을 더는 견딜 수 없는가. 지금 여기, 에 놓인 자기 자신을 도저히 참을 수 없는가. 차마 지켜보기 애처로운 얼굴이다. 울컥 구토라도 쏟아낼 것 같은 얼굴이다. 풀잎처럼 흔들리는 눈빛. 두 팔을 쳐든 소녀가 망연히 제 손바닥을 들여다본다. 옅어지고 있다. 사라지고 있다. 투명해지고 있다.

"아아. 아아아."

손가락 끝마디부터 천천히, 못 견디도록 희미해져가는 두 손바닥. 소녀가 입을 크게 벌리고 나직이 신음한다. 아니, 아무 소리도 뱉어내지 못한다. 보라색 꽃무늬가 소녀를 껴안았다. 긴 두 팔로 작은 어깨를 힘주어 감쌌다. 놀라지 마. 두려워할 필요 없어. 원래로 돌아가는 거야. 그뿐이야. 짙은 눈썹의 작업복 사내가 난감한지 고개를 저었다. 희미하게 옅어지는 아이의 뺨을, 그가 자꾸만 쓰다듬었다. 이런, 시간이 벌써 이렇게? 남색 체크무늬 치마가 짧은 머리 청년을 돌아보았다. 국가가 우리를 잊지 않겠다고 한……정말일까? 허허허허. 테이블 저편의 누군가 웃었다. 그 곁의 누군가 소리 없이 따라 웃었다. 누군가 냅킨으로 코를 풀었다. 누군가 의자 밑에 떨어뜨린 티스푼을 힘겹게 집어 들었다.

밤이 깊어갈수록 안개가 짙어간다 아니 옅어간다.
어둠의 모호함이 시간 반대편으로 멀어진다.
201호 문 밖으로 날이 밝아오고 있다. 일 층 홀이 소란스럽다. 주말 오후를 즐기는 사람들의 웃음소리가 테이블마다 가득하다. 떵동. 어디선가 직원 호출 버튼을 누른 모양이다. 푸른색 치파오의 여인이 그쪽으로 사뿐히 다가갔다. 예, 손님. 부르셨어요?

한차현 1970년생으로 1999년 장편소설 「괴력들」을 발표하며 문단에 들어서다. 저서로는 장편소설 「슬픔장애재활클리닉」 「사랑 그 녀석」 「변신」 「숨은 새끼 잠든 새끼 헤맨 새끼」 「여관」 「영광전당포 살인사건」 「왼쪽손목이 시릴 때」 「괴력들」. 장편동화 「세상 끝에서 온 아이」. 작품집으로 「내가 꾸는 꿈의 잠은 미친 꿈이 잠든 꿈이고 네가 잠든 잠의 꿈은 죽은 잠이 꿈꾼 잠이다」 「대답해 미친 게 아니라고」 「사랑이라니 여름 씨는 미친 게 아닐까」 등이 있다.

소설이 나를 쓴다.

윈드 벨,
기억의 문을 열면

———

김김신

memo

아이를 낳고 경기도의 작은 소도시에 정착하며 산 지 십 년 가까이 되었다. 이곳에서 살며 느끼고 겪었던 크고 작은 일들에 대해 몇 편의 글로 써보고 싶어 일단은 '위성도시'라는 타이틀로 번호를 매기게 되었다. 그중 작년에 일어났던 세월호 참사는 너무도 충격적이고도 가슴 아픈 일이었다. 세월호가 침몰할 때 마지막 순간까지 고귀한 목숨을 바치며 학생들을 구하다 희생된 세월호의 여승무원은 바로 우리 집 앞의 고등학교를 졸업한 이 지역의 딸이기도 해서 더욱 안타깝고 가슴이 아프기도 했다. 내가 사는 곳과 안산이 매우 가까운 곳이기도 하고 지역적으로 경기도라는, 어쩌면 약간은 낙후되고 소외된 곳에서 범죄와 안타까운 사건 사고가 종종 발생하는 곳이라는 공통점을 갖고 있어 많은 생각을 하며 이 글을 쓰게 되었다. 마침 작년에 안산의 고등학교에서 창작수업을 진행하게 되었는데 학생들과 함께 글을 읽고 글을 쓰면서 상처를 조금이나마 치유하고 보듬을 수 있는 계기가 되었던 것 같다. 수업을 하기 위해 오갔던 수인산업도로에서 조금씩 떠오르는 생각들을 정리하다 보니 짧은 글이 써지게 되었다. 글에 나오는 '지수'라는 아이는 한 명의 아이이면서도 여러 명의, 지켜주고 싶은, 이 사회가, 혹은 우리 모두가 지켜주어야 할 소중한 아이이기도 하다. 어느 날 아침 등교하러 나가는 딸이 학교 다녀오겠습니다, 인사를 하고 현관문을 닫는데 문에 달린 윈드 벨이 울리는 소리가 딸의 목소리의 여운처럼 생생하고도 아련하게 들린 적이 있었다. 그렇게 인사하고 나간 아이들이 다시는 돌아오지 못하고 있다. 글속에서나마 아이와 엄마가 다시 만나게 해주고 싶은 마음으로 드림캐처라는 의미를 담았다. 나쁜 꿈은 사라졌다고. 언제나 너를 기억하며 기억 속에서 언제나 함께 있다고.

윈드 벨, 기억의 문을 열면

딸애와 위성도시로 오게 된 건 남편이 주식에서도 손을 떼겠다고 스러지듯 선언하고 나선 뒤였다. 정확히는 우리 세 식구가 흩어졌다고 하는 게 맞을 것이다. 미분양이었을 때 혜택을 받고 들어가 살고 있던 주상복합 아파트를 전세로 내놓고서 보증금을 갈라 남편은 남편대로 나는 나대로 거주지를 옮겼다. 운 좋게 팔린다 해도 대출금을 갚고 나면 큰 의미가 남는 집은 아니었으므로 돈을 더 나누고 말고의 여지를 두지는 않았다. 은행 이자는 남편이 어떻게든 내는 것으로 하고 딸애와 살 집을 마련할 주거비에 대해 부족하면 부족한 대로 나 역시 그 이상은 남편과 의논하지 않았다. 우선은 남편에게서 손 털고 나오자는 마음이 앞섰기 때문이었다. 그도 산간으로 내려가 살아갈 방안에 대해 뚜렷이는 말하지 않았다.

딸을 데리고 특별히 아는 사람이 없는 도시로 오면서 나는 더 이상 미래를 예측하거나 꿈꾸는 일을 하지 않았다. 서울의 근무지에서 밀려나 내가 살고 있는 외곽 도시에서 또 다른 외곽의 도시로 나는 출근을 했다. 고속도로를 타기 전에 지나치는 국도는 전에도 내가 와본 듯한 느낌을 갖게 했다. 언젠가 이 길을 지났던 적이 있지 않았을까 떠올려보면 특별하게 잡히는 기억은 없었다. 낯설고도 아련한 기시감에 사로잡힐 때면 일부러 차의 속력을 줄이고는 했다. 차창 밖으로 과거의 어느 시간 즈음에 멈춘 것 같은 길과 표지판들이 보이고 갑자기 폐허 같은 생태습지가 펼쳐져 있기도 했다. 잡목이 우거진 숲길이 나타나는가 싶다가도 이내 사육장이나 농장에 가로막혀 길은 끊어졌다. 순댓국밥집과 손짜장면집과 가구공장과 상설아웃도어 매장들이 묘하게 섞여있는 국도변을 지나면서 인생이란 알 수 없는 꿈을 반복해서 꾸다 가는 것에 불과할지도 모른다고 나는 생각했다.

한 정신과 의사가 아침 토크쇼에 출연해 아직까지 뇌가 꿈을 꾸는이유는 정확히 밝혀지지 않았다고 하는 것을 들은 적이 있다. 프로이트의 정신분석학이 대표적인 이론이긴 하지만 수면 중인 뇌가 꿈이라는 것을 꾼다는 것, 무의식 속에서 일어나는 일들을 가끔은 인간이 기억하기도 한다는 것, 그중 하나가 꿈이라는 것 등 과학적으로는 여전히 미스터리라는 것이다. 기억의 연장선상에서 일어나는 활동으로 보는 게 보편적인 결론일 뿐이라고 그는 말했다. 기억이 어디까지 이어지고 어디서부터 다시 시작되는 것인지 어림이나 할 수 있는 일일까. 인간의 삶 속에 기억이 존재하는 것인지 무수히 많은 기억들 중의 일부가 고작 인간의 삶인 것인지. 생각지 못한 곳에서의 우연한 삶이, 위태롭게 흔들리는 시간들이 정말 나의 현실인가 싶어 나는 거울 속의 얼굴을 유심히도 보았다.

늦은 밤 산업도로를 타고 집으로 돌아오면서 사이드미러에 비친 어둠을 보면 등골이 서늘해지기도 했다. 밤의 외진 도로에서 일어났던 사건들이 문득 떠오르기도 하고 살아가야 할 일들이 막연하게 심장을 짓눌러오기도 했다. 아무리 달려도 모르는 도시의 어둠 속을 통과하지 못할 것 같은 예감 때문에 두려운 생각이 들었다. 명백하고도 불투명한 문제들이 무섭게 숨통을 조여 오면 눈을 질끈 감아버리고 싶었다. 캄캄한 도로 위를 달리다가 차 안에서 나는 혼자 중얼거렸다. 카드 값이 얼마, 마이너스는 얼마, 주택 융자금 원금과 이자, 매장 수수료 얼마, 오늘 매출은 얼마였나 같은 손익분기점을 이리저리 굴려보는 넋두리가 대부분이었다. 누군가 들어줄 사람이 있는 것도 아닌데 무심코 뱉어내는 말들로써 고립감을 떨쳐내려 했다.

내가 일하는 쇼핑몰은 다른 곳보다 한 시간 늦게 문을 여는 대신 폐점 시간을 밤 열 시까지로 연장해 영업했다. 수도권이라고 하는, 위성도시의 퇴근 거리를 고려한 대안이었다. 주요 고객층의 생활 패턴에 맞춘 시장조사가 맞아떨어졌는지 저녁시간대의 골든타임이 매출에 중요하게 작용했다. 오전 열 시에는 집에서 나와 영업 외적인 일들까지 마치고 나면 밤 열한 시 열두 시를 넘겨 퇴근을 했다.

푸드코트에 가족끼리 앉아 있는 모습을 보면 남편과 지수와 내가 함께 먹던 소박한 식탁이 떠올랐다. 밤중까지 쇼핑몰에 있다 보면 딸애의 저녁밥은 물론이고 휴대폰 속 얼굴조차 챙겨볼 수 없을 때가 많았다. 교복 차림의 학생들과 마주치면 지수의 얼굴이 눈에서 아른거렸다. 여름에는 우유에 시리얼을 말아 아침으로 먹고 겨울에는 찬 우유 대신 메마른 시리얼을 숟가락으로 푹푹 떠먹거나 소보로빵을 조금 떼어먹고서 딸은 등교를 했다. 내가 누운 채 배웅을 해도 그 애는 학교 다녀오겠습니다, 인사를 하고 집을 나섰다.

"아침에는 엄마 얼굴을 보고 갈 수 있잖아. 저녁에 집에 오면 아무도 없는데. 허공에 대고 인사하는 게 얼마나 뻘쭘한 줄 아십니까. 그래서 학교 다녀오겠습니다, 인사가 나는 진짜로 좋아서 하는 거라고. 요즘 세상에 나 같은 효녀시대가 어디 흔한지 아셔?"

"나 홀로 집에, 뭐 그런 거냐?"

"울 엄마 완전 깼다. 그런 옛날 영화를 예로 들면 대부분의 아이들은 못 알아듣거든요. 나 혼자 산다, 뭐 그런 예능프로를 말해줘야지."

"나 홀로건 나 혼자건 빈집에 인사 안 해도 좋으니까 제발 공부나 효녀시대로 해봐."

"혜. 공부 잘하는 자식이랑 인사 잘하는 자식이랑 나중에 누가 더 효도하게?"

"다음번에 내 자식으로 안 태어나는 자식이 효자다."

"아, 뭐야, 그런 스님 같은 소리는. 원효대사랑 성철 스님이 들으시면 울고 가시겠네요. 끝까지 엄마 딸로 태어나준다 내가. 이렇게, 이렇게……."

지수가 갓난아기처럼 찰싹 달라붙으면 나는 숨이 넘어갈 듯 간지러움을 타다 그대로 항복을 외쳤다.

"내일 아침엔 더 간지럽게 스트레칭 해줄게 엄망."

딸애가 나가면서 신발장 앞에 달린 윈드 벨을 건드리고 갔다. 가벼운 종소리가 청량하게 울리면 쏟아지던 잠이 이상하게 더는 오지 않았다.

*

엄마를 처음 만났을 때를 기억한다. 세상이 온통 눈부신 빛으로 충만하던 꿈속에서였다. 엄마가 나를 가졌을 때 세상엔 따스한 햇살이 있었고 싱그러운 꽃과 나무가 있었다. 찬란한 빛의 기운이 우리에게 내려앉았고 맑고 깨끗한 바람이 불어왔다. 엄마는 물기어린 눈빛으로 환하게 웃고 있었다. 엄마가 아득한 곳을 바라보며 투명한 빛을 향해 손을 뻗었을 때 그것은 수많은 파편들로 반짝이며 황홀하게 떨어졌다. 좋은 순간 속에 있는데도 자꾸만 아쉽게 느껴지는 꿈이었다고 엄마는 말했다. 너무도 생생해서 깨고 나니 허무함만 남았다고.

공사현장을 따라 아빠가 지방으로 내려간 며칠 뒤부터 우리 도시에는 비가 내렸다. 호우주의보가 발령되었기 때문이다. 아빠가 일하러 간 곳이 엄청 크고 멀어 이번 여름방학도 엄마 아빠 손을 잡고 물놀이를 갈 수 없을 것이다. 그 대신 아빠가 돌아와서는 핸드폰을 바꿔주겠다고 해서 조금은 위로가 되었다.

지역 아동센터의 돌봄 교실 선생님과 집 앞 골목에서 헤어진 뒤 나는 슈퍼에 들러 풍선껌 한 개와 홈런볼을 샀다. 엄마는 이렇게 비가 오는데도 잔업이 남아 야근을 하고 와야 한다고 했다.

대문 앞에서 우산을 반쯤 접고 있는데 옆집 삼촌이 뒤따라 들어왔다. 빗물에 닿아 미끄러웠는지 나는 들고 있던 과자봉지를 놓치고 말았다. 삼촌이 얼른 땅바닥에 떨어진 과자봉지를 주워주었다.

"슈퍼에서 라면 사고 있는데 네가 먼저 나가더라."

옆집에 사는 삼촌이지만 가끔 눈을 마주친 것 말고 직접 얘기를 해본 건 그날이 처음이었다. 빗물 속에서 술 냄새 같은 것이 맡아졌다.

"고맙습니다……."

나는 집으로 올라가는 계단을 밟으며 짧게 고개를 숙였다.

현관문을 열자 윈드 벨이 찰랑 소리를 내며 반갑게 울렸다.

"돌보미 다녀왔습니다."

나는 신발을 벗으며 아무도 없는 빈집에 인사를 했다. 휴. 그제야 마음이 놓였다. 언제부터 달려 있었는지 모르지만 아무튼 그 소리에 익숙해진 지 오래다. 학교 다녀왔습니다. 태권도 다녀왔습니다. 피아노 다녀왔습니다. 누군가 있다고 생각하고 인사를 하면 누군가가 정말로 있는 것처럼 느껴졌다. 어서 와. 찰랑찰랑 목소리를 내며.

빗소리가 점점 요란해져 텔레비전 소리를 크게 키워놓고 엄마에게 전화를 걸었다. 바쁘신가 보다. 부재중으로 넘어가더니 잠시 후 엄마에게서 문자가 왔다. '한 시간만 기다려 지수야. 엄마가 치킨 사가지고

갈게. 사랑해 우리 딸.'

　돌봄 교실에서 내준 숙제를 하고 나서 홈런볼을 먹었다. 또 풍선껌을 씹으면서 어린이 채널을 보았다. 짱구, 도라에몽, 스폰지밥, 명탐정 코난, 포켓몬……. 여기저기 화면을 바꿔가며 돌려보고 일부러 큰 소리로 웃어보았다. 대사도 따라해 보고 노래도 불러보았다. 비는 계속 내리고 풍선껌을 다 불어도 엄마는 오지 않았다. 배도 고프고 심심해졌다. 그리고 와락 무서운 생각이 들었다가 점점 졸음이 몰려왔다. 나는 곰 인형을 안은 채 쿠션에 비스듬히 몸을 기대고 앉았다. 아빠가 우리 집에 처음 왔을 때 새 옷을 입고 따라온 곰 인형이었다. 아빠가 이번 일을 마치고 집에 오시면 그땐 꼭 아빠라고 불러줘야지. 가족이 많은 집에서 오래오래 나는 살아보고 싶다. 엄마가 올 때까지 기다리려고 했는데……, 자꾸만 꾸벅꾸벅 눈이 감긴다. 찰랑찰랑. 꿈속에선가 바람에 나부끼는 듯한 종소리가 울렸다. 빗물이 후드득 지나가는 소리였던 것도 같다. 졸려서 눈이 떠지지 않는다. 엄만가? 아직 캄캄한 어둠 속이었다. 비에 젖은 냄새 같기도 하고 흐릿한 밤의 냄새 같기도 한 것들이 희미하게 떠돌았다.

　내가 옥상 물탱크 속에서 발견되던 날은 비가 그치고 푹푹 찌는 한여름 날이었다. 동네 아이들이 놀이터 물놀이 분수대에서 뛰놀 때, 아이스크림을 먹으며 학원 계단을 오를 때, 평소 같으면 엄마가 기계 앞에 앉아 금속에 글자를 새겨 넣고 있었을 때, 한낮에 나 혼자 집에 있었을 그 시간에 나는 수색견들에게 발견되었다. 탐문수사를 하는 중에 무심코 지나쳤던 옥탑방 주변을 형사들이 에워싸고서 나를 찾아냈다. 땡볕이 작열하던 이웃집 옥상 마당에 나의 몸이 수습되어지고 나서야 세상은 발칵 뒤집혀졌다.

내가 햇빛 속으로 나온 뒤 이 도시의 사람들은 공포에 떨었다. 매일같이 마주쳤던 동네 주민들은 해 떨어지기가 무섭게 문을 걸어 잠그고 아이들은 놀이터에 나오지 않았다. 나에게 풍선껌과 홈런볼을 팔았던 슈퍼 아줌마가 뉴스에 비치기도 하고 내가 다녔던 학교 주변과 분식집 간판들이 시사프로 화면에 등장하기도 했는데 모두들 소름 끼쳐 못 살겠다는 탄식만을 내뱉었다. 사람들의 충격은 어쩌면 나의 죽음이기보다는 나를 살해한 범인이 자신들의 곁에서 함께 살아가고 있었다는 찝찝한 사실 때문이었는지도 몰랐다.

오직 나의 죽음 자체로 인해 슬픔과 비탄에 빠져버린 것은 나의 엄마, 엄마뿐. 어떻게 불러볼 수조차 없이 절망으로 구겨진 엄마에게 다가가 나는 얼굴을 묻었다. 엄마의 잘못이 아니에요. 언젠가 꿈속에서 보았던 눈부신 세계는 단지 우리가 살았던 세상 속에는 없었을 뿐이에요. 고개를 들어요, 엄마. 빛 속으로 나는 다시 돌아갑니다. 바람 속에서 저를 불러주세요. 돌고 돌아 어디선가 만나자고.

*

딸애가 나간 아침에 신발을 꺼내 신었던 자리를 흘깃 돌아보면 내 신발만 한편에 덩그러니 남아 있었다. 식구가 셋이었을 땐 정리되지 않은 신발들로 신발장 주변이 늘 어지럽혀져 있었다. 집을 옮기면서 세간의 부피를 줄이기도 했지만 단출해진 신발장을 보면 사람 하나 들고 나간 자리가 이런 건가, 하고 느껴졌다.

설 연휴 끝이든가 그랬다. 이불 속에서 뒹굴기에도 짧은 휴가였는데 오디션프로를 보다 말고 딸애가 갑자기 아빠가 보고 싶다고 침울해지더니 혼자서라도 아빠한테 가겠다고 오기를 부렸다.

"세월이 가면, 이잖아. 저 노래 아빠가 제일 좋아하는 노래인 거 몰라? 나 아빠 보러 갈래."

손바닥으로 등덜미를 갈겨주었더니 딸애는 책상에 엎어져 청승맞게 흐느끼기 시작했다. 이산가족도 아닌데 왜 아빠를 못 보게 하느냐고 엄마를 독재자에 비유하며 달려들었다. '세월이 가면 가슴이 터질 듯한 그리운 마음이야 잊는다 해도…….' 노래방에서 남편이 지수와 듀엣으로 부르곤 했을 때에는 단순히 익숙한 노래에 지나지 않았다. 어느 날 일을 마치고 집으로 돌아오던 늦은 밤에 라디오에서 그 노래를 다시 들었을 때 갑자기 캄캄한 도로 한복판에서 서러움이 복받쳐 올라왔다.

선물꾸러미도 없이 마지못해 옷만 꿰입고 나와 시동을 걸자마자 "아빠, 우리 지금 가. 아빠한테 가", 딸애가 호들갑을 떨며 남편에게 전화를 걸었다. 딸의 얼굴에서 눈물 자국을 지워내려는 듯 내비게이션에 강원도 홍천 어딘가의 주소를 꾹꾹 눌러 찍었다. 위성지도는 낯선 목적지의 길을 안내해주었다. 그 길을 따라가면 소중했던 시간으로 돌아갈 수 있을까 나는 속으로 물어보았다.

투기 심리에 빠지기 전에도 남편이 부동산사무소를 성실하게 관리했던 건 아니었다. 이자를 붙여 받는 돈놀이에 손을 댄 적도 있었고 주택업자들과 노른자 땅을 찾아다니며 집장사를 도모하기도 했다. 남편은 부동산사무실에 앉아 종일 주식거래 화면을 띄워놓았다. 밥도 먹는 둥 마는 둥 더러 오는 손님을 놓치고도 모니터에서 눈을 떼지 못했다. 그는 뭔가에 빠지면 헤어 나올 수 없는 사람같이 빈껍데기만 남은 모습으로 우리 옆에 존재했다. 어느 날의 남편은 또 말끔히 옷을 차려입고 재건축용지나 상업용지들을 보러 다녔다. 미지의 땅을 개척하러 다니는 사람처럼 어딘가에 혼을 빼놓고서 남편이 돌아다니는 곳이 어디인지 나는 더 이상 알고 싶지 않았다. 급매로 나왔거나 유찰된 물건을 잡아 되팔면 재미를 보던 시절도 끝나가고 있었다. 주식도 부동산도 시들해지고 나니 명의, 세금, 부채, 원금, 이자, 이런 말들과 관련된 문제들만 터져 나와 하루도 머릿속이 개운한 날이 없었다. 훌쩍 커버린 아이가 우리의 짐을 짊어지고 똑같은 굴레 속에 살게 될까 덜컥 겁이 났다.

춘천고속도로를 타고 가다 가평휴게소에 내렸을 때 중앙 라운지 쪽으로 사람들이 몰려 있었다. 인파 속에서 청명한 듯하면서도 구슬픈 소리가 들렸다. 멀리서 온 북소리와 나무피리와 기타 소리가 묘하게 가슴을 파고들어왔다. 가까이 가서 보니 작은 무대 위에 안데스 음악을 연주하는 공연단이 있었다. 잉카의 후예들이라는 그들은 진짜 원주민 같은 생김새와 복장을 하고서 각각 다른 종류의 민속 악기를 연주하고 있었다. 그들은 영혼이 깃든 소리로 노래를 불렀다. 들어본 듯 친숙하고도 신비한 음색에 나는 시선을 빼앗겼다. 휴게소 식당에서 밥을 먹고 나온 사람들도 커피를 다 마시도록 자리를 뜨지 않고 있었다. 그들의 노래는 인간에게보다는 하늘이나 땅에게 바치는 기도 같았다. 혹은 바람이 지나가며 건네는 말 같기도 했다. 잠깐 동안 이 땅의 시간을 초월하여 다른 세계로 갔다 온 것 같은 착각에 들게 했다.

나는 무대 뒤에서 민속품을 팔고 있는 여인과 눈이 마주쳤다. 머리를 길게 땋아 내리고서 선명한 빛깔의 전통 옷을 입은 원주민 여인은 생생한 안데스 산맥의 고원지대를 떠올리게 했다. 목걸이로 만든 오카리나와 팬플룻을 들어 보이며 뭐라고 설명을 덧붙였으나 무슨 소리인지 알아듣지는 못했다. 다만 여인이 들고 있는 악기에서 쾌청한 자연의 소리가 금방이라도 튀어나올 것 같았다.

정신을 팔고 구경하는 중에 판매대에 걸려 있는 장식물이 눈에 들어왔다. 모빌처럼 생긴 동그란 그물망 아래로 인디언 깃털과 염주 같은 구슬들이 달려 있었다. 흔들어보니 작은 종들이 달려 있어 은은하고도 고운 소리가 났다. 이건 뭐지, 문에다 걸어두는 건가.

"인디언들이 잠잘 때 머리맡에 걸어두고 잔다는 드림 캐처야."

화장실에 갔던 딸이 돌아와 장식물에 대해 말해주었다.

"요 동그란 망 속의 그물들이 나쁜 꿈을 걸러주면 좋은 꿈이 그 아래

깃털을 타고 내려온대. 불안한 꿈을 잡아준다고 해서 드림 캐처래. 신기하지."

집에 와 쓰러지듯 자다가도 겨우 두세 시간이 지나면 눈이 떠졌다. 식은땀이 나고 가슴이 뛰어 새벽 내 뜬눈으로 있다 간신히 다시 잠이 들었다. 때로는 계단을 오르다 정신이 아찔해져 숨 쉬기 힘든 사람처럼 주저앉아 있기도 했다. 공황상태가 심해지면 호흡곤란이 오기도 한다며 비닐봉지 같은 것을 가지고 다녀도 좋다고 내게 약을 처방해주던 의사는 말했다. 나 같은 증상으로 병원을 찾는 사람들이 한둘이 아닌 것에 나는 안도했다.

여인은 검지와 중지 손가락을 펴 보이며 장식물의 가격을 말해주었다. 나는 돈으로 타인의 꿈을 산 것처럼 인디언들의 액막이 장식물을 여인에게서 넘겨받았다.

*

아직 봄이 움트지 않은 야트막한 산길을 엄마는 오르고 있었다. 우리 집 뒤편으로는 시민공원과 이어진 낮은 산이 있었다. 엄마는 가슴이 답답할 때면 도심의 경치가 내려다보이는 산의 정상으로 오르곤 했다. 수심이 깃든 얼굴로 팔각정까지 오르면서 엄마는 자꾸만 나에게 미안하다고 말했다. 산 정상에서 내려오던 사람들이 엄마의 부른 배를 보며 뭐라고들 소곤거리고는 지나갔다. 초점을 잃은 엄마의 눈동자는 어딘가 위태로워 보였을 것이다.

입춘의 바람이 엄마의 목에 두르고 있던 머플러를 건드리고 가자 하얀 목덜미가 살짝 드러났다. 아빠의 손에 짓눌린 자국이 엄마의 목 주변에 푸르스름하게 퍼져 있었다. 산 정상에 오를 때마다 엄마가 어떤 마음으로 그 길을 걸어갔는지 나는 알고 있었다. 아빠의 폭력을 피하자니 엄마는 내 곁을 떠날 수밖에 없었을 것이다. 엄마를 찾아가 당장 죽일 것처럼 헤매고 다니던 아빠는 다른 엄마를 찾는 방법을 선택했다.

낡고 오래된 도시의 집으로 아빠는 나를 데리고 갔다. 낮은 층수의 아파트 마당가에는 키가 큰 나무들이 둘러져 있었다. 그중에서도 기둥이 굵은 왕벚나무가 우리가 들어가려는 집 옆에 가지를 드리우고 있었다. 그 밑으로 눈처럼 하얀 꽃잎들이 쌓여 있었다. 새로 입학한 초등학교에도 똑같이 생긴 벚나무들이 있었다. 우리 교실 창밖으로도 눈부신 벚꽃잎들이 떨어지는 것이 보였는데 문득 꽃잎들 사이에 엄마 얼굴이 있기도 했다. 그러나 다시 보면 꽃잎들 속엔 아무것도 없었다. 그냥 바람이 지나가는 것일 뿐. 선생님은 받아쓰기 시간에 우리에게 벚꽃이라는 낱말을 받아 적도록 했다. 나는 벚꽃을 자꾸만 '벗꽃'이라고 썼다.

"지수는 학부모상담신청서를 제출 안 했네. 희망란에 동그라미를 치지 않더라도 신청서는 제출해야 하는 거야."

나는 이미 종이쪽을 쓰레기통에 버린 일이 떠올라 울어버렸다. 얼굴이 벌겋게 달아오르도록 울어도 꽃잎들 속에 엄마의 얼굴은 없었다.

"홍지수 얼굴은 홍당무래요."

반 아이들이 홍당무라는 별명을 내게 달았다.

"앞으로 엄마와 함께 살 곳이란다. 안에 들어가면 얼마 전에 태어난 네 동생도 있어. 이제부터 우리 네 식구가 여기서 행복하게 살게 될 거다. 여자는 말이다, 곰같이 미련하면 안 되는 거야. 네 새엄마같이 싹싹한 구석이 있어야지."

아빠는 전에 살던 집보다 얼마나 좋으냐고 신이 나서 물었지만 나는 아무 대답도 하지 않았다. 그러자 아빠는 불쑥 기분 나쁜 목소리로 내뱉었다.

"클수록 네 엄마 얼굴을 쏙 빼닮았구나."

아빠는 작업복에 붙은 먼지를 툭툭 털어내고 집 안으로 성큼성큼 앞장서 들어갔다. 마당 위로 쌩한 바람이 지나갔다. 흰 꽃눈송이들이 바람을 따라 무리지어 흩어져 다녔다. 문을 열자 찰랑찰랑 움직이는 모빌이 달려 있었다. 아기들에게 흑백 모빌을 달아주면 시력이 좋아진다는 것을 엄마가 말해준 적이 있다. 가끔은 엄마 얼굴이 가물가물 생각나지 않을 때도 있지만 내가 아기였을 때 나도 엄마와 모빌이 달린 방에서 살았다는 것을 나는 알고 있다.

아담하게 꾸며진 집 방문마다 소리 나는 모빌이 달려 있었다. 여자는 아기의 선물로 모빌이 많이 들어왔기 때문이라고 말했다. 여자의 긴 머리카락과 높은 톤의 목소리는 가끔 아빠를 대신해 함께 지내야 했던 고모와는 완전 다른 모습이었다. 고모는 목소리가 걸쭉했고 화가 나면 아빠나 엄마를 비난하는 말을 내게 퍼부었다.

　나는 수줍어 얼굴을 붉히며 엄마에게 인사를 했으나 아빠가 아기에게 다가가 어르고 번쩍 안는 바람에 여자에게 하는 인사는 흐지부지되고 말았다. 아빠가 까꿍 소리를 경쾌하게 내지를 때마다 아기 대신 여자가 까르르 소리를 내며 웃었다. 집 안 가득 아빠가 좋아하는 삼겹살 냄새가 진동하고 있었다. 환기를 시키려고 열어놓은 창문으로 바람이 들어와 살랑 스치고 지나가자 모빌이 사각사각 움직였다. 잘 자라. 내 아기. 나의 귀여운 아기. 자장가를 부르는 엄마의 노래처럼.

　여자는 굉장히 깔끔한 성격이었다. 집에 들어오자마자 손 씻는 것을 잊거나 과자를 먹을 때 싱크대에 서서 먹지 않아 과자가루가 옷에 붙어 있거나 하는 것이 여자에게는 참을 수 없는 일이었다. 고모네 집에서 밥을 먹을 때는 설거지거리가 늘어난다며 개인접시 같은 것에 덜어 먹지 못하게 했는데 여자는 밥 위에 반찬들을 올려놓고 먹으면 지저분해 보인다고 반드시 따로 옮겨놓고 먹게 했다. 나의 몸에 베인 습관들을 여자는 자로 하나하나 선을 긋듯 고치려고 노력했다. 고모와 살던 집에선 물을 절약해야 했는데 여자와 사는 집에선 매일 저녁 꼼꼼히 샤워를 해야 했다. 정해진 자리에만 물건을 놓아야 하고 매일매일 손톱 검사를 받아야 했다. 나는 손톱을 물어뜯는 버릇이 있어서 여자에게 벌을 받아야 했다. 손들고 서 있기부터 뺨 맞고 울지 않기 등 벌은 조금씩 다양하게 바뀌었다. 정해진 시간 안에 밥을 다 먹지 않았다고 여자는 나를 발가벗긴 뒤 베란다로 나가 있게 했다. 고추장에 청양고

추를 찍어 먹으라고 차려준 밥을 나는 여자가 정해준 시간 안에 먹지 못했다.

"네 엄마를 닮아 게으르고 지저분하구나. 더러워서 정말로 견딜 수가 없어. 너도 네 엄마처럼 형편없는 여자가 될 게 뻔해. 자식을 버리고 간 여자들이 다 그렇고 그렇지. 불결한 계집애. 얼굴만 봐도 구역질이 나."

여자는 날렵한 기술로 나에게 발길질을 했다. 넘어지면 다시 일어서게 하고 분이 가라앉을 때까지 킥을 날렸다. 긴 생머리를 질끈 묶어올린 다음 내 몸 위로 올라타기도 했다. 아빠가 엄마의 목을 졸랐던 것처럼 여자도 나의 목을 졸랐다. 내가 숨이 컥컥 막혀 얼굴이 홍당무처럼 되면 여자는 하얗게 웃었다.

여자의 매질이 끝나면 나는 목욕탕에 들어가 반성을 해야 했다. 욕조에 뜨거운 물을 받아놓고 몸이 깨끗해질 때까지 있어야 한다는 게 여자가 세운 규칙이었다. 하지만 그것은 멍이 스며들지 않게 하려는 이유에서였다. 바람이 솔솔 들어오는 목욕탕 욕조에 몸을 담구고 있으면 오슬오슬 한기가 돌았다. 목욕탕 창문 밖으로 오래된 나무에서 뻗어 나온 나뭇가지가 나를 앙상하게 마른 계절로 데려갈 것만 같았다. 여자는 나를 감기나 장염에 걸렸다며 툭하면 병원 진료를 받게 했다. 내 앞으로 들어놓은 여러 개의 보험약관을 뒤적거리면서.

내 눈에서 실핏줄이 터져 피눈물이 흐르던 날은 동생이 태어나 한 살을 먹은 날이었다. 마당 왕벚나무에 벚꽃이 흐드러지게 피던 봄이었다. 아침부터 나는 여자에게 맞았다. 체험학습신청서에 희망한다고 동그라미를 쳐서 냈기 때문이었다. 기다리던 봄 소풍을 생각하며 들떴던 마음들은 휴지조각처럼 구겨지고 말았다. 배낭에 과자와 음료수를 담고 맛있는 도시락을 싸서 친구들과 나눠먹고 싶은 마음도 지워졌다. 관광버스 안에서 게임도 하고 인기가요를 따라 부르며 친구들 사이에 끼고 싶었던 마음이 찢기고 있었다. 장기자랑 시간에 손들고 하고 싶었던 말춤, 개다리춤, 개그 흉내들이 머릿속에서 하얗게 사라지고 있었다.

"네 아비라는 작자한테 속아 거지같은 동네로 시집온 것도 열 받아 죽겠는데 눈치도 없는 것. 얼빠진 계집애."

여자가 주먹으로 내 배를 때릴 때마다 숨이 끊어질 듯 아파서 소리도 지르지 못하고 주저앉았다. 방바닥에 짐승처럼 구르며 여자에게 발길질을 당했다. 여자는 내가 밖으로 나가지 못하도록 한 손으로 문손잡이를 잡고서 발로 내 목을 짓이겼다. 목젖이 곧 터져나갈 것처럼 괴로웠다. 얼굴에 피가 쏠리고 눈알이 빠질 것만 같았다. 여자가 잡고 있는 방문에서 찰랑찰랑 모빌종소리가 났다. 잘 자라. 내 아기. 나의 귀여운 아기. 기억 속에 흐르던 자장가 노랫소리만 나는 하염없이 떠올리고 있었다. 여자가 웃으며 말했다.

"네가 죽어도 네 엄마 아빠는 슬퍼하지 않아."

여자는 축 늘어진 나를 들어 욕조 물속에 담가놓았다. 나는 너무나 망가졌다. 내 몸을 보는 것이 이제 나는 두렵다. 모두가 생일파티를 벌이고 있을 시각에 나는 욕조 속에 알몸으로 눕혀져 꽃눈송이가 떨어지는 것을 보았다. 흰 꽃이 핏빛으로 물들고 있었다. 지금은 봄이다. 누군가는 태어나고 누군가는 이상한 여행을 떠난다. 영원히 잊지 못할 봄날에 소풍을 간다.

*

드디어 항구가 있는 바다에 도착했다. 이곳에서 오늘 밤 우리는 여행을 시작하게 될 것이다. 모두가 꿈꾸던 학창시절의 마지막 수학여행이다. 우리는 어마어마하게 큰 카페리호를 타고 남쪽 섬으로 갔다가 올 때는 비행기를 타고 올 것이다. 비행기로만 왔다 갔다 하는 건 낭만이 없을 것 같기도 하다. 배 위에서 끝없이 펼쳐진 바다를 보며 흘러가듯 세상을 경험하는 것도 멋진 일이 되지 않을까.

"근데 우리 타이타닉처럼 되는 건 아니겠지? 히히."

"또 재수 없는 소리 하신다."

"야, 다들 걱정 마. 여기가 빙하 한가운데냐? 바보들."

"하긴. 요즘은 해상 레이더가 장난 아니래. 이렇게 큰 배가 지나가는데 관제탑인가 뭔가에서 가만있겠냐."

"그건 그렇고 무슨 날씨가 이렇게 칙칙하냐."

우리는 새우깡과 감자칩을 먹으며 배가 어서 뜨기만을 기다리고 있었다. 출발시간이 지났는데도 안개 때문에 배가 뜨지 않고 있어서 마음만 싱숭생숭했다. 하나같이 수학여행에 대해 아는 잡담들을 늘어놓으며 시간을 죽이고 있었다.

"작년에 수학여행 갔던 선배들이 알려준 건데 배 위에서 사진 찍을 때 조심하래."

"……."

"아무도 없는 곳에서 친구들끼리만 찍었는데 전혀 모르는 사람이 함께 찍혔대."

"뭐야. 심령사진 그런 거야? 아님 물귀신인가?"

"중요한 건 그 배가 바로 이 배라는 사실."

"아 소름 돋아. 그만해. 가뜩이나 안개 땜에 기분 꿀꿀한데……."

그때였다. 배 한 쪽에서 소란스러운 소리가 났다. 다른 배를 타고 갈 테니 환불해달라는 실랑이 같았다. 아이들이 우르르 몰려가 구경을 하기에 나도 뒤따라 가보았다. 환불을 못 해주겠다고 버티던 직원과 승객 사이에 고성이 오가고 있었다. 승객이 어딘가에 연신 전화를 걸어대자 직원이 마지못해 환불 처리를 해주었다. 중년의 부부로 보이는 승객 두 명이 배에서 내리는 게 언뜻 보였다.

"우리도 다음 배 타고 가야 되는 거 아니야? 내리는 사람 보니까 좀 그렇다."

옆에서 친구들이 웅성거리며 한마디씩 했다. 나는 멀리 사라져가는 부부의 뒷모습을 믿기지 않은 눈으로 쳐다보았다. '말도 안 돼. 저렇게 똑같이 생긴 사람이 있을 수 있나?' 눈을 비비고 보아도 그것은 분명 우리 엄마 아빠의 모습이었다. 그때 누군가 크게 외치는 소리가 들렸다.

"야호! 드디어 배가 출발한대!"

그리고 어디선가 폭죽이 터지는 소리가 났다. 아이들이 또다시 우르르 불꽃놀이 하는 쪽으로 몰려갔다. 무리를 따라 움직이는 내 옆으로 짝꿍이 다가와 팔짱을 꼈다.

"왜 그래 지수야? 무슨 일 있어?"

"아니……. 그냥 좀 닮은 사람을 봤어……. 그런데, 지금이 몇 시지?"

*

"지수야."

"응. 엄마."

"날씨 어때? 여긴 안개가 좀 꼈는데."

"ㅠㅠ 여기도 완전 장난 아님. 배가 한참 있다가 떴어."

"밤배라 괜찮을지 모르겠네. 정박하고 아침에 가는 게 낫지 않았을까?"

"ㅋㅋ 그건 선장 맘이지요. 지금은 잘 가고 있어.~~"

"엄마가 출근하느라 딸 수학여행 가는 것도 못 봤네. :-("

"뭘 그런 걸 다. ㅋ"

"멀미는?"

"생각보다. ·· 배가 무쟈게 크걸랑요. 넘실넘실~ 출렁출렁~"

"재밌나 봐. 엄만 혼자 다큐 찍고 있어. ㅜㅜ"

"헐! 하룻밤도 안 지났는데. ㅎㅎ"

"밤바다 춥다. 잠바 벗지 마. ··"

"응. 절대 안 벗을게. ㅎㅎ 근데 엄마, 지금 어디야?"

"당연 집이지. 어디긴."

"ㅎㅎ 그치? 집이지? 엄마랑 되게 닮은 아줌마 봤다?"

"그래? 신기하다. 가서 말 걸어봐. ··"

"벌써 내리고 없어. ㅋㅋ"

"???"

"아냐. 아무것도. 바이바이~♥"

새벽녘에 다시 든 선잠 속에서 딸애가 돌아오는 꿈을 꾸었다.

"학교 다녀왔습니다."

여행에 가져갔던 캐리어를 끌고 지수는 털렁털렁 되돌아왔다.

"아니 왜 벌써 와?"

출근 준비를 하다 말고 나는 깜짝 놀라 딸에게 다가갔다.

"안개 때문에 수학여행이 연기됐어. 아, 배고파. 밥 주세요 엄마."

"그런데 지수야, 엄마가 사준 야구잠바는 왜 안 입었어? 가방에 있어?"

"아니. 어깨에 걸치고 있었는데 바람에 날아가서 바다로 떨어져버렸어."

밥을 차리는데 아무리 반찬을 꺼내고 꺼내도 밥상이 차려지지 않았다. 깜짝 놀라 깨어보니 꿈이었다. 등줄기가 축축하게 젖어 있었다.

정녕 꿈이었을까.

지수가 있을 땐 엉덩이 붙이고 앉아 있어본 적이 없는데 딸애가 없는 자리에 막상 이렇게 있어야 하다니. 금방이라도 아이가 문을 열고 들어올 것 같은데. 무엇이 내게서 딸애를 데려가고 시커멓게 타버린 재투성이 시간만을 던져주었을까.

지수의 전화를 받은 건 전혀 모르는 낯선 번호를 통해서였다. 배터리가 방전되어 옆의 친구 것을 빌렸다고 했다. 배가 이상하다고, 혹시 몰라 두려워 정말로 미리 말한다고, 영문도 알 길이 없는 소리를 꿈이 아닌 현실 속에서 딸애가 나에게 하고 있었다. 엄마 아빠 사랑한다고…….

서로가 원한다 해도 영원할 순 없어요. 저 흘러가는 시간 앞에서는. 세월이 가면……. 딸애가 부르던 노래를, 우리 딸의 세월을……. 무심한 세월을 봄바람이 스치고 지나간다.

지수야……. 창가에 벌써 봄이 왔구나. 미풍이라도 좋아. 제발 여기로 와줘.

찰랑찰랑 윈드 벨이 울린다.

인디언 깃털 사이에 꽂혀 있는 종이쪽지를 시간이 지나고 한참만에야 발견하였다. '수학여행 중에 맞는 나의 생일에, 엄마에게 미리 인사를 하고 떠나요. 엄마, 저를 낳아주셔서 감사합니다.'

*

모든 것이 장난이라면. 눈앞에서 벌어지고 있는 일들이 모두 거짓이라고, 이상한 꿈을 꾸는 거라고 누군가 말해주었으면 좋겠다. 지난밤 선상에서 폭죽을 터뜨리며 친구들과 불꽃놀이를 했을 때 밤하늘이 얼마나 아름다웠는데, 처음으로 가보았던 남도의 뱃길이 얼마나 가슴 뻥 뚫리게 해주었는데……. 식당 칸에서 아침밥을 먹다가 편의점에서 바나나우유를 고르다가 누군가는 부모님과 통화를 하다가, 생의 모래시계가 떨어지고 있다는 것을, 아무도 믿을 수는 없었지만 문득 깨달아야 했다. 설마 그럴 리는 없겠지, 휴대폰으로 사진을 찍고 구명조끼를 서로 벗어주며 울음바다가 된 선실에서 모두들 직감적인 사실 하나를 알게 되었다. 어마어마하게 큰 배 안이 너무도 고요하다는 것을. 조난 중인 여객선 주위가 쥐 죽은 듯 잠잠하다는 것을.

배가 급속히 기울면서 심장이 얼어붙을 것처럼 차가운 바닷물이 들어오기 시작했다. 상상을 초월하는 수온 속에서 허우적거리며 울부짖는 비명 소리가 여기저기서 터져 나왔다. 사나운 물살이 집어삼킬 듯 휘몰아치는데 가만히 있으라는 안내방송이 허공중에 떠다녔다. 급박

한 경황 중에 비현실적으로 울리는 차분한 방송 소리가 어쩌면 진짜 우리의 운명을 데리고 떠나는 여행자들의 소리였는지도 모르겠다. 선실 창밖으로 해경구조대가 보인다. 창문을 두드려보지만 몸은 점점 물에 잠겨 턱밑까지 물이 차올랐다. 소리를 지를 수도 숨을 쉴 수도 없을 것 같다. 제발 망치로 창문을 깨트려주세요. 밧줄을 조금만 내려주세요. 제 손을 잡아주세요…….

배가 수면 아래로 가라앉으면서 더 이상 세상 밖이 보이지 않는다. 발버둥 칠수록 내 몸은 어둠 속으로 끝도 없이 내려간다. 깜깜한 미로 속에서 빛이 완전히 사라졌을 때 내 짧은 생을 마감하는 심장의 고동 소리도 마지막으로 크게 울린다. 내가 세상에 쓸쓸히 왔다 간 몇 번의 여행 동안, 그러나 내가 세상을 또 얼마나 좋아했는지, 아름답게 빛나기를 바랐는지 꼭 기억해주었으면 좋겠다. 사랑하는 엄마 곁에 또다시 머물 수 있기를 바라며 이야기의 시작은 이렇다.

문을 열자 윈드 벨이 울린다. 가방을 내려놓으며 나는 평소와 같은 인사를 한다.

"학교 다녀왔습니다."

"어서 와, 우리 딸, 배고프지? 엄마랑 같이 밥 먹자……."

웃어요, 엄마. 나쁜 꿈은 사라졌어요.

김신 1978년생으로 2001년 《대구매일신문》에 단편소설 「면역기」로 등단하였다. 발표작으로 「나는 아무 짓도 하지 않았다」 「콜드」 「소녀의 기도」 등이 있다.

몇 해 전 사소한 오해로 연락이 끊긴 친구에게 전화를 걸었다. 놀랍게도 친구는 어제와 같은 목소리로 전화를 받았다. 오히려 주춤한 목소리로 전화를 건 내가 당황할 정도로. 시간의 교차가 전혀 없는 것 같아 내게는 비현실적으로 느껴지는 상황이었다. 기분이 묘해 시계를 보고 달력을 보았다. 주위 사물들을 둘러보며 내가 존재하고 있는 곳의 위치를 다시금 파악해보았다. 시공간을 초월하는 영화의 한 장면이 생각나 짧은 전율과 함께 소름이 돋았다. 허물어지듯 새해를 맞을 때마다 내가 한걸음 더 미래에 가깝게 왔는지 어제보다 더 먼 세계에 와 있는지 모를 이상한 기분에 사로잡히곤 했는데 새해 안부를 묻기 위해 친구에게 전화를 건 순간 현실의 모든 시간이 뒤엉킨 듯한 착각이 들었던 것이다. 나는 가령 그러한 순간 떠오르는 영감 같은 것을 메모해두는 편이다. 수첩이 없으면 스마트폰 노트패드에 기록해두곤 한다. 나는 메모란에 '목련이 피어 있던 집'이라고 일단 적었다. 친구의 집 앞에 오래된 목련나무 몇 그루를 볼 때면 이상하게 시간이 멎어 있거나 오래전의 과거 속으로 돌아온 듯한 느낌을 갖곤 했었던 기억 때문이었다. 친구와 다시 만날 것을 약속하며 전화를 끊는 순간 나는 아마도 그 친구에게 다시 전화하지 않을 것을 예감하고 있었다. 타임머신을 타고 다시 현실로 돌아온 기분을 느끼며. 과거의 안부는 과거 속에 잘 남겨두고서. 앞으로도 살아가며 매순간 느끼게 되는 알쏭달쏭한 기분들을 창작과 연관 짓는다면 내 관심 방향은 아마도 미스터리 쪽에 가깝게 되지 않을까. 인생이라는 시간 속에 일어나는 모든 일들이 어쩌면 모순으로 가득 차있고 우리는 그 속에서 울고 사랑하며 기뻐해야 하기에.

청거북을 타는
아이

손현주

memo

한 통의 전화가 나를 여기까지 오게 했다. 처음 방민호 선생님의 작품 참여 제안을 받고 조금 난감했다. 세월호 사건 이후로 진도 팽목항 한 번을 다녀오지 못한 나였다. 그래서 소설 참여 제안이 무척 불편했다. 과연 내가 쓸 수 있을까 하는 두려움이 앞섰다. 모든 기억을 지우고 싶었는데 다시금 작품으로 마주 서야 했다. 그러면서 나 자신이 무척 비겁했다는 걸 깨달았다. 고민은 길지 않았다. 오랜 시간 가슴앓이를 했던 고통의 시간을 열어 그 바다 밑 심해로 들어가 보기로 결심했다. 거기서 발견한 게 청 거북을 타는 아이였다.

청거북을 타는 아이

    오늘이 마지막 상담이 될 거 같아요. 선생님과 정기적인 상담을 하고 있지만 별반 달라지지 않았어요. 처방해준 약도 먹어보고, 기분 좋은 상상도 해보지만, 여전히 잠들기가 어렵네요. 간신히 잠을 청하는 날이면 어김없이 가위에 눌리다 소스라치게 깨곤 하죠. 제가 못마땅한 표정이시군요. 지금 약 안먹는다고 나무라시는 거예요? 선생님은 저를 감기 환자 정도로 보시는 건 아니죠. 정신과 약이라는 게 반짝 하게 하는 효과는 있어도 정신과 육신을 송두리째 바꿀 수는 없잖아요. 사람이 예고도 없이 사라진다는 걸 믿는 일이 이렇게 어려운지 몰랐어요.

    남은 삶에 꿈을 가지라고요? 어느 여가수가 부른 거위의 꿈을 말하는 건가요? 그 노래라면 지긋지긋하네요. 꿈이라는 것도 대상이 있을 때 생기는 거더군요. 선생님의 상담매뉴얼은 늘 판에 박혀 있어요. 이제 그 건조한 목소리도 위안이 되지 못하는걸요. 도움이 못 되어 미안하시다고요. 제가 성질이 급한 건지도 모르죠. 선생님 말대로 그날을 빨리 잊는 게 제일 좋은지 알죠. 근데 그게 어디 사람 마음대로 되는 일인가요? 빛처럼 시간이 간다면야 모르지만, 밥을 입에 넣어도 돌을 씹는 것처럼 입안이 서걱거리기만 하네요. 하기야 선생님은 밥을 돌처럼 씹었던 적이 없으실 테니 그 맛을 모를 거예요. 그날 이후 전 매일 4월 16일이에요. 그날 이후 시간이 멈춘 듯 제 머릿속은 온통 암흑이라 천지 분간을 할 수 없네요.

처음에 사망자 명단에 그 애 이름이 없을 때 내심 안도가 되었어요, 속으로 그럼 그렇지 누구 아들인데. 그 애는 저와 같은 운명을 타고 난 아이기 때문에 생명이 쉽게 사그라질 수 없다고 생각했죠. 사망자 명단에 그 애 이름이 없는 건 행운이 따랐다고 믿었어요. 처음으로 아이들의 시신이 하나둘씩 체육관으로 들어올 때 저는 차디찬 주검으로 돌아온 그 애들의 부모들을 안타깝게 바라봤어요. 차디찬 주검으로 돌아온 아이들과는 달리 신의 눈동자가 그 애를 지키고 있다고 믿었지요. 분명 팔자 대물림을 한다면 사망자 명단에 낄 수 없다는 확신이 있었거든요. 선생님, 사람들이 종종 제 앞에서 그 애가 죽었다는 말들을 하는데 그건 뭔가 착오거나, 뜬소문일 거예요. 선생님도 아시다시피 사람들은 이런 일에 호의적이지 않으니까요. 시신을 찾지 못했다고, 생때같은 내 아들이 죽었다고 함부로 나불거리면 그 입은 저주를 받아 마땅해요. 사실 그 애는 호기심이 많은 아이였어요. 그래서 인도양까지 나갔을지도 모르죠. 종종 먼 바다에 대한 동경이 있었거든요. 호기심이 많은 아이는 말린다고 주저앉지 않잖아요. 그 애가 다시 이곳으로 돌아온다는 건 끔찍했을 거예요. 그렇다고 여기가 지옥이라고 말하진 않겠어요.

어젯밤 잠시 등을 바닥에 붙이고 누워있는 데 꿈인지 생시인지 모르지만 분명 그 애를 봤어요. 제 눈앞에 검푸른 바다가 보였고, 스쿠버다이버들이나 다닐법한 꽤 깊은 바닷속이 신기하게 눈에 들어오더군요. 바다 밑은 에메랄드빛이 가득 차 있고 형형색색의 빛을 발하는 산호초들과 해수어들까지 환상이었어요. 시간이 멈춘 듯했어요. 바다 밑으로 쑥쑥 빨려 들어가는 충동이 일었어요. 전 막연하게 물에 대한 공포가 있거든요. 그렇다고 수영을 하는 것도 아니구요. 그런데 바다 밑이 꼭 제 눈에는 수족관처럼 보이는 거예요. 그 깊은 바닷속에서 코끼리 코 모양의 침식된 석회암과 청거북이 눈에 들어왔어요. 놀라운 건 그 애가 청거북을 타고 있었어요. 분명히요. 그 애를 본 순간 제 심장이 돌처럼 굳어지는 느낌이었어요. 그 애의 얼굴에 코와 입이 없었어요. 너덜거리는 살점들의 흔적들을 보는 순간 누군가 심장을 쪼는 듯한 고통으로 울음이 북받쳤지요. 누군가 그 애를 본다면 바다 괴물이라도 본 것처럼 비명을 질렀을 거예요. 저는 그 애를 향해 인영아! 인영아! 엄마야, 엄마가 왔어! 하고 소리를 질렀어요. 눈의 흰자위가 찢어질 것 같았어요. 그 애하고 눈이라도 한 번 마주칠까 해서요. 그런데 선생님, 그 애는 귀를 잃어버린 아이처럼 끝까지 제 쪽을 보지 않더군요. 아무리 꿈이라지만 단 한 번만이라도 그 애를 가슴에 품어보고 싶었어요. 그 애는 청거북을 타고 무심히 바닷속을 떠돌았어요. 마치 집이 없는 고아처럼요. 그나마 조금 위안이라면 청거북과 함께 있다는 게 퍽 다행이더군요. 꿈에서 본 바다 밑은 분노도 삭힐 만큼 평온한 안식이 있었어요. 마치 물길을 따라가다 보면 물의 신이 동굴이라도 만들어 길 잃은 아이들을 데려다 놓을 것처럼요.

잠깐만요, 그 애 얘기를 하다 보니, 조갈증이 나네요. 잠시 만요. 물 좀 주실래요? 청심환 좀 먹을게요. 일이 터진 후 이거 없으면 참 힘들어요. 평소에 약이라고는 소화제 한 알도 안 먹었는데 말이죠.

선생님도 알다시피 전 그 애와 전 단둘이 단출하게 살았어요. 팔자가 박복한 탓인지 몰라도 제 남편이 그 애 세 살 때 간암으로 세상을 먼저 떴어요. 저는 그 애를 키우기 위해 슬퍼할 겨를도 없었어요. 아무 기술도 없는 여자가 돈을 벌어 자식을 키운다는 게 쉽지 않잖아요. 다행히 집 근처 대형마트에서 일을 했죠. 백만 원 조금 넘는 돈으로 욕심 없이 그럭저럭 살림을 꾸렸어요. 그래도 자식이 그 애 하나라 그런지 그럭저럭 살아지데요. 그 애는 남편의 빈자리를 메꿔준 아이였어요. 선생님도 아시다시피 과부에게 아들은 때로는 남편이었다가 자식이 되기도 하고 동생이었다가, 때론 친구이기도 하잖아요. 참으로 여러 감정으로 살았네요.

그 애는 가끔 제게 결혼을 일찍 하고 싶다는 소리를 종종 했죠. 더구나 요즘 같이 자식 키우는데 돈이 좀 많이 들어요. 그런데도 아이들도 많이 낳고 싶다는 말을 하더군요. 어찌나 철없는 소리를 하나 싶어 타박을 줬어요. 남녀공학인 학교에서 사고라도 치면 어쩌나 하는 노파심에 한 소리 더 보탰죠. 너 여친 사귀더라도 식구는 불리지 마라. 엄마, 할머니 될 생각 없으니까. 실없는 소리라는 거 알고 있죠. 여친 하나 없는 그 애가 칠 사고는 아니었거든요. 아이가 내뱉는 말 속에 숨은 속내가 보이는데 마음이 먹먹한 거예요. 단둘이 살아온 긴 시간들이 얼마나 신산한 삶이었는지 누구보다 제가 더 잘 알잖아요. 겉으로는 뚝뚝하게 말했지만 돌아서서 눈물을 훔쳤네요. 사내자식이 여려서 어디다 쓰겠어요. 그 녀석도 외로워 그러겠거니 했지만 삶의 무게를 모르는 아들이 임의롭거든요.

그 애가 수학여행을 가기 전 날, 그 애는 며칠 간 집을 비우는 걸 꽤 불안해하더군요. 혼자 있을 엄마를 걱정하는 건 알지만, 아이가 할 고민은 아니잖아요. 여행이 익숙하지 않아 그러려니 했지만, 정작 속마음은 엄마를 혼자 놔두고 여행을 가는 게 내심 걸렸던 모양이에요. 일가친척이나 친구들, 친목모임, 이런 것과는 담을 쌓아 늘 그 애와 함께였죠. 혼자 밤을 지새본 적도 없구요. 그러니 염려할만하죠. 사람들은 그런 애를 보고 마마보이니 뭐니 할지 몰라요. 그래도 세상에 식구라고는 지하고 나 단둘이다 보니 그럴 수밖에 없겠지요.

수학여행을 떠나던 날 아침, 저는 오후 근무조로 다른 직원과 교대를 했어요. 그 애가 아침에 학교로 등교했다가 오후에 인천여객터미널로 이동해야 한다고 해서 여객선에서 먹을 김밥과 간식을 챙겨 주려고요. 그 애는 평소보다 삼십 분 먼저 일어나 욕실로 들어갔는데 나오질 않더군요. 지각이라도 할까봐 살짝 욕실 안을 들여다보니 정성스레 턱에 칼 면도를 하고 있었어요. 평소에는 전기면도기를 사용하던 애였거든요. 까뭇까뭇 턱으로 자라나는 아들의 수염이 이상하게 저는 싫지 않았는데 깔끔하게 밀더군요. 그 애와 잠시 눈이 마주쳤는데 멋쩍게 웃으며 대뜸 한다는 소리가 여자 애들이 수염 난 거 싫어하거든. 누가 뭐라 한 것도 아닌데, 괜히 제 눈치를 보더군요. 여자애들과 함께 하는 여행이니 얼마나 설렐까 싶었어요. 저는 아이가 어색해 할까봐 얼른 욕실 문을 닫았네요.

김밥을 싸고, 즐겨먹는 과자, 면도기, 세면도구, 여벌 옷 등을 가방이 미어터지도록 넣어줬어요. 풍족하지 않은 살림이지만 뭐라도 하나 더 챙겨 보내려는 엄마의 마음은 다 똑같잖아요. 그 애는 짐을 다 꾸린 후 현관문을 나서며 제게 넌지시 작별인사라고 한 마디 하더군요.

"나 없는 사이에 외박도 하고, 친구들과 수다도 떨고, 연애도 거시지요?"

이런 얄궂은 농담을 날리며 나간 애였어요. 지 딴에는 배려랍시고 한 말이죠. 그리 애틋하지도 특별하지도 않은 작별이었지요.

그 애가 나간 뒤 오랜만에 휴가를 받은 느낌이었어요. 밀린 빨래와 집 안 청소를 하고 아들 없는 사흘을 보낼 궁리를 하는 게 너무 두근거렸어요. 저는 오디오 볼륨을 크게 올리고 노래를 흥얼거리기까지 했으니까요. 늘 직장과 집안일에 동동거리며 쫓겨 사는 통에 제 시간을 가질 기회가 없었거든요. 그게 문제였는지 모르죠. 신은 질투가 많잖아요. 제게 허락된 시간요.

배가 침몰했다는 소식을 들었을 때는 머릿속에서 우주전쟁이 난 것처럼 무수한 섬광들이 부딪쳤어요. 진도 팽목항으로 가는 동안에도 그 섬광들은 멈추지 않았어요.

침몰 첫날 스스로 걸어 나온 아이들의 공포의 눈빛 헤치며 그 속에서 미친년처럼 소리를 질렀어요. 인영이 봤니? 김인영 봤냐구? 2학년 3반! 김인영! 누군가 작은 목소리로 식당 칸에 서 본 것 같은데요? 또 다른 아이는 구명조끼를 제게 던져 줬는데요. 갑판 위로 올라갔어요! 제 각각 그 아이의 흔적을 떠오르는 대로 우후죽순 말하더군요. 그 누구도 그 애와 함께 배 안에서 걸어 나왔다는 소리는 들을 수 없었어요.

선생님, 그 애가 예고도 없이 떠난 후 흔적이라고 남긴 것은 이 그림이에요. 신생님, 이 그림 좀 한 번 보실래요? 그 애가 초등학교 때 그린 그림이에요. 그 애는 낙서를 좋아했어요. 혼자 있는 시간에 사진이나 그림을 따라 그린 것이 손에 익어 습관이 되어버렸어요. 유난이 거북이 그림이 많다구요? 맞아요. 그 애는 청거북을 늘 그렸어요. 그 애가 청거북을 그리게 된 건 순전히 저 때문이기도 하지만요. 제 얘길 잠깐 해도 되죠.

아마 제가 초등학교 사학년쯤이 아닐까 싶어요. 제 기억이 맞다 면요. 저는 다른 여자애들보다 좀 조숙했어요. 키도 백오십팔 정도로 꽤 컸어요. 우리 가족은 여름이면 가끔 북한산 계곡으로 놀러 가곤 했죠. 북한산은 집에서 가깝기도 했지만 그 시절 계곡 물놀이를 즐기는 건 유행이었어요. 우리 가족은 계곡으로 올라가 텐트를 치고 바위 위에

돗자리를 깔고 물놀이를 즐겼어요. 계곡의 물은 초등학생이 놀기에는 안성맞춤이거든요. 북한산은 물놀이하기에 천혜의 지형을 타고 났잖아요. 물가 자리에는 사람들이 언제나 몰려 북적대기 일쑤죠, 발 담그고 놀기 딱 좋은 곳이었어요. 계곡 물놀이는 자연을 느끼기 좋죠. 화창한 하늘가를 배경으로 염초봉과 백운대, 만경대와 노적봉은 한 폭의 그림 같죠. 숲길을 따라가면 북한산 계곡이 나오거든요. 삼천사 계곡 물은 시원하게 잘 흐르죠. 계곡에서 저는 반바지와 티셔츠를 입고 물속에서 물을 가르며 물놀이를 했어요. 야트막한 계곡물을 이곳저곳 물텀벙을 치며 노는데 누군가 제 발을 쭉 끌어내리는 느낌을 받았어요. 순간 깊은 곳으로 쑥 빨려 들어가는 거예요. 계곡의 U자형 웅덩이는 사람 눈에 잘 띄지 않잖아요. 더구나 위험표지도 없었구요. 선생님은 그런 곳에 빠져 본 경험 없으시죠? 누군가 두 다리를 붙잡고 끝없이 바닥으로 내리 끄는 힘은 죽음의 그림자가 순식간에 덮쳐 버리는 듯했어요. 지탱하려는 힘과 내려가려는 힘이 서로 으르렁거리며 허우적거릴 수밖에 없는 상황, 죽음의 문을 노크하는 기분 나쁜 기운들, 저는 사지 육신을 버둥거리며 살려고 젖 먹던 힘까지 내며 안간힘을 썼죠.

　가끔 시골 동네 저수지에서 조용한 죽음을 맞이하는 아이들 보신 적 있죠. 신문 한 귀퉁이에 단신기사로 나올법한 일이 제 앞에 벌어진 거죠. 물속은 빛이 없는 암흑이었어요. 깊은 바닥으로 내려가면 꼬르륵거리는 기포가 일어나죠. 공포감에 저도 모르게 발을 버둥거렸어요. 발을 버둥거리는 횟수가 늘어날수록 바닥으로 발끝이 내려가고 있었어요. 끝도 없이⋯⋯끝이 없다는 건 참 무서운 거예요. 열한 살이 감당하기 힘든 감정이 일렁였어요. 바닥에 발이 닿고 다시 올라오기까지 수차례 반복하며 입 밖으로 내뱉어지지 않는 비명을 질렀어요. 입을 아무리 크게 벌려도 소리가 아닌 물이 벌컥벌컥 입안으로 밀고 들어왔죠. 누군가 목청을 꽉 부여잡고 있는 듯 소리가 터지지 않았죠. 분명 저 계곡 위에는 많은 물놀이 인파들이 즐비하게 있는데 말이죠. 순식간에 벌어진 일이라 아무도 눈여겨보지 않았어요. 어린애 하나가 계곡에서 사라지는 게 뭐 그리 대수겠어요. 그래도 가족들은 저를 보살펴야 할 의무가 있잖아요. 전 그 누구에게도 이 계곡에 데려와 달라고 간청한 적이 없거든요. 최소한 물의 깊이를 가늠해 보지도 않은 거죠. 그렇게 시간은 가고 있었어요. 제가 아마 수영을 배웠다면 쉽게 빠져 나왔겠죠. 휴가 때마다 부모님을 따라 바다와 계곡을 그렇게 누비며 다녔어도 부모님은 제게 수영을 가르쳐주지 않았어요.

선생님, 운이 따르는 사람은 있나 봐요. 신은 어린 계집애를 깊은 웅덩이에 그대로 처박아두지 않았어요. 생존본능이 절 살린 건지, 신의 눈동자가 절 향해 있었는지 알 수 없지만 분명 제 발에 걸리는 게 있었어요. 뿌연 웅덩이 밑으로 귀가 붉은 청거북의 등이 보였어요. 계곡에 청거북이 살 리가 없다구요? 글쎄요. 이론적으로는 맞는데, 제 눈에는 분명히 거북이로 보였어요. 어두운 물속이라 정확하진 않지만요. 발에 청거북의 딱딱한 등이 닿는 감촉을 잊을 수 없어요. 아무리 제정신이 아니라 하지만, 분명 청거북이었어요. 저는 그 등을 발로 딛고 웅덩이에서 간신히 빠져 나올 수 있었네요. 믿어지지 않는 이야기라고요? 그렇긴 하죠. 그래도 세상에는 불가사의한 일들이 많잖아요. 그걸 어찌 다 말로 설명하겠어요. 경험한 자만이 아는 비밀이죠.

웅덩이를 간신히 빠져 나온 후 처음 본 물 위의 세상은 여전히 평화로웠어요. 사람들은 바위 위에서 여전히 기타를 치고, 계곡 주변 음식점에서는 휴가객들이 닭도리탕을 먹고 흥에 젖어 있더군요. 그때 동생은 튜브를 타고 뱅뱅 돌며 저를 향해 손을 흔들었어요. 억울하지만 세상은 한 소녀가 물속에서 생과 사를 오고 간 사실을 아무도 몰랐어요. 엄마 아빠에게 좀 전에 벌어진 일을 얼굴이 붉어지도록 설명했지만 믿지 않았어요. 오직 신만 알고 있는 사실처럼 그렇게 묻혀버렸어요. 매일 사람들은 저수지나 강가, 또는 바다 위, 도로 위든 생명이 죽어 나가죠. 구사일생이란 흔한 일이 아니잖아요. 똑 같은 일을 겪고도 차가운 주검이 되어 돌아오기도 하는데 이렇게 몸이 꿈틀대고 있다는 건 굉장한 확률이에요. 저는 한동안 그 일을 잊고 지냈어요. 어린애들이란 쑥쑥 크고 또 나쁜 기억은 좋은 기억으로 덮어버리기 일쑤거든요.

그 신화 같은 이야기를 우연히 그 애에게 해 준 적이 있어요. 청거북이 엄마를 살렸다고 했지요. 그 애만큼은 제 이야기를 믿어주었어요. 그것도 눈을 아주 크게 뜨며 아주 신기해했거든요. 그 애는 청거북을 엄마의 수호신처럼 생각했던 모양이에요.

그날 이후 아이의 그림에는 언제나 청거북이 등장을 했어요. 노트에도 스케치 북에도 색종이에도 자신의 방 벽에까지 낙서처럼 청거북을 그려 넣었어요. 아프리카 부족의 문신처럼 그 애는 생각했나 봐요. 그것뿐이 아니에요. 어느 날은 학교에서 돌아오더니 제 손을 끌고 동네 수족관이 있는 가게로 향하는 게 아니겠어요. 가게 안에 아이가 그렸던 청거북이 수조에 떡 하니 있더군요. 아이는 청거북을 사겠다고 떼를 썼어요. 이상한 일이지만 선생님, 저는 그 애의 태도가 마음에 들지 않았어요. 제가 아이에게 너무 큰 의미를 붙여준 건가요? 아이가 청거북에 집착하는 모습이 유독 싫더군요. 더 솔직히 말하자면 애완 거북을 키우기 위해 수조부터 갖추어야 할 물건들을 준비하는 게 성가셨어요. 애완용 거북은 자연환경에 있는 거북보다 수조환경만 갖추면 이십오 년을 더 살 수 있는 장수거북이라는 주인의 설명에도 이상하게 끌리지가 않았어요. 목을 쭉 내밀고 붉은 귀를 가진 청거북이의 눈을 봤어요. 그 눈에 저는 어릴 적 빚진 기억이 떠오르더군요. 사람이라는 게 은혜를 잊는 동물이 맞나 봐요. 덜컥 겁이 나는 거예요. 수조의 물을 갈아줘야 하고 서식지 환경까지 맞추는 소일거리들이 제게는 귀찮은 일이거든요. 안팎의 살림을 함께 져야 하는 것도 버거운데 자칫 게으름이라도 부려 청거북을 죽이기라도 하면 어쩌나, 이런저런 생각요. 그 애는 아빠를 잃어 본 아이잖아요. 그 애에게 더 이상 뜨거운 눈물을 흘리게 하고 싶지 않았어요. 생각이 정리되자 저는 단호히 그 애를 가게 밖으로 끌어내 엄마를 살렸던 청거북 이야기는 거짓이라고 꾸며 됐네요. 아이는 거짓이라는 말을 도통 믿지 않았어요. 결국 그 애는 그 자리에서 울고 말았어요. 그놈의 청거북이 뭐라고 제가 그렇게 애 맘을 상하게 했는지 지금도 생각하면 억장이 무너져요.

　그 후 저는 청거북에 대한 관심을 자연스럽게 수영으로 돌렸어요. 수영이야말로 물에서 살아남을 수 있는 생존방법이잖아요. 그 애는 일곱 살 때 아기 스포츠 단에 들어가 수영을 시작했어요. 초등학교 때는 서부 교육청 초등학교 수영대회에서 자유형, 배형에서 남자 최우수 선수로 뽑히기도 했어요. 그러나 국가대표 수영선수로 뽑히는 일은 쉬운 일이 아니더군요. 아이가 국가대표에 떨어진 날, 속이 너무 상했어요. 그 애가 무언가 탁월한 분야가 있기를 내심 기대했거든요. 추운 겨울에도 이른 새벽에 애를 던져 수영을 하게 했던 모진 엄마에요. 그런 시간들이 억울하고 아까웠어요. 그러다보니 자연스레 잔소리가 늘었고 화가 치밀 때가 많았어요. 여자 혼자 키우는 아이였기에 늘 조바심에 더 잘 키워야 한다는 강박에 시달렸거든요. 기대에 못 미치는 아이에게 나의 희망이 되어달라고 노래를 불렀던 엄마여서 부담이 갈 법 했죠. 수영선수가 되기를 포기했지만, 저는 수영에 대한 아쉬움과 욕심이 있었어요. 잘하는 게 있다는 건 자존감을 높이는 일이잖아요. 아이가 수영을 잘한다는 사실은 저의 사소한 자랑이기도 했어요. 최소한 물에 빠져 죽을 일은 없잖아요. 생존의 방법을 가지고 있는 게 뭐 나쁜가요. 그런데도 어른들은 물가에 가지 마라, 물에서 노는 아이 물에서 죽는다. 라는 말들을 자주 하더군요. 선생님, 그 애가 수영을 배우지 않았다면 지금쯤 머리카락 한 올 정도는 만져 볼 수 있었을까요? 가끔 이 모든 일들이 제 탓인 것 같아 죄책감마저 들어요. 너무 극단적인 애기라구요? 사람이라는 게 생각대로 삶이 풀리지 않으면 온갖 원인을 갖다 대보잖아요.

선생님, 바다에서 아이들이 하나둘씩 건져 올라오는 모습을 보면서 제가 무슨 생각을 했는 줄 아세요? 지옥이 바로 내 눈 앞에 있었구나. 차가운 몸뚱이를 건져 올려 부모 곁으로 돌아오는 일이 축하의 인사가 되어버린 체육관은 온통 축하해요. 축하해요. 얼굴에 붕대를 칭칭 감아 흉측하게 훼손된 차가운 시신을 부여잡고, 어미는 전쟁에서 살아 돌아온 김 상사나 되듯이 신께 감사하며 안도의 숨을 토해냈죠. 그것조차 낄 수 없는 저 같은 사람들은 그저 넋을 잃고 눈을 어디에 둬야 할지, 귀를 무엇으로 닫아야 할지 모르겠더군요. 시신을 화장하고 합동 장례식에 낄 수 있는 그들만의 리그, 피켓 들고, 서명 받고 노숙농성에, 유가족 모임이라도 쫓아다니는 행복, 그게 견딜 수 없이 부러워 기도 내용이 어느새 함께하게 해달라고 빌고 있더라구요. 상상해 본적 없는 질투와 탐욕이 가슴속에서 불을 지피며 모락거리는데 미칠 것만 같았어요.

선생님, 북적대던 체육관이 점점 한산해지네요. 그동안 알아들을 수 없는 수많은 기도들이 바다와 체육관을 채웠는데 왜 기적은 일어나지 않는 건지요. 혼자 길을 내고 걷기에는 숲이 너무 큰 것 같아요. 이젠 머릿속에 녹슨 전선이 스파크를 일으키는 것처럼 모든 게 타버린 듯해요.

이제는 혼자 남으면 어쩌지 하는 불안감과 두려움이 뱀의 구렁이처럼 저의 목을 짓눌러요. 때때로 목사님, 신부님, 스님, 무속인들까지 찾아와 위로와 기도를 해주는 친절함, 모두들 산자와 죽은 자를 위한 위로의 판타지겠지만요. 훌훌 털고 일어나라구요. 선생님, 알다시피 주저앉은 사람이 일어서려면 지팡이가 필요한데 짚고 일어날 지팡이가 제겐 없어요. 난간이라고 믿었던 것들이 오히려 난간 아래로 곤두박질치게 만들어요. 위태로워 보였던 난간은 우리가 만들어낸 환상이었는지 몰라요.

선생님, 바람이 제법 부네요. 지금쯤 바닷속은 무척 춥겠죠. 바닷물의 차가움은 얼음을 녹인 물처럼 뼈를 짜르르하게 하죠. 도처에 불행과 불길함은 널려 있지만 행운이란 놈은 그리 쉽게 다가오지 않잖아요. 죽음의 문턱까지 다녀온 사람만이 아는 극도의 공포, 오래도록 잊을 수 없어요. 제가 정말 못 견디는 건 그 애가……그 애가 견딘 시간요. 죽음으로 가는 길목에 느꼈을 백만 년의 시간 말이에요. 들리세요? 저 흐느낌요. 매일 밤 체육관에서 귀를 막아도 들리는데 소리의 정체, 밤마다 누군가 우는 소리가 늦은 새벽까지 들린다고 하면 사람들이 저건 파도소린데? 라는 이상한 소리를 해요? 제 귀에는 분명 흐느낌인데요. 선생님도 들리죠? 저 소리요. 제 귀를 맴도는 저 소리. 아아아아아아……저 소리 좀 멈춰주세요. 저 소리요! 날 부르는 저 소리! 언젠가 늙든 병들든, 사고든, 한 번은 죽음을 받아들여야 하는데 제가 너무 호들갑 떤다고 생각하세요?

어제 그 애가 사라진 그곳에 갔어요. 노란부표가 파도에 넘실대고 있더군요. 누군가 그 부표를 바라보며 엉엉 소리를 내며 울고 있더군요. 그 소리가 제 귀엔 엔진 소리만큼 크게 들렸어요. 그래도 그 사람은 자기 아이의 손톱 조각이라도 만져본 사람이더군요. 제가 아이를 위해 준비해 둔 걸 가방에서 꺼냈어요. 일렁이는 바다 물결에 그 애가 그렸던 청거북 그림을 오려서 띄워주었어요. 십팔 년간 키워온 아이에게 엄마라는 사람이 해줄 수 있는 게 고작 청거북 그림이라니요. 정말 말도 안 된다는 거 알아요. 날개를 달아줘도 시원치 않은 제가요.

마지막 청거북 그림을 찢어 바다에 띄우는 순간 제 눈을 의심할만한 일이 벌어졌어요. 한낱 종이에 불과한 청거북 조각들이 꿈틀대며 살아 움직이는 거예요 출렁이는 바다 한가운데 청거북 떼들로 뒤덮었어요. 뱃길을 꽉 채울 정도로 어디에서 나타난 건지 처음엔 의아했어요. 실마리를 푸는 데는 시간이 그리 많이 걸리지 않았어요. 그 애가 청거북을 바다 밑에서 그리고 있는 게 분명했어요. 그 애가요. 제 말이 틀린 말은 아니지요? 그 떨떠름한 얼굴은 뭔가요? 의심하시는 거예요? 저 말고 그 배에 탄 사람들은 그 광경을 다 보았어요. 그러니까 제 말은 그 애가 어딘가에 살아 있다는 거예요. 제가 부탁드릴 일이 있어요. 좀 수고스럽겠지만 들어 주세요 전신주에 걸린 저 노란 현수막 속에 박힌 실종자 이름에서 그 애를 빼 주시면 안 될까요? 그 애 이름을 볼 때마다 맨살을 꿰매는 고통으로 견딜 수가 없어요. 안 된다고요? 제가 그 분께 편지라도 쓸까요? 그렇지 않으면 당장 제 앞에 그 애와 같은 체

취와 얼굴, 심장을 가진 내 새끼를 데려다놔요. 만물의 영장인 인간이 할 수 있는 일이 고작 침몰하는 배를 바라보는 일, 그게 육십만 년이나 된 인간들이 할 일이라는 게 말이 된다고 보세요? 입이 있으면 말 좀 해보세요.!

죄송해요. 선생님 제가 너무 흥분을 했군요. 가끔 이런 제가 무서울 때가 있어요. 이러다 진짜 미치는 건 아닐까. 어쩌면 이미 진행되고 있는지도 모르죠. 미친 자를 보는 게 괴로운 거지, 이미 미쳐 있는 자의 머릿속은 오히려 고요하잖아요.

선생님, 바다나 하늘은 나쁜 폭풍을 만들지 않는데, 누가 그 애를 바다 밑으로 데려간 걸까요? 암말 않고 죽은 듯이 살면 알려 줄까요? 수평선이 지평선이 되는 기적이 일어나야 그날의 진상을 알려 줄까요? 거짓이 힘센 세상이라지만 도무지 저는 아무것도 모르겠어요. 시체 훼손, 유실, 이런 단어는 이제 그만 듣고 싶네요. 제가 듣고 싶어 하는 말이 뭔지 선생님은 알고 있잖아요.

입을 다물고 계시는군요. 그렇다면 이제 제 마지막 도전에 대한 말을 꺼낼까 해요. 이 도전은 어떤 판타지보다 더 위험한 도전일지도 몰라요. 이제 두려움을 내려놓을 시간이군요. 선생님, 수심이 깊은 바다 밑으로 들어가야 할 그 시간이 가까워졌어요. 그런 표정 짓지 마세요. 제가 죽으러 가는 거라고 생각하시는 모양이신데, 그런 뜻이 아니라는 것 아시죠.

이렇게 끝나면 안 되는 일이잖아요. 그동안 너무 오랫동안 제가 물을 두려워했나 봐요. 다른 이들이 물살을 가르며 헤엄쳐 목표지점을 갈 때 저는 그냥 무방비하게 허우적거렸어요. 물속에 들어가고 싶은 충동에 사로잡히기는 처음이에요. 지금 이 기분이라면 일본 대마도를 왕복할 수 있을 것 같아요. 생각해보니, 너무 오랜 시간 체육관만 지켰어요. 목을 빼고 기다렸지만 달라진 건 없어요. 저는 그동안 광화문 분향소 한 번 못 내다봤어요. 교황님이 오신다구 떠들썩거려도 얼굴 한 번 뵙지 못했구요. 선생님도 알다시피 저는 진상 규명 하러 다닐 식구조차 없어 늘 애가 탔거든요. 그 애가 부르는 소리가 들려요. 그 애를 만나면 세상에서 가장 안전한 곳으로 아이를 보낼 거예요. 세상에 그런 곳이 어디 있냐는 표정이시네요. 선생님도 아시는 곳이에요. 저도 다시 갈 수만 있다면 돌아가고 싶어요. 남아 있는 이 끔찍한 기억도 이제 작별할 수 있어요. 거기가 어딘지 궁금하다구요? 따뜻한 양수가 흐르는 자궁요. 자궁처럼 안전한 곳은 세상에 없잖아요. 그 웃음은 뭔가요? 저 광활한 바다에서 아이를 찾는 일이 불가능하다고 지금 비웃는 건가요? 비웃어도 할 수 없어요. 평생이 걸려도 포기할 수 없는 일이 있거든요. 검은 눈동자, 붉은 기가 도는 피부, 오물거리는 입술, 태아기였던 그 애를 찾아야만 해요. 아직 못 다한 말들이 있거든요. 그 애를 만나면 이렇게 말할 거예요. 미안하다 아가야, 정말 미안해. 이제 네가 있던 그 자리로 돌아가렴, 따뜻한 양수가 흥건히 넘치는 따뜻한 자궁 안으로. 그곳은 세상에서 가장 안전한 곳이야. 네가 처음 만들어지던 태초의 근원지, 그곳에서 까르르 웃으렴, 흰 피부, 밝은 웃음소

리, 엄마는 네게 진 빚을 갚으러 이제 너에게 가련다. 너는 엄마의 자
궁 안에서 세상을 경멸하고 마음껏 멸시하렴, 자궁은 너를 위로할 거
야. 그곳은 죽음의 공포를 이길 수 있는 유일한 곳이란다. 인간의 종말
이 오기 전까지 충분히 너를 보호할 거야. 두 번 다시 운명의 사슬에
걸리지 않도록, 보이지 않는 힘이 존재하는 곳이지. 세상에 초대받지
않은 영혼이 얼마나 행복한지 보여주렴.

　정신 차리라고요? 물론 정신은 멀쩡해요. 선생님은 지금까지 살면
서 두 평도 안 되는 이 방에서 환자들의 이야기를 듣는 게 고작이잖아
요. 선생님이 아무리 뛰어난 의사라 해도 슬픔을 이해하는 데는 한계
가 있으세요. 삶이 와르르 무너지는 소리를 들은 자만이 진정한 위로
를 건넬 수 있는 거 아닌가요? 제 말이 좀 지나쳤나요? 그렇다고 지금
까지 선생님이 제게 주신 처방이 도움이 안 됐다는 건 아니에요. 언제
나 감사하고 있어요. 지금은 굳이 제 생각을 숨기고 싶지 않아서요. 종
종 제게 친척집이든, 지인 집이든, 편한 곳이 있으면 돌아가 쉬라는 말
을 자주 하시는데 그럴 때마다 참 화가 나요. 제가 가장 두려워하는 일
을 마치 좋은 대안처럼 말씀하시잖아요. 전 매일 그날이 올까봐 두렵
거든요. 그렇다고 빌어먹을 뜨개질을 밤새 뜨면서 시간을 보낸다는 것
도 죽을 맛이구요. 그럼 이곳에 더 있으라구요? 너무 오래 있어 문제
죠. 이곳을 방문하는 사람들이 한결같이 토템. 환생 지옥, 천국, 망각,
이런 단어들로 곧잘 위로 하려 들죠. 그들의 입에서 나오는 말이라고
는 왜 죄다 감언이설로 들리는 거죠? 속이고 얼버무리고. 타이르고,

협박하며, 악어의 눈물까지 흘리며 손을 부여잡죠. 그런다고 깜깜한 밤이 아침의 찬란한 태양으로 바뀌지 않잖아요. 해가 뜨지 않는 어둠을 부여잡고 남은 인생을 사는 건 어쩌면 아라비안나이트의 호리병거인과 같은 신세인지 모르죠. 목숨 줄이 끊어지는 그날이 제가 호리병에서 빠져나오는 날이 될 거예요. 상상이 지나치다고요? 진짜 그럴까요? 언제나 상상은 현실을 전복하는 힘이 있으니까요 뭐. 이곳에서 들었던 말 중 가장 진부한 말 하나가 뭔 줄 아세요? 고통을 극복하라는 말이에요.

새벽에 이유 없이 잠이 깰 때면 육면체의 벽들이 나를 조여 오는 것 같은 두려움을 느껴요. 목덜미에 땀이 차오며 곧 벽돌들이 나를 집어삼킬 것 같죠. 그럴 때 가방 속에서 술을 꺼내 몇 모금 들이켜요. 술을……전 술을 못 마시거든요. 여기 와서 느낀 거라곤 인간이 못할 게 없는 존재라는 거예요. 어둠속에서 술병을 입에 대고 마시다 보면 창자와 허파가 싸해지면서 간신히 그 밤을 지셀 수 있어요. 그러는 게 극복인지 모르지만요.

선생님, 힘들 때마다 음악을 들으라고 하셨죠? 음악요, 갑자기 비틀즈의 예스터데이가 듣고 싶네요. 틀어 주실래요. 아, 친절하셔라. 제가 질문 하나 할게요. 비틀즈가 왜 쇠락의 길을 걷게 되었는지 아세요? 모르신다고요. 그건 바로 관객의 함성이 커지고 부터예요. 어느 날부턴가 공연장에서 비틀즈의 노래는 관객의 함성에 묻혀 들을 수 없게 됐어요. 그래서 비틀즈는 쇠락을 길을 걷게 되고 해체하게 되었죠. 근데 더 신기한 건 예스터데이라는 위대한 곡이에요. 그 곡이 비틀즈 해체 이후에 발표된 음반이라는 사실 아세요? 이 감미로운 음악이 모든 게 끝난 다음에 나온 곡이라는 사실요. 선생님은 제가 지금 쓸데없는 이야기를 지껄인다고 생각하시겠지만 이건 사실이에요. 지금껏 선생님이 알고 있는 이야기가 다 허구가 될 수 있거든요. 그러니까 그 애가 죽었다고 함부로 입에 담지 마세요.

선생님, 너무 긴 시간 장황한 이야기였네요. 이제 바다에 들어가야 할 시간이군요. 저 바다 밑으로요. 바다가 무섭지 않은 건 아니지만 그렇다고 이대로 가만히 있을 수는 없어서요. 위험하다구요? 전 그 옛날 북한산 계곡 웅덩이에 빠져 허우적대던 열한 살 계집애가 아니에요. 오늘부터 저 검푸른 바다와 싸울 거예요. 높은 파도와 거센 폭풍이 집어 삼킬지도 모르지만 저는 그 애 엄마잖아요. 바다 깊숙한 곳에서 유리창을 손톱으로 으드득 긁어대며 얼굴이 새하얗게 질려 있는 그 아이, 그 아이가 지금 청거북을 타고 바닷속을 떠돌고 있어요. 그 애가 엄마를 기다린다구요. 그 애가 우는 소리가 들려요. 그 애가 잃어버린 코와 입도 찾아봐야 하구요. 진짜 시간이 없어요. 시간이……제발 저를 여기서 놔주세요. 저는 여기서는 아무것도 알고 싶지도 듣고 싶지도 보고 싶지도 않아요. 그러니 선생님도 더 이상 제게 묻지 마세요. 지금까지 미친년의 넋두리를 들었다고 억울해 하지도 마시구요.

이제 그 애를 안고 자장가를 불러줘야 해요. 자장자장 지금은 잘 시간, 해가 저물었구나. 아가야, 청거북을 타고 종일 놀았으니 발끝에 묻은 소금기를 털어내고 이리로 오렴, 곧 어두운 밤이 찾아오겠지. 펄럭이는 엄마의 치마 속으로 또독또독 걸어오렴. 단출했던 우리 집이 보이지? 벌써 저녁샛별이 떴어. 이리 오렴 아가야, 내 어깨에 기대어 어서 편히 쉬렴. 우리 아들 우리 아들 어디 갔니?

손현주 서울 출생으로 2008년 《국제신문》에 단편소설 「엄마의 알바」로 등단하였다. 2009년 문학사상 신인상, 토지문학상, 문학동네 청소년 문학상을 수상했으며, 저서로는 『헤라클레스를 훔치다』 『불량가족레시피』 공저로 『성스러운 그녀』 등이 있다.

언제부턴가 발랄한 이야기를 써야겠다는 생각이 들었다. 힘들고 고된 세상에 웃음 한번 주는 것도 큰 위로라는 생각이다. 마음은 온전히 소설에 집중하나, 나 자신을 흔들어댈 캐릭터나 상상의 세계가 있다면 경계를 허물고 싶다.

이 꽃 같은 나라

———

권영임

작품명 꽃밭에서 | 김진숙

memo

삼백여 명의 목숨이 수장된 세월호 참사를 겪으면서 그 충격은 오래 갔고 지금도 진행 중이다. 팽목항에도 가지 못했고, 광화문에는 딱 한 번 다녀왔다. 그것으로 할 일을 다 했다는 듯 밥을 먹고, 친구도 만나고, 영화도 보고, 여행을 다니며 일상생활을 계속했다. 하지만 김영오 씨의 단식이 길어지면서 아무것도 하지 못하는 것에 대한 죄책감이 내내 가슴을 짓눌렀다. 그러다 김영오 씨가 입원하는 것을 보면서 토요일과 일요일 이틀에 걸쳐 온라인에 신청을 하고 단식을 했다. 부끄럽지만 이것으로 또 스스로를 위안했다. 나는 비겁하여 분노는 많으나 실천은 잘하지 못한다. 비겁한 변명을 실천하는 의미로 이 작품을 썼다. 더 이상 유족들이 거리를 헤매지 않았으면 좋겠다. 산 자가 아닌 죽은 자를 기다리는 슬픈 나라에서 작가로 산다는 것의 의미를 되새겨 본다.

이 꽃 같은 나라

앞 사람의 얼굴도 만져 보아야 알 수 있을 만큼 불씨 하나 없는 밤이었다. 귀신도 활동을 멈추었는지 주변은 적막하기만 했다. 목소리를 들을 수도 만질 수도 없는 열일곱 내 딸 수나가 이런 밤이면 더욱 또렷하게 떠올랐다. 천장을 보고 누웠던 몸을 뒤집으려는 순간, 길고 높은 남자 목소리가 긴박하게 들려왔다.

"불이야!"

동네 앞을 고즈넉이 흐르는 섬진강 줄기가 휘몰이로 요동치는 것처럼 출렁이는 소리였다. 나는 벌떡 일어나 전등 스위치를 올렸다.

"불이라니?"

옆방에서 자고 있던 남편이 되받아 물었다.

"불이야!"

"불, 불!"

곧이어 두세 명의 남자 목소리가 동시에 이어졌다. 남편이 방을 박

차고 나가는 소리가 들렸다. 나도 남편의 뒤를 따라 뛰쳐나갔다.

"아이고!"

눈앞에 펼쳐진 광경을 보고 그대로 주저앉았다. 불꽃 튀는 소리와 함께 검은 연기가 하늘로 치솟고 있었다. 개울 옆 공터에 사는 박 씨 집이었다. 박 씨 아들에게 불상사가 생기면 안 된다는 생각밖에 들지 않았다. 양동이를 들고 달려갔다. 개울에서 퍼 올린 물을 옆 사람에게 전달했다. 먼저 뛰쳐나간 남편은 앞쪽에서 물을 퍼붓고 있었다.

"박 씨는 담배도 안 피우는데 담뱃불은 아닌 것 같고."

"석유 냄새가 진동하는데."

"금슬 좋은 부부가 싸움질을 했을 리도 없고."

"대체 뭔 일이여!"

사람들이 떠드는 소리에 끼지 못하고 나는 옆 사람에게 양동이만 전달했다. 하늘을 뒤덮던 불꽃이 사그라질 무렵 이장이 박 씨를 찾았다.

"근데 박 씨가 안 보이네."

"그러게. 어이, 박 씨!"

대답이 없었다. 박 씨뿐만 아니라 지적장애인 박 씨 아들도, 박 씨 아내도 보이지 않았다.

수나가 돌아오지 않은 날 밤의 불안이 엄습해왔다. 입 밖으로 뱉지 않았다. 사실로 드러날까 봐 겁이 났다. 수나가 왜 죽었는지, 누구에게 살해당했는지 원인이 밝혀지지 않았다. 그렇다고 수사가 종결된 것도 아니었다. 서류상 수나는 희생자도 피해자도 아닌 사망자였다. 하지만 결론은 점점 사고사로 굳어지고 있었다. 파출소장의 공공연한 발언이 있고 난 뒤부터였다. 사고사라면 어떻게 사고를 당했는지 밝혀달라고 했다. 돌아오는 건 진실이 아닌 비난이었다.

남편과 나는 서로에게 책임을 떠넘기는 것으로 마음의 짐을 덜고 있었다.

"수나는 당신 땜에 죽었어. 차라리 외박하게 됐으면 살았잖아. 아빠가 무서워서 오밤중에 집에 오다 그 사달이 난 거 아냐."

"왜 내 탓이야? 처음부터 딱 잘라 못 가게 했으면 그런 일은 일어나지 않았어."

"아니, 난 그날로 돌아간다 해도 허락했을 거야."

서로의 가슴에 대못을 박는 것도 모자라 후벼 파헤쳤다.

J시의 고등학교로 가겠다는 수나를 시골에 남게 했다. 기숙사로 보내는 건 나도 남편도 내키지 않았다. 기숙사가 아니라면 내가 함께 J시로 나가야 하는데 초등학교에 기능직으로 근무하는 남편 월급으로는 두 집 살림은 무리였다. 다행인 건 수나는 공부에 별로 취미가 없었다. 여러 가지 사정상 도시로 가지 못했지만 수나는 미련을 버리지는 못했다. 학교에 적응하지 못할까 가슴 졸인 것에 비해 수나는 큰 불만이 없어 보였다.

도시에서 여고를 졸업한 나는 친척의 소개로 남편을 만나 시골로 내려왔다. 시골치고는 삼백여 가구가 사는 제법 큰 마을이었다. 이파리가 돋아나는 햇살 좋은 봄이나 단풍 든 가을이면 감탄사가 절로 나올 만큼 아름다운 풍경을 자랑했다. 동네 앞으로는 섬진강 줄기가 가로지르는 개천이 잎맥처럼 흘렀다. 섬진강 줄기를 사이에 두고 마을과 마을이 이어져 있었다. 도시로 나가는 꿈같은 거 꾸지 않고 노후를 보낼 수 있을 만큼 인심도 좋고 이웃들 간의 정도 두터웠다.

사월 셋째 주 금요일 저녁이었다. 영어 듣기 평가를 마친 수나는 친구 생일에 초대 받았다며 외박을 하겠다고 했다.

"다 큰 기집애가 외박이라니."

수나의 말이 끝나기도 전에 남편은 안 된다고 딱 잘라 말했다.

"다른 친구들은 다 가는데……."

윽박지르는 남편의 말에 수나가 입을 다물었다. 금세 눈물이 주르륵 뺨을 타고 흘러내렸다.

"밥상머리에서 눈물이나 찔찔 짜고……."

남편의 언성이 높아졌다. 겁이 많고 유순해서 아빠의 헛기침에도 움츠리는 아이였다. 예전 같으면 이 정도에서 물러나던 아이가 고집을 피웠다.

"이번에 빠지면 친구들한테 왕따 당한단 말이야. 나도 이젠 고등학생인데."

"허어, 안 된다는데."

말이 행정직이지 학교의 허드렛일을 도맡아 하는 조무원이었지만 남편은 학교 직원이라는 것에 자부심을 가지고 있었다. 욕지거리를 하거나 험한 말을 입에 올리는 품성이 아니었다. 여간해선 큰 소리도 내지 않는 사람이 수나에게만은 달랐다. 남편은 밤늦게 다니는 것은 물론 학교 행사가 아니면 어떤 경우에도 외박은 금물이었다. 불량배들은 어디든 있게 마련이고, 끌고 가기 좋은 야산과 개천이 동네와 가깝다는 게 이유였다. 반면에 나는 믿을 수 있는 친구 집이면 외박도 할 수 있고, 애를 너무 억압하면 저항만 커진다는 생각을 가지고 있었다. 수나가 학교생활에 적응하는 게 친구들의 영향이 큰 것 같아 나는 수나를 거들었다.

"여보, 이번 한 번만 보내줍시다."

"당신이 이 모양이니 애가 더 그러는 거 아니냐고."

밥을 다 먹지도 않고 남편은 식탁에서 일어섰다.

"김수나, 아빠 말씀 들었지? 저렇게 질색하시는데 꼭 가야 돼?"

"엄마. 그럼 저녁만 먹고 올게."

"만약에 외박을 했다간 어찌되는지 알지?"

내 허락에 수나는 꾸지람을 들은 건 금세 잊어버리고 기분이 좋아졌다.

"혹시 있잖아, 쬐애끔 늦는 건 엄마가 아빠한테 잘 말해줘야 돼."

"그 정도는 카버해주지. 대신 엄마 믿고 너무 늦으면 곤란해."

"울 엄마 최고."

남편도 저녁만 먹고 온다는 말에 암묵적으로 허락을 해주었다. 안된다는 것으로만 가둬놓을 수 없을 만큼 수나도 이젠 어린애가 아니었다.

수나는 늦어도 아홉 시까지는 돌아온다고 했다. 하지만 아홉 시가 다가오는데 수나는 오지 않았다. 초조해지기 시작했다. 수나가 초대되어 간 친구 이름이 은혜라는 것만 알았지 동네가 어디인지 전화번호는 몇 번인지 물어보지 않았다는 것이 뒤늦게 생각났다.

은혜가 살고 있는 동네와 전화번호를 알기 위해 학교 당직실로 전화를 했지만 받지 않았다. 은혜의 전화번호를 알아 낸 건 다음 날 아침 아홉 시가 넘어서였다. 전화를 받은 은혜는 어젯밤 수나가 돌아갔다고 했다.

"뭐? 오지 않았는데!"

내 목소리는 비명에 가까웠다.

은혜 말로는 다른 친구들은 남았고, 수나는 외박하면 아빠한테 혼이 난다며 버스를 타고 갔다고 했다. 버스 회사로 달려갔다. 버스 기사는 엔진이 고장 나서 중간에 내려준 것 밖에는 아는 게 없다고 했다.

곧바로 파출소에 신고를 했다. 파출소장의 지휘 아래 버스가 다니는 길 옆 야산과 강줄기를 따라 찾아 나섰다. 일주일이 지난 후 마을로부터 십 리는 더 떨어진 섬진강 기슭에서 수나는 시신으로 발견되었다. 어미로서 차마 볼 수 없었다. 개울에 얼굴을 처박고 엎어진 채 청바지는 앞뒤가 바뀌어 입혀져 있었고, 티셔츠로 가려진 가슴엔 브래지어가 없었다. 허벅지와 젖가슴, 팔뚝에 집중 된 멍, 그건 누가 봐도 성폭행의 흔적이었다.

수사본부가 차려졌다. 버스 기사 장윤철을 잡아들이면 범인을 잡는 건 시간문제라고 생각했다. 하지만 거기서부터 더 이상 진전되지 않았다. 기억이 나지 않는다며 장윤철이 횡설수설하기 시작했다

수나가 죽은 지 삼 개월이 지났지만 아무것도 밝혀내지 못했다.

그 사이 소문 하나가 떠다녔다. 초등학교 교장 선생의 아들인 진호와 수나가 함께 있는 것을 보았다는 것이었다. 정신지체인 박 씨 아들 입에서 나온 말이었다. 서울에서 고등학교에 다니고 있는 진호는 토요일이면 마을에 나타나곤 했다. 박 씨 아들이 약간의 정신지체가 있으나 없는 것을 지어내는 일은 지금껏 없었다. 낮이고 밤이고 동네를 휩쓸고 다니며 히죽 웃고 나타나 기겁을 했다는 사람이 있는가 하면, 불륜을 저지르다 박 씨 아들 때문에 꼬리를 잡히기도 하고, 몰래 연애하던 남녀가 소문에 휩싸이기도 했다. 나는 박 씨 아들에게 큰 기대를 걸고 있었다.

수사는 급물살을 타는 듯했다. 문제는 박 씨 아들이 정신지체가 있어서 증인으로 부르기엔 신빙성이 떨어진다는 것이었다. 정신과 전문의의 소견서를 법원에 제출해 증인 채택을 하겠다는 약속을 받은 지 사흘 만에 박 씨 집에 화재가 났다. 나는 박 씨 아들을 두리번거리며 계속 찾았지만 보이지 않았다.

동쪽 하늘이 핏빛으로 물들기 시작했다. 군 소재지에 있는 소방서에 신고를 했다고 하는데 119는 출동하지 않았다. 다른 곳에 출동을 나가 우리 동네까지 올 소방차가 없다는 전갈만 왔다.

파출소장이 현장을 지휘했다. 가재도구와 타다 남은 것들을 들어 올릴 때마다 뿌지직 소리와 함께 연기가 솟구쳐 오르며 석유 냄새가 더 심하게 났다. 사람들은 쉬지 않고 말을 내뱉었다.

"도대체 동네가 어찌 되려고 이러는지 원."

"왜 자꾸 재수 없는 일이 생기나……."

수나의 죽음은 어느새 재수 없는 일이 되어버렸다. 얼마 전까지만 해도 살해당한 것이 분명하다며 범인을 찾아 나설 듯이 위로해주던 가까운 이웃들이었다. 그들의 대화를 못 들은 척 나는 뒷정리만 했다. 간당간당하게 매달려 있던 방문이 내가 다가서자 툭 자빠지며 뒤로 넘어갔다. 검게 그을린 팔뚝이 눈앞으로 쑥 나왔다. 비명과 함께 얼굴을 감싸 안으며 자리에 주저앉았다. 사람들이 몰려들어 문짝을 들춰내자 세 사람의 시신이 뒤엉켜 있었다. 내 예상은 적중했다.

박 씨 일가족 참사 이후 방화범을 잡는다는 명분하에 내 딸의 사건은 흐지부지 되어 갔다. 수나를 죽인 범인을 잡아야 한다고 울분을 터뜨리던 이웃도, 남의 일 같지 않다며 두 손을 잡고 위로해주던 이웃들도 태도가 달라졌다. 수나와 관련되어 좋을 게 없다는, 심지어는 재수 없이 죽을 수도 있다는 루머가 나돌기 시작할 무렵엔 우리 부부를 외면하기까지 했다.

박 씨 아들한테 수나와 진호가 함께 있는 것을 들었다는 이웃을 찾아갔다. 박 씨 아들은 죽었지만 다른 실마리를 찾아야 했다. 그녀는 왜 왔느냐고 묻지도 않고 펄펄 끓는 냄비 뚜껑을 열며 가스레버를 잠갔다. 정신도 온전하지 않는 애 말을 제대로 들었겠느냐며 시큰둥하게 대답했다. 산 사람은 살아야 하니 수나 엄마도 불조심이나 하라는 생뚱맞은 소리를 덧붙였다.

시신으로 발견된 수나의 몸은 누가 봐도 살해당한 게 맞았다. 다들 알면서 쉬쉬하고 감추려 했다. 파출소장과 동네 유지들을 중심으로 수나의 죽음은 사고사가 되었고, 좋은 일도 아닌 걸 가지고 어지간히 하라며 사람들도 지겹다는 표정을 노골적으로 드러냈다. 고작 여고 일학년인 열일곱 살 내 딸 행실이 더러운 여자로 변질되기까지 했다. 다 큰 계집애가 외박을 한 것부터가 잘못이라는 것이었다.

그날 밤, 내 허락으로 수나가 죽은 것만 같아 범인을 잡지 못한다면 꿈속에서도 그 애를 볼 수 없을 것 같았다. 후회는 커져만 갔다. 보내지 말았어야 한다는 자책과 함께 막 출시되기 시작한 휴대전화를 비싸다는 이유로 사주지 않은 것도 가슴을 짓눌렀다.

마지못해 수사를 진행하는 것 같은 인상을 지울 수 없었다.

장윤철을 붙잡아 아무리 족쳐도 횡설수설 일관성이 없다는 말만 되풀이 했다. 범인을 잡을 의지가 보이지 않다는 게 내 생각이었다.

토요일 오후 버스터미널에서 진호를 본 사람이 있었지만 수나 사건과는 아무런 관련이 없다고 했다. 박 씨 아들만 있으면 사건이 해결될 것처럼 박 씨 아들 타령만 했다. 언제는 지적장애가 있어서 증인으로 효력이 없다고 하더니 이젠 유력한 증인이 없어서 더 이상 수사를 진행할 수 없다고 했다. 소리 소문 없이 장윤철도 마을에서 사라져버렸다. 교장 선생한테 돈을 받았다는 꼬리표도 그와 함께 떠나갔다.

달도 뜨지 않은 그 밤, 박 씨 집 근처에서 검은 그림자가 서성이다 사라지는 것을 보았다는 동네 청년들의 말이 있었지만 파출소장은 그림자가 불을 낸 장본인이라는 근거가 없다는 것이었다. 늦은 밤에 각자 집으로 돌아가려다 얼핏 본 그림자를 청년들도 정확히 지목해내지는 못했다. 세 사람이 한꺼번에 죽은 마을은 흉흉했다.

이미 죽은 목숨인데 동네 부끄럽게 더 이상 파헤치지 말자는 것으로 의견이 좁혀졌다. 수나를 위해서도 그게 좋겠다는 말도 안 되는 논리를 내세웠다. 빨리 장례를 치러 마을의 평화를 찾았으면 좋겠다고 말하는 축은 파출소장, 초, 중, 고등학교의 교장, 우체국장, 조합장 등 동네 유지로 행세하는 자들이었다. 그럴 때마다 남편과 나는 내 딸은 살해된 게 분명하다고 항의했다. 화재 참사가 터지자 사람들이 몸을 사렸다. 무의식적인 방어심리였다.

초등학교 교장 선생과 파출소장이 그렇고 그런 사이라는 소문이 떠돈 건 그때쯤이었다.

여자 교장 선생의 남편은 군대에서 사망한 국가유공자였다. 남편 없이 진호를 애면글면 키웠지만 신통찮다는 게 동네 사람들의 평가였다. 파출소장과의 소문 때문에 진호가 엇나갔다는 소문도 나돌았다.

나는 교장 선생을 찾아가 진호를 만나게 해달라고 사정해보았지만 이미 캐나다로 유학을 떠난 뒤였다. 직접 가서 만나는 것까지는 말리지 않겠다고 했다. 그러면서 한솥밥을 먹은 정으로 남편에게 위로금을 줄 용의가 있다고 했다. 더 이상 진호를 거론하면 남편을 학교에서 내쫓겠다는 엄포도 놓았다. 무슨 근거로 그런 말을 하냐고 따지는 내게 털어서 먼지 안 나는 사람 받느냐며 오히려 반문했다.

수사를 맡은 형사의 대답도 한결 같았다. 최선을 다했지만 진호가 수나와 함께 있었다는 근거를 찾을 수 없다는 것이었다.

수나의 몸에서는 분명 타살의 근거가 있었지만 책임을 진 사람은 아무도 없었다.

박 씨네 화재 참사는 생활고와 신변을 비관하던 박 씨가 가족을 데리고 자살한 것으로 결론이 났다. 동네의 궂은일을 다 하면서도 낙천적이었으며 정신지체 장애인 아들과 부인을 끔찍이 아낀 것을 나뿐만이 아니라 동네 사람이라면 모르는 사람이 없었다. 사랑하는 가족들을 죽음으로 몰아갈 리가 없다고 하소연했지만 먹히지 않았다. 누구 한 사람 나서서 진상을 밝혀 달라고 청하지도 않았다. 엄청난 사건이 났는데도 동네는 평온했다. 수나의 죽음도 박 씨 가족의 죽음도 운수가 사나운 개인의 문제로 결론지어졌다.

더 이상 수사를 할 수 없다며 수사본부는 철수를 했고, 파출소장은 장례를 치르라고 종용했다. 뒤늦게 발견된 수나의 일기장을 들고 파출소장에게 갔다.

— 아빠를 만나러 학교에 갔다. 아빠가 없었다. 교장 선생님 사택으로 가 보았지만 그곳에도 아빠는 없었다. 나무 아래 그네에 앉아 아빠를 기다렸다. 토요일 오후, 운동장에서 떠드는 아이들의 소리가 왁자

하게 들려왔다. 나는 그네에 앉아 도서관에서 빌려 온 책을 읽었다. 그림자가 성큼 다가왔다. 운동화가 바로 눈앞까지 왔다. 고개를 들자 진호 오빠가 바로 내 앞에 있었다.

그네에서 일어서려고 줄을 잡았다. 그러자 오빠가 나를 다시 그네에 앉히고 내게 고개를 숙였다. 무서움이 확 밀려왔다. 오빠는 내가 초등학교 다닐 때부터 이상했다. 골목에서 마주칠 때에도 윙크를 했다. 내가 고개를 돌릴 때까지 나를 뚫어지게 바라보곤 했다.

― 아빠는 학교에 계시고 엄마도 일을 나가고 없는데 토요일에 내려온 오빠가 집으로 불쑥 찾아왔다. 나는 진호 오빠를 보면 무섭다.

"수나 어머니, 이것이 무슨 증거가 된다는 겁니까?"

"진호가 우리 수나 곁을 맴돌았잖아요?"

"그러니까 그날 밤에 일어난 일은 아니잖아요?"

일 년 동안 내 딸의 억울한 죽음을 풀어달라고 진정을 내고, 파출소 문턱이 닳도록 쫓아 다녔지만 아무런 성과가 없었다. 수사할 의지가 없었고, 이젠 종결된 사건이 되었다.

사람들은 수나를 잊으려 했고, 나와 남편에게까지 잊으라고 강요를 했다. 박 씨 가족은 아무도 기억하지 않았다.

나는 마을을 떠난 장윤철의 소식에 귀를 기울였다. 장윤철이 천안에서 버스기사를 하고 있다는 말을 비교적 소상하게 들었다. 사람들 머릿속에서도 장윤철은 완전히 사라진 것이 아닌 것 같았다. 수나가 죽은 지 삼 년 만에 들은 소식이었다. 나는 장윤철을 찾아 나섰다.

버스 발판을 내려서며 나를 발견한 장윤철이 까무러치게 놀라 주저앉았다. 한참 동안 꼼짝 하지 않고 앉아 있던 그가 천천히 고개를 들었다.

"여, 여기까지 무슨 일로……."

"내가 무슨 일로 왔는지는 더 잘 알잖아요."

"수나 어머니! 나 할 말 없습니다."

"내게 해줄 말 있잖아요? 그날 밤! 진호와 내 딸이 그 버스 함께 탔잖아요!"

"그게 언제 쩍 얘긴데. 이제 와서."

수나가 세상을 떠난 그때부터 지금까지 나는 수면제 없이는 잠을 자지 못하고, 제대로 먹지도 못하고 있다. 수나가 어떻게 죽었는지를 밝히는 것이 희망일 뿐이었다. 그런데 그게 언제 적 얘기라니. 나는 제정신이 아니었다. 정신 나간 사람처럼 장윤철에게 퍼부었다. 구경꾼들이 하나둘 몰려들었다. 장윤철이 나를 데리고 근처 커피숍으로 들어갔다.

"나도 먹고 좀 삽시다. 백 날 찾아와 봐도 해줄 말 없습니다."

그의 눈에 살기마저 맴돌았다.

나는 그가 모는 버스를 타고 종점과 종점을 오가기도 했고, 그의 입을 열기 위해 애원도 하고, 회사에 알리겠다는 협박도 했지만 소용없었다. 장윤철은 삼 일째 되는 날 종적을 감추었다.

쓰러질듯 집으로 돌아왔다. 집 안엔 불빛 하나 없었다. 수나 방문을 열고 전등스위치를 올렸다. 수나 책가방을 끌어안은 남편이 구석에 처박혀 눈물을 흘리고 있었다. 남편도 딸을 잃은 아비였다. 그의 가슴엔 횃불이 일렁이고 있다는 것을 모르지 않았지만 내 가슴이 너무 참혹하여 남편을 돌아볼 여유가 없었다. 내가 장윤철을 찾아 나설 때마다 세상을 한 바퀴 돌고 오면 이글거리는 가슴속 불덩이가 조금은 사그라질 것이라고 남편은 믿는 것 같았다.

남편과의 관계는 거기까지였다. 수나가 살아 있을 때로 돌아가지는 못했다. 마음속에서 완전하게 남편을 용서하지 못했다. 그가 수나를 제멋대로 화장해버린 탓이었다. 나는 화장할 수 없다고 했다. 나중에 혹시라도 시신에서 흔적을 찾아야 할 일이 있을 때 어떻게 하겠냐며 버티었다. 남편은 죽은 자식 이제 그만 잊어버리자고 나를 설득했다. 다시는 거론하지 않는다는 조건으로 나와 합의 없이 화장해버렸다.

그런 남편이 어둠 속에 짐승처럼 웅크려 앉아 가슴을 쥐어짜고 있었다. 나도 남편을 따라 그 자리에 선 채로 가슴을 쥐어뜯었다. 책가방을 밀어낸 남편이 나를 끌어안고 어깨를 토닥여주었다. 장윤철에 대한 얘기는 묻지 않았다.

그가 다시 서울에서 치킨 집을 차렸다는 소식을 들은 건 천안에 다녀온 이후 오 년이 지날 무렵이었다. 머뭇거리는 이웃에게 사례금을 내놓았다.

"그렇지. 내가 뭐 숨어 사는 사람을 고발하는 것도 아니고, 버젓이 치킨 집 차려놓고 사는데."

내가 내민 봉투를 슬그머니 집어넣으며 응암동 전철역 부근이라고 알려주었다.

나는 그날 밤 바로 장윤철을 찾아 나섰다. 치킨 집을 찾아가는 동안 사라져버렸을까 봐 뛰는 가슴이 진정되지 않았다. 치킨 집 문을 열고 들어섰다. 천안에서처럼 그는 놀라지 않았다.

"그 일 때문에 오셨다면 할 말 없으니 돌아가세요."

그러고는 자신의 할 일만 했다. 일단은 그의 소재를 확인한 것으로 만족하고 집으로 돌아왔다.

장윤철을 찾았다는 내 말에 남편은 무덤덤한 표정이었다. 그가 새삼 입을 열어 진실을 말할 것이라는 기대가 없다고도 했다. 서울로 가겠다는 내 뜻을 남편은 받아 주었다. 경찰도 하지 못한 일을 어떻게 하겠느냐는 말은 하지 않았다. 서로를 할퀴다 지친 남편과 나는 어느 정도 진정된 상태였다. 동네에서 외면당하고 의지할 데는 둘 밖에 없다는 것이 관계 회복에 도움이 되었는지도 모른다. 남편은 내 행동을 말리지 않는 것으로 위로해주었다.

나는 한밤중 막차를 타고 남편의 배웅도 마다하고 동네를 떠나왔다. 수나가 떠난 지 팔 년여가 지났지만 한 치도 앞으로 나가지 못하고 그 시간에 갇혀 살았다.

고시원에 방 한 칸을 구하고 치킨 집과 가까운 식당에 취직을 했다. 장윤철을 가까이서 볼 수 있다는 것만으로도 수나의 죽음을 밝힐 수 있을 것 같은 희망이 생겼다. 점심때는 순댓국밥을, 밤에는 술을 곁들여 파는 순댓국집이었다. 규모가 작은 식당이라 홀과 주방을 오가며 일을 했다.

식당 안에는 온종일 텔레비전이 켜져 있었다. 홀에 있을 때에도 텔레비전을 볼 시간적 여유는 없었다. 텔레비전에 신경 쓰며 일한 적도 없었다. 세월호 침몰 사고가 나기 전까지는.

세월호가 바다에 수장된 날엔 "학생 전원 구조"라는 보도에 가슴을 쓸어내리며 다행이라는 생각만 했다. 일하는 도중 흘끔흘끔 화면을 보았을 때에도 자막에는 전원 구조라고 쓰여 있었다. 하지만 텔레비전을 바라보고 또 바라보아도 세월호 갑판 위는 횡하기만 했다. 갑판 위로는 헬리콥터가 왔다 갔다 하고, 세월호 주위로 배들이 오고가는데 생존자가 나오지 않았다. 밤엔 조명탄이 터지는 장면이 계속 나왔다. 칠백 명이 넘는 잠수사가 수색을 하고 있다는 보도도 있었다. 그러나 헬리콥터가 세월호 위를 날아다니는데 갑판은 여전히 텅 비어 있고, 살아 나오는 생존자는 여전히 단 한 명도 없었다. 지진으로 무너진 건물 더미에서도 생존자가 나오는데 이상한 일이었다.

시간이 흐를수록 밝혀지는 건 억장이 무너지는 소식들뿐이었다.

내 딸의 범인도 찾는 시늉만 했기 때문에 잡을 수 없었던 것이다. 진호가 한국을 떠나도록 방치했고, 박 씨 가족이 화재로 죽었는데 자살로 결론지었고, 장윤철도 마을을 떠나도록 방관했다. 모든 의문이 확신으로 바뀌었다. 일부러 놓아주고 뒷북을 치고 있다는 생각을 지울 수 없었다.

242

비늘처럼 올라온 배의 끝부분이 바닷속으로 가라앉는 걸 나는 눈앞에서 지켜보았다. 살려달라고 울부짖었을 수나의 목소리를 듣는 것만으로도 밤마다 잠을 이루지 못하는데, 배 안에 갇힌 아이들의 울부짖음까지 겹쳐 하루를 살아내는 게 지옥 같았다.

배가 가라앉은 다음엔 나오지 않았다. 시신으로 돌아온 가족들의 심정을 누구보다 잘 알았다. 어딘가에 살아 있을 것이란 희망을 버려야 하는 것이 얼마나 잔인한 일인지를 이미 경험한 사람이었다.

산 자가 아닌 죽은 자를 기다리는 기막힌 현실이 믿어지지 않았지만 이건 꿈이 아니었다.

나는 한 달에 두 번 쉬는 휴일엔 장윤철을 찾아갔다. 거짓말하는 장윤철에 대한 원망은 접었다. 나를 피해 또 이사를 가버린다면 그를 찾는 데 또 몇 년이 걸릴지 모른다. 장윤철을 만나고 돌아온 밤이면 불면에 시달렸다. 커다란 손이 목을 조르는 악몽을 꾸었다. 얼굴은 보이지 않았다. 시커먼 두 손아귀만 보이는 것이었다.

장윤철의 치킨 집으로 가는 대신 광화문 분향소로 향했다. 긴 줄을 서서 영정 앞으로 가는 동안 함께 하는 사람들을 보는 것만으로도 위로가 되었다.

산 사람은 살아야 하니 이제 수나를 잊으라고 할 때마다 심장이 터질 것 같은 고통을 당해보지 않은 사람은 모를 것이었다. 아무것도 밝혀진 게 없는데 잊으라고 해서 잊히는 것은 아니었다. 내가 내 딸을 잊지 않고 있는 한 진실은 꼭 밝혀지리라고 믿었다.

내 앞에 수나가 있는 것처럼, 수나의 옷매무새를 만져주는 심정으로 리본을 매만졌다.

"아! 좆 같은 나라."

입 밖으로 나오려는 말을 차마 아이들 영정 앞에서 할 수 없어 아, 이 꽃 같은 나라라고 돌려 말했다. 내 딸 수나가 살아 있을 때의 그 꽃 같은 세상으로 돌아갈 수는 없지만 그런 세상이 다시 올 때까지 잊지 않겠다는 말을 먼저 간 내 딸에게 전하듯 리본을 쓰다듬었다. 할 말이 너무 많아 아무것도 쓰지 못하고 노란 리본만 매달았다.

분향소를 나와 장윤철의 치킨 집으로 향했다. 켜놓은 텔레비전에서 고 김수현 학생의 아버지 인터뷰가 나왔다. 간간히 갈라진 입술을 혀로 축이며 어렵게 말을 이어가고 있었다. 두 손바닥으로 얼굴을 가리며 '내 새끼'라고 할 때 나는 참지 못하고 기어이 울음을 쏟고 말았다. 내 통곡에 치킨을 먹던 사람들이 슬금슬금 일어나 나가버렸다. 장윤철이 내 뒤에 서 있다는 것을 한참 만에 알았다. 가게 문을 닫고 내 앞에 앉아 맥주를 한 잔 따라 주었다.

"이제 그만 잊어버리고 돌아가세요. 이 무슨 고생이십니까."

"그날, 우리 수나! 진호랑 함께 있었잖아요. 그 많은 아이들이 바닷속에 수장되었는데도 서로 탓만 하고 있는데……아무런 관심도 받지 못한 시골구석 여고생 죽음 따위를 누가 밝혀주겠어요."

내 말은 넋두리가 되었다. 넋두리로는 장윤철의 입을 열 수 없었다. 장윤철은 끝내 대답하지 않았다. 치킨 집을 나설 때 남편으로부터 전화가 왔다.

"밥은 잘 먹고 다니는 거야?"

"안 죽을 거니까 걱정 마."

"몸은?"

"괜찮아!"

"근데 목소리가 왜 그래?"

"……."

"당신과 상의할 게 있어. 조만간 서울로 갈게."

남편은 돈 있고, 빽 있는 사람들을 어떻게 당하겠느냐고, 교장 선생이 위로금이라도 준다고 할 때 받는 것이 낫지 않겠느냐고도 했다. 그런 남편이 내게 상의할 게 있다고 했다. 수나를 화장하는 일도 혼자 처리해 버렸으면서 무얼 상의한다는 것인지 나는 대꾸하지 않았다. 남편은 내 대답을 기다리지 않았다는 듯 전화를 끊었다.

마을 사람들이 내 딸 수나의 죽음을 지겨워했듯이 세월호 관련 뉴스가 나오면 다른 채널로 돌려달라고 요구하는 손님이 간혹 있었다. 나는 그때마다 못 들은 척했다. 이번 손님은 집요하게 요구했다.

"아줌마! 내 말 안 들려요? 돌리라고!"

순대 국물이 남자의 턱으로 흘러내렸다. 턱을 쓱 문질러 닦는 베이지색 잠바의 소매 끝이 꾀죄죄했다.

"지겨워! 경제도 어려운데, 저 사람들 땜에 더 어려워……."

텔레비전을 향해 삿대질을 하며 언성을 높일 때마다 사내의 뱃살이 출렁거렸다.

"아저씨, 자식 잃은 사람한테 그리 말하는 거 아닙니다. 자식을 살려 내라는 것도 아니고, 왜 구하지 못했는지 그것을 밝혀달라는 것인데 좀 참아주어도 되잖아요."

"지겨워서 그래, 나 살기도 바쁜데 지겨워서."

"아저씨한테 그러는 거 아니고……."

"이 아줌마가 미쳤나."

남자가 갑자기 큰 소리로 화를 냈다.

"아저씨 자식이 죽었어도 그리 말할 수 있어요?"

초점 잃은 사내의 눈빛이 희번덕거렸다.

"막말로 아줌마 자식이라도 죽었어?"

사장이 달려와 손님들에게 죄송하다고 허리를 숙였다. 나를 향해 눈을 부릅떴다.

"나 참, 아줌마? 사람들이 우리랑 무슨 상관이 있다고 그래? 손님이 채널 돌리라고 하면 돌리면 그만이지."

"네, 맞아요. 저래 봤자 아무 소용없겠네요. 대통령 자식이 배 안에 들었다면 또 모를까. 부모 내장만 썩어나지……."

외면했던 동네 사람들, 파출소장, 교장 선생, 운전기사, 진호 그들의 모습이 한꺼번에 떠올랐다. 겨우 목격자나 찾아와 입을 열기만 기다리는 무기력한 어미로 살고 있는 내가 너무 한심해서, 피해자가 살인범을 찾아 나서게 하는 국가가 너무 싫어서, 이렇게나마 공유해주고 싶었는데 사람들은 이것마저도 허용하지 않았다.

"내 딸이 왜 죽었는지 십 년이 다 되어 가는데 아직도 밝히지 못했다고요."

"에잇, 재수가 없으려니까."

술을 마시던 사내들이 수저를 집어던지고 나가버렸다. 사장이 내게 도끼눈을 떴다.

"아줌마, 요즘 왜 그래요, 누구 장사 망칠 일 있어? 가뜩이나 손님도 없는데."

"사장님, 장사 하루 안 한다고 망하지 않아요. 저기 좀 보세요. 자식 잃고 맨 바닥에서 잠을 자고, 단식을 하고요."

"그러니까 저게 아줌마와 무슨 상관이냐고?"

사장은 세월호에 관심이 없었다.

"다시는 손님한테 재수 없다는 말 듣지 않도록 주의 좀 하세요."

"네, 그렇잖아도 그만 둘 생각이었어요."

두 번씩이나 재수 없다는 말에 앞치마를 벗어 사장 손에 던지듯 쥐여주고 고시원으로 돌아와 천장을 보고 누웠다. 천장이 내려올 것처럼 낮았다.

다음 날 남편의 연락을 받고 나간 약속 장소는 내가 일하는 식당 근처 커피숍이었다. 남편은 학교에 사직서를 냈다고 했다. 자식 잃은 것도 억울한데 가정까지 풍비박산이 되고 보니 이젠 더 이상 그렇게 살아서는 안 되겠다는 생각이 들었다고 했다. 퇴직금과 그동안 모아놓은 돈으로 농사지을 땅을 구입했다며 시골로 내려가자고 했다. 남편과 나는 세월이 아무리 지났어도 치유되지 않는 같은 상처를 지닌 아비와 어미로 다시 만났다. 남편이 내 손을 잡으며 어렵게 말을 꺼냈다.

"여보, 장윤철은 절대로 입 열지 않아."

"그럼 우리 수나는 억울해서 어떡하냐고! 이렇게라도 하지 않으면 내가 살 수가 없어서 그래."

"방법이 없는 것도 아니야."

나는 귀가 번쩍 뜨였다.

"그동안 마을에 떠도는 소문은 허공에서 뚝 떨어진 것이 아니라 누군가의 입에서 나온 말들이야. 그리고 저들은 지금도 잘 살고 있어. 상처한 파출소장과 교장 선생은 동네가 떠들썩하게 재혼을 했고. 진호는 뭘 하는 줄 알아? J시에 영어 학원을 차렸어."

자식 잃은 어미는 세상을 떠돌고, 아비는 짐승처럼 웅크려 살고 있는데 아무렇지도 않게 사는 사람들, 적어도 그런 당사자가 아무리 학원이지만 그것도 교육 사업인데 그것만은 막아야 할 것 같다는 말로 나를 설득했다.

남편은 덧붙여 장윤철이 파출소장과 교장 선생에게 불려가서 진호를 보지 못했다는 조건으로 돈을 받았다는 것이다. 하지만 낮과 밤을 가리지 않고 온갖 곳을 쏘다니는 박 씨 아들이 두 사람을 보았다고 떠들고 다니기 시작했다. 다시 교장 선생과 파출소장의 은밀한 부름을 받은 장윤철은 평생 벌어도 만지지 못할 돈을 받고, 마을을 떠났다는 것이다. 박 씨 집에 불을 지른 것도 장윤철이라는 것이었다. 그러니 그는 절대로 입을 열지 않을 것이라고 했다.

"그럼 이제 어떡해야 하지?"

내 물음에 남편은 장윤철이 입을 열게 할 증거를 찾아야 한다고 했다. 아득하고 까마득한 일이었다.

"당신이 마음잡지 못하고 있는데 나까지 그러면 안 될 것 같았어. 당신이 정신없이 장윤철을 찾아 떠다닐 때⋯⋯수나가 입었던 옷, 그날 가지고 있었던 소지품들 잘 보관해두었어. 진호가 한국으로 돌아왔다고 하니 재수사를 요청해야지. 그러니 우리 수나가 숨 쉬었던 곳으로 돌아가서 다시 시작하자."

떠돌던 소문들을 종합해 보니 수사본부가 설치되기는 했지만 파출소장과 교장 선생이 맨 꼭대기에 있다는 것을 알았다고 했다. 범죄사실을 숨겨야 하는 사람들이 수사에 협조하고 있었으니 결과가 이렇게 된 것은 당연한 일이라고 남편이 눈시울을 붉혔다.

남편을 따라 시골로 내려왔다. 늦은 밤이었다.

J시에 있어야 할 진호를 터미널에서 보았다. 수나 또래의 여고생과 함께였다. 청바지에 티셔츠를 입은 아이는 단발머리까지 수나를 닮았다. 순간 가슴이 쿵 내려앉았다. 그 애의 어깨를 감싸 안으며 차에 오르는 진호의 모습을 우리 부부는 가만히 지켜보았다. 여고생의 몸짓이 심상치 않았다.

남편을 돌아보자 남편도 나를 보며 고개를 끄덕였다.

억지로 여고생을 태운 진호가 강물을 따라 차를 몰았다. 남편과 나도 진호의 뒤를 따라 자동차를 몰았다. 대시보드 안에는 증거를 모을 때 사용할 캠코더와 소형 레코더가 들어있었다.

"이런 건 언제 마련한 거야?"

"그 버스에 블랙박스가 설치되어 있었다면, 당신이 그렇게 장윤철을 찾아 헤매지 않아도 되었겠지. 언제 써먹을지 몰라 마련해두었던 거야."

"오늘 제대로 써먹을지도 모르겠네요."

진호의 차는 아베크족들이 많이 모인다는 강가 공용주차장 쪽으로 향하고 있었다.

자동차를 주차한 진호가 내리지 않았다. 자동차 후면 유리 너머로 반항하는 듯한 여고생의 몸짓이 비쳤다. 나와 남편은 대시보드에서 캠코더를 꺼내 들고 진호의 차로 다가갔다. 무슨 일이 벌어지더라도 장윤철처럼 비겁해지지는 않을 것이었다.

공영주차장 옆으로 흐르고 있는 검은 강물은 비밀과 거짓말을 품은 채 아무 일도 없었다는 듯 유유히 흐르고 있었다.

권영임 1960년생으로 2009년 《한국평화문학》에 단편소설 「침묵」을 발표하며 등단했다. 저서로 사무직 여사원의 성차별을 고발한 에세이 『미스 김 시집이나 가지!?』. 장편소설 『파가니니의 푸른 일기』. 창작집으로 『키스하러 가자』가 있다.

열다섯 살의 나이로 키스 알바를 하는 윤서, 남편의 폭력에 저항하지 못하지만 끝내는 도쿄호텔을 찾아가는 여자, 공무원 시험을 준비하다 게임장에서 알바를 하며 스탠바이만 외치고 있는 영치, 스스로의 몸에 독을 키워 성폭행한 의붓아비를 죽이는 「거미의 집」의 은서……내 작품 속에 등장하는 인물들은 하나같이 고단한 삶을 살고 있다. 그 인물들은 세상에서 내가 만난 이웃들이다. 나와 함께 동시대를 사는 주변의 고단한 사람들의 삶을 세상과 함께 공유하고 싶다. 『미스 김 시집이나 가지!?』 훈정의 뒷얘기가 된 『파가니니의 푸른 일기』속 은희처럼 상처 받은 사람들의 얘기를 놓치지 않으려 한다.

소년,
마침표를 찍지 않는

한숙현

작품명 꽃밭에서 | 김진숙

memo

한동안 읽지도 쓰지도 않고 살았다. 소설을 다시 쓸 일은 없을 거라 생각했다. 세월호 참사를 지켜보면서도 아무것도 하지 않았다. 친구 하나가 진도에 가자했고 또 다른 친구는 광화문에 가자했지만 나는 가지 않았다. 아무것도 하지 않았다. 그러나 정말 아무것도 하지 않기도 쉬운 일은 아니어서 매일 무언가를 쓰기 시작했다. 백 일 동안 매일 한 페이지를 채움으로써 아무것도 하지 않음에서 오는 불편함을 달래려했다. 일종의 백일기도 같은 것이었다. 오기를 부리듯 매일 썼다. 그렇게 구십구 일이 지나고 백 일이 되던 날, 나는 아무것도 쓸 수 없었다. 결국 실패한 백일기도의 마지막 페이지가 이 소설의 시작이었다. 쓸데없이 말만 많은 이야기, 하나마나한 이야기, 아무 의미도 목적도 없는 이야기를 하고 싶었다. 그렇게 잠시 도망갈 곳, 쉴 곳이 필요했다. 그래야 숨을 쉴 수 있을 것 같았다. 일이 그렇게 되어 버렸다. 그리고 그 시간 동안 나는 부끄럽게도 위로를 받았다.

소년, 마침표를 찍지 않는

1

지금으로부터 벌써 이십 년 전의 일이다 선량한 시민들을 무참히 살해하고 시신을 훼손하고 심지어 인육을 먹기까지 한 잔인한 일당이 있었다 온 나라가 그 살인귀들 때문에 충격으로 들썩였다 검거된 그들의 표정에서 부끄러움이나 죄의식은 찾아볼 수 없었다 심지어 이죽거리며 더 많이 죽이지 못해 아쉽다는 소리까지 했다 그들에게 한 기자가 어머니에 대해 물었다 네가 네 어미를 생각했다면 이토록 끔찍한 일을 저지를 수 있었겠냐는 질책과 고통을 주기 위한 질문이었을 것이다 대답은 이랬다 우리 엄마요? 내 손으로 못 죽여서 한이 됩니다

내가 소설을 읽기 시작한 건 그때부터였다 당시 나는 별다른 꿈도 의욕도 없는 평범한 사춘기 소년이었다 싱긋 웃는 맥도날드 알바 누나만 봐도 교복 앞섶이 불쑥 솟아오르는 통제 불능의 성욕과 깊은 밤이면 두 다리가 꺾이듯 찾아오는 죄의식과 무언가에 맞서 주먹을 쥘 용

기조차 없는 소심함이 뒤섞여 늘 혼란스러웠다 정신건강에 좋지 않다는 이유로 비디오플레이어조차 없는 집이었기에 범죄자의 심리를 탐구하기 위해서는 그저 닥치는 대로 소설을 읽는 수밖에 없었다 어쩌면 나는 범죄 자체보다 범죄를 저지르는 인간들에 대한 관심이 더 많았던 것 같다

읽다보니 자연스레 알게 되었다 악인이 되기 위해서는 어린 시절 트라우마, 특히 어머니와의 이슈가 필요했다 부성에 대한 분노가 주로 알콜이나 도박, 폭력이나 충동적 살인으로 연결되는 경향이 있다면, 모성에 대한 양가감정은 여성 혐오와 뒤틀린 성욕을 자극하면서 좀 더 심각한 싸이코패스를 만들어내는 것 같았다 대중심리학의 이름으로 널리 퍼져있는 이런 폭력-관능-죽음의 삼각형에 나는 깊이 매료되었고 심리학을 공부해야겠다고 생각했다

나의 사춘기는 이십 대까지 이어졌다 심리학과에 입학한 뒤에도 내면은 온통 폭력과 섹스로 뒤죽박죽이었다 무작정 써 내려간 글들이 가끔은 소설이 되기도 했고 설명할 수 없는 행운으로 서른 전에 등단도 했다 한동안 모두가 깜짝 놀랄 완벽한 소설을 쓰겠다며 떠돌아다녔으나 성과는 없었다 데뷔와 동시에 은퇴한 많은 무명 신인들처럼 내게도 두 번째 행운은 없었다 대체 언제쯤 서점에서 네 책을 볼 수 있느냐는 민망한 질문조차 뜸해질 즈음, 내가 한때 소설을 썼다는 사실조차 왠지 낯설게 느껴질 즈음, 나는 우연히 한 지방 일간지에서 오랫동안 잊고 있던 이름을 만나고 말았다

2014 ○○일보 신춘문예 단편소설부문 당선자, 이소연

순간 심장이 쿵, 하고 내려앉았다 잊었던 기억 몇 가지가 투두둑 튀어 올랐다 설마, 동명이인이겠지 흔한 이름이잖아 나는 이렇게 스스로를 다독이며 이소연의 소설을 읽어나갔다

엄마3호는 히키코모리였다, 엄마 이야기로 시작하는 첫 문장이 인상적이었지만 잘 읽히지 않았다 대신 이, 소, 연, 이라는 이름만이 불꽃놀이를 하듯 자꾸 눈앞에서 번쩍거렸다 당선 소감도 수상했다 '건방지게 들리겠지만 예상하고 있었습니다 다만 앞으로 다시는 소설을 쓰지 않을 것이기에 차라리 다른 분에게 기회를 주는 게 나았을지 모르겠습니다 그 점을 죄송하게 생각하며 대신 상금은 어려운 이웃을 위해 모두 기부하겠습니다' 사진도 인터뷰도 없었다 짧은 설명 한 줄이 있을 뿐이었다 '당선자의 요청에 의하여 신상과 약력을 공개하지 않습니다'

그때부터 나는 멍하니 창밖을 보는 일이 많아졌다 그러나 비밀과 추억, 질투와 선망, 욕망과 좌절이 뒤섞인 스무 살 무렵의 추억에 맥없이 빠질 만큼 내 삶이 그렇게 비루한 건 아니었다 수년의 노력 끝에 이제 내게는 소설보다 더 중요한 일들이 있었다 제법 인상적인 필체의 캘리그라피스트로서 사회의 한 구석에 자리를 잡고 나름의 역할을 충실히 수행하는 중이었다 국민연금에도 가입되어 있었고 세금도 꼬박꼬박 냈으며 약소하지만 곳곳에 기부금도 보내는 사람이었다 나는 이런 삶에 대체로 만족하는 편이었다 완벽한 단 한 편의 소설에 대한 집착은

이미 내려놓은 지 오래였다 그러나 붓을 쥔 손이 자꾸 떨려왔고 작업에 집중하기가 쉽지 않았다

복잡한 마음을 달래려고 사무실 근처 공원을 한 바퀴, 또 한 바퀴 돌고 있는데 어디선가 이런 소리가 들려왔다 '개나리, 진달래가 먼저 피고 벚꽃이 피는 거 아냐?' 돌아보니 젊은 남녀가 벤치에서 서로를 기대고 앉아 소곤대고 있었다 생각해보니 그랬다 올해는 이른 봄부터 난데없이 벚꽃이 만개했고 순서에 상관없이 여러 꽃들이 요란하게 피었다가 순식간에 졌다 언제인지 정확히 기억나지 않지만 올해처럼 이렇게 개화시기가 엉망이었던 봄이 꼭 한번 있었던 것 같았다 나는 발아래 어지러이 뒤엉킨 꽃잎들을 하나씩 발로 짓이기면서 불쑥 어떤 문장을 떠올렸다

꽃들이 제멋대로 피었다 지는 해에는 온갖 흉한 일들이 생기는 법이지

순간 섬뜩한 느낌에 놀라 뒤를 돌아보았다 젊은 남녀는 그새 어디론가 사라져버렸고 대신 허름한 머릿수건을 눌러쓴 노파가 나를 향해 알아들을 수 없는 말을 중얼대고 있었다 지독하게 기분 나쁜 봄날 오후였다 불안한 전조였다

2

엄마3호는 히키코모리였다

넉희가 이 단어를 처음 알게 된 건 2011년 봄이었다 당시 넉희는 일

본 대지진과 후쿠시마 원전 폭발로 지구가 곧 멸망할 거라 믿고 있는 조숙한 열세 살 소년이었다 매일 뉴스 속보를 빠짐없이 챙기면서 드디어 오늘 아니면 내일, 적어도 이번 주 안에는 대참사가 일어날 것이라 확신했었다 후쿠시마 원전은 이미 통제 불능이었다 1호기의 외벽이 붕괴되었고 2호기의 연료봉이 노출되었으며 4호기에서는 폭발과 화재가 발생했다 조만간 5, 6호기까지 연쇄 폭발이 일어날 거라고, 처음부터 콘크리트를 쏟아 부어 그대로 덮었어야 했다고, 초기 대응 실패로 골든타임을 놓친 거라고, 이제 마지막 방어선마저 뚫린 셈이라 사상 최악의 방사능 유출이 이미 시작된 거나 다름없다고 전문가들조차 그렇게 말하고 있었다

이런 뉴스를 지켜보면 볼수록 넉희는 점점 불안이나 두려움과는 다른 묘한 흥분에 사로잡혔다 도쿄 소방청 군단의 목숨을 건 방수 작업이나 냉각 시스템 재가동 소식에 안도하고 환호하는 것이 아니었다 오히려 이런 노력에도 불구하고 3호기에서 다시 연기가 피어올랐다거나 1호기 온도가 400도까지 치솟았다는 소식에 더 열광하곤 했다 어느새 넉희는 힘내라 2호기, 터져라 4호기, 이런 식으로 폭발을 응원하는 지경에 이르러 있었다 그러나 기다린 보람도 없이, 사태는 조금씩 수습되기 시작했고 넉희가 예상했던 수준의 대재앙은 없었다 세계 각지에서 도움의 손길과 위로의 메시지가 이어졌고 절망 속에서도 희망이 살아 있다는 식으로 보도의 흐름마저 바뀌어 있었다

속보가 줄어들고 사람들의 관심이 덜해지며 짜릿했던 흥분마저 가

라앉자 넉희는 약간 서운한 느낌마저 들었다 그러나 이런 자신을 특별히 나쁜 아이라고 생각하지는 않았다 어차피 인간은 누구나 다 죽게 마련이고, 인간뿐 아니라 이 지구에 남아있는 모든 것들, 결국엔 지구마저도 언젠가는 소멸될 운명이라고 낮게 읊조렸다 넉희는 유독 재난 참사와 종말에 심취하는 남다른 사춘기를 앓는 중이었다 사춘기 소년의 조울적 특성답게 그는 곧 축구와 독서에 열중하는 일상으로 돌아갔다 그래도 가끔씩 후쿠시마 1~6호기들이 정말 안녕한지 궁금해지면 인터넷으로 뉴스를 찾아보기도 했다

그러던 어느 날이었다 넉희는 우연히 흥미로운 기사 하나를 접했다 대지진과 쓰나미로 집이 휩쓸려가는 상황에서도 집안에서 나오지 않던 한 '히키코모리'가 극적으로 구조됐다는 내용이었다 이 사십 대 남성은 사업 실패 후 고향으로 돌아와 십일 년째 집안에서만 생활하고 있었다 지진 직후 팔십 대 노모가 같이 피하자고 했지만 그는 귀찮다며 거부했다 모두가 떠나고 혼자 남아있었다 그런데 갑자기 불어난 물이 그가 머물고 있는 이 층 방까지 순식간에 차올랐다 그는 본능적으로 지붕 대들보를 향해 팔을 뻗었다 집이 통째로 떠내려가는 동안에도 그는 사력을 다해 거기 매달려 버티었고, 그 상태로 거의 일 킬로미터를 표류하다 극적으로 구조되었다고 했다

집밖으로는 한 발자국도 나가지 않는 엄마3호와 같은 사람들을 지칭하는 용어가 따로 있다는 걸 넉희는 그때 처음 알았다 히키코모리는 '틀어박히다' 혹은 '뒤로 물러나다'의 뜻을 가진 일본어의 명사형이었

다 넉희는 그 단어가 마음에 들었다 물론 '은둔형 외톨이'라는 우리말도 있지만 엄마3호는 외톨이라는 말이 어울리는 사람이 아니었다 엄마3호는 규칙적으로 운동도 하고 식물도 가꾸고 글도 쓰고 바느질도 했다 다만 집밖으로 나갈 수 없었을 뿐, 꽤 좋은 엄마였다 외톨이도 폐인도 아닌 엄마3호에게는 히키코모리를 줄인 '히키'라는 말 정도가 가장 산뜻하게 잘 어울린다고, 넉희는 생각했다

3

한동안 신원미상 당선자 '이소연'에 대해 이런 저런 말들이 나돌았다 나 역시 궁금한 사람 중 하나였다 발길을 끊었던 인터넷 문학 커뮤니티들을 기웃거려 보았지만 별 성과는 없었다 믿을만한 정보는 드물었고 추측과 농담들뿐이었다 그러다 세월호 참사로 온 나라가 분노와 슬픔에 휩싸이자 '이소연'에 대한 사람들의 관심은 흔적도 없이 사라져버렸다 그러나 나는 관심을 거둘 수 없었다 물론 희생자들과 유가족들에게 안타까운 마음이 없는 것은 아니었으나 같이 아파하고 울어주고 분노를 터뜨리는 이들은 나 말고도 많은 것 같았다 내게는 더 중요한 문제가 있었다

나는 '이소연'이 누구인지 알 것 같았다 내가 아는 이/소/연은 '21세기 소설 연구회'의 약자였다 회원이 단 두 명뿐이던 모임, 한 명은 나였고, 다른 한 명은 모경이었다

모경은 심리학과 신입생 환영회 때 인상적인 자기소개로 모두를 웃

겼던 아이였다 '저는 누구도 예측할 수 없는 완벽한 범죄 소설을 쓰고 싶습니다 그래서 심리학과에 들어왔습니다 지도편달 바랍니다' 교수들도 선배들도 모두 깔깔 웃어댔다 범죄 소설이라는 말에 괜히 속이 뜨끔했지만 다들 웃고 있어서 나도 따라 웃었다 내 눈에는 당돌한 모경이 꽤 근사해 보였다 모두들 미팅이며 엠티며 동아리며 분주히 다닐 때도 모경은 주로 도서관에서 시간을 보냈고 어떤 그룹에도 속하지 않고 혼자 다니는 편이었다 모두들 그런 모경이 언젠가 우리를 깜짝 놀라게 할 범죄 소설 작가가 될 거라 믿어 의심치 않았다

돌아보면 신기한 일이었다 단지 악인의 심리가 궁금해서 소설을 읽었을 뿐 문학에는 관심도 없던 내가 소설을 쓰기 시작한 건 모경의 관심을 끌고 싶어서였을 것이다 폭력과 섹스가 난무하는 낙서 같은 글들을 어떻게 이어 붙여 교내 문학상에 응모했다가 당선작 없는 가작에 뽑힌 적이 있었다 한동안 술 한 잔 사라는 친구들의 압력에 시달리기도 했는데 정작 모경은 관심조차 없었다 같은 과 동기임에도 우리는 제대로 된 대화 한번 나누어 본 적 없는 사이였다 그러던 어느 날이었다 모경이 불쑥 나를 찾아와 물었다 너, 소설 쓴다며? 그러더니 종이를 하나 내밀면서 이름과 학번을 적으라 했다 '동아리실/세미나실 공간 사용 신청서'라고 적힌 종이를 보며 내가 물었다 이게 뭔데?

사정은 이랬다 학생회관 신관이 완공되자 구 학생회관에 머물던 동아리들이 신관으로 모두 이동했다 구 학생회관이 헐리고 새 건물이 들어설 예정이었지만 재정난으로 연기된 모양이었다 주인이 떠난 구 학

생회관 곳곳에서 밤새 술판이 벌어졌고 몰래 기숙하는 학생들도 생겨났다 그러자 학생처에서 대대적인 관리에 들어갔다 아직 공간을 확보하지 못한 신설 동아리나 세미나팀을 대상으로 공간을 배정하고, 그 외 불법 점유 중인 단체들은 모두 퇴거시킨다는 방침이었다 모경이 다그쳤다

다 차기 전에 빨리 내야 해

21세기 소설 연구회가 뭐 하는 곳인데?

아무것도 안 해, 그냥 편하게 있을 곳을 찾는 거야

모경이 내 작품과 인터뷰가 실린 교지를 본 모양이었다 나를 동아리 대표로 등록하면 별다른 의심 없이 승인을 받을 수 있다고 했다 생각해보니 학교에서 편히 머물 공간 하나쯤 확보하는 것도 나쁘지 않겠다 싶었다 게다가 모경과 친해질 수 있는 절호의 기회였다 나는 21세기 소설 따위에는 전혀 관심이 없어 보이는 녀석들 몇 명의 이름을 더 적어 냈다 다행히 우리는 유령 모임임을 들키지 않고 작은 방 하나를 배정 받을 수 있었다 학생회관 일 층에서 이 층으로 올라가는 계단 아래에 있는 방이었다 비스듬한 천장 때문에 해리포터가 이모 집에서 머물던 계단 밑 골방 같은 느낌이었다 회원 수가 다른 모임에 비해 적어 어쩔 수 없었다며, 공간사용 승인서를 건네주는 학생처 직원이 오히려 미안해했다

우리는 일 년 정도 그곳에 머물면서 많은 시간을 함께 보냈다 남들이 모르는 모경에 대해 알게 되었고 나 역시 어린 시절 사건 일부를 모

경과 나누기도 했다 계단 밑 골방에서 늦은 밤까지 모경과 함께 소주를 마시며 보냈던 시간들이 어쩌면 내 이십 대의 가장 행복했던 순간이었다 한동안 키득거리며 공동 창작 소설을 써나갔고 완성되면 [21세기 소설 연구회]를 줄인 이/소/연 이름으로 신춘문예에 투고하기로 약속했다 매우 건방진 어투의 당선소감까지 미리 작성해 두었지만 결국 우리의 소설은 완성되지 못했다 모경은 나의 첫사랑이기도 했다 그렇다고 내가 모경을 늘 좋아하기만 했던 건 아니었다 굳이 말하자면, 좋아하면서도 싫어하는, 서로 반대되는 두 감정이 동시에 존재하는, 양가감정 같은 것이었다

누가 보아도 모경은 좋은 부모 밑에서 사랑을 많이 받고 자란 아이였다 그런데도 불만이 많았다 아버지는 평생 시달린 지적 열등감 때문에 깊이도 없는 독서에 몰두한다고 했다 어머니는 어린 시절 가난의 상처 탓에 먹고 살만해진 다음에도 허기를 채울 수 없어 돈에 집착한다고 했다 나는 겨우 그런 이유로 위악을 떨어대며 부모와 세상에 반항하는 모경을 이해할 수 없었다 그러자 모경은 불쑥 죽은 동생 이야기를 꺼냈다 그 아이가 죽었을 때 모경의 부모는 감당할 수 없는 슬픔에 빠져 모경을 방치하고 돌보지 않았다고 했다 몹시 외로웠다고 했다 나도 모르게 피식 웃음이 나와 버렸다 모경은 화를 냈고 나는 갑자기 그런 모경을 움켜쥐고 파괴하고 싶은 충동에 휩싸였다

나는 자신의 상처나 불행으로 아파하며 이해받기를 원하는 사람들을 혐오하는 편이었다 니들이 겨우 그런 걸로 앓는 소리를 하냐는 식

으로 받아치고 싶었다 나는 타인의 아픔에 쉽게 공감할 수 없었고 그들의 피해 의식에 치를 떨곤 했다 적어도 우리 엄마 같은 일을 겪은 게 아니라면 그걸 견디는 삶이 아니라면 쉽게 뭐가 아프다고 누가 죽었다고 그래서 힘들다고 지껄이는 것들의 아가리를 날려버리고 싶었다 나는 그날 그만 참지 못하고 모경의 뺨을 때렸다 강제로 키스를 하고 속옷 안으로 거칠게 손을 집어넣었다 나는 그때 내 두려움의 깊이를 알지 못했다

한동안 계단 아래 골방에 가지 못했다 이듬해 모경은 유학을 떠났고 나는 모경의 연락을 기다리다 군대에 갔고 복학을 했고 혼자 소설을 썼고 그럭저럭 졸업을 했다 이후로는 모경의 소식을 듣지 못했다

4

넉희에게는 엄마가 셋 있었다 엄마1호는 넉희를 낳았고 엄마2호는 엄마3호를 낳았으며 엄마3호는 아무도 낳지 않았다

고아였던 엄마1호는 미혼모 시설에서 홀로 아기를 낳았다 앞으로는 행운이 가득한 럭키한 인생을 살자고 '넉희'라는 이름을 붙였지만 정작 자신은 어이없는 화재로 사망하고 말았다 이 사연을 들은 엄마2호는 오갈 데 없는 넉희를 거두어 키우고 싶었다 엄마2호는 평생 알뜰히 모은 재산으로 마련한 3층짜리 아담한 상가 주택을 가지고 있었기에 임대료 수입만으로도 생활이 넉넉한 편이었다 아이 하나쯤 입양해 키우는 건 어려운 일이 아니었다 다만 연로한 탓에 정식 입양이 힘들었

고 그래서 자신의 딸인 엄마3호에게 대신 넉희를 입양하도록 했다

히키코모리인 엄마3호에게는 긍정적인 자극, 삶의 존재 이유, 정서적 교감을 통한 대인관계 개선 훈련 등이 필요했다 넉희는 귀엽고 영리하고 잘 웃는데다 감동적인 사연까지 갖춘 아이였다 그렇다고 넉희가 어떤 목적을 위해 이용당한 건 아니었다 애완견 취급을 받은 건 더더욱 아니었다 넉희는 입양된 뒤로 엄마1호와 살 때는 누릴 수 없었던 사회적, 경제적, 문화적 혜택을 충분히 받았다 정서적 돌봄을 포함한 헌신적 양육 덕분에 현재 전국 상위 0.5퍼센트 정도의 지능을 가진 신체 건강한 청소년으로 성장할 수 있었다

넉희는 자신에게 세 명의 엄마가 있다는 사실이 아무렇지도 않았다 그중 하나는 죽었고, 그 중 하나는 나이가 많으며, 그중 하나는 히키라는 사실도 받아들일 수 있었다 다만 엄마3호가 왜 히키가 되었는지는 궁금했다 엄마3호가 집 안에만 틀어박힌 이유에 대해서는 사람마다 의견이 달랐다 어릴 때부터 특이하고 우울한 구석이 있었다거나 누군가의 죽음을 특별히 길게 애도해야 할 사정이 있었다거나 뉴욕 유학 중 겪은 어떤 사건으로 큰 충격을 받았다거나 하는 식으로 각자 추측을 해댔다 심지어는 아끼던 바늘이 어느 밤 갑자기 자끈동 부러지는 바람에 세상에 나갈 용기를 잃었다고 말하는 이도 있었다 이런 추측들 중 무엇이 진실인지 넉희는 알 수 없었다

상가주택 삼 층 집에서 터벅터벅 계단을 내려올 때마다 넉희는 엉뚱한 상상을 하기도 했다 엄마3호는 이 계단을 내려올 수 없어서 집밖으

로 나가지 못하는 게 아닐까? 엄마3호의 마음에는 삼 층이 아니라 한 백 층쯤 되는 많은 계단이 있는 게 아닐까? 그 계단의 꼭대기에 서서 슬픔과 눈물로 가득 찬 항아리를 뒤집는 게 엄마3호의 일이다 항아리에 가득 찼던 것들이 계단을 적시며 내려오기를 기다리는 중이다 군데군데 끊어진 계단들이 서로 만나 젖어들며 끈끈히 이어지고 뻗어내려 결국 모두가 무사히 빠져나올 수 있을 때까지, 엄마3호는 그렇게 자신의 마음속에 있는 계단들을 먼저 적시느라 밖으로 나가지 못하고 뒤로 물러나 있는 것이다

엄마3호의 마음속에 있을지도 모를 이런 계단들을 생각하면 넉희는 가슴이 괜히 먹먹해졌다 종말과 대재앙에 열광하는 자신을 떠올리자 조금 부끄러웠고 엄마3호를 위해서라도 이제는 철이 좀 들어야겠다고 생각했다 넉희는 이런 성찰을 통해 질풍노도의 사춘기를 무사히 통과하는 중이었다 참으로 다행스런 일이었다

5

내가 소설을 쓰겠다며 이십 대를 완전히 흘려보낸 건 어쩌면 연락이 끊긴 모경 때문이었다 내가 혹시 유명해진다면 모경이 그걸 읽고 나를 찾아올지도 모른다는 달뜬 기대도 있었다 그러나 결국 소설을 포기하고 산에 들어갔던 것도, 거기에서 스님에게 서예를 배우며 소일했던 것도, 언제까지 이렇게 살 거냐며 나를 찾아온 누나의 설득에 산을 내려온 것도, 홍보물을 제작하는 매형의 회사에서 별 중요하지 않은 잡

다한 업무를 보며 사회생활을 시작한 것도, 내가 붓펜으로 적어 놓은 낙서가 우연히 디자인 팀장의 눈에 띄게 된 것도, 그로 인해 내게 있는 지조차 몰랐던 재능을 뒤늦게 발견하고 비교적 짧은 기간에 꽤 인정받는 캘리그라피스트가 된 것도, 그러다 우연히 '이소연'이라는 흔한 이름을 접하고 일상이 흔들리기 시작한 것도, 우연이든 운명이든 아무튼 일이 그렇게 되어버린 것이었다

먹을 흠뻑 적신 붓을 들고 금강경을 필사하던 산사의 풍경과 그때의 다짐을 떠올리며 나는 마음을 다잡았다 유년시절 기억으로부터 끌어온 실체 없는 괴물들을 통제할 수 있으리라 생각한 건 어리석은 착각이었다 내가 쓰고자 하는 잔인한 소설 따위가 이 세상에 무슨 도움이 되며 무슨 목적이 있단 말인가, 그럼에도 왜 포기하지 못하는가, 이런 상념이 배꼽에서 불쑥 올라올 때마다 나는 법당에 엎드려 필사를 이어갔다 자극적인 범죄 장면들에 집착하며 거기 깃든 폭력과 관능과 죽음의 이미지에 온통 정신을 빼앗겼던 시간들로부터 서서히 풀려나는 느낌은 마치 마법 같았다 필사를 마치면 주먹을 쥘 힘조차 남아 있지 않을 정도로 온몸에 힘이 빠지곤 했었다 그런 경험 덕에 나는 성과 없는 소설을 내려놓고 평범한 생활인의 안전한 세계로 복귀할 수 있었다

나는 어려서부터 의지가 약한 편이었다 그건 지금도 마찬가지였다 스스로를 향한 이런 다짐에도 불구하고 나는 결국 호기심과 두려움이 섞인 감정을 이기지 못하고 모경의 소식을 알 만한 대학 동창에게 연락을 하고 말았다 생각보다 큰 어색함과 수고로움을 감수해야 했다 너

이 자식, 소설 쓴다더니 어떻게 된 거냐, 그동안 잘 지냈냐, 결혼은 했냐, 대체 뭘 하기에 통 연락이 없었냐 따위의 번잡한 인사와 쓸데없는 질문이 이어졌다 나는 갑자기 생각난 듯, 아무 일 아닌 듯 애써 태연하게 물었다

혹시, 모경이 어떻게 지내는지 아니?

아, 이모경? 글쎄, 너랑 친하지 않았냐? 뉴욕으로 유학 갔다는 말은 들었는데, 소식을 아는 애들이 있으려나?

남의 일에 유난히 관심이 많은 건지, 아니면 자신의 삶이 지루하기 때문인지, 내가 그럴 필요까지 없다고 했는데도 친구는 선뜻 자신이 한번 알아보겠다고 했다 그리고 한동안 연락이 없어서 잊었는가 싶었는데 한 달쯤 뒤에 다시 전화가 왔다 친구는 대뜸, 이상한 일이라고 했다 동창회며 동문회며 심지어 모경의 고향 친구들에게까지 알아보았으나 근황을 아는 이가 없다고 했다 '뭔가 섬뜩하지 않니? 조사하면 다 나오는 요즘 세상에 어떻게 흔적이 하나도 없을 수가 있지? 외국에 살아도 구글이나 페이스북 검색하면 어떤 식으로든 찾아지잖아, 근데 이모경은 정말 아무것도 없어, 혹시 걔, 죽은 거 아닐까?'

한동안 일이 손에 잡히지 않았다 세월호 사건의 여파로 지역 축제며 기업 행사들이 줄줄이 취소되는 바람에 일거리마저 줄어 한가했다 매형은 취소된 계약 건으로 회사 사정이 어렵다며 내내 앓는 소리를 해댔다 '산 사람은 살아야지 저렇게 계속 이슈를 만들어 내서 대체 어쩌겠다는 건지, 유족들을 위해서도 그래, 빨리 일상으로 복귀해야지 언

제까지 저렇게 사느냐 말이야, 저러다 다른 이슈가 터지면 다들 또 몰라라 하겠지, 처남도 어릴 때 겪어봐서 잘 알 거 아냐, 옆에서 모른 척해주는 게 도와주는 거지 저렇게 끌고 다니며 뭐 어쩌자는 건지, 결국일상으로 돌아갈 기회를 놓친 사람들만 평생 괴로움 속에 사는 거라고, 인간들의 이기심이 정말 끔찍하다 끔찍해, 나라꼴이 이게 뭐냐'

사무실에서 대충 시간을 때우면서 매형의 이런 불평을 한 귀로 흘려 듣던 나는 갑자기 야구를 보러 가야겠다고 생각했다 마지막으로 가본 게 언제인지 기억조차 나지 않을 정도로 오랜만이었다 다시 찾은 잠실 야구장의 모습은 어린 시절 기억과 크게 다르지 않았다 한때 아버지는 누나와 나를 데리고 틈만 나면 야구장에 가곤 했었다 우리는 거의 야구장에서 살다시피 했다 아버지는 원래 야구를 좋아하는 사람이 아니었다 다만 아내가 갑자기 죽은 뒤 정적으로 남은 시간들을 견디기 위해 택한 곳이었다 엄마를 찾으며 우는 어린 자식들을 양 손에 하나씩 잡고서 아버지는 어떻게든 집밖으로 나가야 했다 극장을 가도 공원을 가도 백화점이나 놀이동산에 가도 어디를 가더라도 아내와의 추억들이 후드득 솟아나 아버지를 막아 세웠다 아내의 흔적이 조금도 묻어 있지 않는 공간은 야구장뿐이었다 그건 탁월한 선택이었다

아버지는 탁 트인 그곳에서 우리를 끌어안고 맘껏 웃고 소리치며 세월을 견디었다 그렇게 야구장에서 시간을 보내고 돌아오면 다시 또 하루를 살아낼 힘을 얻곤 했다 그건 누나와 나도 마찬가지였다 야구는 집착할 거리가 많은 스포츠였다 팀별, 선수별 기록들과 역대 전적들,

타율이나 방어율, 선수들의 연봉 계약이나 연애 사건, 구단 운영의 문제점 등등, 파면 팔수록 외우고 따지고 예측할 거리가 많았다 우리는 마치 삼년상을 치르듯 엄마가 죽고 난 뒤 몇 년을 온 가족이 야구에 심취한 채 흘려보냈다 그렇게 살아남았다

6

넉희는 엄마2호로부터 이정만 씨에 대해 많은 이야기를 들으며 자랐다 넉희가 입양되기 전에 세상을 떠났기에 직접 만날 기회는 없었다

엄마2호의 남편이자 엄마3호의 아버지인 이정만 씨는 상식적이고 따뜻하며 성실한 사람이었다 유학 중 돌연 귀국한 뒤로 일체 집 밖 출입을 하지 않는 딸을 걱정하며 도움이 될 만한 것을 선물해 주는 것이 그의 말년 낙이었다 알록달록한 천들과 실, 바늘 세트와 퀼트 교본을 딸에게 전해주면서 등을 토닥거리곤 했다 위암 말기 판정을 받은 뒤에도 그는 단단한 허벅지와 교양독서의 내공 덕분에 가족들을 힘들게 하거나 유난 떨지 않고 의연히 죽음을 기다렸다 하루가 다르게 쇠약해져 갔으나 다행히 마지막 몇 주를 제외하면 큰 고통 없이 생을 마감했다 성당에서 찾아온 봉사자들과 방문 간호사들이 모두 그를 칭찬했고 심지어 감동을 받았다는 이들도 있었다 '이게 위로가 될지는 모르겠지만, 이렇게 곱게 돌아가시는 암환자를 본 적이 별로 없어요'

이런 말을 들을 때마다 엄마2호는 눈물을 훔치며 고개를 끄덕이곤 했다 그러다 남편의 빈자리가 주는 허전함을 달래고자 성당 아주머니

들과 봉사활동을 다니기 시작했다 화재 현장에서 홀로 살아남았다는 어린 넉희의 안타까운 사연을 들은 엄마2호는 큰 감동을 받았다 아기를 품에 안은 채 사나운 불길을 버텨내다 죽음을 맞이한 어린 엄마를 떠올리며 잠을 설치기 일쑤였다 결국 가정 위탁모가 되어 넉희를 집으로 데려와 씻기고 먹이고 어르고 재웠다 좋은 부모 찾아서 보내줘야겠다고 생각했지만 한번 준 정을 떼기가 쉽지 않았다 넉희는 몸에 남아 있는 화상 흔적 때문에 입양이 무산되고 있었고 그럴 때마다 오히려 엄마2호는 안도의 한숨을 쉬곤 했다

넉희를 입양하기까지의 과정이 순탄하지만은 않았다 집밖으로 나갈 수 없었기에 아버지의 장례식에도 참석하지 못했던 엄마3호가 점점 더 깊은 비탄으로 빠져들던 시기였다 아예 방 밖으로는 한 발자국도 나오지 않으려 했고 방 창문을 검은 판넬로 가려버리기까지 했다 뒤늦게 찾아온 아버지의 죽음에 대한 실감 때문인지, 비타민D 결핍으로 인한 우울과 무기력 때문인지, 그것도 아니라면 정말로 아끼던 바늘이 부러져버렸기 때문인지 알 수 없었다 한밤중에 깨어나 짐승 같은 울음을 터뜨리는 딸을 보며 엄마2호는 그저 막막한 심정이었다 그러던 어느 밤이었다 엄마2호는 마치 무엇에 이끌리듯, 울다 잠든 엄마3호 곁에 어린 넉희를 가만히 뉘여 보았다 넉희는 팔을 뻗어 엄마 3호의 손가락을 힘껏 움켜쥐었다 결코 놓지 않겠다는 듯이, 엄청난 악력이었다

이 장면을 마음에 깊이 새긴 엄마2호는 미혼모 시설 원장수녀를 찾

아가 딸의 상태에 대해 털어놓고 그럼에도 정식 입양이 가능한지 물었다 비록 미혼이더라도 정신 병력이나 범죄 사실이 없다면, 양육에 필요한 경제력만 있다면 가능하다고 했다 다행이었다 엄마3호는 정신과 진료 기록이 없었고, 나름 해외 유학까지 다녀온 재원인데다, 엄마2호의 재테크 능력 덕에 그들이 사는 상가주택 삼 층의 서류상 소유주이기도 했다 원장수녀가 힘을 써준 덕분에 엄마3호는 히키라는 사실을 숨기고 넉희를 입양할 수 있었다 모든 법적 절차가 끝나고 마침내 한 식구가 된 날, 엄마2호는 방긋 웃는 넉희를 엄마3호의 품에 안겨주며 눈물을 흘렸다 신이 주신 선물로 알고 최선을 다해 키우리라 다짐하고 또 다짐했다

넉희는 통통하게 살이 오르며 하루가 다르게 튼튼해졌다 엄마2호는 사려 깊은 사람이었다 사내아이인 넉희에게 남성 롤모델이 없다는 게 마음에 걸렸다 남자란 모름지기 튼튼한 허벅지와 꾸준한 교양독서로 단련되어야 한다는 신념으로 평생을 살았던 남편을 떠올리며 엄마2호는 넉희를 유소년 스포츠클럽에 가입시켰다 넉희는 특히 축구를 좋아해서 거의 매일 공을 차며 놀았다 또한 체육교사이자 수필가, 말년에는 아동문학가로 소일했던 남편의 서재에는 어린이가 읽을 만한 책들부터 교양인의 필독서까지 빼곡히 들어차 있었다 엄마2호는 넉희가 서재에서 많은 시간을 보내도록 지도했다 이런 세심한 배려 덕에 넉희는 부족함 없는 건강한 아이로 자랄 수 있었다

한편 엄마3호에게 늘 부족한 건 비타민 D였다 모든 히키의 삶이 그

렇듯 오랜 실내생활 탓이었다 엄마2호는 고민 끝에 목돈을 들여 대대적인 옥상 공사를 감행했다 창고로 쓰던 옥탑 방을 욕실까지 갖춘 깔끔한 원룸으로 개조하여 엄마3호를 그곳으로 옮겼다 시멘트 바닥이던 옥상 전체에 배수 시설을 하고 흙을 덮고 잔디를 깔아 아담한 정원으로 꾸몄다 한쪽에는 텃밭도 마련하여 엄마3호가 직접 심고 가꾸며 책임감을 갖도록 했다 엄마2호의 지혜와 결단 덕에 엄마3호는 정신적으로나 신체적으로 보다 건강한 히키 라이프를 영위할 수 있게 되었다 엄마3호가 예전에 틀어박혔던 3층 방은 넉희의 방으로 변신했다 모두가 행복해지는 즐거운 이동이었다

7

나는 다시 야구장에 다니기 시작했다 혼자 보는 야구도 나쁘지 않았다 유년 시절과는 또 다른 재미가 있었다 외야석에 앉아 맥주를 마시면서 주위를 둘러보면 나처럼 혼자 온 사람들이 눈에 띄었다 같은 팀을 응원한다는 이유만으로 갑자기 환호하며 얼싸안기도 했고 서로 먹을 것을 건네기도 했다 야구장에 혼자 온 어른들은 어떤 면에서 다들 어린 아이 같았다 집으로 돌아오는 길에 괜히 콧노래를 흥얼거리다가 문득 누나와 한번 같이 오면 좋겠다는 생각이 들었다 누나가 세월호 사건 이후로 좀 넋이 나간 사람 같다는 말을 매형에게 들은 터라 걱정이 되기도 했다

누나는 그런 사람이었다 나와는 다르게 타인의 고통에 매우 민감했

다 희생자나 유족들 중 아는 사람이 없는데도 마치 자신의 일처럼 힘들어했다 누나가 이러는 건 처음이 아니었다 대구 지하철 참사 때도, 천안함 사건 때도, 심지어 먼 나라의 테러 사건에도 멍하게 넋을 놓고 며칠씩 울던 누나였다 마음이 편치 않았다 나는 누나에게 전화를 걸었다 같이 야구장에 가자는 내 제안을 누나는 그리 반겨하지 않는 눈치였다 한참 뜸을 들이더니 주말에 조카들을 봐줄 수 있냐고 물었다 실은 벌써 몇 번 매형 몰래 진도에 내려가 자원봉사를 하고 왔는데 시댁에 매번 아이들을 맡기기가 어렵다는 거였다

나로서는 이렇게까지 해야 하는 누나를 이해하기 힘들었다 하지만 본인이 이렇게라도 하지 않으면 숨을 못 쉴 것 같다고 하니 그걸 또 억지로 말릴 수도 없는 노릇이었다 누나는 타인의 슬픔을 직접 곁에서 보는 것으로 자신에게 필요한 어떤 위안을 찾는 것 같았다 나는 결국 주말에 조카들을 데리고 야구 경기를 보러 갔다 어렵게 테이블석을 예매하고 먹을 것을 잔뜩 준비해서 갔는데도 아이들은 별 재미를 느끼지 못하는 것 같았다 자꾸 두리번거리며 엄마를 찾았다 조카들을 달래는 내 꼴이 우스웠다 감당할 수 없는 슬픔이라 할지라도 어떻게든 살아내려 하면 또 살아진다는 옛말을 나는 야구장에 앉아 떠올렸다 나의 방식과 누나의 방식이 다른 건 어쩔 수 없는 일이었다

결혼 전에 누나는 임신한 적이 있었다 매형은 누나의 임신 사실을 모른 채 이별을 통보했다 누나는 차마 뱃속의 아기를 떼어버릴 엄두조차 내지 못했다 혼자 고민하다가 유서도 없이 조용히 세상을 떠날 결

심을 했다 누나는 다소 신파적인 면이 있었다 마지막 순간에 자신의 울음이 방밖으로 새어나갈까 염려하면서 텔레비전을 켰다 적당한 소음이 유지되도록 할 작정이었다 그런데 갑자기 이상한 소리들이 들려왔다 누나는 반쯤 풀린 눈으로 티비를 쳐다보았다 이해할 수 없는 장면이 화면을 가득 채우고 있었다 검은 연기를 뿜어내며 불타는 건물이 보였다 곧이어 그 옆 건물로 비행기 한 대가 또 날아와 박혔다 그걸 계속 쳐다보느라 결국 누나는 그날 죽지 못했다

불타는 건물에 갇힌 많은 사람들이 가족에게 전화를 걸었고 그들의 마지막 말이 한결같이 사랑한다는 말 뿐이었다는 방송을 보며 누나는 참았던 울음을 터뜨렸다 한번 울음이 터지자 도무지 멈출 수 없었다 누나는 며칠 동안 방 안에만 틀어박혀 울었다 그리고 마음을 고쳐먹었다 아이 낳을 준비를 하면서 희생된 사람들의 명복을 빌었다 당신들의 마지막 통화가 지구 반대편의 나를 살렸고 내 아이까지 살렸다는 감사의 말을 중얼거렸다 누나는 매형을 다시 찾아갔고 결혼을 했고 아이 둘을 낳았고 현재까지 별 탈 없이 잘 살고 있는 편이다

그러나 한 번씩 비극적 사건이 일어날 때마다 누나는 이상한 행동을 했다 며칠씩 방 안에 틀어박혀 내내 울었다 실컷 운 다음에는 무언가 도울 일이 없는지 여기 저기 알아보면서 자원봉사니 모금활동이니 하는 것들에 열중했다 자연재해든, 테러든, 인재든, 각종 사건사고는 끊임없이 일어났다 그때마다 무너지는 누나를 보며 나는 모진 소리를 하기도 했다 '하루에 지구에서 죽는 사람이 이십 만이래 한국에서만 하

루 육백 명 이상이 죽어 거기에는 어이없는 죽음, 비참한 죽음, 억울한 죽음, 충분히 막을 수 있었던 죽음이 가득해 대체 언제까지 이럴 거냐고, 이제 정신 좀 차려' 나는 화가 나 있었고 타인의 비극에 과도하게 공감하며 무너지는 누나가 싫었다 이제 그만 이 지긋지긋한 자기연민에서 벗어나길 바랐다 내가 누나에게 했던 말은 실은 나를 향한 말이기도 했다

8

넉희는 두 엄마들의 사랑을 받으며 무럭무럭 자라났고 아이에서 소년으로 성장했다 모든 것이 전보다 더 좋아지고 있었다 엄마3호는 옥상으로 방을 옮긴 다음부터 방 안에만 틀어박히는 시간이 눈에 띄게 줄었다 옥상 벤치에 앉아 햇살을 받으며 바느질을 했고 넉희를 보기 위해 옥상에서 삼 층으로 내려오기도 했다 여전히 삼 층 집 현관 밖으로는 한 발자국도 나갈 수 없었지만 그래도 조금씩 달라지고 있었다 넉희의 화상 자국도 나날이 옅어졌다 누군가 작정하고 들여다보지 않는 이상 거의 눈에 띄지 않을 정도였다 이런 변화를 지켜보는 엄마2호의 눈가에는 눈물이 맺혀 반짝거렸다

햇빛과 바람, 흙과 식물이 만들어낸 변화는 놀라울 정도였다 엄마3호는 옥상 정원을 바람처럼 돌아다니며 자주 웃었고 자신이 기른 채소로 넉희에게 간식을 만들어주었으며 함께 서재에서 책을 읽기도 했다 바느질도 열심이었고 늦게까지 글을 쓰기도 했다 삼 층과 옥상을 부지

런히 오가며 넉희와 텃밭을 돌보는 엄마3호를 보며 엄마2호는 오래 참아왔던 안도의 숨을 내쉬었다 자신이 늙고 병들어 세상을 떠난 뒤에도 남은 두 사람이 서로를 의지하며 살 수 있을 것 같았다 엄마2호는 자신이 내렸던 두 가지 결정, 즉 넉희를 입양한 것과 딸에게 옥상을 선물한 것이 새삼 자랑스러웠다 이제 저 세상에서 남편을 만나더라도 이 두 가지만큼은 크게 칭찬 받을 것 같았다

어느덧 엄마2호의 마음에도 싱그러운 봄바람이 불기 시작했다 오랜만에 다시 나간 초등학교 동창회에서 마음 맞는 좋은 친구들을 만났고 그들과 자주 어울렸다 이번에는 환갑 기념으로 제주도 여행을 간다고 했다 엄마2호는 아이들만 두고 집을 비우는 게 영 마음에 걸렸다 그런데 오히려 엄마3호와 넉희가 아무 걱정 말라며 등을 떠밀었다 이제 넉희도 제 앞가림 정도는 충분히 하는 나이였다 엄마2호가 집을 비워도 별 일 없을 테니 즐겁게 다녀오라며 성화였다 엄마2호는 엄마3호와 넉희의 적극적 지지를 받으며 여행 준비를 했다 계절에 어울리는 산뜻한 등산복과 화려한 모자도 준비되었고 며칠을 지낼 가방도 꾸려졌다 엄마2호는 마치 수학여행을 떠나는 사춘기 소녀처럼 들뜬 표정으로 집을 나섰다 배웅하는 엄마3호와 넉희 역시 덩달아 설레는 기분이었다

이제 오랜 세월의 더께가 쌓인 슬픔 같은 것들은 이 집안에서 모두 사라져버린 것 같았다 앞으로는 더욱 좋은 일들만 생길 것 같았다 옥상의 식물들이 겨우내 얼었던 땅을 뚫고 맹렬히 솟아오르는 중이었다

9

혼적도 없이 사라진 모경을 찾아낼 실마리를 찾은 것은 뜻밖에 야구장에서였다 평범한 외야플라이를 어이없이 놓친 수비수에게 한쪽에서는 야유와 탄식을 한쪽에서는 환호를 보내고 있었다 운 좋게 출루한 타자는 유난히 굵은 허벅지로 유명한 선수였다 그 순간 잊었던 어떤 기억 하나가 불쑥 떠올랐다 언젠가 모경은 자신의 아버지가 프로야구 선수로 뛴 적이 있다고 했었다 신통치 않은 실력 탓에 허벅지가 유난히 굵었다는 평가 외에는 별다른 성과 없이 짧은 선수생활을 접었다고 했었다 당시 모경은 진실과 거짓 사이의 경계를 허무는 실험을 한다며 아무 말이나 지껄이곤 했었기에 나는 사실이 아니려니 생각하고 대수롭지 않게 여겼었다

모경에게 들었던 이름을 기억하려 애썼으나 잘 떠오르지 않았다 나는 누나에게 전화를 걸어 혹시 내 상자를 아직 가지고 있냐고 물었다 갑자기 소중한 누군가를 잃은 아이들이 그렇듯 누나와 나는 옛 물건을 버리지 못하는 습관을 가지고 있었다 우리는 잡동사니에 집착하는 편이었다 아버지에게 여러 번 혼이 나고 몇 번의 이사를 거치면서 많이 버리기는 했지만 여전히 버리지 못한 상자가 하나 있었다 내 유년시절이 담겨 있는 그 상자를 나는 누나 집에 맡겨놓고 까맣게 잊고 있었다

창고에서 반나절 먼지를 뒤집어쓰고 나서야 찾아낸 상자에는 1980년대 야구선수들의 카드가 가득 들어있었다 구단별로 묶여 있던 카드

들을 뒤져 나는 한 선수를 찾아냈다 '이정만' 유명 선수가 아님에도 왠지 익숙했다 모경에게 들었던 바로 그 이름 같았다 나는 인터넷 검색으로 이정만 선수에 대해 찾아보았다 무명에 가까운 선수 생활을 마감하고 뒤늦게 교육대학원에 진학해 늦깎이 체육교사가 되었고, 동료 교사들과 학생들에게 좋은 평가를 받으며 교직생활을 했고, 말년에는 동화책 몇 권을 냈는데 그중 하나가 지금도 조금씩 팔리고 있으며, 이미 위암으로 세상을 떠났다는 사실도 알게 되었다

나는 고민 끝에 이정만의 동화책을 출간했던 출판사에 전화를 걸었다 이정만 선생님의 가족에게 오랜만에 인사를 전하고 싶은데 혹시 연락처를 알 수 있냐고 물었다 전화를 받은 직원은 자신이 신입 때부터 이정만 선생님 담당이었으며, 학창 시절 그분의 제자이기도 하다며 반갑게 전화를 받았다 그리고는 이내 길게 한숨을 내쉬었다 '아직 소식 못 들으셨나 봅니다, 사모님이 이번 세월호 사건으로 황망하게 떠나셨습니다, 유족이라고는 따님 한 분이 계신데 아직 편하게 손님을 맞을 처지가 아닐 겁니다, 그래도 한번 찾아가 보시겠다면 주소는 알려드리겠습니다'

얼떨결에 주소를 받아 적기는 했지만 괜히 알아보았다는 후회가 일었다 이제와 모경을 찾아가 위로를 건네는 게 무슨 의미가 있나 싶었다 게다가, 내가 진짜 궁금해서 그러는데 '이소연'이 혹시 너냐? 이렇게 물을 수도 없는 노릇이었다 나의 호기심이 얼마나 하찮고 예의 없는 일인지를 실감했다 심지어 모경이 이정만의 딸인지 아닌지도 확실

치 않았다 나는 주소를 적은 메모를 접어서 야구카드들과 함께 다시 상자에 담았다 막상 누나 집에 도로 갖다놓자니 그것도 귀찮았다 이제는 전부 버려도 될 것 같았다

　나는 커다란 쓰레기봉투를 펼쳐 놓고 그 위에서 상자를 뒤집었다 한때 내게 소중했던 것들이 모두 쏟아져 나와 순식간에 쓰레기봉투 속으로 사라졌다 나는 마지막까지 탈탈 털어 깨끗이 상자를 비우고 싶었다 그런데 상자 제일 안쪽 곰팡이 핀 바닥에 들러붙어 있던 잡지 하나가 투득, 소리를 내며 찢어진 채 떨어졌다 갑자기 손에 힘이 빠지는 것 같았다 나는 쓰레기봉투 속으로 떨어진 잡지를 내려다보았다 그리고 다시 손을 뻗어 그것을 꺼냈다 '충격과 공포! 악마의 탈을 쓴 살인마, 부녀자 연쇄 강간 살해범의 마지막 사건일지, 알려지지 않은 그날의 진실들!' 조악한 편집과 선정적인 표지의 문구들이 눈에 거슬리는 싸구려 잡지였다

　내가 언제 어떻게 이 잡지를 손에 넣었는지 왜 이걸 야구상자 바닥에 숨겨 놓았는지 따위는 전혀 기억나지 않았다 대신 오랫동안 잊고 있었던 그날 오후가 일그러지는 글자들 사이로 천천히 떠올랐다 나는 잠시 숨을 멈추었다 다시 길게 내쉬었다 꽃들이 제멋대로 피었다가 순식간에 져버렸던 그런 해였다 나는 초등학교 일학년이었다 친구 집에서 놀다가 꽤 늦은 시간에야 집으로 돌아왔다 엄마에게 혼날까봐 마음이 조마조마했다 대문이 살짝 열려 있어 이상하다 생각하며 마당으로 들어섰다 마당에는 엄마의 초록색 시장바구니와 그 안에 담긴 물건들

이 사방으로 흩어져 있었다 나는 잠시 뒤 골목으로 뛰쳐나갔다 울음도
비명도 지를 수 없었다 넋 나간 표정으로 바지에 오줌을 싸버린 나를
보고 지나던 누군가 신고를 했다 대문에 노란색 테이프가 쳐졌고 나는
일주일쯤 혹은 더 길게 고모 집에서 내내 앓았다 엄마는 세 번째 사건
의 피해자였다 이후로 한 건이 더 발생한 뒤에야 범인은 검거되었다
대낮에 혼자 집에 들어가는 주부를 몰래 따라 들어가 박스 테이프로
입을 막은 다음 강간하고 살해하는 수법이었다 흉기를 사용하지 않고
맨주먹으로 정신을 잃을 때까지 내려치다가 마지막 순간에 목을 졸라
숨통을 끊었다고 했다

　내가 헛소리와 고열에 시달리며 까무러치고 깨기를 반복하다 이틀
만에 정신을 차렸을 때 형사들이 만류하는 아버지와 고모를 설득해 나
를 찾아왔다 최초 목격자이니만큼 혹시 도주하는 범인을 보았을지 모
른다는 거였다 나는 마당에 흩어진 시장바구니와 현관의 핏자국 말고
는 아무것도 보지 못했다고 했다 무서워서 집 안에 들어가지 못하고
그대로 밖으로 뛰쳐나왔다고 했다 형사들은 아쉬워하며 돌아갔다 몇
주쯤 혹은 몇 달쯤 더 지났을 때 한 번은 아버지가 한 번은 고모가 나
에게 물었다 정말 아무것도 보지 못했느냐고, 나는 그렇다고 답했다
그건 거짓말이었다 나는 피투성이가 된 엄마가 천장을 노려보며 죽어
있는 모습을 보았다 스웨터는 입은 상태였고 하의는 벗겨져 있었다 음
부가 그대로 드러난 채 한쪽 다리가 꺾여있는 기괴한 자세였다 그때
엄마의 마지막 모습을 보지 못했다고 했던 것이 나를 위해서였는지 아

니면 아빠나 고모를 위해서였는지는 모르겠다 겨우 여덟 살이었지만 나는 꼭 그렇게 해야만 할 것 같았다

10

짧은 봄이 끝나고 길게 늘어진 여름이 딱딱해진 가을이 그리고 거대한 벽으로 사방이 막혀버린 겨울이 왔다 엄마3호와 넉희는 머릿속을 텅 비운 채로 아무것도 느끼지 않은 채로 오가는 계절들을 맞았다 무서울 정도의 담담함이었다 모두가 그런 그들을 걱정했다 선생들이, 친척들이, 또 자원봉사자라던가 기자들이라던가 뭐 그런 많은 종류의 인간들이 다녀갔다 힘을 내시라거나, 도울 일이 있으면 말을 하시라거나, 슬퍼해도 괜찮다거나, 소리쳐 울면서 다 풀어버리라는 식의 엇비슷한 위로였다 우리가 당신들과 함께 끝까지 잊지 않고 기억하겠다는 아우성조차 넉희에게는 소음처럼 느껴졌다 머리로는 고맙다는 걸 알았지만 정작 가슴으로는 작은 깃발 하나조차 흔들지 못할 빈 바람이 지나갈 뿐이었다 넉희는 두려웠고 몹시 피곤했기에 사람들의 친절과 배려조차 부담스러워 고개를 돌려버리곤 했다

겨울이 끝날 즈음, 엄마3호가 말했다

엄마랑 어딜 좀 다녀오자

어디?

한번 가봐야겠어

넉희는 엄마3호가 어디를 가자는 건지 알 수 없었다 그들은 지금껏

진도도 팽목항도 분향소도 광화문도 그 어디에도 가지 않았다 일반인 희생자들의 영결식이 있던 날, 이건 도리가 아니라며, 마지막 가시는 모습은 꼭 봐야 한다며, 친척들이 겁에 질린 엄마3호를 집밖으로 끌어내려 했다 넉희가 소리를 지르고 물건들을 집어 던지며 이를 막으셨다 이후로 넉희는 축구와 독서를 멈추었고 학교도 가지 않았다 대신 인터넷 롤 게임에 몰두하면서 엄마3호와 함께 집 안에만 틀어박혀 지내고 있었다

엄마3호가 다시 말했다

나가야겠어

그 말을 듣는 순간 넉희는 한 남자를 떠올렸다 순식간에 물이 차오르자 본능적으로 팔을 뻗어 무언가를 움켜쥐었던 남자, 지금 엄마3호도 그처럼 팔을 뻗으려는 걸까? 넉희는 컴퓨터를 끄고 엄마3호를 가만히 쳐다보았다 무언가 적절한 반응을 하고 싶었지만 딱히 떠오르는 말이 없었다 혹시 엄마3호의 마음속에 있다는 그 계단들이 이제야 다 이어진 걸까 넉희는 어느새 주먹을 쥐고 있는 자신을 발견했다 그리고 다짐했다 설령 오랫동안 구조되지 못할지라도 기꺼이 함께 표류할 준비가 되어 있다고, 엄마3호가 팔을 뻗었을 때 무언가 꼭 움켜쥘 수 있도록 아직 그리 두껍지 않은 자신의 팔뚝이라도 기꺼이 내어 주겠다고, 어린 넉희를 품에 안고 온몸으로 불길을 막아냈던 엄마1호처럼, 지금도 넉희와 엄마3호를 더 걱정하고 있을 엄마2호처럼, 넉희는 스스로 엄마4호가 될 준비를 하고 있었다

문 밖의 계단들이 하나씩 출렁이기 시작했다

11

'이소연'의 소설을 다시 읽어 보았다 모경이 아닐 것 같았다 누구도 예측할 수 없는 완벽한 범죄 소설과는 거리가 먼 평범한 소설이었다 모경이라면 모두를 깜짝 놀라게 할 멋진 범죄 소설을 썼을 테니, 내가 한눈에 못 알아볼 리가 없었다 다만 그동안 내가 '이소연'에 몰두했던 건 어떤 계기가 필요해서였다 나는 이정만의 주소가 적힌 메모를 찾기 위해 쓰레기봉투 속으로 다시 팔을 뻗었다 모경을 만나 무슨 말부터 하면 좋을지 생각했다 사과부터 해야 할지 위로부터 해야 할지 모르겠다 네가 혹시 '이소연'이니? 이렇게 묻고 대답을 기다리는 동안, 다음 할 말이 자연스레 떠오르면 좋을 것이다 타인을 덮친 비극적 사건에 채널을 맞추고 함께 울어버리는 게 누나에게 필요했듯이 감당할 수 없는 슬픔이 올라올 때 그걸 견디는 각자의 방식이 있는 거라고, 누구에게는 야구장이 누구에게는 긴 칩거가 누구에게는 팔을 뻗어 움켜쥘 무언가가 필요하다고, 타인의 슬픔에 기대어 자신의 슬픔을 달래는 것 역시 하나의 방법이라는 걸 알게 되었다고 말할지도 모르겠다 마침내 손끝에 작은 메모가 만져졌다 나는 그걸 힘껏 쥐었다

나는 모경을 찾아갈 것이다 하찮고 시시콜콜하고 엄살떠는 소리밖에 건넬 수 없겠지만 대체 이런 이야기가 무슨 소용이 있냐는 핀잔이나 듣겠지만 나는 계속 모경에게 말을 걸어 볼 작정이다 이제 모경이

내 아가리를 날릴 차례다 팔을 뻗어 나를 한 대 치는 순간이 올 때까지 그리고 팔을 뻗어 다른 누군가를 안을 수 있을 때까지 나는 소설이나 한 편 쓰면서 기다릴 작정이다 모경을 위한 소설에는 단 한 개의 마침표도 찍지 않을 것이다 왜냐하면, 아직 우리에게는 마침표를 찍을 수 있는 문장이 하나도 없기 때문이다 아직 아무것도 시작되지 않았다 그 누구에게도 별 도움이 되지 않겠지만, 당분간 내가 할 수 있는 건 이게 전부다

엄마는 끔찍한 사건의 피해자였다, 이렇게 시작하는 첫 문장 앞에서 나는 그만 울음을 터뜨렸다

한숙현 1974년생으로 2010년 단편소설 「크로스컷」으로 제16회 '김유정소설문학상'을 수상하며 등단했다.

상자나 벽장에 들어가 가만히 웅크리고 있기를 좋아했다. 아무도 나를 찾을 수 없어야 이기는 게임이었다. 그러나 몸이 자라니 더는 숨을 곳이 없어졌다. 다시 작고 가벼워지고 싶어 글쓰기를 시작했다. 소설은 더 숨을 곳이 많다고 생각했지만 그 반대였다. 작고 가벼워져야 이기는 게임에서 매번 지고 만다. 숨을 곳이 필요한 사람들이 글자들 사이에서 춤을 추면 좋겠다. 그런 소설을 쓰는 술래가 되고 싶다.

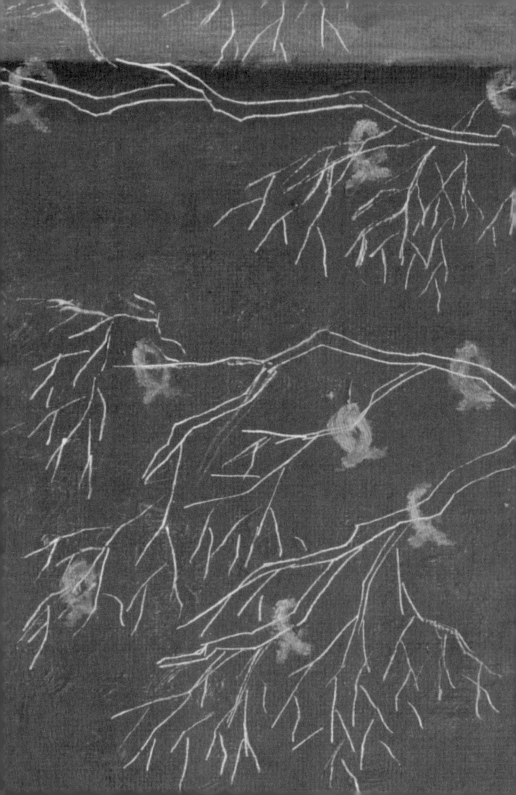

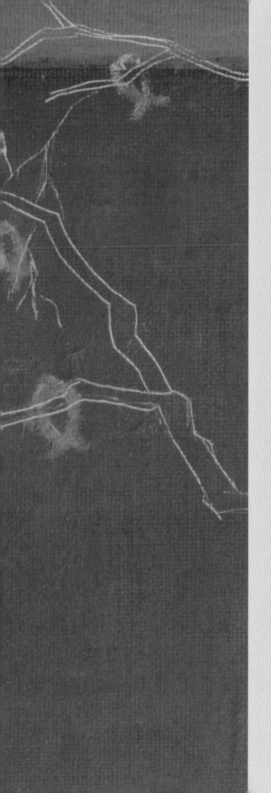

서쪽으로
더 서쪽으로

방민호

memo

진도 팽목항에 두 번 갔다. 한번은 작년 9월 4일, 또 한 번은 올해 2월 14일. 세월호 참사로 희생된 넋을 기리기 위해서였지만 갔다 오고 나서 이것이 이 소설의 씨앗이 되었다. 작년 4월 16일 이후, 이 세계는 물속에 잠겨 있는 것 같다. 질식할 것 같은 이 세계로부터 희생된 이들의 가족들과 우리들 모두를 구원해 줄 수 있는 길을 찾고 싶었다. 그 해답을 이야기를 통해 구해보고자 했다.

서쪽으로 더 서쪽으로

선재는 뜬눈으로 날이 밝기를 기다렸다. 그동안 스마트폰은 쉼 없이 울려댔다. 역시나 준하일 테지.

창밖이 희뿌예지자 선재는 자리에서 일어나 대충 씻고 원룸을 빠져 나왔다. 오랜만의 새벽 외출이었다.

이른 아침의 거리에는 인적이 드물었다. 초가을 새벽 공기에 선재는 정신이 맑게 깨어나는 듯했다.

마을버스에서 내려서는 지하철을 타야 했다. 바쁜 걸음으로 지하철 역까지 갔을 때 입구에 서 있던 남자와 여자가 선재에게 불쑥 다가섰다.

선재의 팔을 붙잡은 이는 여자 쪽이었다. 남자였다면 선재는 비명이 라도 질렀을지 몰랐다.

"하나님 믿으세요."

여자는 선재를 막아서며 작은 책자를 내밀었다. 책은 작고 얇았다.

'성서는 실제로 무엇을 가르치는가?'라는 글자가 표지에 박혀 있었다.

여느 때 같으면 가볍게 거절하고 지나칠 선재건만 오늘은 책자를 고분고분 받아들였다.

"차 시간이 바빠서 가야겠어요."

지하철역 안으로 빠르게 걸음을 옮기는 선재를 향해 남자와 여자가 합창하듯 외쳤다.

"하나님이 함께하실 겁니다."

지하철을 타자 선재는 겨우 여유가 생겼다. 승객이 드문 전동차 한 구석에 앉아 조금 전에 받아든 책자를 펼쳤다.

첫 페이지는 그림이다. 사람들이 행복하게 웃고 있고, 그 옆에, 성경은 땅에 변화를 가져올 것이라고 쓰여 있었다. 선재는 그림과 함께 새겨진 그 작은 글귀들을 무심코 따라 읽었다.

눈먼 사람들의 눈이 뜨일 것이다. (이사야서 35장 5절)

글귀가 마음에 들었다.

그랬다. 세상은 바야흐로 눈먼 자들의 도시였다. 이 도시를 밝혀줄 등불 같은 사람이 필요한 때였다.

몇 페이지를 더 넘겼다. 작은 글씨들이 깨알같이 새겨져 있는 페이지 속에 볼드체로 쓰인 문구가 눈에 들어왔다.

하나님께서는 우리가 겪는 불공정에 대해 어떻게 느끼시는가?

그 밑에 이어진 자디잔 글씨들 속에, 하나님께서는 공의를 사랑하시는 분이라는 글귀도 보였다. 공의라는 말도 마음에 들었다.

어떤 단어는 사물보다 더 명확하게, 처음 그 글자를 접했을 때를 기억나게 한다. 선재는 어렸을 적 성당에 다니면서 무슨 뜻인 줄도 모르고 공의라는 말을 들은 적이 있었다.

지금 이 세상에 공의라는 것은 과연 살아 있는 것일까?

교대역에서 전철을 갈아타자, 고속버스터미널은 한 정거장 거리였다. 선재에게 호남선 센트럴시티터미널은 생소한 곳이었다. 강화도에서 태어난 선재는 작년에야 비로소 서울 시민이 되었다. 이제 겨우 대학 2년생, 선재는 이 터미널을 이용한 적이 지금껏 한 번도 없었다.

터미널에 도착해, 인터넷으로 예약한 자리를 표로 바꾸고 나서야 선재는 비로소 안도의 한숨을 내쉬었다.

7시 35분발. 첫차였다.

좌석은 14번. 찻삯은 23,200원.

손에 쥔 버스표를 내려다보다가 선재는 문득 현기증을 느꼈다. 잠을 자지 못한 탓이었다. 선재는 터미널 한 모퉁이에 열려 있는 슈퍼마켓을 찾았다.

뱅드롱.

멀미약 이름이 재미있다. 작은 약병에 담긴 푸르스름한 액체를 한입에 털어 넣었다. 그러고도 아메리카노 커피를 사 들고 버스가 들어오기를 기다렸다.

그때 웬 수염 하얀 노인이 저쪽에서 나타났다. 노인은 옛날 사람처럼 하얀 한복을 입고 있었다. 버스가 승차장에 들어오자 선재와 노인이 차례로 버스에 올랐다. 우연히 나란히 앉게 되었다.

창가 쪽에 자리를 잡은 노인은 눈을 지그시 감고 허리를 꼿꼿이 펴고 앉아 있었다.

'도인인가?'

선재는 속으로 혼잣말을 하며 소리 없이 킥킥 웃었다. 그러나 이 웃음에 비웃음의 뜻은 없었다.

버스 기사가 운행 일정을 친절하게 안내해주었다. 진도까지는 장장 사백십일 킬로미터였다. 버스가 출발했다.

진도로 내려가는 버스 안에서 선재는 내내 잠에 취해 있었다. 그러면서도 간간이 깨어날 때면 한숨을 내쉬곤 했다. 그것은 준하와의 일 때문이었다.

그 일이 있은 후 며칠 동안 선재는 잘 먹지 못했다. 잠도 잘 수 없었다. 학교도 가지 않고 그냥 이불 속에 파묻혀 있었다. 결국 준하한테서 전화가 걸려왔다. 선재는 스마트폰을 아예 꺼버렸다. 오른쪽 가슴 언저리가 아직도 아려왔다. 준하의 억센 손자국이 가슴에 그대로 남아 있는 것 같았다. 모텔로 떠밀듯 끌고 들어가 우악스럽게 밀고 들어오던 준하의 몸덩이보다 성마르게 자기 가슴을 짓누르던 손아귀가 선재를 더 괴롭혔다. 선재는 자기가 더럽혀진 것 같은 느낌을 떨쳐버리기

어려웠다. 자기라는 유리구슬이 깨진 것 같았다. 그날만은 그냥 이야기나 나누고 싶었던 선재였다.

무서운 소식을 접하던 그날 밤도 선재는 준하를 향한 불쾌감을 곱씹고 있었다. 원룸 문을 꼭 닫고 온종일 멍하게 누워 있다 한밤중이 되어서야 겨우 몸을 일으켰다.

스마트폰 전원을 켜자 진동음이 잇달아 울렸다. 준하가 여러 번 전화를 건 끝에 문자도 몇 개씩 남겨놓은 것이었다.

스마트폰을 그대로 던져두고 다시 몸을 웅크리는데 다시 진동음이 울렸다. 선재는 그대로 내버려두려다 말고 스마트폰을 휙 잡아들었다.

"뭐야? 휴대폰 꺼놓고."

역시 준하였다. 선재는 아무런 대꾸도 하고 싶지 않았다.

"너, 진짜 화난 거냐?"

"……."

"그건 그렇고. 어떻게 할 거야?"

"뭘?"

"오늘 약속 말야. 스터디하는 친구들 다 모이는데."

"몰라."

선재의 목소리는 차갑게 식어 있었다.

"이건 정말 중요한 사건이야. 꼭 정리해둬야 한다니까."

"끊어."

"분명히 이 차 시험에 나올 거라니까. 논술 시험 문제로 딱이야."

"뭐가?"

"인터넷도 안 봐? 애들이 지금 얼마나 많이 죽었는데."

"몰라."

선재는 스마트폰을 똑 끊어버렸다.

'나쁜 자식.'

자기를 이렇게 엉망진창으로 만들어놓고도 오로지 언론고시 생각 밖에 없다니.

자기를 둘러싼 세상이 온통 차가운 바닷물로 변해버린 것 같고, 자기는 그 바다 밑바닥에 등허리를 대고 납작하게 누워 있는 한 마리 물고기가 된 것 같았다.

"추워."

선재의 입에서 자기도 모르게 혼잣말이 흘러나왔다. 준하의 무감각이 끔찍스러웠다.

'그런데 아이들이라니?'

선재는 준하의 톤 높은 목소리가 상기되자 비로소 세상 소식이 궁금해졌다. 평소에는 좀처럼 흥분하지 않는 준하였다.

선재는 그제야 스마트폰으로 인터넷을 연결했다. 언젠가부터 선재는 텔레비전을 보지 않았다. 꼭 보고 싶은 뉴스가 있을 때는 휴대폰으로 포털사이트에 들어가 보곤 했다. 공식적인 채널은 믿을 수가 없었다.

여러분 안녕하십니까. 평온한 수요일 아침에 날벼락 같은 소식이 몰려왔습니다. 수학여행을 간 고등학생을 포함해서 승객 사백오십구 명을 태우고 제주로 가던 여객선이 전남 진도 인근 해상에서 침몰했습니다. 지금까지 네 명이 숨지고 이백구십일 명의 생사가 여전히 불투명합니다……

어느 공중파 방송의 뉴스 동영상이었다. 남자 아나운서의 오프닝 멘트 뒤로 거대한 배가 직각에 가깝도록 몸채를 뒤틀고 있었다.

선재는 눈을 크게 떴다. 바야흐로 물속으로 가라앉고 있는 그 배 안에, 어른 아이 할 것 없이 삼백 명이나 되는 사람들이 갇혀 있다고 했다. 수학여행 간 학생들이 이백 명 넘게 배 안에 갇혀 있다 했고, 그 부모들이 팽목항에 몰려가 아우성치고 있었다.

그날 이후 선재는 하루하루를 어떻게 보냈는지 기억하지 못했다. 한밤중까지 눈이 쓰리도록 인터넷 세상을 헤매 다니다 피로에 못 이겨 쓰러져도 잠은 길지 못했다. 잠깐 눈을 붙이고 나면 또 깨어나 인터넷 속으로 휩쓸려 들어가는 선재였다.

슬프고도 기이한 일이었다. 처음엔 해양경찰이며 해군이 총동원되어 승객들을 구조하고 있는 줄 알았다. 모든 언론이 그렇게 생중계를 했다. 그런데 그렇지가 않았다. 배가 기울어갈 때만 해도 경비정이며 헬리콥터들은 승객을 대피시키는 대신 선원들만 거두어갔다. 살아남은 사람들은 자신들이 스스로 살아남은 것이나 다름없다고 했다. 해경은 구명조끼를 입고 바다에 뛰어든 사람들만 마지못해 건져 올렸다.

사람들을 구한 것은 해난 소식을 접하고 몰려온 고기잡이배 사람들이
었다.

"이건 살인이야. 학살이라구."

고통스러운 나날 끝에 겨우 정신을 차려 나간 스터디 모임에서 선재
는 준하와 말다툼을 벌였다.

"넌 도대체 왜 그렇게 삐딱하냐? 생각해봐. 배는 뒤집혀가고 들어가
면 자기도 죽을 거 같고. 해경들도 사람이야. 사람은 그렇게 숭고한 존
재가 아냐. 먹고 싶고, 살고 싶고, 섹스도 하고 싶은, 동물들이나 꼭 같
이, 본능에 사는 존재들인 거야."

"그럼 나오라는 방송이라도 해줘야 하잖아. 선원들도 그렇고, 해경
들도 몇백 미터 바깥에서도 들을 수 있는 스피커가 있었다잖아."

"당황했겠지. 그걸 이해 못 해? 너나 나도 충분히 그럴 수 있어. 그런
경우가 있잖아. 대구 지하철 참사 때도 기관사가 먼저 도망갔잖아. 전
동차 전원을 통제하는 열쇠까지 가지고 말야. 사람은 그럴 수 있어. 안
그러면 더 좋겠지만 말야."

"넌 꼭 정부에서 파견 나온 사람 같아. 정부가 하는 말을 믿어? 다 새
빨간 거짓말이잖아."

"그래. 거짓말일 수도 있어. 하지만 내가 보기엔 무능력과 정보의 혼
선이 더 문제야. 누가 어디서 만들어냈는지 모르는 오보가 걷잡을 수
없이 퍼지는 것, 이런 때일수록 우린 더 냉정해져야 해. 정신 똑바로
차리고 진짜 뉴스를 가려낼 줄 알아야 해. 누가 띄웠는지도 모르는 트

윗을 리트윗하고, 실체도 배후도 알 수 없는 뉴스를 퍼 담는 그런 한심한 상황에서 벗어나야 한다니까."

준하는 다른 친구들과 선재를 번갈아 쳐다보며 장광설을 이어갔다. 준하는 지금 선재를 비난하고 있는 것이었다. 누가 올렸는지도 모르는 소식을 리트윗한다는, 준하가 한심하다고 한 그 사람은 바로 선재 자신이었다.

세월호 사고 당시, 세월호와 진도관제센터가 오전 일곱 시경부터 교신한 사실이 있다고 MBN에 보도되었다. 또한 일곱 시 이십 분경에 KBS2의 아침방송에 세월호 조난 특보가 자막으로 떴다는 논란이 제기되기도 했다. KBS에서는 부인하였으나, 다른 종편 방송을 보면 '오늘 새벽 조난신고'라는 자막이 나온다. 또한, SBS와 YTN의 화면 문건에는 사고 시간이 08:00경으로 표기되어 있으며, 뉴스타파가 입수한 문건에는 08:25경으로 표기되어 있다.

또한, 열한 시경에는 '전원 구조'는 기록적 오보가 발생했다. MBN, MBC에서 열한 시경에 나온 이 오보는 많은 언론사에 의해 재생산되었다. 문제는 당시 MBC 기자가 현장에 있어 사태를 파악하고 있었음에도 불구하고 중앙 MBC가 이를 무시했다는 사실이다.

또 있다. 해경의 사고 대응 과정은 너무나도 많은 의문을 제기하게 한다. 우선 해경은 진도 VTS 교신과 관련된 조작 의혹을 받고 있다. 소리가 비정상적으로 끊어지는 부분이 많아 의도적인 삭제가 이루어졌을 가능성이 크다. 애초에 해경은 교신 기록이 없다고 주장하다가 오 일 만에야 이를 번복하고 기록을 공개하기도 했다.

그뿐만 아니라 해경은 사고가 일어나자 함정 한 척만을 현장으로 보내 오로지 선박직 선원들만 배에서 빼냈으며, 선원들은 선원복이 아닌 사복 차림으로 함정에 옮겨 탔다. 이 과정에서 일등 항해사가 태연한 태도로 어딘가에 전화를 하는 모습이 화면에 포착되기도 했다. 그는 세월호 출항 하루 전에야 청해진 해운에 입사했다고 하며, 선원들이 살인죄로 기소되는 상황에서 그 사람만이 제외되었다고 한다. 이렇게 구출된 선원들은 또 마땅히 피의자들일 수밖에 없음에도 경찰서에 구금되는 대신 모처로 빼돌려지기까지 했다.

도대체 왜 그랬을까?

공식적 사고 발생 시각보다 더 이른 침몰 발표, 사실과 전혀 다른 전원구조 오보, 사고 직후의 수상한 움직임 등 너무나도 이상한 사실들에 비추어볼 때, 다음과 같은 추론이 가능하다.

즉, 간첩 조작 사건으로 궁지에 몰려 있던 정보기관이 여론의 시선을 돌리기 위해 세월호 사고를 기획한 것이다.

(중략)

그리하여 국정원 직원들과 계약직 선장, 그리고 수상한 선원들이 날짜에 맞춰 출항에 나서게 되고, 드디어 세월호가 사고 예정 해역인 진도 근처 맹골수로에 들어섰다. 그러나 우연을 가장한 사고를 내고 빠지기는 쉽지 않다. 예정된 사고 시간이 지연되는 와중에 이미 국정원에 의해 조율되어 있던 언론에 사고 속보가 나가버린다. 선원들은 배를 침몰시키려고 시도하는 한편으로 선실에 있는 학생들에게는 움직이지 말고 가만히 있으라는 선내 방송을 반복한다. 학생들이 배에서 탈출하는 길을 원천적으로 봉쇄한 것이다.

단원고 학생들이 휴대폰으로 119에 구조를 요청하는 등 다양한 방식으로 자신들의 최후를 증언하는 사이에 기울어질 대로 기울어진 세월호는 바닷속으로 자취를 감추어버렸다. 선실에 갇힌 학생들은 모두 배와 함께 물속으로 사라지고 말았다.

과연 이것이 무리한 추론인가? 가장 합리적인 추론에 더 가깝지 않은가?

이것은 선재가 인터넷 어느 사이트에서 찾아내 준하에게 전송해준 글이었다.

준하는 처음 며칠 동안은 선재가 보내는 소식들에 놀랍다는 반응을 보였다. 아마도 선재를 달래기 위함인지도 몰랐다.

헐!

허걱!

외마디 소리들에 불과한 답신 문자였지만 선재는 그런대로 만족했다. 며칠 사이에 부풀어 오른 의혹들은 선재로 하여금 준하에 대한 고민을 잠시 잊게 했다. 선재는 더 큰 고통으로 그보다 작은 고통을 잊게 만드는 방법으로 준하를 용서하고 있는 셈이었다.

그렇게 여러 날이 흘러갔다.

이윽고 선재는 채 풀리지 않은 마음을 안고 준하를 만나러 갔다. 둘이서 오랜만에 같이 밥을 먹고 영화를 보았다. 이렇게 해서 선재는 원래의 자리로 돌아온 것 같았다. 코스는 언제나처럼 준하가 정해 놓은 대로였다. 저녁 식사는 스테이크, 영화는 킬링타임용이었다. 시험공부에 몰두하고 있는 준하는 배우들이 서로 치고받는 영화를 좋아했다. 영화를 보는 내내 선재는 세월호 생각만 했다.

준하와 선재는 극장에서 나와 뒷골목에 있는 모텔로 향했다. 준하는 선재가 확실히 제자리로 돌아온 것으로 여기는 듯했다.

준하가 카운터에서 방값을 지불하는 동안 선재는 엘리베이터를 향해 서 있었다. 카운터에서 자기를 쳐다보고 있는 사람에게 얼굴을 보여주고 싶지 않았다.

닫힌 엘리베이터 문에 비친, 두 쪽으로 조각난 자기 모습을 선재는 물끄러미 바라보았다. 스테인리스 재질의 문에 새겨진 무늬 때문에 문에 비친 선재의 얼굴은 몹시 흉하게 얼룩져 있었다.

계산을 마치고 난 준하가 선재 곁으로 다가왔다. 운동으로 다져진 준하의 억센 팔이 선재의 허리를 그러안는 순간, 선재는 갑자기 구토를 느꼈다. 자기도 모르게 준하의 팔을 뿌리쳤다. 멈칫하던 준하가 선재의 팔을 거세게 잡아당겼다. 선재는 온 힘을 다해 준하를 밀쳐내고 모텔 바깥으로 뛰쳐나오고 말았다.

그날 밤 준하는 선재에게 아무런 연락도 하지 않았다. 그다음 날도,

또 그다음 날도 선재를 찾지 않았다. 선재도 준하에게 전화를 하지 않았다.

그렇게 며칠을 보내고 난 후, 선재가 전송한 장문의 글에 준하는 아무런 답신을 보내지 않았다.

"잘 들어."

스터디 모임이 끝나자 준하는 선재를 자기 차로 데려갔다. 삼학년이 되자 준하는 스포츠카를 몰았다. 시험공부를 결심한 것을 기념해서 아버지가 사준 것이라고 했다.

"배 안에서 죽어간 애들도 생각해야겠지. 하지만 지금 우린 살아 있어. 이 정글 같은 세상에서 살아남아야 하고. 내 생각이 싫다면 나도 너를 받아들일 수 없어."

준하는 두 팔로 운전대를 꽉 잡고 앞만 바라보았다. 선재는 아무 말도 할 수 없었다. 비행기가 하강할 때처럼 귀가 먹먹해졌다. 준하의 존재가 그렇게 자기한테서 멀어져가고 있었다.

한참만에야 선재는 입을 열었다.

"갈게."

"어딜?"

준하가 선재에게로 고개를 돌렸다. 준하의 두 눈은 자신이 몹시 화가 나 있음을 인정해달라는 듯했다. 선재는 준하의 시선을 피하듯 차문을 열고 바깥세상으로 나왔다. 준하의 시선이 문 안으로 거두어졌다. 이제 두 사람은 다른 공간에 나뉘어 있었다.

진도터미널에 내리자 선재는 비로소 허기를 느꼈다. 커피만 마시며 꼬박 네 시간 넘게 달려온 참이었다.

터미널 가까운 식당에 들어가 된장찌개를 시켰지만, 정작 음식이 나오자 먹을 수가 없었다. 몇 술 못 뜨고 숟가락을 내려놓고 말았다.

잠시 후 선재를 태운 버스는 진도 섬 푸른 산야 사이로 난 이 차선 도로를 따라 천천히 달렸다. 버스엔 선재 말고는 시골 아낙네들 몇 사람밖에 없었다.

"노란 게 좋더라우, 노란 게 좋아."

"그라제라."

창밖을 바라보는 선재 귀에 아낙네들의 이야기 소리가 들려왔다. 금방 사온 옷들을 품평하는 소리였다.

팽목항이 가까워진 듯했다. 가로수 가지에 노란 리본들이 걸려 있었다. 여름 내내 뙤약볕을 쪼이고 이제 겨우 가을을 맞이한 리본들이 길가에 힘없이 늘어져 있었다. 흰빛이 감돌 정도로 바래버린 노란 리본의 빛깔이 쓸쓸하기 그지없었다.

버스 차창으로 바다 풍경이 비치는가 싶더니, 팽목항이라고, 종점이라고들 하는 소리가 들렸다.

왔구나.

선재는 비로소 안도감을 느꼈다. 이미 오래전에 왔어야 할 곳에 이제 겨우 당도한 것 같았다.

선재는 텅 빈 바다를 끼고 방파제 쪽으로 걸어갔다. 노란 리본들이 방파제 난간에 줄지어 매달린 채 흔들리고 있었다.

언니, 오빠, 얼른 나와. 기다릴게.

다윤아, 이모 조카로 와줘서 고맙고 행복했다. 다음 생에도 꼭 만나
자. 사랑해. 다윤아.

양승진 선생님, 보고 싶어요.

지현아, 보고 싶다.

리본에 적힌 사연들을 읽어가는 선재의 눈에 이슬이 맺혔다. 그날
이후 선재의 눈물샘은 고장이 나버린 것 같았다. 가슴속에 눈물을 한
없이 솟아나는 깊은 웅덩이가 생겨난 것 같았다.

목탁 소리, 염불 소리가 들렸다. 임시로 설치한 법당에서 스님 한 분
이 결가부좌를 한 채 목탁을 두드리며 경전을 외고 있었다.

선재는 자기도 법당에 들어가 빌고 싶었다. 아이들을 세상에 돌려달
라고 부처님 앞에 엎드려 빌고 싶었다. 하지만 차마 법당에 올라서지
는 못했다. 스님의 엄숙한 의식을 방해할 것만 같았다. 발소리를 죽이
고 법당 천막을 조심스레 지나쳤다.

그때였다.

"케이스 바이 케이스!"

방파제 난간에 등을 기대고 서 있던 남자가 선재를 향해 불쑥 다가
섰다. 머리칼이 몹시 헝클어진 데다 수염까지 덥수룩해서 서울의 노숙

자를 방불케 했다.

"혼자 왔수?"

"네."

"대학생?"

"네."

선재는 남자의 물음에 고분고분 대답하면서 저만치 서 있는 등대 쪽을 바라보았다. 멀리 제복을 입은 경찰관이 이쪽을 바라보고 있었다.

"저 등대를, 내가 '행복 등대'라고 이름 붙였어. 저건 비극이 아니라 행복의 등대야. 이 나라가 가야 할 곳을 알려주는 등대."

남자가 손가락으로 등대 쪽을 가리켰다. 방파제 끝 빨간 등대 벽의 노란 리본이 크고 선명했다.

"위국, 애족, 행복, 합!"

남자가 발작하듯이 외마디 소리를 질렀다. 선재는 자기를 향해 바짝 다가선 남자의 이글거리는 두 눈을 애써 외면했다.

미래를 내다보는

눈을 뜨자!

마음을 열자!

선재가 남자 옆에 서 있는 입간판의 까만 붓글씨 문장을 읽는 사이에 다시,

"케이스 바이 케이스!"

라고 남자가 거칠게 외쳐댔다.

이 남자는 도대체 무슨 말을 하고 싶은 걸까? 선재는 이제 남자가 무섭다기보다 불쌍했다. 입간판 바로 옆에 비닐로 얼기설기 지어놓은 움집은 남자의 거처인 모양이었다.

"잘 지었지? 앞으로 내가 이 팽목항에 행복의 집을 지을 거야. 우리 대한민국이 행복하게 사는 법을 가르쳐주는 집을."

남자의 얼굴에 자랑스러운 듯한 표정이 담겼다. 그는 마치 이 세상이 제정신을 가지고는 살 수 없는 곳임을 증명하려는 듯했다.

"그러세요."

선재가 남자를 외면하고 등대 쪽으로 걸음을 옮기자, 남자는 멋쩍은 듯 옆으로 비켜났다.

이제 선재는 등대 앞에 섰다.

등대 앞에는 정말로 사내가 써놓은 듯한 '행복 등대'라는 입간판이 서 있고, 그 옆에는 하늘나라 우체통이라는 설치물도 보였다.

누군가 세월호가 침몰한 곳이라고 손가락으로 바다 저쪽을 가리켰다. 선재도 사람들을 따라 난간에 몸을 기댔다.

늦은 오후의 햇살에 눈이 부셨다. 햇빛을 받은 바다 물결이 슬픔을 머금은 채 반짝거렸다.

이 나라 사람들은 왜 늘 고통 속에서 살아가야 하는 걸까.

언젠가부터 선재의 머릿속에는 차가운 바닷물이 들어찬 것 같았다. 그리고 그 바닷물에는 학살, 진상, 원한, 복수 같은 말들이 난파선의 부유물처럼 떠돌아다녔다. 바다도 폐허가 될 수 있다면 선재의 바다가 바로 그 폐허의 바다였다.

애들아.

선재는 속으로 아이들을 불렀다. 휴대폰 속에서 비정한 세상을 향해 절규하던 아이들의 목소리가 바로 귓가에 들리는 듯했다.

동협아, 예슬아, 아이들아.

선재의 두 눈에 또 한 번 담뿍 뜨거운 눈물이 고였다. 무엇인가 아이들에게 약속해야 할 것이 있는 것만 같았다.

잊지 않을게. 무슨 일이 있어도 너희들 편으로 남을게.

선재는 저물면서 빛나는 저 바다 끝에 지금도 살아서 기다리고 있을 것 같은 가엾은 아이들의 넋을 기렸다.

선재가 방파제를 되돌아 버스 정류장 쪽으로 나왔을 때, 차는 벌써 저만치 멀어져가고 있었다.

"진도 나가려면, 셔틀버스도 있는디요. 유족들 실어 나르는 거지만 일반인들도 그냥 태워주더만."

이곳 사람인 듯한 아주머니가 선재를 향해 딱하다는 표정을 지었다. 선재는 아주머니가 가르쳐주는 대로 유족들이 머물고 있는 텐트촌 옆으로 걸어갔다. 텐트촌이 끝나는 곳이 유족들을 실어 나르는 셔틀버스 정류장이라고 했다. 선재가 정류장에 서 있는 버스를 향해 다가가자 차 안의 운전기사가 고개를 끄덕였다. 셔틀버스에는 선재 말고도 사람들이 여럿 더 타고 있었다. 그럼에도 버스 안은 이상할 정도로 고요했다. 승객들은 모두 눈을 감고 있거나 멍한 눈빛으로 창밖을 바라보고 있었다. 나란히 앉은 사람들도 제각기 무표정한 표정으로 앉아 있을 뿐이었다. 선재도 말없이 창밖을 바라보았는데, 막 텐트촌을 빠져나와 버스를 향해 오는 노인이 보였다. 선재는 그를 한눈에 알아볼 수 있었다. 진도터미널에서 혼자 어딘가로 걸어가시는 것을 보았는데.

선재는 노인이 언제 이 팽목항에 들어왔는지 알 수 없었다. 선재가 시내버스를 기다리는 사이에 이 셔틀버스를 타고 들어왔는지도 알 수 없었다. 버스에 오른 노인은 공교롭게도 선재가 앉아 있는 쪽으로 다가왔다. 선재가 노인을 향해 가볍게 눈인사를 드리자, 노인도 선재를 알아보고는 미소를 지었다. 마침 선재의 옆자리가 비어 있었다.

셔틀버스가 시동을 걸었다. 버스는 시내버스가 들어오던 쪽과는 다른 방향으로 달렸다. 버스 운전석 위에는 진도체육관을 거쳐 진도터미널로 간다는 안내 표지판이 붙어 있었다.

차창 밖으로 보이는 나무와 풀들이 아름답고도 쓸쓸한 석양빛에 물들어가고 있었다. 선재는 스쳐 지나가는 풍경을 따라 슬픈 상념에 잠겼다. 버스 안 사람들은 여전히 아무런 말도 하지 않았다. 버스가 달리는 소리는 사람들의 고요 위에 떠 있는 듯했다. 문득 무서운 표정을 짓던 준하의 얼굴이 떠올랐다. 선재는 자기도 모르게 입술을 깨물었다.

노인이 옆에서 부스럭거리는 소리를 냈다. 배낭 주머니에서 알사탕을 꺼내 선재에게 건네주었다. 선재는 바스락거리는 포장지를 조심스레 뜯었다. 박하구나. 혀를 톡 쏘는 페퍼민트 향이 순식간에 입안으로 퍼져나가자 선재는 두통이 잠시 사라지는 듯했다.

　셔틀버스는 진도체육관에 사람 두엇을 내려놓고 진도터미널로 향했다. 그런데 두 사람이 터미널에 도착했을 때 서울행 버스는 이미 끊겨 있었다. 선재는 노인과 함께 목포로 나가는 버스표를 샀다. 노인이 선재의 차비까지 지불해주었다. 선재는 고맙다는 말 대신에,
　"머리가 아팠어요."
　라고 엉뚱한 말을 했다.
　노인과 대합실에 나란히 앉아 버스를 기다리던 선재가 대합실 슈퍼에서 삶은 달걀과 사이다를 사왔다. 두 사람은 나란히 앉아 나누어 먹었다.
　"팽목 바다에는 왜?"
　노인이 인자한 목소리로 선재에게 물었다.
　"슬펐어요. 그냥."
　선재의 대답에 노인은 잠시 무슨 생각에 잠기는 듯했다.
　"슬프다 못해 참혹하지."
　"끔찍해요. 자식을 잃은 이들한테 돌을 던져대요."
　"아무리 감추려 해도 진실은 드러나게 돼 있어."
　"그럴까요?"
　노인을 향해 되묻는 선재의 목소리에 의구심이 담겨 있었다.

"성경에, 「갈라디아서」 6장 7절에, 사람은 무엇을 심든지 심은 것을 그대로 거두리라고 했어요. 살아서 뿐 아니라 죽어서도 마찬가지, 살아서 나쁜 마음을 먹은 사람은 죽어서도 계속 벌을 받고, 살아서 깨끗한 사람은 죽어서도 영혼이 평안을 얻어."

노인의 낮은 목소리는 크지 않았으나 어떤 힘이 느껴졌다.

"죄인들이 벌을 받을까요? 여기서든 아니면 저세상에서라도요?"

"그럼. 「야고보서」 1장 15절에, 욕심이 잉태한즉 죄를 낳고, 죄가 장성한즉 죽음에 이르나 했어. 영원한 죽음은 신이 그이들에게 내리는 최후의 징벌이지. 살아서 제아무리 영화를 누리더라도 그자들의 영혼은 결국 딱딱하게 굳어 시들어버릴 거야."

선재는 노인이 목사였나 생각해본다. 하지만 옷차림이며 어투는 그렇지가 않다.

"세상이 너무 어두워요."

"그래도 희망을 가져야지. 「요한복음」 15장 7절에, 너희가 나를 떠나지 않고, 예수가 하는 말이야, 내 말을 간직하면, 잊지 않고 항상 마음속에 새긴단 말이지, 무슨 소원이든지 구하는 대로 다 이루어질 것이다. 사실이야. 인간의 욕심이 아니라, 하느님의 생각 범위 내에서 다 이루어지는 거지. 옳은 일, 필요한 일, 소중한 일은 아무리 세상이 어두워도 이루어지게 돼 있어. 간절히 바라기만 한다면 말이지."

"하느님이 정말 계신가요?"

"하느님이란."

노인은 잠깐 말을 끊었다.

"하느님이란 신의 다른 말이겠지. 그리고 신이란 이 자연을 있게 한 능력의 실체이고. 자연의 법도나 모든 만물 만상을 있게 한, 유형무형의 능력의 실체, 이것이 곧 하느님이시니까, 없다고 할 수는 없다고 봐."

"어려워요."

어느새 선재는 부처님께 가르침을 구하는 동승이 되어버린 듯했다.

"나는 젊어서 자연과학을 했어요. 자연을 깊이 알면 알수록 신의 존재를 더 확고하게 믿게 돼. 신이 내린 자연의 이치대로 살면 삶이 기쁘고 행복할 수 있어요. 「요한복음」 14장 6절에, 예수가 그랬어요. 나는 길이요 진리요 생명이니, 나로 말미암지 않고는 누구도 하느님께로 갈 수 없느니라. 옳은 말이야. 예수는 참으로 앞선 사람이었어."

"영혼이 있을까요? 다음 세상도요?"

"있어. 영혼도, 다음 세상도 다. 지금은 유기체에 영혼이 붙어 있지만, 사람이 죽으면 유기체인 몸은 흙으로 돌아가고 영혼은 하늘의 분신이기 때문에 하늘로 돌아가. 나는 그걸 사실로 믿어요. 과학자이기 때문에. 영혼이란 파동으로 이루어져 있어요. 이 세상에 존재하는 모든 것, 전기도, 빛도, 음도, 그 모든 물질은 전부 파동의 결합체야. 모든 물질은 어떤 원소의 원자로 되어 있고, 원자는 양자와 전자로 되었고, 이 양자와 전자는 단순한 입자가 아니라 파동이기도 하지. 영혼도 물질과 같이 파동으로 이루어져 있어. 눈에는 안 보이지만. 영혼들은 서로 그 파동으로 서로에게 자기감정을 전달하고 타인의 감정에 감응하게 되는 거지. 그래서 영혼이 깨끗한 이들은 그냥 보면 아는 거야. 남의 슬픈 일, 아픈 일에 감응할 수 있는 거지. 옆에 오면 느끼는 거야. 저 사람이 어떤 감정을 가지고 있고 어떤 생각을 하는지. 그래서 서로 정이 넘치게 되지. 우리 사람 눈은 시계라는 게 있지? 볼 수 있는 한계가 있어. 영혼의 감응 능력에는 한계가 없어요. 영혼의 세계는 무한계야. 한이 없어."

선재는 혼잣말하듯 하는 노인의 말을 들으며 문득 준하의 일을 떠올렸다. 준하는 어쩌면 영혼의 감응 능력을 잃어버린 가엾은 친구인지도 몰랐다. 그 말라버린 영혼을 구해주고 싶었다. 하지만 그러려면 자신이 받아들일 수 없는 것들을 너무 많이 참아내야 한다.

선재는 마치 부처님께 의지하듯 자기의 슬픈 마음을 노인에게 기대고 싶었다.

"나쁜 친구가 있어요. 정말."

"하느님이 지으신 모든 것은 소중한 것이며 감사하는 마음으로 받아들이면 모든 것이 유익하리라 그랬어요. 아마 「데모데 전서」 4장 4절일걸. 힘들더라도 모든 일의 끝에서는 결국 용서하는 마음을 가져야 하겠지."

"원통하다는 말이 자꾸 가슴속 깊은 곳에서 솟아나요."

이 순간 선재는 준하의 일을 말하는 것인지 아이들의 죽음을 말하는 것인지 알 수 없었다.

"나도 그랬어요. 일찍 세상을 떠난 둘도 없는 친구의 딸이었지. 나를 친아버지처럼 따르고."

노인은 잠시 말을 잇지 못했다. 선재는 이제야 노인이 팽목에 온 이유를 알 수 있었다.

잠시 후 노인은 생각을 돌이키듯 목소리가 달라졌다.

"「전도서」 1장 2절에, 솔로몬이 그랬지. 헛되고, 헛되며, 헛되고, 헛되나니, 세상 것은 모든 것이 다 헛되도다. 우리는 다들 바다로 가게 돼. 이르든 늦든. 중요한 것은 어떤 생각을 가지고 어떻게 사는지."

"……."

"그리고 슬픈 사람끼리 서로 사랑하는 것밖에는 길이 없어요."

"……."

선재는 노인의 말을 묵묵히 들었다. 아직 자기는 그 사랑이 무엇인지 잘 알 수 없었다. 노인이 말하는 사랑은 너무 커서 자기 눈에는 아직 그 사랑의 일부분만 보이는 것 같았다.

고개를 들어 창밖을 보니 어느새 날이 어두워져 있었다. 이제 곧 선재는 밤길을 달려 아무것도 해결되지 않은 노란 종이배 속 서울로 돌아가야 했다.

"서울로 가시는 거죠?"

선재가 묻자 노인이 고개를 가로저었다.

"그러면요?"

"나는 더 서쪽으로 가."

"서쪽……요?"

"서쪽으로. 목포에서 더 서쪽으로."

선재는 그곳이 어디인지 알 수 없었다. 목포행 버스가 플랫폼에 들어오자 노인이 일어섰다. 선재의 눈에 이 키 큰 노인은 어떤 신비스러운 빛에 감싸여 있는 것 같았다. 목포에서 더 서쪽이라? 이분은 어디로 가시려는 걸까? 선재는 노인과 함께 이 밤길을 목포 너머 끝까지 달려가 보고 싶었다. 하지만 자기는 서울로 돌아가야 했다. 선재는 노인의 뒤를 따라 플랫폼 쪽으로 걸음을 옮겼다. 그러면서 생각했다. 어쨌거나 목포까지는 함께 이 노인 분과 함께 가는 것이라고. 어둠 깊은 이 길을 노인과 함께 슬픔의 파동을 나누며 가리라고.

방민호 1965년생으로 2012년 《문학의 오늘》 여름호에 단편소설 「짜장면이 맞다」를 발표하며 소설 창작을 개시했다. 장편소설 「연인 심청」과 창작집 「하루키에게 답함」 등이 있다.

시대현실에 대한 비판적 사유를 인간 삶의 본질에 환원하여 해석하고자 하며, 이를 표현하는 언어적 형식들에 대한 탐구를 지향하고자 한다.

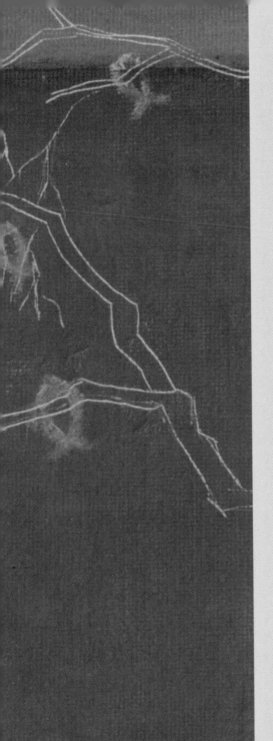

극

신주희

작품명 기도 | 김진숙

memo

내 괴로움에는 상처가 없었다. 말짱한 살갗에서 쓰리고 아린 기운이 자꾸 화끈거렸다. 그야말로 가만히 있던 나날이었다. 무엇을 좀 할까, 하다가도 이내 맥이 탁, 풀어져버리는 무기력의 날들. 뚜렷하게 그 이유를 댈 수가 없어서 더욱 괴로웠다. 그러다가 펜을 들게 되었다. 앤솔러지에 올릴 글을 쓰며 꾸역꾸역 괴로움의 실체를 확인했다. 아무것도 수습되지 못한 채 파헤쳐진 폐허를 보았다. 미라처럼 말라가는 사람들의 관심을 보았다. 단지 추위로 몸이 떨리던 겨울날이 아니었다. 아직 거기에 아이들이 있다. 너덜너덜한 상처를 뒤집어쓰고.

극

노인은 혼자다. 사방이 얼음으로 둘러싸여 있는 곳에서 생전 처음 보는 크기의 달을 마주하고 있다. 이곳 사람들은 본 적도, 들은 적도 없는 낯설고 낯선 얼굴의 노인. 그 노인은 지금 거대한 빙하의 맨 끝에 앉아있다. 바닷물에 발을 담그듯 허공에 두 발을 엇갈려 저으며. 아주 오래전 어느 날, 발장난을 하던 딸의 모습을 떠올리자 발이 저절로 움직였다. 노인이 살던 동네 입구가 떠오르고 그곳의 편의점이, 바로 앞에 놓여있던 초록색 파라솔과 빨간색 플라스틱 의자, 의자 위에 비스듬하게 걸터앉아 발장난을 치던 딸. 하얀 눈처럼 작고 희미하게 졸아든 노인이 흐릿하게 입 꼬리를 움직인다.

노인은 혼자다. 그리고 빛을 기다리는 중이다. 딸도, 아내도, 무엇보다 느리고 더디 가던 일상이 사라진 곳에서. 푹 눌러쓴 방한용 모자와 몇 겹에 또 몇 겹을 겹쳐 입은 재킷 속으로 뾰족한 한기가 바늘처럼 뚫고 올라온다. 노인의 감각이 조금씩 둔탁해진다. 귓가에서 소리들이 멀어지고, 팔과 다리에서 감각이 사라진다. 노인은 천천히 고개를 떨구고 발아래 허공을 내려다본다. 검으면서 푸른빛을 뿜는 북극의 바다가 출렁이고 있다. 노인은 바다 위에 떠 있는 얼음 조각들을 응시한다. 아니, 하얀 구멍처럼 보이는 얼음 조각과 조각 사이, 시커먼 바다와 바다 사이 어디쯤을 바라본다. 어쩌면 이곳이 노인이 갈 수 있는 세상의 끝인지도 몰랐다. 여기는 어딘지, 어디까지 왔는지, 또 얼마나 버틸 수 있을지. 눈앞에 보이는 건 하얀 눈과 어둠뿐이지만, 노인은 그래도 뭔가를 바라보고 싶다. 허공에 노인의 몸이 위태롭게 걸쳐진다. 깨진 유리 조각처럼 온몸에 박히던 혹독한 바람이 잠시 순하다. 바다가 오래전 그 봄처럼 고요하기만 하다. 가늠도 할 수 없는 깊이, 그 아래 어딘가에 심심했던 일상과 그 일상을 살던 딸을 숨겨놓고 시치미를 떼는 늙은이처럼. 또 한 번, 노인의 입 꼬리가 희미하게 움직인다.

　노인이 아비이던 세월이 있었다.

　남자의 귀에 이명이 일었다. 남자의 이름이 호명되는 것을 마지막으로 남자는 몇 분 동안 아무것도 들을 수 없었다. 들리는 것은 오직, 모든 소음을 뒤덮는 두텁고 낮은 굉음뿐이었다. 이마에서 식은땀이 흘렀다. 심장이 입 밖으로 튀어나올 듯 두근거렸다. 느릿느릿 걷는 남자의 모습이 어딘가 부자연스러웠다. 발을 드는 순간과 내리는 순간, 허리를 펴는 순간과 고개를 돌리는 순간순간이 몇 초의 간격을 두고 끊어질듯 이어지고 있었다. 피해자 가족 대기실을 향해 걷는 남자는 마치 고장 난 기계처럼 느리고 무거웠다. 악몽에서 깨어나야 할 때가 된 거라면, 바로 지금이 그때라고 남자는 생각했다. 도대체 이게 꿈이 아니라면 뭐란 말인가. 눈앞에서 태연하게 벌어지는 일들이 현실성이 있기는 한 건가. 어떻게 그 많은 사람들이 한꺼번에 바닷속으로 가라앉고, 또 그보다 더 많은 사람들이 그들의 시체가 떠오르기만을 기다리고 있는 건가. 남자는 왼발을 내딛으려다 말고 다시 엉거주춤 뒤를 돌아본다. 남자의 이름을 부르던 푸른 제복의 사내가 남자를 지켜보고 있었다.

그나저나 방금, 내가 본 건 뭐지? 그 애가 내 딸이라고? 남자는 정말 잠에서 깨려는 듯 고개를 세차게 저었다. 자꾸만 눈을 껌뻑거리고 손으로 자신의 뺨을 내리쳤다. 수학여행을 간다던 그날 아침에 입은 옷이, 삼선이 들어간 초록색 추리닝이 맞기는 한데. 잘못 잘랐다고 투덜거리던 단발머리, 그 머리 모양도 맞긴 맞는데. 그런데, 그런데 얼굴이. 도무지 그 얼굴이. 남자의 눈에서 초점이 사라졌다. 생전 처음 보는 낯선 얼굴이 딸의 동그스름한 얼굴과 자꾸만 겹쳐 떠올랐다. 남자의 코와 입매를 고스란히 닮은 얼굴. 등줄기로 서늘한 한기가 퍼졌다. 남자는 몸서리를 쳤다. 흰 가운을 입은 여자가 아이의 이름을 말하던 순간과 하얀 시트 밑으로 보이던 새파란 얼굴이 또렷했다. 남자는 정말 의아하다는 얼굴로 여자에게 말했다. 제, 딸 이름이 맞긴 한데요, 아, 아무리 봐도 얘는 내 딸이 아닌 것 같아요.

남자는 뒤도 돌아보지 않고 그대로 확인소를 빠져나왔다. 웅웅거리는 이명 소리 저편을 가르며 누군가 희미하게 남자의 이름을 다시 불렀던 것도 같았다. 남자는 비틀거리는 몸을 추스르며 혼자 중얼거렸다. 아니라니까, 나 참. 정말 이상한 사람들이네. 대기실을 향해 걷는 남자의 목으로 무엇인가 뜨겁고 거대한 것이 올라오고 있었다. 꾸역꾸역 비명을 삼키는 남자의 어깨가 심하게 들썩거렸다. 어, 어, 어. 억, 억, 억. 자신도 모르게 절규에 가까운 비명소리가 목구멍에서 터져 나왔다. 시커먼 절망이 남자의 눈을 점령했다. 벌어진 입에서는 침이 뚝, 뚝, 흐르고 있었다. 고꾸라질 듯 비틀거리는 남자는 위태로워보였다. 대기실 앞에 서 있던 몇몇이 남자에게로 조심스럽게 다가왔다.

남자가 걸음을 멈췄다. 갑자기 아랫배를 얻어맞은 사람처럼 남자의 허리가 훅, 하고 꺾어졌다. 바닥으로 나동그라진 남자가 온몸을 비틀었다. 맹수에게 목이 뜯긴 짐승처럼 남자의 팔다리가 제각기 다른 방향으로 틀어졌다. 멋대로 움직이는 몸은 이미 남자의 것이 아닌 것 같았다. 어, 어, 어. 억, 억, 억. 노란색 셔츠의 청년과 짧은 커트 머리의 중년 여자가 쓰러진 남자를 부축했다. 남자의 팔과 다리에서 뻗어 나오는 알 수 없는 힘이 청년과 여자를 남자와 함께 주저앉혔다. 버둥거리는 남자를 붙잡다가 여자가 먼저 울음을 터뜨렸다. 남자의 콧물과 눈물, 땀 위로 여자의 눈물이 떨어졌다. 이윽고 청년도 울기 시작했다. 여기저기서 흐느끼는 소리가 바닷바람과 섞여 미지근하게 불어왔다. 순식간에 거대해진 절망이 하나, 둘 사람들을 집어 삼켰다. 남자는 누워서 가능한 큰 소리로 울부짖었다. 이제껏 이렇게 큰 소리로 딸의 이름을 불러본 적은 없었다. 목이 갈기갈기 찢어지는 느낌이었으나 남자의 귀에는 멀리, 아주 멀리서 들려오는 희미한 소음 같았다. 남자는 얕고 짧은 숨을 빠르게 내쉬었다. 지금은 정말, 무엇이든, 어떻게든 뭔가를 해야 한다고 남자는 생각했다.

남자는 몸을 일으키고 싶었으나 그럴 수 없었다. 서늘한 바닥의 한기가 땀으로 흠뻑 젖은 등판에 고스란히 퍼졌다. 서서히 남자의 몸에서 힘이 빠져나갔다. 남자는 돌처럼 굳은 몸을 움직이는 대신 소리를 들으려고 안간힘을 썼다. 아련하게 파도소리가 귓가를 맴돌았다. 바람소리가 들리기 시작하고, 크고 작은 울음소리와 경적소리, 목탁소리와 찬송가 소리가 축축한 동굴 속에서처럼 귓속을 울렸다. 이윽고 쉭, 쉭 남자 자신의 숨소리가 들렸다. 얼마간의 시간이 흐르자 뭉툭하게 여자의 목소리도 들려왔다. 남자의 팔을 붙잡고 있던 중년의 여자였다. 남자의 머리를 자신의 허벅지에 받힌 채 여자는 흐느껴 울고 있었다. 눈물이 그렁그렁한 눈의 여자가 남자를 내려다보며 말했다. 이제 그만하세요, 아저씨는 딸 시체라도 찾았잖아요, 얼른 가세요, 이 지옥 같은 데서, 딸 곱게 보내고 아저씨도 일상으로 돌아가야죠. 남자는 한참을 멀뚱하게 앉아있었다. 그리고 비로소 먹먹했던 소리들이 완전하게 돌아오는 것을 느꼈다. 남자가 한 손으로 바닥을 짚고 몸을 일으켜 세웠다. 여전히 온몸을 부들부들 떨고 있었다. 남자는 있는 힘을 다해 몸을 지탱했다. 그리고 자신을 올려다보고 있는 여자를 빤히 내려다봤다. 여자의 눈 속에는 남자의 것과 똑같은 두려움이 담겨있었다. 남자의 고개가 갸우뚱해졌다. 아무리 생각해봐도 여자의 말을 이해할 수 없었다. 이제, 돌아가라던 여자의 말. 서걱서걱 들려오던 여자의 그 말. 남자는 아주 오랫동안 여자의 눈을 들여다봤다. 그리고 간신히 소리를 내어 말했다. 돌아가다니, 도대체 어디로요?

따지고 보면 교통사고인데, 나라에서 뭘 더 어쩌란 말인가, 누군가가 말했다. 보상을 얼마나 받으려고 저렇게까지 안간힘을 쓰는지 모르겠다며 빈정거리는 사람도 있었다. 경제를 살려야 하는 이 중요한 시국에 작작 좀 하라고 혀를 차는 사람, 좋은 공부의 기회로 삼는다면 꼭 불행한 일 만은 아닐지도 모른다는 사람까지 등장했다. 수학여행 길에서 생긴 사고이니 차라리 수학여행을 없애자는 사람들과 그래도 수학여행은 있어야 한다는 사람들이 열띤 논쟁을 벌이기도 했다. 또 누군가는 이렇게 따져 물었다. 온 국민이 느끼는 거대한 피로감은 어쩔 거고, 자꾸만 갈리는 편은 도대체 어떻게 수습할 거냐고. 물론, 대답을 하는 사람도 그 답을 기다리는 사람도 없었다.

실시간으로 보도되는 뉴스에서는 서로 연결되지 않는 말과 이미지들이 두서없이 쏟아져 나왔다. 사람들은 자식을 살려 달라 애원하는 부모의 몸부림에 눈물을 쏟다가도 구조 방법을 놓고 몸싸움을 벌이는 회의실 광경에 혀를 내둘렀다. 관처럼 생긴 영정 사진들을 보다 밥숟가락을 내려놓았고, 수색견 목줄에 이끌려 산과 들을 뛰어다니는 경찰관들의 머리통에 그것을 집어던졌다. 추모객들이 가득 찬 분향소를 보고 이를 갈았다가, 그곳으로부터 뛰쳐나와 길바닥에 주저앉은 유족들의 행렬에 가슴을 쳤다. 자신도 모르는 색을 뒤집어 쓴 사람, 뇌 없이 움직이는 산송장으로 치부 된 사람, 절대로 잊지 말자는 사람들과 이제 좀 잊으라는 사람들 사이에 여러 말들이 오고갔다. 최선, 이라는 단어가 최악이라는 단어와 붙어 나돌고, 은폐라는 단어와 폭로라는 단어가 비슷비슷하게 섞여 등장했다. 사건의 질은 날이 갈수록 나빠졌고, 사태는 이미 걷잡을 수 없는 지경에 이르렀다.

할 수만 있다면 남자는 그 모든 말들로부터 멀리 달아나고 싶었다. 더 이상은 어떤 것도 보고 싶거나 듣고 싶지 않았다. 세상으로부터 되도록 멀리 떨어지는 것 말고는 하고 싶은 게 아무것도 없었다. 남자에게 일상은 침몰한 배와 다름없었다. 여름에도 한기가 올라오는 시멘트 바닥에서 밤을 지새우는 일이 이어졌다. 몇 시간도 잠을 잘 수 없었고 겨우 잠을 자더라도 악몽에 시달렸다. 악몽은 눈을 떠도 끝나지 않았다. 약속들은 순식간에 뒤집히거나 사라졌고, 그때마다 남자는 불안함과 초조함을 어쩌지 못해 정신을 잃을 만큼 술을 마셨다. 진원을 알 수 없는 소문에 흔들렸고 멀미가 날 때까지 비슷비슷한 상황을 격어야 했다. 분명히 숨을 쉬고 있는데 숨이 막힐 것 같은 답답함으로 하루하루를 보냈다. 누군가의 멱살을 잡아도, 반대로 누군가에게 무릎을 꿇고 애원을 해도 결국 남자가 할 수 있는 것은 아무것도 없었다. 남자는 끊임없이 이어지는 말과 말 한가운데, 사건과 사건 한가운데 해파리처럼 부유하는 기분이었다.

어쩌면 당연한 일인지도 몰랐다. 딸의 장례를 치르다가 문득, 시위대 인파에 섞여 떠밀려 다니다가 문득, 어린 경찰의 팔에 매달려 울음을 터뜨리다 문득, 문득. 남자의 머릿속에는 한 가지 의문만 되풀이 됐다. 도대체 이 모든 것들이 내 딸의 죽음과는 어떻게 연결이 되는가. 그리고는 번번이 자신의 처지에 절망했다. 어떻게 해야 할지, 무엇을 해야 할지 알 수 없었다. 한 가지 확실한 것은 집으로는 돌아갈 수 없다는 사실 뿐이었다. 딸이 죽은 이 후로 단 하룻밤도 묵지 않은 집. 바스러질 듯 바싹 마른 아내가 유령처럼 지키고 있는 집. 딸의 유품이 절반 이상을 차지하는 집으로 들어서는 것은 남자에게 공포 그 자체였다. 남자는 마지막 의식을 치르듯 힘겹게 정신을 가다듬었다. 길바닥에 부려 놓았던 짐들을 배낭에 구겨 넣었다. 세안도구와 남색 점퍼, 속옷 몇 개와 낡은 운동화 하나가 남자가 꾸린 짐의 전부였다. 어디를 가야겠다는 생각도 의지도 없었다. 그저 될 수 있는 한 멀리, 사람이 없는 조용한 곳이면 좋겠다고 생각했다.

차나 기차를 타고 가다 내려서 걷고, 걷다가 졸리면 아무 곳에서나 쓰러져 잠을 잤다. 며칠이 지나는 동안 물 한 모금 마시지 않은 날도 있었다. 생각이 나면 밥을 먹었고 그 마저도 잊으면 그런 채로 또 며칠을 살았다. 어느 날인가 정신을 차리고 보면 산속의 외딴 절 앞에 서 있기도 했고, 다른 어떤 날은 논밭 한가운데 넋을 놓고 앉아 밤을 맞기도 했다. 남자는 쓰러진 문짝처럼, 쌓여 있는 쓰레기처럼, 마디마디 웅크리고 있는 벌레처럼 이곳저곳에서 없는 듯 머물다 사라졌다.

그러나 그 어디서도 보이는 것과 들려오는 것들을 피해 갈 수는 없었다. 몇 주가 지나 들은 얘기도, 몇 달이 지나 들은 얘기도 남자가 알던 것과 다르지 않았다. 아무 일도 일어나지 않았고, 아무것도 바뀌지 않았다. 그럴 때마다 남자의 숨에서는 쇳소리가 났다. 얕고 빠르게, 의식적으로 호흡을 조절하지 않고서는 도저히 숨을 쉴 수 없었다. 남자는 중얼거렸다. 더 먼 곳, 더, 더 깊은 곳, 아무도 살지 않는 무인도 같은 곳을 찾아야겠어, 하고. 어처구니없게도, 남자는 지구상에 사람이 살지 않는 곳은 어디일까에 대해 골똘히 생각하기 시작했다.

남자의 머릿속에 열대 밀림과 사막이 떠올랐다. 허리쯤에 구름을 걸친 산꼭대기가, 이름 모를 꽃이 만발한 외딴 섬이, 온통 얼음으로 뒤덮인 북극이 떠올랐다. 그래, 북극은 땅이 아니라지. 온통 눈과 바람으로 뒤덮인 거대한 얼음 덩어리라지. 날씨가 하도 혹독해서 사람은 절대로 살 수가 없다고 했지. 갑자기 남자의 눈두덩으로 뜨거운 것이 몰렸다. 북극이 섬인 줄만 알았던 남자에게 딸의 또랑또랑한 목소리가 생생하게 들리는 것 같았다. 아빠, 아빠, 북극은 땅이 아니래. 거대한 얼음 덩어리래, 거긴 몇 달씩 해가 뜨지 않는 날도 있고 또 몇 달씩 해가 지지 않는 날도 있는데, 하루에도 몇 번씩은 눈 폭풍이 몰아쳐서 사람은 살 수가 없는데, 대신에 신기한 게 있어, 오로라, 그게 무슨 힘이 있는지, 그걸 본 많은 사람들의 인생이 바뀌었는데, 오로라를 보기 전과 후로, 나도 가서 꼭 볼 거야, 꼭, 하던. 남자의 콧속에서 쉭쉭 쇳소리가 났다. 눈물과 콧물이 한꺼번에 쏟아졌다. 껵, 껵, 남자의 목에서 격한 울음소리가 터져 나왔다. 나중에 돈을 벌어 북극에 함께 가자던 딸과의 약속이 떠올랐기 때문이었다.

정말 가실 거예요? 여행사 직원이 남자를 힐끗 거리며 물었다. 동그란 얼굴에 동그란 안경을 낀 청년이었다. 시오라팔룩, 북위 칠십칠 도 사십칠 분. 사람이 살 수 있는 가장 북쪽에 있는 마을이고 조금만 더 올라가면 아무것도 없는 북극이라고, 청년은 말했다. 책을 읽듯 딱딱하고 평평한 목소리였다. 지금이 일월이니까, 삼월까지는 해도 뜨지 않는 극야가 시작되는데 정말 그곳엘 갈 거냐고, 청년이 다시 물었다. 그제야 깨달은 바, 남자는 청년의 질문이 그곳에 갈 비용에 대해 묻고 있음을 깨달았다.

오랜만에 그리고 새삼스럽게 남자는 자신의 행색을 살폈다. 오래전 겹쳐 입은 남색 점퍼는 회색에 가깝게 변해 있었다. 날씨가 추워지면서부터 걸친 것이니 족히 사 개월은 그대로 입고 있었던 것이 되었다. 입고 있던 청바지는 벗은 기억도 다시 꿰어 입은 기억도 아주 오래전이었다. 길에서 주워 둘둘 말고 있던 목도리와 색이 변한 배낭은 남자를 영락없는 부랑자로 보이게 했다. 생각해보니, 청년이 남자를 고객으로 마주하고 있는 상태 자체가 이상하고도 남을 일이었다. 남자가 말했다. 더 북쪽으로는 갈 수 없나요? 시오라팔룩이라는 곳엘 가서 북극으로 데려가 달라고 하면, 정말 그렇게 해 주나요? 남자를 응시하던 청년이 머리를 긁적이며 말했다. 글쎄요, 그렇다고는 되어 있는데, 가 봐야 알 수 있지 않을까요? 남자가 다시 말했다. 그곳에 갈 거라고. 여행비용은 얼마면 되겠느냐고.

시오라팔룩, 시오라팔룩. 남자는 이 단어를 반복해서 중얼거렸다. 주문을 외우는 것처럼 진지하고 골똘한 표정이었다. 낡은 배낭 하나가 짐의 전부인 남자는 한 시간째 공항 대합실을 서성이고 있었다. 서울에서 코펜하겐까지, 코펜하겐에서 강게수루악까지 도착은 이틀이 걸릴지, 일주일이 걸릴지 알 수 없었다. 그곳 사정에 따라 달라질 수 있다고 말하던 여행사 청년의 걱정스러운 표정이 떠올랐다. 시오라팔룩, 남자의 목적지가 그곳은 아니었으나, 북극에 가까이 있다는 것만으로도 남자가 그곳에 가야할 이유는 충분한 것 같았다. 남자가 사표를 제출할 때도, 용기를 내어 딸과 살던 집에 짐을 꾸리러 갔을 때도, 아내의 만류를 뿌리치고 적금을 깨서 비행기 삯을 치를 때에도, 남자가 한 말은 이것이 전부였다. 남자는 다가오는 출국 날짜를 숨죽여 기다렸다. 통증에 가까운 슬픔과 압도적인 무력감으로 허리가 꺾일 때 겨우겨우 쉭, 쉭, 숨을 몰아쉬며 시오라팔룩, 했다.

그것은 얼핏, 주기도문이나 불경을 외는 것처럼 보였다. 어쩌면 딸의 죽음 이후, 남자는 제대로 된 말을 잊었는지도 몰랐다. 하고 싶었던 말을 할 수 없었고, 해야 할 말 역시 하지 못했다. 그저, 어, 어, 어, 어. 억, 억, 억, 억. 가슴 언저리 어딘가에서 올라오는 괴상한 소리를 낸 것이 할 수 있는 것의 전부였다. 다시, 남자의 입술이 조그맣게 달싹거렸다. 시오라팔룩. 남자는 발아래로 급속하게 작아지는 도시를 상상하며 탁, 하고 큰 숨을 내쉬었다. 그것 역시 지난 몇 달간 남자가 말하는 것과 더불어 할 수 없었던 일이었다. 남자의 가슴이 한껏 부풀어 올랐다 가라앉았다. 무엇인가가 곧 끝이 날 것 같은 기대. 남자는 선채로 눈을 감았다. 오랜만에 긴 잠을 잘 수 있을지도 몰랐다. 아무런 꿈도 꾸지 않았으면 좋겠다고 생각했다.

출국 게이트를 빠져나가려던 남자가 문득, 걸음을 멈췄다. 아래서부터 천천히 모든 것을 깨는 단어 하나가 머릿속에 떠오르고 있었다. 뒤집어진 뱃머리를 깨고, 악다구니를 치듯 엉망진창으로 뒤엉킨 사건의 전말을 깨고, 주기도문처럼 불경처럼 외던 시오라팔룩을 깨고, 깨고, 깨고. 마침내 믿을 수 없는 딸의 죽음을 깨고. 남자가 출국 게이트로부터 뒷걸음질 쳤다. 여권을 받으려고 손을 내밀던 게이트 직원이 남자를 응시했다. 남자의 눈이 심하게 흔들렸다. 여권을 쥔 손에 잔뜩 힘이 들어갔다. 남자는 더럭 겁을 먹은 표정이었다. 주변을 두리번거리는 남자를 게이트 직원은 이상한 듯 바라봤다. 그 시선으로부터 황급히 돌아서는 남자의 머릿속에 마침표처럼 단어 하나가 떠올랐다. 그,래,서. 북극엘가? 그래서? 뭔가를 바꿔? 그래서? 남자의 팔에는 소름이 돋아있었다. 이 시커먼 절망으로부터 도망칠 수 있는 곳은 아무데도 없다는 깨달음이 남자의 뒤통수를 때렸다. 남자는 도망치듯 허겁지겁 공항을 빠져나왔다. 아직 살아 있다는 사실이 소름끼치게 무서운 순간이었다.

살아 있으므로 남자는 결국, 세월을 버티는 쪽을 택했다. 말 할 것도 없이 딸의 참사는 세상의 끝과 다름없었지만 남자는 할 수 있는 거의 최선의 노력을 하기로 마음먹었다. 지옥으로 떨어지는 절망의 연속이었고 숨이 끊어질듯 억울한 하루하루였다. 거의 인사불성 상태로 며칠을 보내는 날도 있었고 말짱한 정신으로 울다가 웃다가를 반복하는 나날이었다. 그럴 때마다 남자는 다시 자신을 가다듬고 일어섰다. 마치, 무대 위의 연극배우처럼 주워진 배경에 맞는 적절한 행동과 말로 자신을 꿋꿋하게 지탱해갔다. 그리고 믿었다. 남자의 위치에서 자신의 역할을 하다 보면 무엇인가가 조금씩 바뀔 테고, 그렇다면 그것으로 된 것 아닌가, 하고.

그렇다고 희망이나 새 출발 같은 단어의 느낌은 아니었다. 오히려 원망과 분노, 복수에 가까운 것이었다. 무서운 의지력이었다. 남자는 빛이 겨우 드는 반 지하에 방 두 칸짜리 집을 얻었다. 그리고는 오랫동안 친정과 친구 집을 떠돌던 아내를 찾아 집으로 데려왔다. 아는 얼굴이 아무도 없는 곳에 새로운 직장도 잡았다. 처음에는 매일매일 잠수를 하듯 큰 숨을 들이마시고 직장과 지하의 컴컴한 방 안을 오갔다. 되도록 쓸모없고 시시껄렁한 생각에 집중했고, 그것들을 쉽게 잊어버리는 연습을 했다. 관심도 없던 난을 들여와 공을 들이는가하면, 이름도 들어 본 적 없는 외딴 곳의 생소한 수도 이름을 줄줄 외우기도 했다. 때때로 아내와 둘러 앉아 고기를 구워 먹는 날도 있었다. 회식 때는 사람들과 어울려 술을 마시고 노래방에 가는 날도 있었다. 챙겨보는 주말 드라마가 생기기도 했고, 응원하는 야구팀의 실수를 아쉬워하기도 했다. 점심으로 김치찌개나 된장찌개를 기다리며 뉴스를 보거나 식당 테이블 위에 접혀있는 신문을 펼쳐 보기도 했다. 언젠가는 노란 리본으로 빼곡했던 거리가 이제는 흔적조차 남아있지 않다는 사실을 깨닫고 피식, 비웃음 같은 한숨을 내쉬기도 했다. 통증처럼 찾아오던 딸에 대한 그리움도 점차 잦아들었다. 가슴이 저릿할 때마다 딸의 교복을 꺼내어 품는 일도 자연스럽게 줄어들었다. 거의 병적으로 잊으려 노력했던 딸의 생전 모습들이 어느새 아련하게까지 느껴졌다. 어쩌면 사람들보다 남자가 먼저, 그 봄날의 잔인했던 오후를 잊어버린 것 같았다.

아비에게는 더 없이 잔인한 세월이었다.

"자요?"
"아니."
"요즘도 그 꿈을 꿔요?"
"아니."
"불 켤까요?"
"아니, 자."

"잠이 안 와요. 눈 감으면 자꾸 그 꿈을 꿔요. 시커먼 바다랑 뾰족하게 솟은 뱃머리."

"이제 그만 잊어."

"그래요. 노력하고 있어요."

"이제 곧 새벽이야."

"얼마나 추웠을까."

"그만하지."

"그만하고 싶은데 더는 그럴 수가 없어요."

"왜?"

"세상이 너무 아무 일 없이 돌아가는 것 같아서요."

"그게 이상한가?"

"네. 너무나 이상해요. 분명히 어딘가 고장이 났는데, 지금까지도 하나도 고쳐지지 않았는데, 어떻게 이렇게 아무 문제가 없는 것처럼 보일까요? 어떻게 그토록 침착하고, 평화스런 얼굴을 할 수 있느냔 말이에요. 나는 그게 징그럽고 무서워."

"나도 그게 징그럽고 무서워."

목이 말라 눈을 뜬 남자는 이제 노인이 되어 있었다.

그리고 노인의 아내는 노인이 종종 자신의 마지막 말을 떠올린다는 사실을 알지 못했다. 딸의 꿈인지, 아내의 꿈인지, 기억할 수 없는 꿈 때문에 흠뻑 젖은 눈두덩을 마른손으로 문지른다는 것 역시 알지 못했다. 어둠 속에서 함께 잠들던 노인의 아내가 세상을 떠난 지도 벌써 꽤 오래되었기 때문이다. 노인은 싸늘하게 식은 얼굴을 담요 밖으로 내밀었다. 어두컴컴한 천장에 가로등 불빛이 얼룩져 있었다. 아직 새벽이었다. 딸자식이 바닷속에 가라앉은 날도, 그것을 잘 견뎌오던 아내가 제 스스로 목숨을 놓았던 날도, 새벽은 배달시킨 우유처럼 꼬박꼬박 잘도 찾아왔다. 아내가 예언한대로 세상은 정말 아무 일 없다는 듯 징그럽게 돌아가고 있었다. 그 속이야 어찌되었든 누구도 상관하지 않았으므로. 세월이 지나는 동안 바뀐 것은 아무것도 없었다. 다만, 지하방에서 일층으로, 일층에서 이층으로, 노인이 살던 집이 바뀐 것이 전부였다. 그것은 순전히 경제의 힘이었다. 경제를 살리자던 구호에 맞춰 그렇게 남자는 열심히 노인이 되어갔다. 갑자기 한기를 느낀 노인이 어둠 속에서 이불을 끌어당겼다.

노인의 얼굴이 조금 더 짙은 어둠 속에 잠겼다. 몸을 잔뜩 웅크린 노인의 가슴팍에 아릿한 통증이 느껴졌다. 어떤 딱딱한 덩어리 하나가 가슴 한가운데 뿔처럼 돋아난 것 같았다. 별스러운 새벽이었다. 이제껏 태연하게 살았으면서 별안간 무슨, 하며 눈을 감았으나 노인은 다시 잠들 수 없었다. 요즘 들어 부쩍 너무나 갑작스럽고, 새삼스럽게 노인은 무엇인가를 꽉 붙잡고 울고 싶다는 생각을 했다. 후회, 분노, 수치, 원망, 증오, 억울함과 비참함, 살의, 그리고 다시 무력감. 가까스로 유예되고 있던 감정들이 불쑥 치밀었다 가라앉기를 반복했다. 노인은 무엇보다 뼛속 깊이 박혀 있는 무력감이 공포스러웠다. 철저히 아무것도 하지 않았던 세월. 무방비 상태에서 찾아온 종말처럼, 노인은 당혹감을 느꼈다. 노인은 자꾸만 몸을 뒤척거렸다. 오래전에 느꼈던 아련한 분노가 서서히 살아나는 것 같았다.

　노인은 목을 가다듬었다. 쇠꼬챙이처럼 뾰족한 무엇인가가 목구멍을 찔렀다. 벌써 몇 달째 계속되는 통증이었다. 노인의 감정이 무서운 속도로 바닥까지 곤두박질쳤다. 노인은 찬찬히, 그리고 처절하게 이 감정의 실마리를 찾으려고 애썼다. 그러나 번번이 같은 생각만 되풀이됐다. 이것은 삶이 아니다, 이런 삶은 사는 것이 아니다, 어떻게 살고 싶은가, 어떤 변화를 원하는 건가, 과연 무엇을 할 수 있다는 건가, 이 늙고 힘없는 몸으로, 아아, 할 수만 있다면 딸아이가 죽기 전으로, 그것도 할 수 없다면 아내가, 아니, 아니, 아무것도 막을 수 없었다면, 내가 할 수 있었던 것은 도대체 뭐였나. 노인은 다른 누군가를 향한 것이 아닌 자기 자신을 향한 기도를 하고 있었다. 노인이 몸을 뒤척이고, 마른세수를 하고, 천천히 몸을 일으키는 동안 창밖으로 비가 내리기 시작했다. 빗소리가 노인의 귀를 먹먹하게 채웠다.

　비가 그치고 빗소리로 가득했던 집이 다시 적막 속에 잠겼다. 새벽은 지났지만 노인은 그대로 이불 속에 얼굴을 묻고 있었다. 아무리 생각해도 모를 일이었다. 느닷없이 왜 그곳이 떠올랐을까. 그곳엘 가면 무엇인가를 시작할 수도, 끝낼 수도 있을 것 같은 생각이 들었다. 아니, 그것은 확신에 가까웠다. 언젠가 도망치듯 공항을 빠져나왔을 때, 그 때 나는 그곳엘 갔어야 했다고, 그때 그곳엘 갔더라면 이 지긋지긋한 생을 마감했거나 뭔가를 다시 시작했거나 하지 않았을까. 노인은 고요하게 일어서서 이불을 갰다. 세수를 하고 옷을 차려입었다. 어두운 계단을 내려가 빗물의 찬기가 올라오는 거리 한가운데로 몸을 떠밀었다. 가자, 노인이 입 밖으로 소리를 내어 중얼거렸다. 노인의 입술이 달싹거리기 시작했다. 시오라팔룩, 시오라팔룩.

지난 세월은 무효나 다름없었다.

아침을 떠나 저녁에 이르고, 저녁은 곧 밤, 밤은 내내 밤으로 이어졌다. 일주일을 넘게 비행기와 헬리콥터를 갈아타야만 도달할 수 있는 깊고 깊은 어둠 속. 비행기를 타기 전까지도 노인은 반신반의 했다. 과연, 시오라팔룩으로 떠날 수 있을까. 시오라팔룩에 가면 뭔가를 정리할 수 있을까. 노인은 그저 집을 나선 것이었다. 어디든, 무엇이든 해야겠다고 생각했을 뿐이었다. 그러면서도 이미 마음을 정한 사람처럼 노인은 눈에 보이는 아무 곳에나 들어가 여행사를 찾았다. 가서 북극엘 가고 싶다고 말했다. 몇몇은 노인이 치매에 걸렸겠거니 하며 말을 돌렸고, 또 몇몇은 그곳에 가기엔 너무 무리라고 충고했다. 그럴수록 노인은 완고했다. 무엇인가를 시작하든, 끝내든 첫 단추는 그곳에서부터라고 여겼다.

시오라팔룩에서는 일상의 견고하고 촘촘한 시공간이 맥없이 무너져 내렸다. 처음에는 밤과 낮의 경계가 사라졌다. 노인이 한참 동안 감았던 눈을 떠도 천장과 벽, 문과 창문, 테이블과 주전자는 완만하고 평평한 어둠 속에 잠겨 있었다. 밤과 낮의 경계가 사라진 다음에는 방향이, 방향 다음에는 거리가 사라졌다. 남쪽, 이라던가 서쪽, 혹은 이곳, 이라던가 저곳, 같은. 그저 눈과 바람으로만 이루어진 낯선 땅은 하늘에서도 땅에서도 혹독한 한기만 휘몰아칠 뿐이었다. 노인은 비로소 끔찍한 무엇인가로부터 가장 먼 곳에 이른 것임을 확신했다. 노인이 이해할 수 있는 어떤 종류의 문자와 소리가 없는 세상의 끝.

마침내 노인의 눈꺼풀이 무섭게 내려앉았다. 일생 동안 차곡차곡 내려앉은 피로가 한꺼번에 쏟아지는 느낌이었다. 무너지듯, 노인은 침대 위로 쓰러졌다. 옷을 벗는 것도, 씻는 것도, 먹는 것도, 싸는 것도 잊었다. 몇 시간을, 아니 며칠을 잤는지 알 수 없었다. 노인은 이미 잠들어 있는 상태에서도 계속 잠들어 있기를 바랐다. 같은 꿈을 반복해서 꾸고, 같은 꿈에서 반복해서 깨어나기도 했지만 눈을 떠도 여전히 어둠 속이라는 사실 때문에 노인은 안도했다.

꿈과 현실이, 과거와 현재가, 실제와 환영이 노인의 머릿속에서 끝도 없이 섞였다 흩어졌다. 헬리콥터에서 내렸던 기억이 꿈인지 생시인지, 얼굴을 때리던 매서운 눈보라가 오늘의 날씨인지, 어제의 날씨인지 헷갈렸다. 고속터미널처럼 생긴 공항의 비릿한 냄새와 그 냄새 때문에 빈속을 게워냈던 기억. 눈보라를 가르며 설원 한복판을 달렸던 기억. 언덕과 언덕 사이 드문드문 솟아 있던 오두막의 지붕들과 이따금씩 늑대 울음소리처럼 들리던 썰매견들의 하울링 소리가 아주 오래전의 일처럼 느껴졌다. 어둠 속에서 한참을 멀뚱하게 서성이다가 밑도 끝도 없이 뜨거워지던 얼굴과 무엇인가를 생각해야 한다, 는 수 천 번의 중얼거림이 섬광처럼 떠올랐다. 주머니 속에 반쯤 접혀 있던 여권을 꺼내 박박 찢어버렸던 것까지도. 문득, 노인의 손끝에 맺히던 뻣뻣하고 질긴 종이의 감촉이 되살아났다.

노인은 누운 상태로 발치를 내려다 봤다. 배낭을 내려놓은 것만 빼고는 재킷과 신발을 그대로 입고 신은 채였다. 그래도 노인은 한기를 느꼈다. 잔뜩 몸을 웅크린 노인의 눈이 어두운 방 안을 더듬거렸다. 오두막처럼 생긴 집이었다. 덧문이 달린 창이 하나, 흰색 페인트를 칠한 문이 하나, 조그마한 테이블 옆에 짐승의 가죽으로 만든 소파가 하나, 그리고 조그만 난로가 하나. 누워있던 노인은 침대 머리맡에 엎어 놓았던 손목시계를 들여다보았다. 세 시 사십 분. 노인은 창을 올려다봤다. 새벽인지 낮인지 알 수 없었다. 칠흑 같은 어둠을 생각했던 극야의 밤은 의외로 푸른빛에 가까웠다. 곧 새벽이 올 것 같은 그런 빛.

노인은 몸을 일으켰다. 일으키다 문득, 발밑에 흩어져 있어야할 여권 조각들이 보이지 않는다 생각했다. 노인은 입고 있던 재킷의 주머니를 더듬거렸다. 아무리 생각해봐도 찢어발긴 여권을 치운 기억이 없었다. 노인은 천천히 주변을 둘러봤다. 소파 옆 테이블 위에 하얀 보를 덮은 무엇인가가 눈에 들어왔다. 한참 동안 멍하게 그것을 바라보고 있던 노인이 테이블 앞으로 다가갔다. 그리고 하얀 보를 들췄다. 아직 온기가 남아있는 허브차와 빵 한 덩이였다. 노인은 백인과 인디언의 중간쯤 되는 얼굴 하나를 떠올렸다. 자신의 이름을 토마, 라고 소개하던 청년이었다. 노인은 첫눈에 그가 여행사에서 알려준 시오라팔룩의 유일한 숙박시설 운영자라는 사실을 알아챘다. 노인은 시외버스 터미널처럼 생긴 공항에 내린 유일한 승객이었고, 그곳에서 몇 시간째 연착되는 헬기를 기다리는 사람은 청년 한 사람 뿐이었기 때문이다. 청년은 유령처럼 창백한 얼굴로 서 있던 노인에게 남자의 이름과 국적이 적힌 쪽지를 내보였다. 보고 그린 것 같은 글씨였다. 곧이어 높낮이가 없는 건조한 톤으로 무엇인가를 말했는데 노인의 표정을 보고는 곧, 그저 토마, 라고만 짧게 말했다. 노인은 잠시 뻑뻑하게 털이 둘러진 모자 속의 눈을 응시했다. 소처럼 검고 큰 눈이 깜빡거리고 있었다. 이상하게도, 청년의 이름 이외에 아무것도 알아들을 수 없다는 사실이 노인을 안도하게 했다. 침대 옆 쓰레기통 속에 버려져 있는 여권 조각을 내려다보며 노인이 깊은 숨을 들이마셨다. 오랜만에 노인의 가슴이 한껏 부풀어 올랐다 가라앉았다. 노인은 자신이 잠든 사이 그 청년이 다녀간 것이라 짐작했다.

노인은 한밤중에, 그러니까 한밤중이라 생각되는 때에 청년의 집 문을 두드렸다. 문 두드리는 소리에 오두막 근처에 묶여 있던 개들이 컹, 컹, 짖어댔다. 잠시 뒤, 잠에서 덜 깬 것 같은 청년이 문을 열었다. 눈보

라를 등지고 서 있는 노인을 발견하자 의아한 듯 눈을 껌뻑거렸다. 청
년의 표정으로 미루어 보아, 지금이 한밤중임을 노인은 확신했다. 청
년이 문을 비켜서며 노인에게 들어오기를 청했다. 노인은 천천히 청년
의 집으로 들어섰다. 노인이 있던 곳과 똑같은 구조의 오두막이었다.
청년은 노인을 테이블 앞 의자에 앉혔다. 난로 위의 주전자에서 물을
따라온 청년은 그것을 노인에게 내밀었다. 노인이 가만히 고개를 끄덕
였다. 청년과 마주 앉은 노인은 한참 동안 말이 없었다. 달리 할 말이
없던 청년은 잠자코 앉아 노인을 물끄러미 지켜보고 있었다.

　뜨거웠던 차가 마시기 좋을 만큼 식었을 때쯤 노인이 말했다. 나를
저기 북극에 데려다 줄 수는 없겠나? 저기, 저기 북쪽, 그 북쪽 끝. 노
인은 손가락으로 북쪽이라 생각되는 곳을 가리켰다. 영문을 모르겠다
는 표정의 청년에게 노인은 종이에 적어놓은 단어 하나를 보여줬다.
'North pole' 잠시 생각에 잠긴 것 같은 청년의 고개가 갸우뚱 기울어
졌다. 아마도, 갈 수 없다는 얘길 하겠지, 노인은 짐작했다. 북극의 겨
울 한가운데였고, 극야의 한가운데였다. 여행사 직원에게 이미 들은
바였다. 북극에 가까이 가는 것도 힘들거니와, 북극에 가까이 가더라
도 멀리 배에 올라타 둘러보는 것이 전부일 거라던. 노인은 뜨거워지
는 눈두덩을 손등으로 문질렀다. 그리고 애원하듯 청년에게 말했다.
안 되겠소? 정말 안 되겠소? 예전에 우리 딸도 그곳엘 꼭 가보고 싶다
고 했었는데. 나도 그곳엘 꼭 가보고 싶은데. 마이 도터,와 놀스폴, 오
케이, 플리즈,를 외치며 노인은 연신 가슴팍을 쓸어내렸다. 어리둥절

한 표정의 청년이 그것을 알아들을 리는 없었다. 그래도 노인은 청년에게 계속 손짓과 발짓으로 말했다. 한참 동안 노인을 응시하던 청년이 무엇인가를 결심한 듯, 노인에게 손짓을 해 보였다. 짐작컨대, 옷을 따뜻하게 입으라는 것과 몹시 힘들 거라는 뜻 같았다. 노인은 손사래를 쳤다. 아니, 아니, 힘들 것 없다고. 옷은 따뜻하게 입을 테니 걱정 말라고. 노인이 찻잔을 들고 일어서려는 청년의 손을 꼭 붙잡았다. 그리고 오래도록 잡고 있던 손을 놓지 않았다.

청년이 데려간 곳은 북쪽으로 향해 솟은 빙하 언덕이었다. 그 밤 그 시각에 노인을 데려갈 수 있는 가장 북쪽이 그곳이라는 걸 노인도 알 수 있었다. 푸른 빙산을 품은 거대한 바다가 노인 앞에 펼쳐져 있었다. 노인은 바다를 바로 내려다 볼 수 있는 빙하의 언덕 어디쯤에 자리를 잡았다. 북극의 냉기를 품은 바람이 불 때마다 노인은 휘청거렸다. 그래도 상관없었다. 오히려 길고 긴 잠을 깬 것 같은 기분이었다. 아무날도 아니던 그 어느 날, 딸의 모습이 생생하게 떠올랐다. 노인은 혼자였으나 혼자인 것 같지 않았다. 그리고 문득, 딸이 이곳으로 나를 보내지 않았을까, 하는 생각마저 들었다. 딸과 함께였다면 그 눈에도 맺혔을 푸르고 영롱한 빛, 오로라를 기다리며, 노인은 딸이 함께 보고 싶어 했던 빛의 색깔을 떠올렸다. 오래전 어느 날, 딸과 나란히 앉아 올려다보던 밤하늘의 빛깔. 빨갛고도 노랗게 아이의 머리에서 찰랑이던 빛. 그 일상은 오로라와는 거리가 먼 여름밤이었고 파라솔 밑의 기억이었다.

그래도 노인은 뜨거워진 눈시울을 비비며 빛을 기다려야 했다. 어쩌면 조금 뒤, 정말 무엇인가가 바뀔지도 모를 일이었다. 노인은 파리해진 입술을 떨며 조그맣게 중얼거렸다. 이제 곧, 오로라가 보일 거야, 하고.

신주희 1977년생으로 2012년 《작가세계》에 단편소설 「점심의 연애」 신인상으로 등단했다. 발표 작으로 「당신은 말한다」, 「인어」, 「미싱 도로시」 등이 있다.

여자의 집 천장에는 금이 있다. 언제부터인지 알 수 없지만 꽤 오래전에 생긴 균열이다. 침대에 바른 자세로 누우면 정면으로 보이는 위치. 때문에 여자는 쉽게 잠들지 못한다. 그렇다고 여자가 천장이 무너져 내릴 것을 걱정하는 것은 아니다. 그러기엔 균열의 크기가 너무 작고 사소하다. 여 자는 몸을 뒤척이며 다만 상상한다. 저 틈은 왜 생겼을까, 틈 속에는 무엇이 웅크리고 있을까, 그 것은 자라 무엇이 될까. 멀쩡해 보이던 천장에서 우연히 발견한 금처럼, 나는 안정적이라 간주되 는 것들의 균열을 본다. 그리고 그것이 어디에서 시작되었는지, 왜 생겨난 것인지, 어디를 향하고 어디서 끝날 것인지에 대한 소설을 쓴다.

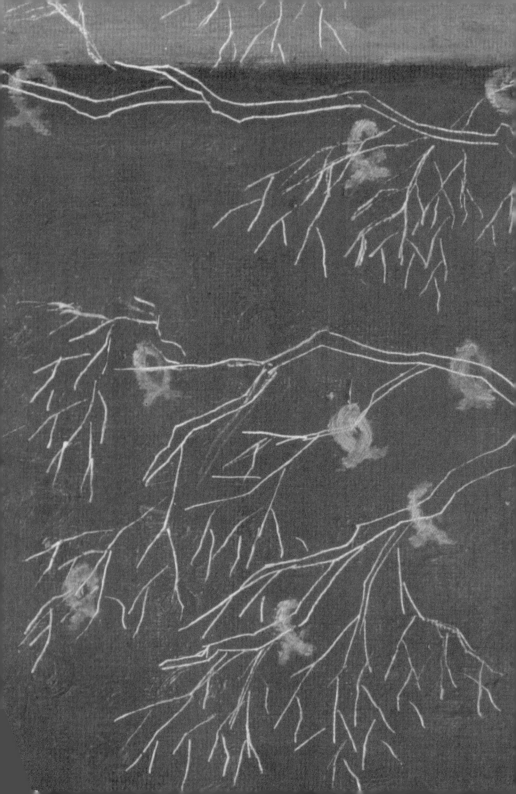

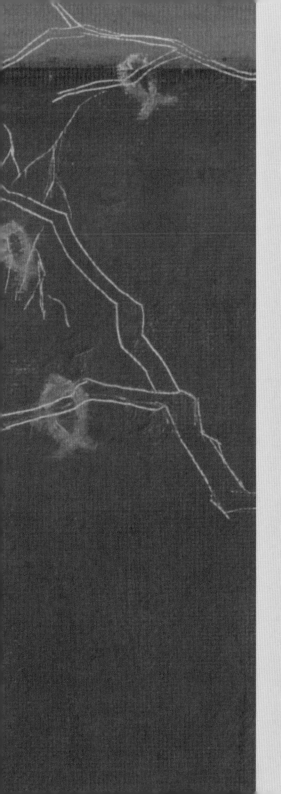

사자의 침대

박사랑

memo

뉴스를 보고 있으면 푸른 바다가 당장이라도 내 등을 할퀼 것만 같았다. 그래서 잔뜩 몸을 웅크리고 잠잠한 바다 안에 갇혀 있을 그들을 생각하고 또 생각했다. 가라앉은 것은 배였지만 떠오르지 못하는 것은 수많은 이야기들이었다. 잃어버린, 끝나버린 그들의 이야기가 하루라도 한 시간이라도, 다만 일 초라도 더 이어지기를 바랐다. 그러는 동안 시간이 흘렀다. 바다는 여전히 출렁였지만 배는 모습을 감췄다. 나는 바다 안에 묻힌 것들이 두려워 고개를 숙이고 등을 돌렸다. 더 이상 그 이야기들이 나를 괴롭히지 못하도록. 그럼에도 이야기는 내게 찾아와, 나를 두드리고 주저앉히고 또다시 일어서게 했다. 아직도 내 침대 위에는 사자가 있다. 사자의 눈이 일렁인다. 그 눈 속의 이야기를 전하려 한다.

사자의 침대

"사자를 처음 본 날이 언제였죠?"

봄이었어요. 벚꽃이 다 떨어졌을 때쯤인가, 아닌가. 4월쯤이었던 것 같아요.

"처음 본 곳은 어디였나요?"

집이요. 집에서 저녁 먹고 있었나, 아니면 치우고 누웠을 때였나. 아, 아니다. 씻고 나왔을 때인 것 같아요. 세수하고 나왔는데 뭔가 흐릿하게 보이는 거예요. 제가 렌즈를 빼면 잘 안 보이거든요. 그래서 처음엔 잘못 봤겠지 하고 별로 신경을 안 썼어요.

"그 상황을 좀 더 자세히 말해주세요."

그러니까 그날 저녁에 밥을 먹으면서 뉴스를 보고. 맞다, 그날 저녁 내내 텔레비전에서 뉴스가 나왔어요. 네, 그랬던 것 같아요.

*

　텔레비전을 켜자, 화면 가득히 검은 바다가 넘실거렸다. 고무줄이 늘어난 바지를 쭉 당겨 입으면서 채널을 돌렸다. 채널을 바꿔도 비슷비슷한 화면이 이어졌다. 리모컨을 던져두고 휴대폰을 확인했다. 수신된 메시지는 없었다. 퇴근길에 남자친구인 명에게 문자를 보냈지만 명은 아직 그것을 읽지 않고 있었다. 나는 휴대폰을 아무데나 내려놓고 머리를 묶었다. 평소 같으면 그러고 나서 바로 욕실로 갔겠지만 유난히 배가 고팠다. 그래서 화장도 지우지 않고 작은 상에 몇 가지 반찬과 밥을 차렸다.

　텔레비전에서는 계속 같은 뉴스가 반복되고 있었다. 습관처럼 텔레비전을 켜놓아도 눈길을 잘 주지 않았는데 그날은 이상하게도 시선이 머물렀다. 숟가락질이 점점 느려지다 결국 멈췄다. 밥이 반 넘게 남았지만 더 이상 먹히지 않았다. 상도 치우지 않고 멍하니 텔레비전만 쳐다봤다. 그러다가 목이 메는 느낌에 물을 마셨다. 왠지 물조차 잘 넘어가지 않았다. 마른 눈이 뻑뻑하게 당겨왔다.

　욕실에 들어가 렌즈를 빼는데 눈물이 떨어졌다. 이상할 정도로 뚝뚝, 떨어져 내렸다. 세면대에 고개를 파묻고 세수를 하기 시작했다. 눈이 편안해질 때까지 몇 번이고 물로 씻어냈다. 긴 세수를 마치고 나왔을 때 내 눈은 붉게 충혈되어 있었다. 핏발이 선 눈을 문지르며 화장대 앞에 앉았는데 거울 안에 희끄무레한 물체가 보였다. 그것은 커다란 솜뭉치 같기도 하고 뿌연 구름 같기도 했다. 눈을 비비던 손을 내리고 거울 가까이로 다가갔다. 미간을 좁히며 초점을 맞췄을 때 나는 숨을 흡, 들이키며 멈췄다. 거울 속에 있는 건 하얀 사자였다.

너무 놀라 튕기듯 거울에서 멀어졌다. 그런데 안경을 쓰고 다시 보자 거울 안에는 눈을 동그랗게 뜬 나밖에 없었다. 그냥 헛것을 본 거였나. 나는 마음을 가라앉히고 얼굴에 스킨, 로션을 발랐다. 그러는 동안에도 유심히 거울을 들여다봤지만 사자 같은 건 보이지 않았다. 허탈함에 웃음이 나왔다. 화장대에 앉은 채 계속되는 뉴스 속보를 봤다. 출렁이는 검은 바다를 보는 것만으로도 속이 답답해지는 기분이었다. 일찍 잠자리에 들려고 침대 쪽으로 몸을 돌렸다. 그러나 침대로 다가가지도 못한 채 굳어버렸다. 온몸이 하얀 털로 뒤덮인 사자가 침대 위에서 나를 노려보고 있었다.

사자의 금빛 눈동자가 일렁였다. 사자는 크르릉, 낮게 울며 숨을 내뱉었다. 그러고는 하얀 털을 곤두세운 채 앞발로 이불을 짓이겼다. 나는 다시 고개를 돌려 거울을 쳐다봤다. 거울에는 나만 비춰졌다. 그래, 잘못 본 거야. 눈을 감고 천천히 호흡을 골랐다. 요즘 너무 피곤해서 그런 거겠지, 사자라니 말도 안 돼. 중얼거리며 마음을 다잡았다. 그리고 천천히 눈을 떴다. 그런데 사자는 여전히 사라지지 않았다. 사자는 침대 위에서 나를 내려다보았다. 사자의 갈기는 헝클어져 있었고 숨은 거칠었다. 내 이불을 밟고 선 사자의 앞발이 금방이라도 내 어깨를, 가슴을 할퀼 것만 같았다.

사자와 나는 움직이지 않고 서로를 쳐다봤다. 사자의 눈을 똑바로 마주볼 수는 없어서 나는 사자의 갈기와 발, 꼬리에 번갈아 가며 시선을 두었다. 당장이라도 눈을 감고 등을 돌리고 싶었지만 그것조차 힘들었다. 그저 박힌 듯 서서 가만히 사자를 응시할 수밖에 없었다. 사자의 앞발과 등 근육이 움찔거릴 때마다 내 발과 등도 따라서 움찔거렸다. 나를 노려보던 사자가 먼저 시선을 거뒀다. 그리고 내 침대에 앉았다. 사자는 침대의 주인이라도 되는 듯 아무렇지 않게 몸을 묻었다. 그때서야 나도 맥이 풀려 바닥에 주저앉았다. 도대체 왜, 어디서 사자가 나타난 것인지. 혼란스러운 마음을 다잡고 숨을 내쉬었다. 이성적으로, 논리적으로, 상식적으로 다가가기 위해.

갑자기 내 침대 위에 나타난 사자가 현실일리 없었다. 그렇다면 환영? 하지만 눈앞의 사자는 너무도 실재 같았다. 당장이라도 자리를 박차고 튀어오를 것 같은 튼튼한 다리와 나 같은 건 순식간에 뜯어놓을 것 같은 날카로운 이빨은 동물원에서 보던 것과 달랐다. 게다가 어떤 다큐멘터리에서도 보지 못했던, 깊이를 알 수 없는 눈빛은 나를 움츠리게 했다. 그렇듯 사자는 무심한 모습이었지만 방심하면 금방이라도 공격할 것만 같은 야생의 눈으로 주위를 둘러봤다. 이곳에 있는 유일한 사냥감인 나는 숨도 잘 쉴 수 없었다.

사자가 환영이라면 만져지지 않겠지. 영화에서처럼 내 손이 사자의 몸을 그냥 통과할 거야. 그래도 사자를 만질 용기는 나지 않았다. 가까이 다가갈 용기조차 없었다. 나는 최대한 사자와 먼 곳에 웅크려 앉았다. 먼 곳이라고 해봤자 사자 앞이나 마찬가지였다. 원룸인 내 집에서 도망칠만한 공간은 애초에 없었으니까. 옷장에서 세탁해두었던 여름용 이불을 꺼냈다. 이불을 덮어도 한기가 느껴졌지만 이게 최선이었다. 피곤한데 잠은 오지 않았다. 온통 사자에게 곤두선 신경이 잠을 막았다. 나는 언제 나를 덮칠지 모르는 사자에게서 시선을 떼지 못하고 있었다.

이런 나와는 달리 사자는 당당히 내 침대를 차지하고 누웠다. 왜 하필 침대인지. 나는 사자에게 하루의 피곤을 털어낼 침대를 빼앗겼다는 생각에 한숨을 내쉬었다. 침대는 내가 웅크리지 않고 등을 맘껏 펼 수 있는 유일한 공간이었다. 그곳을 내어주고 방구석으로 밀려난 내 모습이 초라했다. 사자는 처음에는 나를 의식하는 듯했지만 곧 신경도 쓰지 않고 몸을 늘어뜨렸다. 그러고는 텔레비전을 봤다. 무언가 알아듣기라도 하는 듯 집중하면서. 나는 조심히 일어나 불을 껐다. 사자는 아무런 미동도 없었다. 텔레비전도 끄고 싶었지만 상황이 어떻게 달라질지 몰라 그대로 두었다. 그렇게 쉼 없이 뉴스가 이어지는 텔레비전과, 텔레비전을 보는 사자와, 그런 사자를 보는 내가 서로의 꼭짓점에서 움직이지 않은 채 밤을 지새웠다.

새벽녘 사자가 잠든 것을 확인하고 나도 모르게 까무룩 잠이 들었다. 눈을 떴을 때는 서둘러 출근을 준비해야 하는 시간이었다. 나는 바쁘게 몸을 놀리면서도 잠든 사자를 깨우지 않기 위해 노력했다. 큰 문제없이 밤을 넘겼다고 해서 갑자기 사자가 두렵지 않은 건 아니었다. 나는 여전히 사자와 최대한 멀리 떨어져서 화장을 하고 옷을 입었다. 화장대가 침대 앞에 있어 그쪽으로 다가가지는 못하고 가방 안에 있던 것으로만 화장을 마쳤다. 굳은 어깨가 뻐근하고 눈도 뻑뻑했으나 출근 이 반가웠다. 얼른 이곳에서 벗어나고 싶었다. 잠든 사자를 힐끔거리 며 발소리를 죽이고 집을 빠져나갔다.

회사에서 일하는 동안에도 나는 사자 생각을 멈출 수가 없었다. 컴 퓨터 모니터를 쳐다볼 때에도 사자가 등 뒤에서 나를 지켜보는 것 같 아 몇 번이나 뒤를 돌아봤다. 불안함이 극에 달해 계속 자리에 앉아 있 지 못하고 돌아다니는 나를 동료가 이상하게 쳐다봤다. 그래도 나에게 불만을 말하는 사람은 없었다. 그날은 모두가 다 수선스러웠다. 어제 의 뉴스가 오늘도 이어지고 있었고 비슷한 화면이 텔레비전과 인터넷 에서 떠나지 않았다. 사람들은 누구나 그 앞에 서서 혀를 찼고 어떤 사 람은 간혹 울기도 했다. 나는 그들 안에 섞여 사자를 떠올렸다. 사자의 날선 발톱과 하얀 털과 헝클어진 갈기를. 내 침대에 앉아 가만히 뉴스 를 쳐다보던 그 눈빛을.

퇴근 시간이 다가오자 두근거림은 한층 강해졌다. 이대로 집에 가기 싫었지만 달리 갈 곳도 없었다. 동료들이 다 퇴근하는 동안 할 일도 없 으면서 업무 파일을 뒤적거렸다. 십 분마다 시간을 확인하던 것이 오 분, 이 분, 일 분 단위로 짧아져 갔다. 휴대폰을 꺼내 아무 버튼이나 막 누르다 아직도 명이 메시지를 확인하지 않은 것을 알았다. 나는 곧바로 명에게 전화를 걸었다. 신호음이 이어질 뿐 명의 목소리는 들리지 않았다. 종료 버튼을 누르고 문자를 보냈다. 무슨 일이야, 왜 연락이 안 돼?

삼십 분을 넘게 기다렸지만 아무 연락이 없었다. 가끔 연락이 끊기는 경우가 있긴 했지만 왠지 기분이 이상했다. 평소와는 다른, 훨씬 멀어진 듯한 느낌. 명의 집에 찾아가 보려고 서둘러 가방을 챙겼다. 그런데 나오면서 시계를 보고 멈칫했다. 이미 아홉 시가 넘어 있었다. 회사에서 명의 집까지는 한 시간이 넘게 걸렸다. 그리고 명의 집에서 우리집까지 또 한 시간. 내일 출근도 걱정되고 어제 잠도 제대로 자지 못한 탓에 걸음이 망설여졌다. 나는 포기하고 일단 집으로 갔다.

집 앞에 서자 어제의 떨림이 되살아나는 기분이었다. 나도 모르게 오싹해지는 몸을 감싸고 문 앞에 잠시 서 있었다. 그러나 언제까지 이러고 있을 수는 없었다. 내 집에 들어가면서 이렇게 시간을 끄는 내가 우스웠다. 심호흡을 하고 문을 열었다. 사자는 여전히 내 침대 위에 앉아 있었다. 현관에 있는 나를 잠시 쳐다보다 아무렇지 않게 시선을 돌렸다. 사자의 시선은 텔레비전 뉴스를 향했다. 출근할 때에도 끄지 못한 텔레비전을 온종일 보고 있었던 모양이었다.

나는 사자를 의식하며 옷을 벗고 화장을 지웠다. 그러고 나서 사자와 함께 뉴스를 봤다. 뉴스의 오른쪽 구석에 있는 숫자가 어제와는 조금 달라져 있었다. 두 번째 칸에 있는 290이라는 숫자를 멍하니 쳐다봤다. 화면은 어두웠고 화면 안의 사람들은 분주하게 움직이는 것 같았지만 달라지는 건 없었다. 작은 보트가 바다 위를 달리다 섰고 몇 명의 잠수부가 바다 쪽으로 누우며 물속으로 들어갔다. 그 장면을 보자 명이 떠올랐다. 어쩌면 명이 저곳에 있을지도 모르겠다고. 내일은 꼭 명의 집에 가봐야겠다고.

아침에 일어났을 때 나는 이불도 덥지 못하고 웅크린 채였다. 편히 자지 못한 몸을 쭉 펴자 관절에서 투둑거리는 소리가 났다. 그 소리에 사자가 나를 돌아봤다. 내 침대에 누워 나를 눕지도 못하게 하는 사자를 쳐다보기도 싫었다. 사자는 아직도 나를 할퀼 듯이 공격적인 눈빛으로 쳐다봤다. 나는 이제 피하지 않고 사자 앞에 마주설 수 있었다. 하지만 등을 돌릴만한 배짱까지는 없었다. 침대에서 나를 보는 사자를 힐끔거리며 출근 준비를 했다. 그리고 문을 열면서 사자에게 한마디를 던졌다. 오늘 밤에는 네가 없었으면 좋겠어. 사자의 크르릉거리는 소리가 들렸다. 모른 척 문을 닫았다.

퇴근을 하자마자 나는 명의 집으로 가는 버스를 탔다. 회사에서도 몇 번이나 전화를 걸고 문자를 남겼지만 명의 연락은 없었다. 꽉 막혀 있는 도로 위에서 다시 명에게 문자를 보냈다. 지금 너희 집으로 가고 있어. 대화창 안에는 읽지 않음 표시만 이어졌다. 어디 있어? 연락 좀 해. 무슨 일 있어? 로 이어지는 대화창 아래에 내 침대 위에 사자가 있어, 하고 입력했다. 하지만 송신 버튼을 누르지 못하고 지웠다. 사자는 왜 나타났을까, 하고도 입력했지만 그것 역시 지워버렸다. 그러는 동안 명의 집 앞 버스 정류장에 도착했다.

오르막길을 천천히 올라 명의 맨션 앞에 섰다. 원룸이라고는 하지만 거의 고시원이나 다름없는 곳이었다. 작은 방이 다닥다닥 붙어 있는 복도를 지나 307호 앞에 섰다. 예전에 명에게서 받았던 열쇠를 꺼내 열쇠구멍에 넣었다. 달칵, 소리와 함께 잠금 장치가 풀렸다. 그런데 이상하게 손잡이를 돌리기가 싫었다. 목덜미를 스치는 공기가 서늘했다. 어깨가 바짝 굳고 무릎이 툭 꺾였다. 나는 주저앉지 않으려 무릎에 힘을 주고 버텼다. 그러고는 손잡이를 돌려 문을 열었다. 항상 들리던 끼익거리는 소리가 유난히 크게 느껴졌다.

집에 들어서자마자 나는 왼쪽 벽부터 확인했다. 평소처럼 스킨스쿠버 장비가 쌓여 있었다. 그것을 보자 불안했던 숨이 안도의 숨으로 바뀌었다. 멀리 간 건 아니구나. 주인도 없는 방에 앉아 다시 명에게 문자를 보냈다. 지금 너희 집에 와 있어. 넌 언제 올 거야? 이번에도 명은 문자를 읽지 않았다. 추운 날도 아니었는데 한기가 느껴졌다. 어디선가 바람이 새어 드는 것 같았다. 이미 닫혀 있는 창을 다시 열어 꼼꼼히 닫고 자리에 앉았다. 너무 조용한 게 불안해 텔레비전을 켰다. 텔레비전에서는 아직도 뉴스가 이어지고 있었다. 뉴스를 피해 다른 채널로 돌렸다.

처음부터 끝까지 채널을 다 돌렸는데도 볼 만한 게 없었다. 나는 평소에는 보지도 않는 버라이어티 프로그램에 채널을 멈추고 방을 둘러봤다. 스킨스쿠버 장비는 기울어진 상태로 온 벽면을 차지하고 있었다. 산소통은 엷게 먼지를 뒤집어쓴 채 구석에 서 있었고 호스는 둘둘 말아진 채 그 위에 올려져 있었다. 잠수용 슈트는 구겨져 있었고 오리발은 그 위에 비뚤게 놓여 있었다. 그것을 보는 동안 안도감이 다시 불안감으로 옮겨 갔다. 그곳도 아니라면 대체 어디에 간 건지.

명은 항상 바닷속에 들어가고 싶어 했다. 바다에 들어가면 자신을 괴롭히는 모든 소음이 사라져서 좋다고, 그 고요한 곳에서 자신의 숨결에만 집중하는 게 좋다고 했다. 명은 집안 사정이 나빠지기 전까지는 스킨스쿠버를 즐겼는데 집이 어려워지고는 한 번도 바다에 들어가지 못했다. 대신 편의점을, 수산물시장을, 술집을 전전했다. 신용불량 상태가 된 뒤로는 취업도 어려워져 이곳저곳 떠돌면서 아르바이트를 했고, 그렇게 하루하루를 버텼다. 그러면서도 스킨스쿠버 장비는 팔지 않았다. 이 작은 방에는 어울리지 않는 물건인 것을 알면서도, 매일 밤장비 옆에서 새우잠을 자면서도.

나는 명을 이해할 수 없었다. 아니 이해하기 싫었다. 그래도 대놓고 불만을 이야기한 적은 없었다. 다투기가 귀찮았다. 명은 늘 고단한 얼굴이었고 나는 그 얼굴과 마주하는 게 힘들었다. 몇 번이나 헤어지자는 말을 하려다 참았다. 참는 이유는 때마다 달랐다. 어떤 날은 명이 일찍 잠들어서 참았고, 다른 날은 명이 모처럼만에 웃어서 참았고, 또 다른 날은 명이 감기를 앓아서 참았다. 이유야 여러 가지였지만 감정은 대부분 연민으로 모아졌다. 나는 명이 불쌍했다. 그러나 헤어지지 않는다고 해서 내가 명과의 사랑을, 미래를 아꼈던 것은 아니었다. 나

는 명의 불행을 등졌다. 명의 아픔을 보듬으려 하지 않았고 삶의 고단
함도 이해하려 하지 않았다. 그냥 변화하기 귀찮아 그 자리에 있었을
뿐이었다.

텔레비전에서 웃음소리가 들려왔다. 나는 문득 정신을 차리고 생각
을 멈췄다. 그러고 보니 명의 집에 찾아온 것이 무척 오랜만이었다. 언
제 명과 마지막으로 만났더라, 하고 날을 되짚어 봤지만 잘 기억나지
않았다. 일주일 전이었는지 한 달 전이었는지조차 확실치 않았다. 휴
대폰에서 명의 마지막 메시지를 찾았다. 이주 전에 받았던 내일은 안
될 것 같아, 가 마지막이었다. 메시지 창을 물끄러미 보다가 고개를 돌
렸다. 그런데 먼지 낀 창에 하얀 사자가 언뜻 비쳤다. 정신없이 방을
둘러보았지만 이 방에 있는 건 나 하나였다. 나는 서둘러 밖으로 나갔
다. 철컥, 문이 잠기는 소리가 좁은 복도를 울렸다.

집에 도착해 문을 열자 사자가 보였다. 나는 놀라지도 겁먹지도 않
고 안으로 들어갔다. 사자가 겉옷을 벗는 나를 물끄러미 쳐다봤지만
관심 두지 않았다. 너무나도 피곤했다. 사자만 없다면 씻지도 않고 당
장 침대에 누워 잠들고 싶었다. 뻑뻑해진 눈을 마구 비볐다. 눈 안에서
돌던 렌즈가 바닥으로 떨어졌다. 줍지 않고 나머지 렌즈도 마저 뺐다.
눈앞이 흐릿했다. 뿌연 눈으로 내 방을 둘러봤다. 안경을 끼는 것조차
귀찮아 그대로 바닥에 누웠다. 사자는 어제와 다른 나를 이상하게 쳐
다보는 것 같았다. 그래도 상관없었다. 사자가 뛰어 내려와도, 와서 나

를 밟고 할퀴어도 일어나기 싫었다.

그대로 잠이 들었다 깼다. 시계는 새벽 세 시를 가리키고 있었다. 제대로 이불을 펴고 자리에 누웠지만 잠이 오지 않았다. 사자는 자는 건지 아무 기척도 없었다. 나는 자는 사자의 새하얀 털을 바라봤다. 그런데 하얀 사자 뒤로 내려앉은 어둠에서 다른 것들이 떠올랐다. 매일 뉴스에 나오는 검은 바다, 먼지가 쌓인 채 낡아가는 스킨스쿠버 장비, 거뭇하게 그늘지던 명의 얼굴. 사자가 보이지 않는 쪽으로 돌아누웠다. 그런데도 생각이 멈추질 않았다. 아무래도 다시 잠들기는 틀린 것 같았다. 별 수 없이 텔레비전을 켰다. 늦은 시간인데도 뉴스 속보는 이어졌다. 채널을 돌리자 드라마와 쇼프로그램 등의 재방송이 이어졌다. 나는 본 적 없는 드라마에 채널을 맞췄다.

드라마 속 여주인공은 화를 내고 있었다. 왜 화를 내는 건지 알 수 없었다. 여자는 소리를 지르고 물건을 던지고 매서운 눈으로 화면을 응시하다, 울어버렸다. 여자가 부러웠다. 나도 여자처럼 막무가내로 감정을 털어내고 싶었다. 화를 내고 발을 구르고 소리 내어 울면서. 그러나 무엇을 털어버리고 싶은지는 몰랐다. 사자가 깼는지 몸을 들썩였다. 앞발로 얼굴을 몇 번 문지르고는 일어나 섰다. 그러곤 머리를 흔들어 갈기를 정리했다. 하얀 털들이 공중으로 흩날리다 금세 제자리를 찾았다. 사자는 나를 쳐다봤다. 나는 처음으로 시선을 돌리지 않고 사자를 곧게 마주봤다. 어둠 속에서 사자의 눈이 빛났다. 그 눈에 눈물이 맺혀 있는 것처럼 보였다.

사자는 낮게 크르렁거리고는 침대 아래로 뛰어 내렸다. 사자가 침대를 벗어난 건 처음이었다. 내가 없는 낮에는 어떤지 모르지만 적어도 내가 보는 앞에서 사자가 움직인 적은 없었다. 사자의 매끈한 다리가 한 걸음, 한 걸음 뻗어 방을 가로질렀다. 발톱이 바닥에 부딪히는 소리가 들렸다. 나는 다가오는 사자를 보면서도 그대로 있었다. 사자는 여전히 공격적인 눈빛으로 나를 내려다봤으나 예전처럼 두렵지 않았다. 저 앞발로 내 어깨를 할퀴면 피가 뚝뚝 흐르겠지. 피는 이불 위로 떨어지다 곧 바닥으로 흐를 것이고 쓰러진 내 밑으로 고일 거야. 아마 사자의 하얀 털에도 묻겠지. 나는 붉게 물든 사자의 앞발을 상상하면서도 사자를 피하지 않았다. 그런데 사자는 그냥 나를 볼 뿐이었다. 움직이지 않는 나를 한참 쳐다보다가 내 주위를 천천히 맴돌았다. 그리고 다시 침대 위로 돌아갔다. 상상한 일은 벌어지지 않았다. 그렇게 사자와 나는 거리를 두고 각자의 자리에서 뒤척였다.

그러다 잠이 들었다. 일어났을 때는 거의 지각에 가까운 시간이었다. 나는 사자 따위는 신경도 쓰지 않고 빠르게 머리를 말리고 옷장을 열었다. 오늘은 중요한 회의가 있는 날이었다. 정장을 꺼냈는데 소매에 이상한 갈색 얼룩이 묻어 있었다. 다른 재킷을 찾았으나 보이지 않았다. 지난주에 세탁소에 맡겨두고 찾아오지 않은 게 기억났다. 어쩔 수 없이 얼룩 묻은 재킷을 입었다. 나오며 물티슈로 몇 번을 문질렀는데도 얼룩은 지워지지 않았다. 신경질적으로 소매를 걷고 지하철역으로 뛰어 들어갔다.

회사에서는 정신이 없었다. 사자고 명이고 떠올릴 만한 시간이 일 초도 없었다. 회의는 생각보다 길었고 사원들이 무언가를 발표할 때마다 부장은 인상을 찌푸렸다. 나는 고개를 숙이고 소매 끝 갈색 얼룩만 쳐다봤다. 나에게 하는 말이 아닌데도 어깨를 좁히고 등을 구부렸다. 그건 사회생활을 하면서 자연스럽게 밴 습관이었다. 나는 싸움이 싫고 갈등이 싫고 큰 소리가 싫었다. 그래서 네, 네, 로 일관하며 모든 것이 조용히 지나가기를 바랐다. 바람 부는 곳에서 몸을 웅크리고 주저앉으면 바람은 그렇게 내 등을 지나쳐 갔다. 그러고 나면 어디서 왜, 바람이 불어왔는지 잊었다.

일 이렇게 엉망으로 할 거야? 과장의 날카로운 말과 함께 서류가 내 앞으로 던져졌다. 나는 쪼그려 앉아 흩어진 서류를 모았다. 이 바람도 언젠가는 지나갈 것이었다. 그러니까 크게 실망할 것도, 속상할 것도 없었다. 팀원들이 모두 퇴근한 뒤까지 결재서류를 수정했다. 일을 끝내자 열 시가 넘어 있었다. 뻐근한 어깨를 두드리며 회사에서 나왔다. 봄인데도 이상하게 공기가 찼다. 다시 몸을 웅크리고 지하철역을 향해 빠르게 걸었다. 그러다 구두굽이 미끌어지면서 발목이 꺾였다. 나는 악, 소리를 내며 주저앉았다. 지나치던 사람들이 몇몇 시선을 주기는 했지만 다가오지는 않았다. 누군가 몇 발짝 뒤에서 괜찮아요? 하고 물었고 나는 고개도 들지 않고 네, 하고 대답했다.

다행히 아주 삔 것은 아닌지 디딜 만 했다. 나는 절뚝거리며 지하철을 탔다. 명이 보고 싶었다. 받지 않을 것을 알면서도 전화를 걸었다.

전원이 꺼져 있다는 메시지가 흘러나왔다. 종료 버튼을 누르려다 휴대폰을 떨어뜨렸다. 휴대폰이 바닥을 구르는 동안에도 고객님 전화의 전원이 꺼져 있다는 메시지가 반복되고 있었다. 나는 문자를 보냈다. 왜 휴대폰 꺼놨어? 읽지 않은 문자가 쌓여 갔다. 나 발목 다쳤어. 읽지 않음. 오늘 과장한테 혼나고. 읽지 않음. 넌 지금 어디에 있니? 읽지 않음.

집에 도착해 아픈 발목을 감싸고 주저앉았다. 구두를 벗어버리고 욱신거리는 발목을 주물렀다. 습관처럼 텔레비전을 켰다. 검푸른 바다와 뿌연 등대, 분주한 사람들, 간신히 떠 있는 뱃머리가 차례로 보였다. 눈은 텔레비전에 두고 손은 계속 발목을 주물렀다. 아무리 주물러도 아픔은 줄어들지 않았다. 오히려 더해갔다. 나는 주무르던 손을 멈추고 울었다. 어제 봤던 드라마의 여주인공처럼 화를 내고 발을 구르고 소리를 지르면서. 그때 하얀 사자가 내 곁으로 다가왔다. 사자는 우는 나를 쳐다보다 내 옆에 앉았다. 나는 사자에게도 텔레비전 뉴스에도 시선을 주지 않고 그저 울기만 했다.

눈이 퉁퉁 부을 때까지 울고 나자 개운했다. 울어서 벌겋게 된 얼굴이 우스워 픽, 하고 웃었다. 눈물이 묻은 손과 얼굴이 끈적거렸다. 나는 욕실로 들어가 오래도록 몸을 씻었다. 혹시라도 내 몸 어딘가에 묻어 있을 눈물까지 다 닦아내고 싶었다. 긴 샤워를 마치고 나왔을 때 사자는 욕실 앞에 앉아 있었다. 내가 나오자 나를 기다리기라도 한 듯 몸을 일으켰다. 더는 사자가 두렵지 않았다. 나는 사자에게 눈길도 주지 않고 화장대 앞에 앉았다. 그런데 거울 안에 있는 건 내가 아닌 사자였다. 눈을 몇 번 깜박였다. 뿌연 시야 사이로 얼굴이 엉망인 내가 보였다. 나는 한숨을 내쉬며 기초 화장품을 순서대로 하나하나 챙겨 얼굴에 발랐다. 다 바르고 나서 잘 스며들도록 두 손으로 얼굴을 감싸 눌러주었다. 사자는 어느새 침대 위로 올라가 나를 빤히 쳐다보고 있었다.

불을 끄고 텔레비전도 껐다. 순식간에 어두워진 방에서 사자의 눈이 빛났다. 그것을 보고도 나는 아무렇지 않게 침대 쪽으로 다가갔다. 사자가 경계하는 눈빛으로 나를 봤다. 사자의 눈을 무시하고 이불을 걷었다. 사자에게서 내 침대를 되찾아야만 했다. 사자가 놀라서 몸을 움칠, 하는 것이 보였다. 개의치 않고 베개와 이불의 먼지를 털어낸 뒤 내 자리에 누웠다. 당황한 사자는 이러지도 저러지도 못하고 몸을 쭈뼛거렸다. 그러다가 어색하게 내 옆에 누웠다. 사자와 나는 좁은 침대에서 서로를 등지고 잠을 청했다. 조금만 뒤척여도 서로를 의식하며, 살짝 부스럭거리는 소리에도 신경을 곤두세우며.

다음 날 아침 사자는 불편한 자세로 자다 깨서 나를 쳐다봤다. 토요일이었기에 나는 일어나지 않고 베개에 얼굴을 파묻었다. 사자는 침대 밑으로 내려갔다. 그러나 멀리 가지는 않고 계속 주위를 맴돌았다. 덕분에 잠이 깬 나는 침대에 앉아 사자를 내려다봤다. 사자와 나의 위치가 바뀌자 왠지 어색했다. 이불을 끌어다 덮고 텔레비전을 켰다. 주말 오전인데도 뉴스가 이어졌다. 사자는 어느새 텔레비전 앞으로 다가가 무언가 진지한 표정으로 뉴스를 보고 있었다. 나는 금세 채널을 돌렸다. 사자가 무언가 애원하는 듯한 눈빛으로 나를 봤지만 시선을 피했다.

어제 삔 발목을 천천히 돌려 봤다. 조금 욱신거리기는 했어도 부기는 가라앉아 있었다. 일어나 창문을 열었다. 밀려드는 바깥 공기에 막힌 숨이 트이는 느낌이었다. 헝클어진 머리를 대충 올려 묶고 커피를 내렸다. 집 안에 가득 차는 커피 향에 기분이 좋아졌다. 텔레비전을 끄고 오랜만에 음악을 틀었다. 데이비드 가렛의 바이올린 연주곡이었다. 한가로운 토요일 오전, 커피와 음악과 느슨해진 공기가 나를 편안하게 감쌌다.

그런 내 앞으로 사자가 다가왔다. 문득 명이 떠올랐다. 오랜 시간 사귀던 연인이 사라졌는데, 지금 어디에 있는지 알 수도 없는데 내가 이렇게 편안해도 될지. 뉴스 안의 사람들은 아직도 울고, 소리치고, 슬퍼하고, 화내고 있는데 텔레비전을 꺼도 될지. 그런 나의 흔들리는 눈빛을 아는지 사자는 좀 더 가까이 다가왔다. 왜 이러는데? 사자에게 말을 걸었으나 돌아오는 대답은 없었다. 내가 뭘 잘못했는데? 다시 한번 물어도 사자는 나를 빤히 쳐다보기만 할 뿐이었다.

몸을 일으켜 밀린 설거지를 했다. 개수대에 쌓인 그릇을 깨끗이 닦고 음식 쓰레기를 비닐에 넣어 묶었다. 그러는 동안 사자는 내내 나를 따라다녔다. 나는 그런 사자에게 눈길을 주지 않고 청소를 했다. 이불을 털고 빨랫감을 세탁기에 넣고 욕실 물청소를 하는 동안에도 사자는 내 곁을 떠나지 않았다. 주인을 따르는 강아지처럼 내 뒤를 밟았다. 쪼그려 앉아 욕실 구석을 솔질하다 잠시 눈이 마주치면 사자는 반가워했다. 욕실에서 샤워를 할 때는 그 앞에 앉아 기다리다가 내가 나오면 자연스럽게 화장대 앞으로 함께 걸어갔다.

이상했다. 내가 외면하려 할수록 사자는 내게 따라붙었다. 나는 그런 사자가 부담스러웠다. 공격적인 눈빛으로 나를 할퀴려 할 때보다 어쩌면 지금이 더 고통스러운 것 같았다. 사자와 멀어지고 싶었다. 사자는 내가 자신을 기억해주고 바라봐주길 바랐다. 나는 반대로 억지로라도 사자를 잊고 내 일상으로 돌아가길 원했다. 저 멀리서 일어나는 일에 등을 돌리고 내 앞에 떨어진 일에만 집중하고 싶었다. 그렇게만 살아도 피곤했다. 매일 업무에 시달렸고 때때로 데이트도 귀찮았다. 어떤 때는 만나고 싶지 않은 사람들이 있는 자리에 나가 억지웃음을 지어야 했고 부당한 일 앞에서도 고개를 조아려야 했다. 내 일만으로도 벅찼다. 그러니까 사자가 아무리 나를 바라봐도 나는 더 이상 사자에게 내 침대를 빼앗길 수 없었다.

저녁 무렵에는 명에게 문자를 보냈다. 지금 뭐해? 여전히 명의 답신은 없었다. 나는 어느새 읽지 않는 문자에도 익숙해졌다. 문자를 더 보내려 했으나 딱히 생각나는 말이 없었다. 휴대폰 자판 위를 어색하게 맴돌던 손은 결국 종료 버튼을 눌렀다. 모든 것이 다 귀찮아 침대에 누웠다. 사자가 침대 위로 올라왔지만 나는 사자를 밀어내고 침대를 혼자 차지했다. 사자는 침대 옆에 엎드려 나를 올려다봤다. 그러나 내가 계속 눈길을 주지 않자 곧 고개를 숙이고 꼬리를 늘어뜨렸다.

　며칠이 지나면서 일상은 빠르게 제자리를 찾았다. 나는 어느새 사자의 존재에도, 명의 부재에도 익숙해졌다. 뉴스에 매일 등장하는 뱃머리마저 삼켜버린 바다를 봐도 별다른 감정이 일지 않았다. 회사에 가면 사자도 명도 떠오르지 않았고 집에 돌아와도 마찬가지였다. 습관처럼 보내던 문자를 보내지 않게 되는 데는 긴 시간이 필요하지 않았다. 내 몸은 자연스럽게 일상으로 돌아갔다. 나는 집안에 있을 때에도 사자를 잊었다. 사자가 정말 없었던 건지 희미해졌던 건지, 아무튼 잘 보이지 않았다. 사자 생각을 전혀 하지 않다가 불쑥 나타난 사자에 놀라기도 했다. 그러나 그것도 오래가지 않았다.

　집에 돌아와 옷을 갈아입고 화장을 지우고 밥상을 차렸다. 그러는 동안 사자는 한 번도 보이지 않았다. 나는 별달리 이상하게 여기지 않고 밥을 먹었다. 텔레비전 뉴스에서 서울의 미세먼지 농도가 높아짐을 우려하는 기사가 나왔고 그다음으로는 부동산 시세가 떨어져 하우스 푸어를 양산하고 있다는 기사가 이어졌다. 내일의 날씨를 기상캐스터가 전하고 난 뒤 뉴스 끝머리에 스케치 영상으로 합동 분향소가 비쳐졌다. 줄줄이 늘어선 영정 사진과 그 밑에 놓인 흰 국화를 보면서 나는 마지막 한 숟가락을 깨끗이 비웠다. 언제 온 건지 사자가 옆에서 서성였다. 그러다 몸을 늘어뜨리고 주저앉았다. 꼬리와 갈기가 축 쳐져 있었다. 하얗고 탐스럽던 털도 색이 바랜 것 같았다. 그러나 나는 금세 눈길을 거두고 상을 치웠다.

정리를 끝내고 침대에 엎드려 영어책을 폈다. 다음 주에는 진급 시험이 있었다. 이번 시험을 잘 치러야 대리 승진이 가능했다. 휴대폰으로 영어 듣기를 하며 문제를 풀었다. 오랜만에 하는 공부가 몸에 익지 않아 틀린 문제가 많았다. 그래도 콧노래를 부르며 문제 풀이를 이어 나갔다. 그러다 메시지 알림 소리에 영어 듣기를 멈췄다. 문자는 회사 선배가 소개해준 남자에게서 온 것이었다. 선배가 대기업에 다니는 대학 동기를 소개해주겠다고 장난처럼 말했는데 정말 내 번호를 알려준 모양이었다.

안녕하세요, 민희 소개로 연락드립니다. 그 메시지를 보고 나는 안녕하세요, 를 입력한 뒤 뒤에 웃음 이모티콘을 붙였다. 그런데 막상 보내려니 너무 가벼워 보일 것 같아서 다시 지웠다. 그래도 이대로 보내기는 너무 딱딱해 보이는 것 같아 물결 표시를 붙였다. 그리고 나서 송신 버튼을 누르자 남자에게서 바로 답신이 왔다. 남자는 자연스럽게 농담을 섞어가며 내 프로필 사진을 칭찬했다. 나는 적당히 웃어넘기며 대화를 이어갔다. 처음이지만 말이 잘 통하는 상대인 것 같았다. 남자도 그렇게 느꼈는지 바로 만날 약속을 잡았다. 토요일 저녁 여섯시, 강남역. 나는 엎드려 있던 몸을 발딱 일으켜 다이어리에 스케줄 표시를 했다. 그런 내 모습을 사자가 지켜보고 있었다.

사자의 금빛 눈동자가 일렁였다. 사자는 크르릉, 낮게 울며 숨을 내뱉었다. 사자를 처음 봤던 날이 떠올랐다. 그때도 저런 눈이었지, 하다

고개를 저었다. 그때는 좀 더 공격적인 야생의 눈이었다. 이제 사자는 더 이상 나를 잡아 먹을듯한 눈으로 쳐다보지 못했다. 오히려 내가 사자를 매섭게 쳐다봤다. 사자의 눈은 빛을 잃고 가라앉았다. 나는 사자의 눈 속에서 명의 그늘진 얼굴을 보았고, 생명을 삼키고도 태연한 바다를 보았고, 그 앞에서 변명만 늘어놓던 사람들의 번들거리는 입술을 보았다. 일렁이는 사자의 눈은 더 많은 것을 내게 쏟아놓으려 했다. 명이 말도 없이 떠나버린 이유와 바다 밖 사람들이 덮어두고 있는 진실을. 그래서 나는 등을 돌렸다.

다시 침대로 돌아와 영어 문제집을 마저 풀었다. 조금 전보다 정답률이 훨씬 높아졌다. 이 정도면 시험은 무리 없이 통과할 것 같았다. 나는 문제집에 크게 동그라미를 치며 노래를 흥얼거렸다. 그러는 동안 사자는 내 침대에 올라올 엄두를 내지 못하고 계속 주위만 맴돌고 있었다. 잘 시간이 되어 불을 끄고 침대 가운데에 등을 펴고 누웠다. 사자는 침대 위로 올라왔지만 마땅히 누울 자리가 없어 결국 밑으로 내려갔다. 사자는 바닥에 엎드린 채 강아지처럼 끙끙댔다. 그래도 나는 아랑곳없이 눈을 감았다.

*

"잠시 쉬었다 가겠습니다. 녹화 테이프 좀 갈게요. 그리고 다시 한 번 말씀드리지만 인터뷰 자료는 연구 목적으로만 쓰일 테니 안심하세요."

네, 그런데 무슨 연구라고 하셨죠?

"그날 이후 변화를 겪은 불특정 다수를 인터뷰하고 있습니다. 더 자세한 설명이 필요하신가요?"

아뇨, 됐어요. 그건 그렇고 앞으로 얼마나 더 걸리나요?

"금방 끝날 거예요. 그 뒤로 남자친구의 연락은 없었습니까?"

남자친구요? 누구, 명 말인가요? 지금 다른 사람을 만나고 있어서 누군가 했어요. 아, 제가 쓸데없는 말을 했네요. 아무튼 연락은 없었어요. 아니 있었을 지도 모르죠. 제가 얼마 전에 휴대폰 번호를 바꿨거든요. 그래서 잘 모르겠어요. 아마 없었겠지요.

"사자는 계속 보이나요?"

보였다 안 보였다 해요. 진짜 없는 건지 제가 눈치를 못 채고 있는 건지는 모르겠지만요.

"확인 차 다시 한 번 묻겠습니다. 사자를 처음 본 날이 언제였죠?"

그날이었어요, 방송국마다 밤새 똑같은 뉴스 속보가 나던 그날 말이에요.

"그날이 며칠인지 기억하세요?"

사월 중순이었는데, 15일이었던가, 16일이었던가.

"잊고 계셨군요."

아니에요, 그냥 헷갈린 거예요. 그럴 때 있잖아요. 바쁘게 살면 기억이 뒤죽박죽되기도 하고요. 정말 잊은 건 아니에요. 잠시 깜박할 수도 있죠, 다들 그렇잖아요? 그런데 실험 참가비는 언제 주신다고 하셨죠?

박사랑 1984년생으로 2012년 《문예중앙》에 소설 「이야기 속으로」 신인상으로 등단했다. 발표작으로 「이야기 속으로」「어제의 콘스탄체」「울음터」 등이 있다.

사람들은 시절이 뒤숭숭하다고 말한다. 그 말에 어디 뒤숭숭하지 않은 시절이 있었느냐며 냉소적으로 대꾸하는 사람들도 있다. 나는 그 말을 들으며 그들의 눈빛을 본다. 안녕하냐고 묻는 사람과 안녕하지 못하다고 한숨 쉬는 사람들, 혹은 안녕하지 못할 게 뭐가 있느냐며 윽박지르는 사람들을 빼놓지 않고 본다. 나는 그 모든 이들을 내 이야기 속에 넣고 싶다. 이 세상 어느 한 귀퉁이를 뚝, 잘라 내 이야기 속에 넣고 힘껏 짊어지고 싶다.

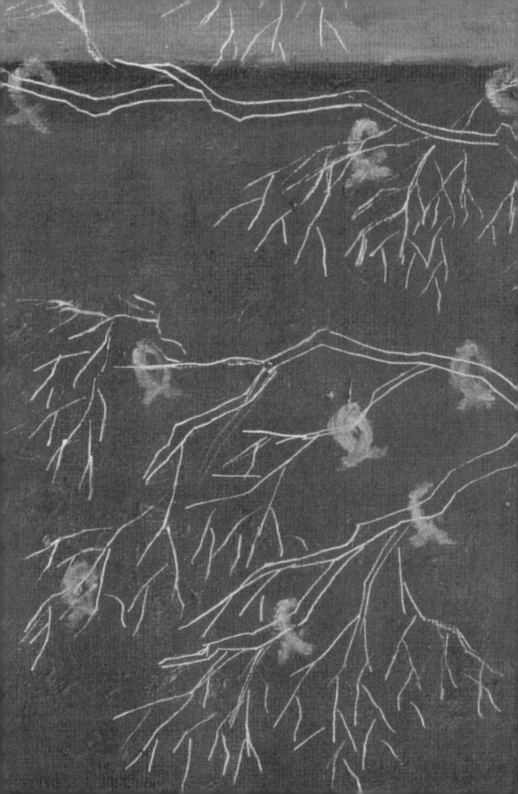

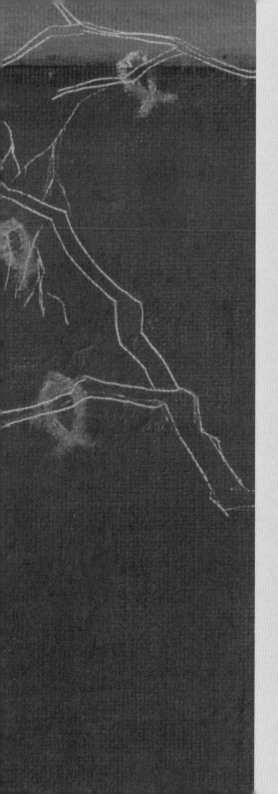

아무 일도
일어나지 않았다

———

김산아

작품명 기도 | 김진숙

memo

죽음이 슬프지 않은 때가 있었다. 정확히 말하면 현실로 받아들일 수 없어 외면하던 때가 있었다. 갑작스런 아버지의 죽음에 나는 울지 않았다. 이 년이 지난 어느 날 고사리나물을 보고 처음 울었다. 고사리나물을 좋아하던 분. 그 뒤로 짧게 깎은 희끗한 뒷머리를 보면, 걸쭉한 청국장을 보면, 끝까지 타들어간 담배를 보면, 남자의 반듯한 걸음걸이를 보면 울었다. 세월호 사건이 그랬다. 내 안에서 올라오는 감정을 다 받아낼 자신이 없었다. 감당하기 힘들어 피하고 싶었다. 하지만 외면하면 할수록 곳곳에서 세월호를 보았다. 아이를 바라보는 엄마의 눈길에서, 차마 세월호를 말하지 못하는 친구들과의 술자리에서, 오작동하는 엘리베이터에서, 사람보다 돈과 권력을 중시하는 기업과 정부의 태도에서 세월호를 보았다. 외면하지 말자고 쓰고 싶었다. 똑바로 바라보고 큰 소리로 함께 울자고 쓰고 싶었다.

아무 일도 일어나지 않았다

　조짐은 미세한 흔들림이었다. 여자는 눈의 초점이 흐트러지는 걸 느꼈다. 가벼운 현기증이라 여겨 눈을 감았다 떴다. 어지럼이 사라졌다. 읽던 책을 바로 잡고 다시 읽기 시작했다. 얼마 지나지 않아 또 진동이 느껴졌다. 처음과는 다른 울림이었다. 책에서 눈을 떼고 주위를 둘러보았다. 좁고 기다란 화장대도 그대로, 화장대 위의 병도 그대로, 책장에 꽂힌 책들도 그대로, 엎드려 있는 침대도 그대로. 한쪽 벽을 넓게 차지하고 있는 장롱은 그 굳건함만으로 아무 일도 일어나지 않았음을 알려 주는 것 같았다. 여자는 현기증이 심해지는 이유를 생각하며 다시 책을 들여다보았다.

　갑자기 쩍, 하는 소리가 들려왔다. 여자는 책을 덮고 몸을 완전히 일으켰다. 쩍, 쩍. 묵직하고 견고한 덩어리가 갈라지는 소리였다. 무슨 소리지, 하는 생각이 끝나기도 전에 천장이 무너지기 시작했다. 여자는 침대에서 뛰어내려 방 밖으로 달려 나갔다. 날카로운 조각을 밟았지만 정신을 차릴 수 없었다. 등 뒤에서 한 번도 들어본 적 없는 큰 소리가 울렸다. 현관으로 달리다 말고 여자는 뒤를 돌아보았다. 짧은 순간 뭐라도 챙겨야 한다는 생각이 스쳤다. 무엇을 가져갈지 결정할 틈도 없이 여자의 손은 이미 물건을 집고 있었다. 그것을 손에 쥐고 현관으로 뛰었다. 동시에 거실 천장이 무너져 내렸다. 정신없이 계단을 내달려 밖으로 뛰쳐나갔다. 돌아보지 않고 가능한 멀리 앞으로 달렸다.

숨이 차올라 더 이상 뛸 수 없을 때에야 뒤를 돌아보았다. 이십오 층 아파트가 굉음을 내며 자욱한 먼지 속에서 무너지고 있었다. 여자는 가쁘게 숨을 몰아쉬며 그 광경을 바라보았다. 높이 솟아 있던 건물이 순식간에 먼지에 파묻혔다. 여자는 헉헉, 숨을 몰아쉬며 주저앉았다. 핏자국이 길바닥 여기저기에 찍혀 있었다. 그제야 발에서 살이 찢어지는 고통이 느껴졌다. 발을 들어 손에 잡고 있던 것으로 피를 눌러 닦았다. 그리고 피가 묻은 그것을 보았다. 집이 무너지는 난리 속에서 여자가 들고 나온 것은 빈 가방이었다.

현실이 아니었다. 여자는 침대에 가만히 누워 천장을 보았다. 소리도 들리지 않았고 시멘트도 떨어지지 않았다. 언젠가부터 여자는 일어날 리 없는 일을 자주 상상했다. 겪어본 적도 없고, 목격한 적도 없고, 주위에서 들어본 적도 없는 일들. 끊어진 고압 전선이 불꽃을 뿌리며 날아들거나, 산허리에 툭 튀어나온 거대한 바위가 굴러 떨어지거나, 고속도로 위 길고 깊은 굴이 내려앉는 따위의 상상. 그리고 살기 위해 홀로 발버둥 치는 자신. 그런 광경이 머릿속에 그려질 때마다 여자의 팔에는 소름이 돋았다. 팔을 문지르며 영상을 지우려 하면 할수록 상상은 더 *끈끈하게* 들러붙었다.

오늘은 집이 무너지는 상상이었다. 천장이 쏟아져 내리고 방바닥이 꺼져 버리면 어떻게 하지. 작은 조짐이라도 미리 알아챌 수 있을까. 도망치기 전에 뭐라도 챙겨야 할 텐데. 제일 소중한 게 뭐지. 여자는 엉겁결에 빈 가방 따위를 들고 뛰지 않으려면 미리 찾아 둬야겠다고 생각했다. 발을 다치지 않으려면 아무리 급해도 신발을 신어야겠다고도. 하지만 빠져나가기 전에 집이 무너지면. 상상은 달리기를 못하는 자신이 결국 무너지는 집에 깔릴 거라는 걱정으로 이어졌다. 여자는 아무 일도 없는 천장을 걱정스럽게 바라보았다. 시멘트 덩어리가 얼굴을 덮치는 장면이 떠올라 미간에 힘을 잔뜩 주었다. 윗니로 아랫입술을 깨물었다. 그러나 이내 표정을 풀고 짧고 단호하게 내뱉었다. 설마.

여자는 설마, 하고 한 번 더 중얼거리고 몸을 돌려 엎드렸다. 책을 잡아당겨 읽던 페이지를 펼쳤다. 우주의 근본 원리에 대한 현대물리학 서적이었다. 가능한 수식을 사용하지 않고 쉽게 쓴 대중교양서라는 광고와 달리 한 문단 한 문단 넘어가기가 벅찼다. 여자는 눈을 부릅뜨면 집중이 되기라도 하는 듯 책을 노려보았다. '자연계에 존재하는 기본 상호작용을 하나의 이론 체계로 표현하고자 하는 끈 이론에서는 우리가 살고 있는 사차원 시공간에 작게 말린 여섯 개의 추가 차원을 만들어야 한다. 이 작게 말린 공간 근처에 우리가 모르는, 우리의 우주와는 다른 우주가 존재할 수 있다' 도대체 무슨 소리인지. 여자는 손으로 짚어가며 같은 구절을 반복해서 두 번 더 읽었다. 얼핏 영화에서 보았던 다른 차원의 세계나 다중세계 같은 말이 떠올랐다. 세계가 여러 개라는 건 무슨 뜻일까. 내가 침대에 엎드려 있는 세계와 거실에서 텔레비전을 보는 세계가 따로 존재한다는 건가. 내가 살아 있는 세계 말고 죽어 있는 세계도 있나. 삶과 죽음에 따라 세계가 새로 생기나. 그럼 그날 새로운 세계가 수백 개 만들어졌겠구나. 여자는 흐르던 생각에 갑자기 진저리를 쳤다. 잊고 싶은 기억. 눈을 질끈 감고 머리를 세차게 흔들었다.

그날, 바다는 안개에 휩싸여 앞이 보이지 않았다. 안개는 습기가 되어 여자의 몸을 적셨다. 여자는 빠르게 걸어 터미널로 들어갔다. 대합실은 수학여행을 가는 듯한 고등학생들로 북적였다. 매표원은 안개 때문에 출항이 지연되거나 취소될 수 있다고 안내했다. 예상치 못한 일이었다. 나름 큰 결심을 하고 감행한 여행인데. 출발부터 꼬인다고 생각했다. 운행이 취소될지도 모르는 배에 올라 하염없이 시간을 보내고 싶지 않았다. 여자는 매표원에게 남은 좌석이 충분한지 물었다. 그렇다는 답이 돌아왔다. 표를 끊지 않고 기다려보기로 결정했다. 캐리어를 끌고 물러나 의자에 앉았다.

학생들이 곳곳에 무리 지어 떠들었다. 들뜬 웃음소리가 서로 공명을 일으키며 대합실 안을 가득 채웠다. 그들에게서 여행을 떠나기 전 설렘이 느껴졌다. 여자도 덩달아 가라앉았던 기분이 나아졌다. 나도 저 아이들처럼 배를 타고 수학여행을 갔었지. 밤낮으로 공부만 해야 했던 때, 친구와의 여행이라는 것만으로도 행복했던 기억이 떠올랐다. 처음 보는 커다란 배도, 낡은 여관에서 무서운 이야기를 주고받으며 같이 잠든 경험도, 간식을 사기 위해 몰래 여관을 빠져나와 담을 넘은 일도. 모두 새로워서 신기한 경험이었다. 그런데 배에서의 기억이 전혀 없었다. 많은 친구들이 토하느라 녹초가 되었지만 여자는 이상하게 자꾸 잠이 왔었다. 여자는 그것이 멀미였을 거라는 사실을 깨닫고 피식 웃었다.

얼마를 더 기다려 다시 매표소로 갔다. 매표원은 출항할 것 같긴 한데 안개의 추이를 지켜봐야 한다고 대답했다. 그냥 비행기를 탈 걸 그랬다는 후회가 들었다. 맘먹은 대로 되는 일이 하나도 없다는 생각에 답답했다. 바람이나 쐴 겸 밖으로 나갔다. 안개 사이로 불빛들이 흐리게 빛났다. 부두에서 바라본 바다는 안개로 덮여 채도가 낮은 사진 같았다. 기대했던 수평선은 보이지 않았다. 하늘과 바다의 경계가 무너져 끝이 없는 심연처럼 보였다. 저 곳으로 들어가는 모든 것을 빨아들여 흔적도 없이 감춰버릴 것 같았다. 여자는 알 수 없는 시공간으로 넘어간다는 블랙홀이 떠올라 몸을 떨었다.

찰칵, 찰칵, 찰칵. 여자는 소리 나는 쪽으로 고개를 돌렸다. 여학생이 양팔을 쭉 뻗어 바다 사진을 찍고 있었다. 여자는 여학생이 찍고 있는 바다를 보았다. 바다는 뿌옇을 뿐 제대로 찍힐 것 같지 않았다. 찰칵,

찰칵. 여학생은 계속 사진을 찍었다. 여자는 여학생을 다시 바라보았다. 생각만큼 사진이 나오지 않는지 휴대폰 화면을 확인하는 표정이 시무룩했다. 그런데도 다시 휴대폰을 들어 신중하게 셔터를 눌렀다. 여자는 문득 여학생이 사진에 담는 바다의 모습이 궁금해졌다. 여자가 물었다. 사진이 잘 나와요? 갑작스런 질문에 여학생이 놀란 눈으로 여자를 쳐다보곤 대답했다. 아니요, 뿌옇기만 한 게 흑백사진 같아요. 여자가 다시 말했다. 그럴 것 같은데 하도 열심히 찍길래 궁금했어요. 여학생이 수줍게 웃으며 대답했다. 그냥 전부 다 찍고 싶어서요, 고등학교 수학여행은 한 번 뿐이잖아요. 여자는 여학생의 대답에 미소를 지었다. 그렇겠네요, 하고 고개를 끄덕였다. 여자가 부둣가를 떠날 때까지 여학생은 바다와 흐린 불빛과 커다란 배와 손으로 브이를 그린 친구들의 모습을 사진에 담고 있었다.

승선하라는 안내방송이 울려 퍼졌다. 여자는 발권을 하고 배에 올랐다. 하지만 한참을 기다려도 배는 출발하지 않았다. 옆자리 남자 둘이 얘기를 나누었다. 안개 때문에 화물선은 모두 운항을 포기했다고, 이대로라면 운항이 취소될 수도 있다는 내용이었다. 여자는 초조해졌다. 다른 배들이 운항을 취소할 정도의 안개인데 이 배는 괜찮은지. 불안하고 불편했다. 계속 차선을 바꾸며 과속하는 자동차를 탔을 때처럼 긴장됐다. 혹시나 하는 생각에 휴대폰을 꺼내 다음 날 비행기 표를 검색했다. 꽤 많은 좌석이 남아 있었다. 마냥 기다리느니 내일 비행기를 타는 게 나을 것 같았다. 어차피 배나 비행기나 제주도 도착 시간은 큰

차이가 없을 거였다. 여자는 자리에서 일어섰다.

캐리어를 끌며 출구 쪽으로 걸었다. 곱게 화장을 한 할머니 둘이 나란히 걸어왔다. 여자는 좁은 통로의 한쪽 벽에 붙어 섰다. 하지만 그녀들은 서로 얘기를 나누느라 여자를 발견하지 못하고 부딪쳤다. 아이고, 미안해요, 나이 들면 눈이 어두워, 하고 말하며 웃었다. 여자도 괜찮다며 웃었다. 좁은 통로를 빠져나가자 넓은 로비가 나왔다. 로비는 고등학생들로 가득했다. 휴대폰으로 서로의 모습을 찍기도 하고, 음료수 캔을 들고 떠들기도 하고, 괜히 서로 치고받는 시늉을 하기도 했다. 여자는 그런 아이들의 모습을 잠깐 지켜보다 계단을 내려갔다. 캐리어를 들고 넘어지지 않게 나선 계단을 조심조심 걸었다. 뒤에서 내려오던 남자가 들어 드릴까요? 하고 물었다. 여자가 아니요, 괜찮아요, 거의 다 내려왔는걸요, 하고 대답했다. 다시 좁은 통로를 지나 승하선 입구가 보였다. 괜한 짓을 하나 잠시 고민했지만 그냥 배에서 내렸다. 항구를 빠져나와 택시를 탔다.

벚꽃의 계절이었다. 여자가 집으로 가는 택시에서 바라본 거리는 온통 연분홍 꽃잎이었다. 가지마다 풍성하게 벚꽃이 피어 있었다. 여자는 이상하게 꽃들이 화사하기보다 서글퍼 보인다고 생각했다. 출발부터 엉켜버린 여행 일정 때문만은 아니었다. 가로수 빛을 받아 빛나는 꽃들이 너무 환해서 오히려 슬퍼 보였다. 여자는 꽃에서 시선을 거두고 고개를 돌렸다. 정체 모를 슬픔에 심지어 눈물이 날 것처럼 코가 시큰해졌다. 머쓱하여 택시 기사가 눈치 채지 못하게 소매 끝으로 슬쩍 눈가를 눌렀다.

집에 도착하자마자 짐을 아무렇게나 놓아두고 침대에 드러누웠다. 꼼짝하기 싫었다. 오래도록 이불 속에서 뒤척이다 시간을 보았다. 첫 비행기를 타려면 잠 잘 여유가 두 시간밖에 없었다. 여행을 미뤄야 할지도 모른다는 생각이 들었다. 어차피 마음만 먹으면 언제든 떠날 수 있었다. 계약직으로 이 년을 일한 직장에선 더 이상 여자를 원하지 않았다. 정규직이 될 거라 기대하지도 않았었다. 그런데도 여자는 의문에 빠져 무기력한 나날을 보냈다. 다시 일자리를 찾을 수 있을지, 왜 자꾸 세상에서 밀려나는 느낌인지, 아무도 모르게 세상을 지배하는 거대한 힘이 있어 애초에 나를 품지 않기로 결정되어 있는 건 아닌지. 고민을 거듭할수록 다시 직장을 찾을 자신이 없었다. 그러다 뭐라도 해보자는 생각에 충동적으로 출발한 여행이었다. 오늘 아니면 내일, 그도 아니면 며칠 뒤 가도 상관없었다. 그래도 여자는 또 휴대폰으로 비행기 표를 검색했다. 아직도 남은 좌석은 많았다. 일어나는 대로 공항으로 가자고 마음먹고 잠자리에 들었다.

아침 무렵 겨우 잠이 들었다. 여자는 악몽을 꾸었다. 검은 비가 내리는 꿈이었다. 처음 검은 비는 바다 위로 쏟아졌다. 세찬 비가 배를 집어삼키고 바다를 검게 물들였다. 점차 비는 부두를 적셨고, 산과 들과 도시에 스며들었다. 사람들은 숨을 곳을 찾아 허둥거렸다. 하지만 이미 검게 변한 세상에서 피할 곳은 없었다. 얼굴도 몸도 온통 검게 변한 사람들이 이리저리 뛰었다. 숨이 막힌 듯 헉헉댔다. 검은 비를 닦아내려 한 사람에게도 깊이 배어든 비를 지울 방법은 없었다. 주저앉아 우는 사람, 토하는 사람, 기도하는 사람, 기절한 사람. 그리고 방공호에서 그 광경을 지켜보는 사람. 여자는 꿈에서 빠져나오려 안간힘을 썼다. 간신히 정신을 차렸다 생각하고 다시 눈을 감으면 악몽이 이어졌다. 그렇게 여자는 내내 검은 비가 내리는 꿈을 꾸었다.

여자는 늦잠을 잤다. 바쁘게 공항으로 갈 준비를 했다. 머리를 빗으며 텔레비전을 틀었다. 손에 들고 있던 빗을 떨어뜨린 줄도 모르고 텔레비전을 보았다. 빠르게 멘트를 이어가는 아나운서의 목소리, 출렁거리는 검푸른 바다, 비스듬히 솟아 있는 선수. 밤새 꾼 악몽이 현실이 되어 재현되고 있었다. 심장에서 정말 쿵, 하는 소리가 났다. 손이 덜덜 떨렸다. 여자는 공항으로 가려 했던 사실을 잊고 하루 종일 텔레비전 앞에 앉아 있었다.

사람들이 살아 돌아오길 간절히 바랐지만, 며칠이 지나도 더 이상 구조된 사람은 없었다. 여자는 그들의 죽음이 가슴 아팠다. 그러면서 동시에 자신이 간신히 살았다는 사실에 안도했다. 눈에선 눈물이 흘렀지만 손은 안심해도 된다는 듯 가슴을 쓸어내렸다. 죽은 이들에 대한 애도 뒤에는 언제나 자신이 살아남을 운명이었다는 만족이 뒤따랐다. 안타까워 울음을 터뜨렸다가도 자신의 이름이 뉴스에 등장하지 않는 것에 감사했다. 감사까지 하는 자신이 소름끼치게 싫다가도 배에서 내린 그날의 선택이 다행이라고 생각했다. 한동안 모순되고 혼란스런 감정들이 여자의 삶을 헤집었다.

여러 날이 지나고 여자는 정신을 차렸다. 심지어 이제부터 열심히 살아야겠다는 욕구가 솟구쳤다. 그것은 살아남은 이가 느끼는 기쁨이자 살아갈 이가 가지는 희망과 같았다. 여자는 구직 사이트를 뒤지기 시작했다. 열심히 이력서를 냈고, 서류 심사 결과조차 연락 받지 못하는 시간들을 보냈고, 몇 번 면접까지 갔지만 떨어졌다. 그리고 작은 웹 에이전시에 이 년 계약직으로 취직이 되었다. 여자는 그렇게라도 일자리를 얻은 것에 만족했다. 아침저녁 지하철로 출퇴근을 했고, 회사 사람들과 점심을 먹었고, 같이 코딩을 하는 직원과 친해졌고, 잦은 야근을 했다. 또다시 계약이 만료될 이 년 뒤가 불안하긴 했지만 여자는 애써 생각하지 않았다. 그저 지금처럼 살면 좋겠다고 생각했다.

모두 괜찮아 보였다. 어느 날 퇴근길, 지하철에서 여자가 둘러본 사람들의 모습은 늘 보던 그 모습 그대로였다. 책을 보거나 휴대폰을 보거나 옆 사람과 이야기하거나 창밖을 보는 그들의 행동이 너무 평범해서 여자는 좋았다. 자신 역시 그들과 섞여 별다를 리 없는 일상을 보내는 것만으로도 새삼 편안했다. 여자도 그들처럼 휴대폰을 꺼내 인터넷을 보았다. 동계 올림픽 준비가 부족하다는 기사를 건성으로 읽었고, 새로 개봉하는 영화가 극장가에 돌풍을 일으킬 거라는 광고를 보며 주말 계획을 짰고, 주차를 못해 쩔쩔매는 동영상을 보며 웃었다. 그러다 불쑥 드는 이상한 느낌에 고개를 들었다.

고개를 들게 만든 건 아무 것도 아니었다. 소리도 사건도 아니었다. 그것은 분위기였다. 여자가 주위를 보았을 때 느낀 소리 없는 술렁거림. 말을 하는 사람도 움직이는 사람도 없었다. 그들은 불안한 눈빛으로 한 곳을 쳐다보고 있었다. 여자도 그들을 따라 보았다. 지하철 문이 열렸다 닫히기를 반복하고 있었다. 여자는 정신이 번쩍 들었다. 문이 닫혔다. 열차가 출발하려는 듯 엔진 소리를 냈다. 하지만 움직인 거리는 움찔거렸다고 해야 할 정도로 조금이었다. 다시 문이 열렸다. 엔진에서 김이 빠지는 소리가 났다. 곧이어 다시 문이 닫히고 열차가 움찔거렸다. 같은 일이 계속 반복되고 있었다. 사람들은 고민스런 얼굴로 문만 바라보았다.

여자도 불안을 억누르며 계속 문을 보았다. 그런데 갑자기 여자의 귀에 말소리가 들려왔다. 위험해 보여, 위험은 작은 조짐을 간과하는 데서 생기는 거야, 먼 훗날 지금 내리지 않은 걸 후회할지도 몰라. 속삭이는 듯 낮지만 에코를 덧씌운 듯 퍼지는 소리였다. 여자는 이명처럼 울리는 소리에 놀라 고개를 돌렸다. 입을 움직이는 사람은 없었다. 정확히 어디쯤에서 들려온 소리인지도 가늠할 수 없었다. 또 소리가 들렸다. 아니야, 별거 아닐 거야, 그런 사건이 항상 벌어지는 건 아니잖아, 나한테 그런 일이 생길 리 없어. 여자는 두리번거리며 소리의 정체를 찾았다. 하지만 사람들은 입을 다물고 문만 보았다. 그제야 여자는 소리가 자신에게만 들린다는 걸 깨달았다. 여자는 손으로 양쪽 귀를 꾹 막았다. 왜 이런 착각이 이는지 이해되지 않았다.

여자는 더 세게 귀를 틀어막았다. 그러자 잠시 뒤 소리가 사라졌다. 여자는 귀를 막은 자세 그대로 사람들을 살폈다. 말을 하는 사람은 없었지만 그들의 얼굴에는 불안감이 가득했다. 불안한 표정이 너무 선명해 말하지 않아도 그들의 생각을 알 수 있을 정도였다. 청년의 흔들리는 눈에서 갈등이 읽혔다. 이런 식으로 안이하게 생각하다 당하는 거야, 그 사람들은 자신이 죽을 거라고 생각했겠어? 양복 입은 남자의 지나치도록 굳게 다문 입술은 합리화 중인 듯했다. 확률이야, 어차피 확률로 따지면 사고가 일어날 확률은 작아, 하필 내가 사고를 당할 확률까지 계산하면 더 작아지지, 참자.

사람들이 초조하게 지켜보는 사이에도 문은 계속 열렸다 닫히기를 반복했다. 드디어 안내 방송이 나왔다. 문 고장으로 출발이 지연되고 있으니 실내에서 기다려 달라는 내용이었다. 방송을 들은 사람들의 표정이 또 술렁였다. 이제 여자는 귀에서 손을 떼고 더 주의 깊게 사람들의 표정을 보았다. 그들에게서 뿜어져 나오는 생각을 읽어내려 노력했다. 이어폰을 잡은 학생의 손끝이 말하는 것 같았다. 그 사람들도 가만히 있으라는 방송을 따랐다잖아, 저 말이 거슬려, 방송 때문에 더 가만있고 싶지 않아. 긴 머리 여자가 입꼬리를 실룩였다. 항상 이런 식이지, 내릴까? 하지만 내가 내리자마자 지하철이 아무 이상 없이 출발하면 약속 시간에 늦을 텐데, 조금만 더 기다려보자, 설사 문제가 생겨도 도심 한복판인데 구해 줄 사람 하나 없겠어. 여러 사람의 한숨 소리가 합창으로 답하는 것처럼 보였다. 그렇게 믿었지만 아무도 구하지 못했어, 결국 그런 참사가 벌어졌잖아, 아 불안해.

여자는 눈에 보이는 말이나 귀에 들리는 감정이 있다면 지금과 같을 거라고 생각했다. 불안감이 너무 커 사람들의 몸짓이 되고 표정이 되었다고. 그것이 소리가 되어 열차 안을 휘저었다고. 그리고 자신의 귀에 흘러들었다고. 여자는 뭉툭한 무엇이 고막을 때리는 듯한 통증을 느꼈다. 동시에 머리가 쩡, 하고 울렸다. 여자는 낮은 소리로 비명을 삼키며 머리를 감싸 안았다. 질끈 감은 눈꼬리에 눈물이 맺혔다. 오 분이 다섯 시간처럼 느껴졌다. 그러는 사이 문이 닫히고 열차는 아무 일이 없었던 듯 출발했다. 사람들의 술렁임도 한순간에 사라졌다. 고막을 때리던 통증이 가라앉고 먹먹함이 남았다.

괜찮은 사람은 아무도 없었다. 여자는 일상에 숨어 있는 비밀을 확인한 느낌이었다. 조금의 틈이라도 벌어지면 그 틈을 비집고 터져 나와 삶을 헤집어 놓을 치명적인 비밀. 여자는 몸을 일으키고 사람들을 바라보았다. 그런데 사람들은 금세 일상의 표정이 되어 있었다. 지하철이 달렸고 다음 역에 도착했다. 사람들이 내렸고 사람들이 탔다. 새로 열차에 오른 사람들은 방금 전 무슨 일이 있었는지 모르고 각자의 일에 몰두했다. 불안한 눈빛으로 문을 응시하던 사람들도 모두 잊은 듯 평온했다. 여자는 새로 탄 사람과 계속 타고 있었던 사람을 구분할 수 없을 정도로 아무 일이 없었다는 게 믿기지 않았다. 여자는 그 평온함이 무서워졌다. 모두들 어떻게들 감추고 살아가는 건지 이해되지 않았다. 다시 귀가 먹먹해졌다.

사람들이 숨기고 있는 비밀을 본 뒤부터 여자는 달라지기 시작했다. 처음의 변화는 집 안을 밝히는 형광등이 껌벅이던 날 일어났다. 여자가 스위치를 여러 번 올렸다 내렸지만 형광등은 계속 번쩍였다. 할 수 없이 여분의 형광등을 가져왔다. 여자의 집은 서향이라 늦은 오후 햇빛이 길게 들어오는 한두 시간을 빼고는 하루 종일 컴컴했다. 사물을 분간할 수 없을 정도는 아니었지만 침침해서 낮에도 전등을 켜야 했다. 여자는 새 형광등으로 갈아 끼웠다. 스위치를 껐다 켰다 하며 잘 작동하는지 확인했다. 어두워졌다 밝아지는 형광등을 쳐다보던 여자가 중얼거렸다. 하루 종일 밝히려면 힘들겠네. 자신의 입에서 흘러나온 말에 여자는 웃음이 났다. 물건에게 힘들다니. 여자는 웃었고, 잊었다.

그런데 이상하게도 여자가 전등을 끄는 일이 자주 생겼다. 오히려 웬만하면 불을 켜지 않았다. 어둑어둑한 곳에 덩그러니 앉아 있는 경우가 많아졌다. 거기서 음식을 만들고, 설거지를 하고, 청소를 했다. 여자가 집 안을 걸어 다니는 모습을 카메라로 찍는다면 유령이 연상될 거였다. 다리가 없이 낮게 스스슥 떠다니는 것처럼 기괴한 광경이었다. 놀러온 친구가 왜 불을 켜지 않느냐고 물었을 때 여자는 스스럼없이 대답했다. 전등이 안쓰러워, 하루 종일 불을 켜고 있으려면 얼마나 힘들겠니, 쉬게 해주고 싶어.

여자가 느끼는 감정은 점점 더 깊어졌고, 그것을 행동으로 옮기는 일도 잦아졌다. 여름내 돌아가던 선풍기를 끄고 땀을 흘렸다. 이불 빨래라도 하는 날이면 세탁기가 힘들까 싶어 다른 빨래를 미루었다. 빨간 불, 파란 불 번갈아 쉬지 않고 켜지는 신호등이 안타까워 한참을 쳐다보기도 했다. 사람이 지나갈 때마다 열리고 닫히는 자동문이 잠깐이라도 쉴 수 있도록 다른 이를 따라 걸었다. 그것은 아주 이상한 일이었다. 이전의 여자는 시장바닥을 기어 다니며 구걸하는 걸인을 그냥 지나치는 사람이었다. 아픈 아이를 위한 모금 프로가 나오면 다른 채널로 돌렸고, 로드킬 당한 동물을 맞닥뜨리면 잠깐 고개를 돌리면 그만이었다. 그런 여자가 심지어 사물에 연민을 느끼고 있었다. 게다가 그 이유를 따지지도 않고 그저 느껴지는 감정에 따라 행동했던 것이다.

가여워서였다. 여자가 고깃집 앞에 세워진 노란 바람 인형을 그냥 지나치지 못한 것도 가여워서였다. 여자는 허공을 향해 팔을 휘젓는 바람 인형 주변을 며칠 동안 서성였다. 쓰러질 듯 몸을 꺾었다 팔을 휘두르며 일어나는 바람 인형. 뜨거운 햇빛을 받고 비를 맞으면서도 노란 얼굴에 그려진 표정은 스마일. 여자는 그 몸짓과 표정 때문에 유독 더 신경이 쓰였다.

집으로 돌아와서도 온몸으로 쿨럭이는 인형의 노란 몸짓을 잊을 수 없었다. 어느 주말 아침 여자는 결국 참지 못하고 식당 앞으로 갔다. 바람 인형에게 가까이 다가가 웃는 얼굴을 쳐다보았다. 인형은 웅, 하는 모터 소리를 따라 쓰러지고 일어나기를 반복했다. 그 모습을 안쓰럽게 바라보던 여자가 인형에게 말을 건넸다. 그렇게 쉬지 않고 움직이느라 얼마나 힘드니, 내가 쉬게 해줄까? 여자의 눈에 받침대 옆으로 연결된 전선이 들어왔다. 뭔가에 홀린 듯 눈으로 급히 전선을 쫓았다. 전선의 끝에 코드가 있었다. 그 옆에 쪼그리고 앉아 코드를 쥐고 식당 안을 살폈다. 이른 시간이라 식당 안은 한산했다. 주인의 모습도 보이지 않았다. 망설임 없이 코드를 잡아 뺐다.

쉭, 하는 커다란 소리와 함께 순식간에 바람 인형이 가라앉았다. 여자가 몸을 일으켰다. 그때였다. 식당 문이 벌컥 열리며 남자가 뛰쳐나왔다. 남자가 여자를 보고 소리쳤다. 뭡니까 당신, 뭐하는 짓이에요? 여자는 남자의 기세에 아무 말도 못하고 서 있었다. 남자가 별 꼴을 다 보겠네, 하며 다시 코드를 꽂았다. 인형은 바람이 들어가자 다시 팔을 휘두르기 시작했다. 남자가 여자를 째려보았다. 이상한 짓 하지 말고 가세요, 가! 여자는 고개를 숙이고 물러나 걸었다. 몇 걸음 내딛다 말고 뒤를 돌아보았다. 일어나고 쓰러지는 바람 인형의 얼굴은 여전히 스마일. 저 표정만 아니어도 마음이 덜 아프겠다고 생각했다. 여자는 멈춰 서서 잠시 망설였다. 그러다 다시 바람 인형에게 다가갔다. 코드를 뽑고 뛰었다. 남자는 가게 안에서 지키고 있었는지 금방 달려 나와 여자의 뒷덜미를 잡아챘다.

경찰이 여자에게 물었다. 도대체 왜 그런 겁니까. 여자는 대답하지 못하고 경찰서 의자에 가만히 앉아만 있었다. 어깨를 움츠리고 한 손으로 다른 한 손을 꽉 쥐었다. 손이 땀으로 축축해졌다. 남자가 격앙된 목소리로 대신 대답했다. 왜 그러긴 왜 그래요, 미친 거지, 생긴 건 멀정해 가지고. 경찰이 다시 말했다. 본인이 대답하세요, 왜 그런 겁니까. 여자가 작은 소리로 대답했다. 가여워서요, 계속 일어나고 쓰러지는 게 가여워서, 그런데도 웃고 있는 게. 남자와 경찰이 동시에 어이없다는 듯 헛웃음을 쳤다. 남자가 말했다. 거봐요, 미친 여자라니까. 경찰이 목소리를 가다듬고 남자에게 말했다. 따로 재물 손괴 같은 건 없으시죠? 남자가 대답했다. 없기는 하지만, 이 미친 여자가 또 인형 코드를 뽑으면 어쩝니까. 경찰이 정색을 하고 여자에게 말했다. 이 자리에서 약속하세요, 다시는 그러지 않겠다고. 처음이라 이번 한 번만 훈방 조치하겠습니다, 또 이런 일이 발생할 시엔 영업방해로 벌금형에 처해질 수 있어요. 알겠습니까? 여자가 고개를 끄덕였다.

되돌릴 수 있다면. 여자는 우주 시공간 차원 따위의 글자 위에 손가락으로 의미 없는 무늬를 그리며 그렇게 생각했다. 지금까지 벌어진 모든 일을 되돌리고 싶었다. 자꾸만 이상하게 변해가는 자신을 받아들이고 싶지 않았다. 인형에게 말을 건네기 전으로, 아니 환청을 듣기 전으로, 아니 아무 일도 없던 그날 전으로 돌아가고 싶었다. 여자는 펼쳐진 책에 얼굴을 파묻었다. 과호흡 환자가 봉투에 대고 숨을 쉬듯 책에 얼굴을 묻은 채 숨을 들이마시고 내쉬었다. 기억하지 않으면 없던 일이 될까. 보지 않았다면 잊을 수 있었을까. 눈을 감고 아닌 척 하면 제자리로 돌아갈 수 있을까. 의문은 답이 없는 곳으로 뻗어나갔다.

여자는 연달아 이어지는 의문을 떨쳐내며 다시 책에 집중했다. 글씨가 눈에 들어오지 않았다. 그래도 꿋꿋이 읽어 나갔다. '물리적 상태는 물체와 측정 행위라는 상호작용의 결과이며, 위치와 운동량과 같이 특정한 관계를 갖는 물리량들은 불확정성 원리에 따라 동시 측정이 불가능하다. 이런 이유로, 과거 현재 미래에 어떤 물체의 물리적 상태에 대해서 우리는 확률적으로만 표현할 수 있다' 여전히 어려운 말이었다. 물리적 상태는 뭐고, 물체와 측정 행위의 상호작용은 뭐고, 확률적 표현은 뭔지. 표지 카피에는 세상을 움직이는 원리를 알려준다고 쓰여 있었다. 이 책을 읽으면 맥락 없이 벌어지는 세상의 일들, 아무리 노력해도 이해할 수 없는 사건들에 대한 근본적인 답을 찾을 수 있으리라 기대했었다. 하지만 오히려 더 복잡해진 기분이었다.

여자는 포기하는 심정으로 책을 덮었다. 책을 가방에 넣어 두고 거실로 나갔다. 형광등을 켜지 않아 어둑한 거실을 맴돌았다. 그러면서 처음으로 진지하게 질문을 던져보았다. 자신만 이런 건지, 아니면 다른 사람들도 여자와 같은 마음이지만 표현하지 않을 뿐인지. 그것도 아니라면 진짜 아무렇지도 않은지. 여자가 한 짓을 듣는다면 사람들은 경찰과 가게 주인처럼 여자를 미친 사람 취급하거나 비웃을 게 뻔했다. 어쩌자고 코드를 뽑아 평생 처음 경찰서까지 가게 된 건지. 게다가 쓸데없는 말까지 하고. 또 경찰서에 끌려가는 일을 겪고 싶지 않았다. 여자는 다시는 그러지 말자고 다짐했다.

하지만 그 역시 해답은 아니었다. 앞으로 자신에게 어떤 일이 벌어질지 예측되지 않았다. 아무 일이 일어나지 않을 수도, 거꾸로 모든 일이 일어날 수도 있었다. 모든 것이 불확실했다. 지금 답을 찾지 않으면 이대로, 그냥, 또다시, 무기력하게, 당할 거라는 조바심이 일었다. 여자는 자신이 정면으로 대응하지 못한 일, 맞서 응시하지 못한 일, 가능한 피하고자 했던 일이 무엇인지 찬찬히 헤아렸다. 그러다 불현듯 노란 깃발을 떠올렸다. 노란 바람 인형이 아닌 노란 깃발. 여자는 가방을 챙겨 밖으로 나갔다.

오후 햇살을 등에 지고 걸었다. 구청까지는 꽤 거리가 멀었다. 걷는 사이 해가 넘어가기 시작하고, 조금씩 서늘한 바람이 불어왔다. 새로 지은 청사의 전면 유리가 넘어지는 햇살을 반사해 눈이 부셨다. 여자는 눈을 찌푸리고 구청 앞 광장 쪽으로 향했다. 가로수마다 줄이 연결되어 있고, 그 줄에는 수많은 노란 리본이 달려 있었다. 리본에는 애도를 표하는 글들이 빼곡했다. 여자는 그 글들을 눈으로 훑었다. 바람에 리본이 흔들렸다. 손으로 리본을 잡아 하나씩 읽어 나갔다.

트럭이 다가와 가로수 근처에 섰다. 트럭에서 남자 셋이 내렸다. 상관인 듯한 남자가 손을 들어 나무를 가리키며 저것부터 시작하지, 하고 말했다. 다른 남자 둘이 나무에 묶인 줄을 풀기 시작했다. 여자는 읽던 리본을 손에서 놓고 뒤로 물러섰다. 매듭이 풀리자 줄이 바닥으로 내려앉았다. 줄에 달린 노란 리본들도 앞뒤로 헝클어진 채 바닥에 놓였다. 남자들은 다음 나무로 이동해 또 줄을 풀었다. 양쪽의 매듭이 모두 풀린 줄이 바닥에 완전히 떨어졌다. 한 남자가 상자를 들고 와 줄을 둘둘 말아 담았다. 여자는 그들이 다음 나무로 이동하는 모습을 바라보다 구청 광장으로 들어갔다.

구청 앞 광장에는 두 평 남짓한 크기의 하얀 천막이 있었다. 천막 위에 검은 글씨로 세월호 침몰사고 희생자 분향소라고 쓰인 현수막이 보였다. 여자는 천막 안으로 걸어 들어갔다. 덩그러니 놓인 탁자와 그 위 상자 하나만 있을 뿐 텅 비었다. 여자는 너무 늦게 왔다는 걸 깨달았다. 복잡한 심정이 되어 천막 밖으로 나갔다. 아무도 없던 곳에 노인이 서 있었다. 여자와 노인의 눈이 마주쳤다. 노인은 스치듯 여자에게 눈인사를 보내고 어깨에서 기타 가방을 내렸다. 기타를 꺼내 들고 분향소 옆에 자리를 잡았다. 그리고 노래를 부르기 시작했다.

할머니가 살았던 시절에 정원에는 꽃들이 만발했지.

시간은 흐르고 기억만 남았네.

그리고 두 손엔 아무것도 남지 않았지.

누가 할머니를 죽였나.

세월인가, 무심한 사람들인가.*

처음 듣는 노래였다. 비장하면서도 밝아서 울컥하게 만드는 멜로디였다. 노래를 듣고 있자니 점점 마음이 아파왔다. 저절로 눈물이 흘렀다. 여자는 손등으로 눈물을 훔치며 이제 노인의 노래를 들을 사람이 없을 거라는 생각을 했다. 어쩌면 자신이 노인의 노래를 듣는 마지막 사람일지도 몰랐다. 여자는 노인이, 노인의 노래가 안쓰러워졌다. 노

---

* Michel Polnareff의 노래 〈Qui a tue grand maman?(누가 할머니를 죽였나?)〉

래가 끝나면 고맙다고, 당신의 노래가 마음에 든다고, 위로가 된다고 말하기로 마음먹었다. 노래가 이어지는 사이 리본을 철거하던 사람들이 분향소로 왔다. 한 남자가 노인에게 옆으로 비키라고 말했다. 다른한 남자가 작은 소리로 오늘도 오셨네요, 하고 말했지만 그 말은 다른 남자의 저기 잡아, 아니 거기 말고, 그렇지 거기부터 뜯어, 하고 외치는 소리에 묻혔다.

노인은 분향소 옆에 그대로 서서 꼼짝하지 않고 노래를 이어갔다. 소리를 치던 남자가 다시 노인에게 외쳤다. 위험하니까 거 좀 비키시라니까요, 이젠 운영 종료예요, 우리도 마음이야 아프지, 그래도 운영 종료라고요. 여전히 노인은 못 들은 척 제자리에서 노래를 불렀다. 남자가 노인과 천막 사이에 제 몸을 억지로 끼워 넣자 노인이 뒤로 밀쳐졌다. 그때였다. 여자가 밀지 마세요, 하고 소리쳤다. 여자는 자신의 입에서 나온 큰 소리에 스스로도 놀랐다. 한번 소리를 지르고 나자 오히려 용기가 생겼다. 여자는 그냥 노래하게 두세요, 하고 더 큰 소리로 말했다. 남자가 뜨악한 얼굴로 여자를 바라보았다. 그리고 노인을 몸으로 조금 더 세게 밀어내며 천막을 뜯어냈다. 여자의 심장이 거세게 뛰었다. 여자가 남자에게 달려들었다. 남자를 막아서며 애걸하듯 말했다. 그것도 뜯지 말아요, 벌써 그러지 말아요. 하지만 남자는 거 참, 이 사람은 또 뭐야, 하며 여자의 팔을 잡아당겨 옆으로 끌어냈다. 여자는 끌려가지 않으려 몸부림치며 소리를 질렀다. 일부러 그런 게 아니야, 나 혼자 살려고 그런 게 아니라고, 나도 몰랐어, 그런 일이, 그런 일이 벌어질 줄 몰랐어. 여자는 이제 바닥에 주저앉은 채로 꺽꺽 울음을 토해냈다. 노인이 여자에게 다가왔다. 여자가 울먹이며 노인에게 말했다. 정말 몰랐어요, 난 이제 어떻게 해야 하죠, 어디로 가야 하나요. 노인이 여자의 등을 다독였다. 여자가 다시 말했다. 아니요, 할아버지는 노래를 하세요, 그게 할아버지가 하실 일이잖아요, 노래를 들려주세요. 노인이 몸을 일으키고 노래를 부르기 시작했다.

불도저가 할머니를 죽이고 꽃밭을 짓밟았지.

이젠 새가 노래할 곳이 없네.

그래서 사람들이 당신을 그리워하는가.

누가 할머니를 죽였나.

세월인가, 무심한 사람들인가.

집이 무너졌다, 현실이었다. 여자는 집이 무너지는 것이 더 이상 상상이 아니라고 느꼈다. 마음을 기대고 몸을 누일 안전하고 안락한 곳은 어디에도 없었다. 세상 모든 곳이 위험하고, 무슨 일이든 벌어질 수 있었다. 누군가 도와줄 거라고 믿을 수도 없었다. 오히려 도움이 필요한 순간에 버림받는 무심한 세상이었다. 복잡한 일에 휘말리기 싫다고 모른 척하는, 무슨 도움이 되겠느냐고 포기하는, 시간이 해결해 줄 거라고 기다리기만 하는 세상이었다. 여자는 돌아갈 집을 잃은 느낌이었다. 여자가 떠올렸던 상상과는 달랐다. 집이 무너지면 어떤 물건을 챙길지, 얼마나 빨리 뛸지 따위를 생각하는 건 집이 무너지지 않으리란 확신이 있을 때에나 가능한 거였다. 공포 영화나 액션 영화가 그러하듯 상상 속에선 목숨을 위협하는 상황이 나의 일이 아니라 그들의 일이었다. 하지만 이제 그것은 언제든 나의 일이 될 수 있었고, 나의 일이었다. 여자는 집이 무너지지 않을 거란 믿음을 잃었다. 모든 것이 두려워졌다.

여자는 천막도 철거되고 노인도 떠난 광장에 앉아 가만있었다. 길 건너편 아파트 단지를 바라보았다. 아무 일도 없는 듯 굳건히 서 있는 거대한 건물이 허상처럼 보였다. 가로, 세로 줄을 맞춰 불을 밝힌 창들이 냉정하게 느껴졌다. 저곳으로 다시 들어가도 괜찮을까. 환하게 불을 켜고, 따뜻하게 덥힌 음식을 먹고, 텔레비전을 보며 깔깔거리고 웃어도 괜찮을까. 여자는 그럴 수 없을 거라는 생각이 들었다.

여러 사람이 무심히 여자를 지나쳤고, 몇몇은 여자를 바라보다 그냥 지나갔다. 그래도 여자는 눈물자국조차 닦아내지 않은 채 그냥 앉아 있었다. 한 남자가 여자를 발견하고 다가왔다. 그러자 옆에 있던 여자 친구가 남자의 소매를 잡아당겼다. 술 취했나봐, 모른 척해, 그냥 가자. 여자는 그들의 뒷모습을 보며 생각했다. 저들은 모두 안전한 집으로 돌아가는 걸까. 아무 일도 없었던 것처럼 살아가나. 여자는 아닐 거라고, 지하철에서 그랬듯 아무 일도 없었던 듯 살지 않으면 견딜 수 없기 때문일 거라고 생각했다. 여자는 다시 아파트를 보았다. 저 집은 이미 검은 비가 내리던 그날 무너진 건지도 몰랐다. 아니 언제든 무너질 수 있는 집이 되었다.

여자는 집으로 돌아가지 않기로 마음먹었다. 일어나 무작정 걸었다. 하지만 어디로 가야할지 몰랐다. 걸음이 무거웠다. 가방도 무거웠다. 여자는 가방을 열었다. 묵직한 책이 중간에 자리 잡고 있었다. 우주의 근본 원리. 여자는 한숨이 나왔다. 이딴 게 무슨 소용이야, 세상을 움직이는 힘을 안다고 변하는 건 없어. 여자는 자신이 떠올린 변화라는 단어가 새삼스럽게 느껴졌다. 스스로가 얼마나 무기력한 존재인지 깨닫게 해주는 단어 같았다. 어쩌면 변화의 반대말은 무기력일 거라는 생각이 들었다. 여자는 가방에서 책을 꺼냈다. 표지에 우주의 시작을 찾아가는 여행서, 라는 문구가 쓰여 있었다. 여자는 그 글씨를 바라보다 시작을 찾아가는, 하고 중얼거렸다. 그리고 뭔가 결심을 한 듯 숨을 크게 들이마셨다 내뱉었다. 책을 쓰레기통에 버리고 택시를 탔다.

시작점으로 가자. 여자는 이 모든 일의 시작을 기억해냈다. 검은 비가 내리는 꿈을 꾸던 날, 가늠할 수 없는 두려움에 몸을 떨던 날, 미안함과 안쓰러움에 하염없이 울던 날, 치솟아 오르는 분노로 가슴을 치던 날, 그러면서도 그 감정을 애써 외면했던 날. 그날 여자가 있었던 그곳으로 가기로 마음먹었다. 항구는 그날과 다른 모습이었다. 여전히 화물선은 빼곡히 정박해 있었지만 여객터미널은 문을 닫았다. 그날 이후로 저녁에 출항 복항하는 배가 없어 일찍 문을 닫는다고 기사가 설명했다. 바로 옆 환하게 불을 밝힌 국제선 여객터미널과는 달리 연안 여객터미널에는 옅은 조명만 켜져 있었다. 여자는 기사에게 기다려 달라고 부탁하고 택시에서 내렸다.

　터미널을 향해 걸음을 내딛었다. 이렇게 오면 될 것을 왜 그리도 외면하고, 아무 일도 없었던 것처럼 살려고 발버둥 쳤는지. 가슴이 온통 가엽고 안쓰러운 감정으로 가득 차고, 늘 두렵고 불안하면서도 왜 그렇게 괜찮은 척 했는지. 여자는 거침없이 터미널로 걸어가는 자신이 신기했다. 기억하지 않으려 애를 쓰던 게 무색할 정도로 정작 그곳으로 다가가는 게 어렵지 않았다. 대합실 앞 엷게 퍼지는 푸른 조명을 지나 주차장으로 걸었다. 정박해 있는 배들 사이로 바다가 드러났다. 그날과 달리 안개는 없었다. 여자는 한동안 바다를 바라보다 주머니에서 휴대폰을 꺼냈다. 양팔을 쭉 뻗어 바다를 향했다. 화면에 바다와 배와 멀리 자잘한 불빛들이 담겼다. 뒤에서 택시 기사가 클랙슨을 울렸다. 여자는 그 소리를 들으며 똑바로 바다를 마주보았다.

김산아 1973년생으로 2013년 《문학의 오늘》에 「삐삐의 상자」로 신인문학상을 받으며 등단했다. 발표작으로 「바람 예보」 「내게 남은 텔로미어」가 있다.

인간의 두 번째 모습에 관심이 많다. 분명 우리 안에 존재하지만 인식하지 못하거나 부정하고 싶은 모습이 있다. 개인이 숨긴, 사회에 의해 숨겨진, 집단의식에 의해 배제된 인간 모습. 녹음된 자신의 목소리를 듣는 것처럼, 그 두 번째 모습을 꺼내어 보여주는 작품을 쓰고 있다.

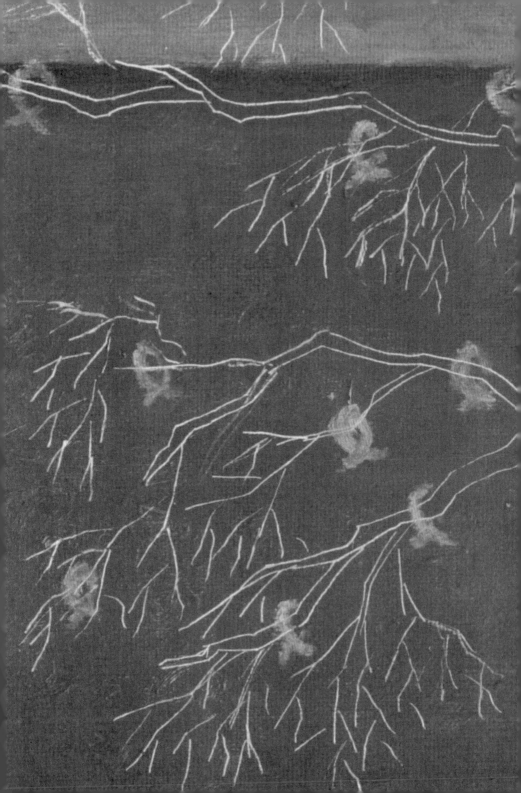

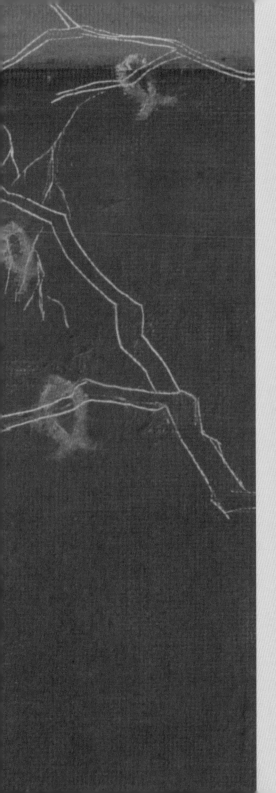

회색 무덤

김근은

memo

언제나 글을 쓰는 처음은 주인공과 나를 하나로 포개는 일에서 시작되었다. 만약 서로 모양이 맞지 않는다면 주인공에 맞춰 나의 몸을 바꾸는 일이 그다음 작업이었다. 그렇게 주인공과 나의 다름을 서서히 줄여가는 일. 그러나 세월호에 관한 소설을 쓰면서는 그런 것이 가능하지 않았다. 어떤 대상과도 내가 겹쳐지지가 않았다. '짐작'하기엔 터무니없이 멀고, '이해'하기엔 내가 가진 공감의 폭이 너무도 빈약했다. 끝없이 부끄러움에 고개를 떨구고, 뜨거운 한숨을 내쉬는 것 말고는 할 수 있는 게 없었다. 결국 철저히 바깥의 사람일 수밖에 없다는 생각이 들자, 세월호와 나의 모습이 조금씩 겹쳐지기 시작했다. 처음부터 모든 것을 지켜봤으면서도, 끝내 아무것도 할 수 없었던. 그 무력감과 안타까운 심정을 세월호의 목소리로 되살려보았다.

회색 무덤

소란은 잦아들었다. 고통에 찬 사람들의 울부짖음도, 누군가의 이름을 애타게 부르던 목소리도 사라진 지 오래였다. 날마다 환하게 불을 밝히고 선실 내부를 탐색하던 사람들의 모습도 더 이상 보이지 않았다. 한겨울의 바다는 고요하고 쓸쓸했다. 썰물과 밀물에 맞춰 달라지는 물살의 흐름만이 내가 느낄 수 있는 유일한 움직임이었다. 아무도 찾아오지 않는 기다림의 시간. 그런 시간이 길어질수록 초조함은 더해갔다. 짜디짠 바닷물에 온몸이 빠르게 부식되어가고, 몸 안에 쌓여 있던 물건들이 하나둘씩 사라지고, 그래서 결국엔 간직해야 할 모든 것들을 잃어버리게 될까 봐 걱정이 됐다. 아직 나는 해야 할 말들을 시작조차 하지 못했다.

무심하게 떠 있던 해가 바다 아래로 가라앉았다. 검은색 물감을 쏟아 부은 듯 어둠이 물속으로 번져나갔다. 흐릿했던 어둠의 농도는 시간이 갈수록 점점 짙어졌다. 나는 또다시 하룻밤을 물밑에서 보내야 했다. 하루만, 하루만 더. 그렇게 일 년 가까운 시간을 버텼지만 인양될 기미는 보이지 않았다. 혹시 나의 존재마저 까맣게 잊어버린 게 아닌지. 해가 바다 밑으로 완전히 사라지자 썰물은 밀물로 바뀌었다. 옆구리에 뚫린 커다란 구멍으로 거센 물살이 밀려들어와 몸 안을 마구 휘저었다. 이미 엉망으로 뒤섞인 잔해들이 다시 한 번 헝클어졌다. 하지만 모래 펄 속에 단단히 박혀 있는 거대한 나의 몸은 미동조차 하지 않았다. 무게를 이기지 못하고 옆으로 기울어진 채 하루가 다르게 녹슬어가고 있었다. 칠이 벗겨진 자리엔 따개비 같은 패류들이 달라붙고, 해초와 바다 이끼가 자라났다.

어쩌면 언젠가 일어나기로 이미 결정돼 있던 일이었는지도 몰랐다. 나는 늘 조마조마한 마음으로 바다 위를 오고 갔었다. 페인트칠을 새로 해 노후 된 흔적을 지우고, 낡아서 기능을 제대로 하지 못하는 것들을 그냥 모른 체 방치해둘 때마다 걱정은 더해갔다. 언제 어떤 문제가 생길지, 그러면 과연 무슨 일이 일어날지. 기억하기로 그날도 나의 몸은 정상적인 상태는 아니었다. 출발 전부터 뭔가 불편한 기분이 들었다. 잘 들어맞아야 할 것들이 전부 어긋나 있는 듯한 느낌. 그래선지 몸에 힘이 실리지 않아 중심을 잡고 서 있기가 힘들었다. 조금만 바람이 세게 불어도 한쪽으로 기우뚱 쓰러질 것만 같았다. 이대로 바다로 나가도 될까 하는 의문마저 들었다.

게다가 오후부터 짙어지기 시작한 안개도 문제였다. 불투명한 안개가 바다 전체에 내리깔려 있었다. 사방에서 축축한 기운이 스며들어왔다. 때문에 몸도 마음도 물에 젖은 듯 무거워졌다. 뱃길마저 안개에 완전히 가려져 보이지 않았다. 출항이 두 시간 넘게 지체되고 있었지만 안개는 쉽게 걷히지 않았다. 시간이 늦어질수록 사람들의 걱정 섞인 목소리가 터져 나왔다. 이런 날씨에 배가 뜰 수는 있는 거야? 지금이라도 내려야 하는 게 아닐까? 정말 그냥 있어도 괜찮은 걸까? 불길한 생각들로 선실 안의 공기가 수런거렸다. 하지만 그때까지만 해도 나는 '설마' 하는 마음이 앞섰다. 바다의 날씨는 언제나 예측 불가능했고, 이런 불안전한 상태로 바다에 나가는 것도 흔히 있던 일이었다.

밤이 가까워질수록 물살은 점점 더 거세졌다. 모래와 섞여 혼탁해진 바닷물이 휘몰아쳐 정신을 차릴 수가 없었다. 몸에 달린 프로펠러가 쉴 새 없이 돌아가고, 기다랗게 솟은 안테나도 좌우로 크게 휘청거렸다. 그래도 나는 기억을 계속 이어나가기 위해 노력했다. 나는 처음부터 모든 것을 지켜본 유일한 목격자였으며, 그 자체로 하나의 거대한 기록물이나 다름없었다. 그러니 기록에서 누락되었거나, 혹은 은폐되어버린 사실들을 가능한 한 되살려내야 했다. 나는 머릿속의 기억 세포를 자극하듯 몸의 모든 감각들을 일깨우기로 했다. 물살이 가슴과 옆구리에 부딪칠 때마다 강한 진동이 일었다. 진동은 몸 안에 크고 작은 파동을 만들어냈다. 그리고 그 파동들은 소리로 바뀌어 나에게 전해졌다. 그것은 마치 누군가의 목소리처럼 들렸다. 시간과 삶이 정지돼버린 공간 속을 떠도는 목소리들, 나는 그들의 말에 가만히 귀를 기울렸다.

처음으로 들려온 것은 한 소녀의 앳된 목소리였다. 흐느껴 우는 듯 목소리가 떨렸다. 소녀는 그저 수학여행을 가고 있었을 뿐인데 도대체 어떻게 된 건지 모르겠다고 말했다. 지금 여기는 어디고, 친구들은 다 어디로 사라져버렸느냐고 나에게 물어왔다. 하지만 내게는 입도 목소리도 없었으므로 어떤 것도 대답해줄 수가 없었다. 소녀의 목소리도 어쩌면 파동이 만들어낸 의미 없는 울림일지 모른다는 사실마저도. 그러고 보니 그날 배 안에는 소녀 외에도 많은 아이들이 타고 있었다. 제주도로 수학여행을 떠나는 중이었다. 교복을 벗고 어설프게 멋을 낸 아이들은 어디서든 눈에 띄었다. 객실과 객실 사이를 뛰어다니기도 하고, 흥분한 듯 큰 소리로 떠들어대기도 했다. 아이들은 걱정 대신 여행의 설렘으로 조금씩 들뜨기 시작했다. 그런데도 나는 여전히 불안한 마음을 떨쳐낼 수가 없었다. 아이들의 목소리도 저 멀리 어딘가에서 들려오는 듯 비현실적으로 느껴졌다.

두 시간 반이나 늦어서야 출항을 알리는 신호음이 울렸다. 나는 빠른 속도로 불투명한 대기를 갈랐다. 하지만 안개는 절대 길을 내주지 않았다. 밀도 높은 안개가 내 주위를 겹겹이 둘러싸고 있었다. 목적지를 잃고 어딘가를 한없이 헤매고 있는 것 같았다. 그래도 아이들은 친구들과 함께하는 여행이 즐거운지 목소리가 밝았다. 야, 저기 난간 앞에 서봐. 사진 찍어줄게. 친구의 말에 여자아이들 몇 명이 바다를 배경으로 사진을 찍었다. 찰칵, 찰칵, 찰칵. 셔터 소리에 맞춰 아이들은 이렇게 저렇게 포즈를 달리했다. 손가락으로 브이 자를 그리거나 양 볼에 바람을 불어넣었다. 그러더니 뭐가 우스운지 깔깔깔 웃음을 터뜨렸다. 아이들은 못 참겠다는 듯 배를 움켜잡거나, 웃느라 얼얼해진 두 볼을 손으로 감쌌다. 때문에 사진은 몇 번이고 다시 찍어야 했다. 안개 때문에 사진 일부가 지워진 것처럼 뒷배경이 계속 희뿌옇게 나왔다.

그 모습을 지켜보면서 나는 자꾸만 좋지 않은 상상에 빠져들었다. 커다란 암초에 부딪치거나 급류에 휩쓸려 내 몸이 바닷속으로 끝없이 가라앉는 상상. 지나친 생각인 줄 알면서도 왠지 그만둘 수가 없었다. 그 순간에도 안개에 둘러싸여 있는 게 아니라 물속에 잠겨 있는 것처럼 느껴졌다. 아이들의 말소리도 물속에서 입을 뻐끔대는 것처럼 아무것도 들리지 않았다. 이마를 맞대고 찍은 사진을 확인하는 아이들도, 어두워지기 시작한 바다를 쳐다보며 이야기를 나누고 있는 사람들도 모두 물속을 천천히 유영하고 있는 것처럼 보였다. 일렁이는 물결을 따라 가볍게 떠오르거나, 이리저리 흔들거리며. 그런 생각 때문인지 유독 바닷속에 가라앉아 있는 난파선들이 눈에 들어왔다. 어두워진 바닷속에서 그것들은 짙은 그림자로만 모습을 드러냈다. 언덕처럼 둥글게 솟아 있는 커다란 그림자. 그것은 마치 누군가의 무덤처럼 보였다.

생각에 빠져 있는데 갑자기 하늘에서 펑, 하고 폭죽이 터졌다. 빨갛고 노란 폭죽들이 하늘로 쏘아 올려졌다. 사람들의 시선이 불꽃을 따라 하늘로 향했다. 다양한 무늬와 색깔의 폭죽들이 캄캄한 밤하늘을 화려하게 수놓았다. 클로버 모양의 불꽃부터 하트 모양의 불꽃까지.

폭죽이 터질 때마다 사람들의 입에서 와, 하는 소리가 터져 나왔다. 불꽃들은 밤하늘을 환하게 밝히고는 유성처럼 길게 꼬리를 만들며 바다 위로 떨어졌다. 색색의 불꽃들이 비처럼 머리 위로 쏟아져 내렸다. 하지만 그 아름다운 광경마저도 내게는 다른 세상의 일처럼 아득하게 느껴졌다.

수시로 달라지는 조류의 흐름을 한순간도 예상할 수 없었다. 물살은 당장 모든 것을 박살낼 듯 몰아치더니, 어느 순간 거짓말처럼 잠잠해졌다. 그러자 시끄럽게 웅성거리던 목소리들도 조용해졌다. 나에게 말을 걸어오던 소녀의 앳된 목소리도 더 이상 들려오지 않았다. 빛이 들지 않는 심해처럼 사방이 온통 고요했다. 나는 이 잠깐의 고요가 영원한 침묵으로 이어지게 될까 봐 두려워졌다. 이제는 이곳을 아무도 찾아오지 않듯이, 사람들의 기억 속에서도 곧 잊히게 될 것이었다. 그렇게 되면 나는 바닷속에 잠긴 채로 끝없는 긴 잠을 자게 될지도 몰랐다. 그런 생각이 들자 불현듯 이십 년 전 바닷속으로 가라앉아버린 에스토니아호가 떠올랐다.

생각해보면 스웨덴 여객선인 에스토니아호와 나는 여러 가지로 많이 닮아 있었다. 수백 명의 사람들과 수천 톤의 짐을 실어 나르던 대형 여객선이라는 것도 그랬고, 수많은 사람들을 그대로 태운 채 바닷속으로 침몰해버렸다는 것도 그랬다. 그날 가라앉은 에스토니아호에는 육백 명이 넘는 사람들이 남아 있었다. 간신히 배에서 탈출해 구조된 사람은 고작 백삼십 명에 불과했다. 내가 처음 일본에서 건조되고 운항을 시작한 지 얼마 지나지 않아 일어난 침몰 사고라 유독 기억에 또렷이 남아 있었다. 그때 나는 가고시마 현에서 출발해 오키나와로 향하고 있었다. 바다 위에서 뉴스로 사고 소식을 접한 사람들은 술렁이기 시작했다. 끔찍한 일이 벌어진 것에 대한 안타까움과 자신들은 무사해서 다행이라는 안도감이 어지럽게 뒤섞여 있었다.

그건 나도 마찬가지였다. 먼 나라의 이야기라는 듯 담담하게 뉴스에 귀를 기울였다. 사고는 마치 한 편의 재난 영화를 전해 듣는 듯했다. 발트 해의 높은 파도를 가르던 에스토니아호가 좌초된 것은 새벽 한 시경이었다. 쾅, 하는 굉음과 함께 파손된 선체 아랫부분으로 바닷물이 쏟아져 들어오기 시작했다. 채 삼십 분도 지나지 않아 배는 균형을 잃고 구십 도 가까이 기울었다. 한번 기울어진 배는 물속으로 빠르게 가라앉았다. 객실에서 잠을 자고 있던 사람들은 무슨 일인지 깨달을 새도 없이 물살에 휩쓸렸다. 전기마저 끊어진 캄캄한 배 안에서 탈출할 수 있는 방법은 아무것도 없었다. 구조 요청을 받고 인근의 배들이 전속력으로 사고 지점을 향해 내달렸지만 한 시간도 되지 않아 에스토니아호는 레이더에서 완전히 사라져버렸다.

내가 에스토니아호에 대해 다시 듣게 된 것은 그 후로 반년쯤 지나서였다. 그것은 누군가 틀어놓은 라디오를 통해서였다. 전파 상태가 좋지 않아 라디오는 계속 지지직거렸다. 분명하지는 않지만 에스토니아호란 말을 들은 것 같았다. 나는 토막토막 끊어져서 들려오는 말들을 가까스로 이어 붙였다. 스웨덴 정부가 천문학적인 비용이 든다는 이유로 에스토니아호의 수색과 인양을 끝내 포기하기로 했다는 내용 같았다. 대신 사고 현장에 수천 톤의 자갈과 시멘트를 쏟아 부을 예정이라고 했다. 침몰한 에스토니아호 위에 커다란 덮개를 씌워 선체와 시신들이 떠내려가는 것을 막기 위한 것이었다. 그 이야기를 듣는 순간 나는 등줄기가 서늘해지는 것을 느꼈다. 그것은 일종의 무덤을 만드는 것이나 다름없었다. 두꺼운 콘크리트 벽으로 둘러싸여진 거대한 수중무덤.

하지만 그렇게 매장되어버린 건 에스토니아호뿐만이 아니었다. 그동안 나는 크고 작은 침몰 사고들을 수없이 많이 지켜봐왔다. 바다는 늘 위험했고, 한순간도 방심할 수가 없었다. 그리고 어떤 것도 예측이 불가능했다. 시시각각 변하는 바다 앞에서 배들은 언제나 무기력할 수밖에 없었다. 어쨌든 침몰한 배들은 더 이상 쓸모가 없다는 이유로 바다에 버려졌다. 인양이 돼서 다시 물 밖으로 꺼내지는 경우는 거의 없었다. 대부분의 배들은 무덤에 묻히듯 물속에서 영원한 잠에 빠져들었다. 수백 년도 더 지난 것부터, 불과 몇 달 전에 가라앉은 난파선까지. 바다는 커다란 공동묘지라고 해도 될 만큼 배의 무덤들로 가득했다. 그 수많은 무덤들 중 바닷속에 영원히 봉인되어버린 에스토니아호도 있는 것이었다. 커다란 산처럼 우뚝 솟아 있는 회색의 무덤. 나는 문득 생각했다. 나의 머리 위로도 자갈과 시멘트 따위가 우르르 쏟아져 내리면 어쩌나.

목소리가 다시 들려온 것은 잠잠했던 바다가 거세게 출렁이기 시작했을 때였다. 한 방향으로 흐르던 물살이 나의 커다란 몸에 가로막혀 여러 갈래로 나뉘어졌다. 방향을 잃은 물살이 내 주위를 정신없이 휘돌았다. 물살에 부딪칠 때마다 나를 감싸고 있던 얇은 철판들이 떨어져나갈 듯이 흔들렸다. 덩달아 목소리들도 혼란에 빠진 듯 웅성거렸다. 제발 여기서 나가게 해달라고, 너무 춥고 어둡고 무섭다고, 걱정할 가족들이 보고 싶다고. 그들은 아직도 그날의 시간 안에 갇혀 있는 것 같았다. 그때, 진동을 타고 어떤 목소리 하나가 또렷이 들려왔다. 아직 변성기를 거치지 않은 듯한 가녀린 음성을 가진 남자아이였다. 아이는 나에게 뭔가 부탁할 것이 있다고 했다. 자신이 머물던 객실 벽면에 사인펜으로 편지를 남겨놓았는데 그걸 가족들에게 전해줄 수 있느냐는 것이었다. 핸드폰이 되지 않아 마지막 인사도 하지 못했다고, 그리고 그동안 좋은 아들이 되지 못해 미안하다는 말도. 아이는 울음을 참는 듯 다음 말을 잇지 못했다.

그날 벽에 메모를 남긴 건 그 아이만이 아니었다. 이튿날 아침, 나는 진도 근처 맹골수도 해역을 지나고 있었다. 평소 유속이 빠르고 안개가 자주 끼는 곳이라 긴장이 됐다. 게다가 정상적인 항로도 아니었다. 늦어진 출발 시간을 만회하기 위해 지름길을 택했던 것이다. 잘 알려진 위험 지역인데도 항해사는 속도를 늦추지 않았다. 계속 최고 속도를 유지하며 빠르게 물살을 갈랐다. 가속도가 붙자 몸의 앞부분이 공중으로 쳐들렸다. 몸이 물 위로 붕 떠올랐다 가라앉기를 수도 없이 반복했다. 당장 무슨 일이 일어날 것처럼 위태위태한 기분이 들었지만, 나는 괜찮을 거라고 스스로를 달랬다. 오늘처럼 지름길을 택한 게 처음 있는 일도 아니었고, 이 정도의 위험한 상황쯤은 그동안 얼마든지 있어왔다. 하지만 무사히 해역을 빠져나가고 있다고 생각하던 그때, 쾅 하는 굉음과 함께 배가 기우뚱하며 모든 일들이 순식간에 일어났다.

순간 눈앞이 어찔하더니 몸의 중심이 흐트러졌다. 의지와 상관없이 몸이 왼쪽으로 기울었다. 나는 본능적으로 몸의 반대쪽에 힘을 줬다. 그러고는 균형을 잃지 않기 위해 최대한 애를 썼다. 하지만 이상하게도 몸이 말을 듣지 않았다. 몇 번이나 몸을 일으켜 세워봤지만 헛수고였다. 뭔가 심상치 않은 일이 일어났다는 생각이 들었다. 나는 이 사실을 사람들에게 알리기로 마음먹었다. 그런데 어떻게, 무슨 방법으로 알려야 할지. 나는 급한 대로 물살과 맞부딪쳐 몸 안에 진동을 일으켰다. 그러나 내가 보낸 신호를 알아차린 것은 소수에 불과했다. 미세한 흔들림을 느낀 몇몇 사람들이 승무원을 찾아갔지만 아무 일 없으니 안심하라는 말로 그들을 돌려보냈다. 곳곳에 설치된 스피커에서도 절대로 이동하지 말고 현재 위치에서 대기하라는 안내방송만 흘러나왔다. 사람들은 지시에 따라 객실 안에 가만히 머물러 있었다. 설마, 이렇게 큰 배가 가라앉기야 하겠어? 방송에서도 별일 아니라고 하잖아. 그렇게 말하면서도 사람들의 얼굴은 긴장감으로 굳어져 있었다.

그러는 동안에도 나의 머리는 수면에 점점 가까워지고 있었다. 고개를 꼿꼿이 세우고 버텨 봐도 소용없었다. 이미 몸은 바다를 향해 사십오 도쯤 기울어져 있었다. 한쪽 벽에 세워두었던 가방과 물건들이 바닥을 타고 아래로 쏟아져 내렸다. 가파른 경사 때문에 정상적으로 걷는 것도 불가능했다. 그제야 불안을 느낀 아이들은 핸드폰으로 가족이나 친구들에게 지금의 상황을 알리기 시작했다. 배가 너무 많이 기울어졌어. 아무래도 무슨 문제가 생겼나 봐. 그러나 얼마 안 있어 휴대폰도 터지지 않았다. 왜 전화 안 받아, 무서워, 괜찮겠지? 같은 짧은 문장들이 미전송 상태로 남아 있었다. 밖으로 나가야 할지, 아니면 가만히 기다려야 할지 망설이는 사이, 누군가 객실 한쪽에 비치돼 있던 구명조끼를 꺼냈다. 손에서 손으로 구명조끼가 전달됐다. 구명조끼의 벨트를 채우는 중에도 객실에서 대기하라는 안내방송이 계속해서 흘러나왔다. 나는 안타까운 마음에 그들을 향해 소리쳤다. 어서 밖으로 나와! 당장 나오라고! 하지만 나의 목소리를 들을 수 있는 사람은 아무도 없었다.

결국 머리가 물속으로 잠겨들었다. 그러자 온몸의 힘이 전부 빠져나가는 것 같았다. 더 이상 버틸 힘이 남아 있지 않았다. 몸에 힘이 빠지자 가라앉는 속도가 더욱 빨라졌다. 이제는 정말 끝이라는 생각이 들었다. 다만 아직 빠져나오지 못한 사람들이 걱정이 됐다. 왼쪽 편 객실에는 이미 물이 절반쯤 차올라 있었다. 아이들은 기울어진 바닥에 거의 눕다시피 기대앉아 누군가 도와주러 오기를 기다렸다. 잔뜩 겁을 먹은 채 터지지 않는 핸드폰으로 계속 전화를 걸고, 메시지를 보냈다.

어떤 아이는 지금의 모습을 남기려는 듯 친구들과 자신의 모습을 동영상으로 찍은 뒤 핸드폰을 비닐봉지로 꽁꽁 싸두었다. 또 어떤 아이는 필통에서 사인펜을 꺼내 벽에다 뭐라고 적어내려 갔다. 엄마 아빠한테 남기는 편지였다. 아이는 핸드폰이 되지 않아 아무래도 마지막 인사를 하지 못할 것 같다고 적었다. 만약 여기서 살아나가게 되면 공부도 열심히 하고 좋은 아들이 되겠다고도 썼다. 그 모습을 가만히 지켜보던 아이들도 하나둘씩 벽에 낙서를 했다. 사랑해, 미안해 같은 짧은 문장도, 엄마 아빠의 딸로 태어나서 정말 행복했었다는 긴 문장도 있었다. 그리고 끝에는 안녕, 이란 작별 인사도 덧붙였다. 나는 거기서 그만 눈을 감았다. 곧이어 살려달라는, 도와달라는 절박한 외침이 들려왔지만 가만히 귀를 닫는 것 말고는 아무것도 할 수가 없었다.

글이 새겨진 자리가 상처자국처럼 욱신거렸다. 나는 손으로 더듬듯 글자 하나하나를 천천히 살폈다. 그때 아이들이 느꼈던 다급함과 손의 뜨거운 열기가 다시 되살아나는 것 같았다. 하지만 사인펜으로 적어놓은 글자들은 곧 물에 지워지거나, 두터운 녹으로 뒤덮여 보이지 않을 것이었다. 낙서뿐만이 아니었다. 아이들이 끝까지 손에 쥐고 있던 핸드폰도, 아이들의 마지막 모습이 담긴 카메라도, 아이들의 자취가 고스란히 남아 있는 옷가지와 소지품들도 머지않아 사라지게 될 것이었다. 그리고 결국엔 아주 먼 옛날 얘기처럼 사람들의 기억 속에서 흐릿해지게 될 터였다. 그렇게 되는 걸 가장 두려워하는 것은 목소리들이었다. 그들은 아직도 나에게 들려줄 말들이 많이 남아 있다고 했다. 이 배에 오르기 전 평범했던 나날들에 대해, 영영 헤어져 다시는 보지 못할 가족들에 대해, 그리고 배가 완전히 침몰한 뒤의 고통스러운 시간들에 대해.

　나는 그 이야기들을 일일이 기록하는 대신, 그들의 자취가 남아 있는 물건이나 장소에 저장해두었다. 그러므로 나는 그들에게 있어 하나의 기록장이나 다름없었다. 그들의 목소리는 나의 어딘가에서 재생되었고, 또 나의 어딘가로 사라졌다. 하지만 그렇게 기록된 이야기들을 세상에 전할 방법이 나에게는 없었다. 끝내 인양이 되지 않는다면 나 역시 침몰한 다른 배들처럼 언제까지고 침묵할 수밖에 없었다. 나는 잠시 생각을 멈추고 주위를 둘러보았다. 공동묘지에 안치된 무덤들처럼 수많은 배들이 잠들어 있었다. 여객선으로 보이는 큰 배도 있고, 작은 고깃배들도 있었다. 그것들은 물속에서 천천히 백골화가 진행되고 있는 중이었다. 칠이 벗겨진 자리가 검게 변하고, 난간과 기둥들이 떨어져나가 보이지 않았다. 결국 배들은 살점 하나 없이 거대한 뼈대만 남게 될 터였다. 바닷속의 풍경을 해치는 흉물스러운 모습으로. 그건 나 역시도 마찬가지였다. 바닷속에 버려진 주인 없는 무덤처럼 하루가 다르게 황폐해져갈 것이었다.

　생각을 방해하듯 목소리의 웅성거림이 더욱 심해졌다. 그들은 목이 터져라 울기도 하고, 간절히 기도를 올리기도 하고, 누군가를 향해 원망 섞인 말을 내뱉기도 했다. 그 알 수 없는 소리들이 한데 뒤섞여 머리가 터질 것처럼 아파왔다. 이 소란을 멈추는 방법은 단 한 가지뿐이었다. 어떡해서든 다시 물 위로 떠오르는 것. 하지만 도무지 좋은 방법이 생각나지 않았다. 인양이 제일 빠른 선택이었지만 그 역시도 쉽지가 않았다. 내 몸의 무게에 바닷물의 무게까지 더한다면 웬만한 크레인으로는 감당이 되지 않을 것이었다. 설사 그것이 가능하다고 해도 온갖 이유를 붙여 결국 인양을 포기할 게 분명했다. 처음엔 촛불을 켜고, 서명을 하며 반대를 하던 사람들도 조금씩 지쳐갈 것이었다. 그렇다고 이대로 가만히 있을 수는 없었다. 인양이 불가능하다면 물 위로 스스로 떠오르는 수밖에. 나는 무모한 일이라는 것을 알면서도 조류를 이용해 다시 엔진을 돌려보기로 했다. 물을 한껏 들이마시자 엔진에 연결된 프로펠러가 조금씩 돌아가기 시작했다. 주위로 물거품이 하얗게 일어났다. 하지만 그것뿐, 모래 펄 속에 묻혀 있는 나의 몸은 꿈쩍도 하지 않았다.

어느새 날이 밝아오기 시작했다. 수면을 뚫고 햇빛이 물속으로 스며들어왔다. 허탈해진 나는 멍하니 하늘을 올려다보고 있었다. 그때 머리 위로 커다란 배 그림자가 드리워졌다. 그것은 하나가 아니었다. 서너 척의 배가 원을 그리며 내가 있는 곳으로 서서히 모여들고 있었다. 인양을 하기 위해 크레인을 싣고 온 바지선일지도 모른다고 생각하면서도, 이상하게 가슴이 빨리 뛰었다. 에스토니아호가 그랬듯이 왠지 나의 머리 위로도 자갈과 시멘트가 쏟아져 내릴 것만 같았다. 만약 그렇다면 어떻게 되는 건지. 나는 가만히 눈을 감고 그 모습을 상상해보았다. 그러자 정말 자갈들이 물속으로 한꺼번에 쏟아져 들어오는 것 같았다. 머리와 가슴 위로 모래가 후드득 떨어졌다. 몸 안의 구멍이란 구멍은 전부 자갈로 채워졌다. 목소리들도 그 안에 함께 묻혀버렸다. 이제는 목소리들 대신 자갈 쏟아지는 소리로 머릿속이 시끄러웠다. 하지만 거기서 끝이 아니었다. 이번엔 머리 위로 시멘트가 쏟아 부어졌다. 시멘트는 위에서 아래로 흘러내리며 나의 몸을 뒤덮기 시작했다. 반액체 상태의 시멘트가 자갈과 섞여들면서 숨 쉴 틈조차 남기지 않았다.

나는 그쯤에서 상상을 멈췄다. 정말 시멘트에 뒤덮이기라도 한 듯 거칠게 숨을 몰아쉬었다. 거대한 콘크리트 무덤으로 변해버린 에스토니아호가 눈앞에 떠오르며 숨통이 더욱 조여들었다. 결국엔 나도 저런 모습으로 바닷속에 남게 되는 건지. 그런 생각이 들자 몸 안으로 뜨거운 물이 가득 차오르는 것 같았다. 나는 가까스로 정신을 차리고 다시 물 위를 올려다보았다. 배들은 아직도 내 머리 위에 그대로 떠 있었다. 아니, 점점 원을 좁혀가며 내게로 다가들었다. 나는 불안한 듯 그 움직임을 눈으로 좇았다. 잠잠했던 바다 표면이 조금씩 일렁이기 시작했다. 뒤이어 요란한 엔진 소리와 분주히 돌아가는 기계 소리도 들려왔다. 나는 다시금 두 눈을 질끈 감았다. 뭔가 물속으로 들어오는 듯한 소리가 들렸지만 절대 눈을 뜨지 않았다.

김은 1981년생으로 2014년 《작가세계》에 「바람의 언어」가 당선되어 등단했다. 발표작으로 「바코드」가 있다.

돌이켜보면 언제나 내 글쓰기의 가장 큰 화두는 '존재의 무게'였던 것 같다. 깃털이 된 아버지, 구구구 비둘기 소리를 내며 투명해진 오빠, 녹는점에 이르러 액체처럼 흘러내린 여자 등. 살아오면서 가장 중요한 것은 저울에 찍힌 몸무게가 아니라 존재의 무게 값이 아닌가 하는 생각을 늘 해왔다. 자신의 존재의 무게 값을 얼마나 늘리며 살아가느냐가 결국 삶의 모든 문제의 중심에 놓여 있는 게 아닌가 하는. 그렇듯 나의 글쓰기도 뼈대를 키우고, 살을 늘려가는 작업이 되길 바란다.

기억할 것이다, 증언할 것이다, 남길 것이다

지난 한 해가 저물어 가던 12월 27일 밤, 13인의 작가들이 서울 인사동 골목에 모였다.

세월호 희생자를 추모하는 소설 모음집을 발간하자는 것이었다. 우여곡절 끝에 그것이 15인이 되었다. 이 열다섯 작가들의 이름을 여기 나열해 본다.

심상대, 노경실, 전성태, 이평재, 이명랑, 한차현, 김신, 손현주, 권영임, 한숙현, 방민호, 신주희, 박사랑, 김산아, 김은

소설이 과연 4.16 세월호 참사를 감당할 수 있을까?

우리들은 과연 쓸 수 있을까? 쓴다면 어떻게 써야 할까?

우리들 15인의 작가들이 가장 먼저 생각한 것은 이 문제였다. 그러나 우리는 쓰기로 했다. 힘을 모으기로 했다. 그것이 시작이었다.

지난 한 해 동안 문학계에서는 증언, 애도, 치유를 위한 문학적 제식들이 다각도로 펼쳐졌다. 추모시집도, 산문집도 나왔다. 유가족들의 육성기록을 담은 책도 넓게 보면 귀중한 문학적 증언이다.

우리 또한 이 제식에 기꺼이 참여하고자 한다. 그리고 이 추모소설집으로부터 어떤 이득도 취하지 않을 것이다. 오로지 그날 희생된 넋을 위로하고 살아남은 이들을 끌어안고자 한다.

길고 고통스러운 한 해였건만 어느새 세월호 참사 1주기가 다가오고 있다. 바야흐로 잊게 하려는 힘과 잊지 않으려는 힘이 맞부딪치는 계절이다. '나쁜 봄'이다.

우리는 기억할 것이다. 증언할 것이다. 남길 것이다. 이것이 우리 글 쓰는 사람들의 소명이기 때문이다.

2015년 3월 27일
세월호 참사 희생자 추모 소설집 작가 15인 일동

이 도서의 국립중앙도서관 출판시도서목록(CIP)은 e-CIP 홈페이지
(http://www.nl.go.kr/cip.php)에서 이용하실 수 있습니다.
(CIP 제어번호 : CIP2015009644)

우리는 행복할 수 있을까
ⓒ 심상대 노경실 전성태 이평재 이명랑
  한차현 김 신 손현주 권영임 한숙현
  방민호 신주희 박사랑 김산아 김 은, 2015

2015년 4월 2일 초판 1쇄 펴냄

지은이 | 심상대 노경실 전성태 이평재 이명랑
       한차현 김 신 손현주 권영임 한숙현
       방민호 신주희 박사랑 김산아 김 은
펴낸이 | 최병수
진 행 | 홍성식
편 집 | 권영임

펴낸곳 | 예옥
등 록 | 제2005-64호(2005.12.20)
주 소 | (122-899) 서울 은평구 진흥로 43-2, 101호(역촌동)
이메일 | yeokpub1@naver.com
전 화 | (02)325-4805
팩 스 | (02)325-4806

디자인 | 현정
그 림 | 김진숙

ISBN 979-11-953594-2-4 03810